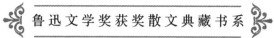

鲁迅文学奖获奖散文典藏书系

春宽梦窄

王充闾 著

长江出版传媒　长江文艺出版社

题 记

　　"春宽梦窄"，原是一句宋词。现在把它摘取来作为书名，意在说明大千世界和人生旅程是丰富多彩的，是无限的；而作为现实与有限的存在物，人的想象能力、认知能力、表现能力，按它的个别实现和每次的现实来说，则是有限的。因为人的思维都是在完全有限地思维着的个人中实现的，不能不受到时间和空间的制约。其结果就是所谓的"春宽梦窄"——当然这是一种借喻。

　　面对这种现象，我及我的作品自然也不能例外。好在奉行一个"真"字，明心见性，本色天然。这里有欣戚心迹，有风雨萍踪；有纯情的忆念，有热切的憧憬；有新旧异质的递嬗，有出世入世的融合；有"今古乾坤秋一幅"，有"万里灯前故国情"。承蒙出版界朋友的厚爱，愿以野人献曝之诚，把这本散文集双手托给亲爱的读者。

目　录

土囊吟

一

幼年就从史书上知道，在东北的苦寒之地有个五国城。可是，只因为它太偏远、太闭塞，直到半个世纪之后，才有机会踏上黑龙江省依兰县的这块土地。

10世纪时，分布在依兰以东、松花江和黑龙江沿岸的"生女真人"，形成了著名的五大部族，通称五国部。这里是五国部之一的越里吉部的驻地，位置在最西面，当时是五国部的会盟所在，故又称五国头城。古城遗址在县城北门外，呈长方形，周长两千六百米。现存几段残垣，为高四米、宽八米左右的土墙，上上下下长着茂密的林丛。里面有的地方已经辟为粮田、菜畦，其余依然笼罩在寒烟衰草之中。传说中的屋宇、堂廨以及斩将台、练兵场等建筑和设施，已经荡然无存了。但是，这并不影响它的声名远播，原因在于北宋末年徽、钦二帝曾被长期囚禁于此。

这里地形十分险要，整个宏观环境也比较特殊。牡丹江、松花江、倭肯河从西、北、东三面把它围拢起来，左右还有东山、西山为其屏障，南面却是一马平川，没有任何遮拦。远远望去，人们说像个倒在地上的硕大无朋的"门"字，我仔细地端详一番，倒觉得是个地地道道的大土囊，一个没有扎嘴儿的口袋。

一个秋天的傍晚，江面上吹过来习习的轻风，天边雾霭朦胧，半钩新月初上，除了一阵叽叽喳喳的细碎的鸟鸣，再没有其他声响。静静地，我独自站在颓残破败的城头，扫视着周遭的一切，念及八百年前的陈年旧事，心想，真是世事如棋，风云变幻，偌大的一个称雄一百六七十年的威威赫赫的北宋王朝，竟被洪荒初辟的女真人的数千铁骑践踏在脚下，最后统统被拢进这个破破烂烂的土囊里，"收拾乾坤一袋装"了。一时百感中来，遂口占七绝一首：

> 造化无情却有心，一囊吞尽宋王孙。
> 荒边万里孤城月，曾照繁华汴水春。

生女真人世代居住在黑龙江中下游及长白山地区，开始只有十多万人，分成不相统属的七十二个部落，都在辽朝的统驭之下。到 11 世纪末，完颜部强大起来，统一了生女真各部。这时的辽朝上层贵族日趋腐败，对生女真的压榨也更加残酷，激起了女真族人民的强烈愤恨。遂于 1114 年，在完颜部首领阿骨打的率领下，誓师起兵，展开了抗辽斗争。第二年，阿骨打立国称帝，建立了奴隶制的金朝。看到在金兵进攻下辽朝已岌岌可危，北宋最高统治者以为，可以通过联金灭辽，"火中取栗"，收回久被辽朝占领的燕云十六州。

本来，在女真人的心目中，堂堂的大宋天朝尽管已经武备虚弱，但是，"瘦弱的骆驼大于牛"，总还是一只余威尚在的庞然大物。可是，在联合出兵过程中，他们发现，北宋政治上的腐败和军事上的无能已经到了无可救药的地步。他们没有料到，那些高踞庙堂的"白蚁"，已经把这样一座摩天大厦蛀成了空壳，只消一阵卷地狂风，便可以摧枯拉朽，柱断梁颓。

于是，这头贪欲越来越强、胃口越来越大的塞外凶狮，在 1125 年吞噬了辽朝之后，还没来得及过细地咀嚼、消化它，便掉转矛头，兵分两路，以双钳合拢之势，朝着这个天朝"盟友"发起了猛烈的进攻。东路由斡离不率领，从平州（今河北卢龙）直扑燕京；西路以粘罕为首，经云中（今山西大同）进袭太原，最后共同的目标是夺取北宋的都城——东京汴梁。

可是，当时北宋的最高统治者，对金朝的进军企图却茫然不晓，原以为无非是掠几座城池，要两块地方，勒索一些金银财宝，到手之后就会志得意满，乖乖地撤兵。直到金兵一路上杀将过来，眼看到了黄河北岸，徽宗赵佶才慌了手脚。他想到的对策只有避战，逃逸。于是，仓皇退位，交班给他的儿子赵桓，是为钦宗；自己则做了太上皇，称为道君皇帝。名义上，说是要去安徽的亳州太清宫进香，实际上是要避地江南，逃之夭夭。他嫌汴河里行船太慢，改乘轿子，坐上轿子还是嫌慢，又换乘骡马。直到进了镇江城门，才惊魂甫定，暂时放下心来。

这面，金兵正长驱直入，逼近黄河大桥。宋军守桥部队远远望见金兵的旗帜，就急忙烧桥溃逃。而守卫在黄河南岸的两万宋军，更是连金兵的影子都未见到，就已望风遁去。当金兵用小船一批一批地从容过河之后，竟没有遇到一兵一卒进行抵抗。金军统帅斡离不慨叹道："南朝可真称得上没有人了。假若有一两千人拦击，我们还能这样顺利地渡过天堑黄河吗？"

在兵临城下之后，北宋赖以守卫京都的大将，竟是术士郭京，是一个自称能够施行六甲神术，可以生擒金兵统帅，并且有把握击退金兵，一直赶到阴山为止的大骗子。士兵则是由郭京亲自选择的年命合于"六甲"的一些市井游民，总共七千七百七十七人；另外还有一些自称"六丁力士""北斗神兵"和"天阙大将"的人应募参加。除此之外，就是皇帝的卫士和城中的弓箭手了。钦宗天天眼巴巴地盼着这些"神兵"创造出一鸣惊人的奇迹，可是，谁晓得，这些"神兵神将"刚一出城，就被金兵打得个落花流水。郭京在城楼上眼见骗局已被戳穿，推说要亲自下去"作法"，便匆匆地带上一些残存的流氓无赖，溜之大吉。

直到这时，宋钦宗还没有从"和议"的迷梦中醒转过来，仍然委派宰相频繁往来金营，商议割地、纳币、贡献珍宝等事宜，以求得苟延残喘。在北宋朝廷接受了极为苛刻的议和条件下，金兵暂时从城内撤兵，进驻南郊的青城。而汴京城里的昏君奸相，仍然行使着他们的行政权力，一面按照金人的意旨，将城中所有的作战物资尽数集中起来，然后统统献给金人，并下令阻止各路勤王兵马开赴京师，对自动组织起来制造兵器、准备抵抗的民众进行无情的镇压；一面在最高统治层又开展了紧张的内部斗争。接受亲信的提醒和建议，钦宗赶忙派人将道君皇帝从镇江接回，以防止他在那里趁机制造分裂活动，名义上却是"奉养尽孝"。这天，钦宗到龙德宫去拜见道君皇帝，献上一杯御酒，道君一饮而尽；随手也给钦宗斟了一杯。钦宗刚要接饮，却被身后一位大臣轻轻踢了一脚。钦宗悟到这是要他防备下毒，于是，伏地恳辞，坚决不受。道君伤心得痛哭了一场。

二

靖康元年（1126年）闰十一月，开封陷落；接着，赵桓向金主上表投降。金人通过北宋文武大臣中的民族败类，将开封城内的金银、绢帛、书籍、图画、古器等物，收缴上来，劫掠一空。翌年四月初一，金人掳走徽、钦二帝和在东京的所有嫡亲皇室、宗戚，及技艺工匠、皇宫侍女、娼妓、演员等三千余人，皇室中得以脱网幸免的只有宋哲宗的废后孟氏和身任大元帅的康王赵构。金兵同时还将北宋王朝所用礼器、法物、教坊乐器和八宝、九鼎、浑天仪、铜人、天下府州县图全部携载而去。这就是旧时史书上的所谓"靖康之祸"。

说来也十分可笑，本来明明白白是两个皇帝做了俘虏，可是，朝臣奏章、史籍记载却偏要说成"二帝北狩"。其实，即便用"巡狩"字样来加以表述，也不是他们麾旄出狩，而是作为会说话的两脚动物，乖乖地成了金人的猎物了。当然，这些都是现在的话。在古时，人们已经见惯不怪，因为《春秋·公羊传》上就煌煌大书着"为尊者讳，为亲者讳，为贤者讳"嘛。讳什么？尊者要讳耻，亲者要讳疾，贤者要讳过。一部二十四史，就是照着这个则律记载的。

赵佶一生中最后九年的穷愁羁旅，就这样开始了。第一站是燕山府，时在早春，有《燕山亭·北行见杏花》词作。他以杏花的凋零比喻国破家亡，自己被掳北去，横遭摧残的命运，婉转而绝望地倾诉出内心无限的哀愁。

> 裁剪冰绡，轻叠数重，淡著胭脂匀注。新样靓妆，艳溢香融，羞杀蕊珠宫女。易得凋零，更多少无情风雨。愁苦！问院落凄凉，几番春暮？凭寄离恨重重，这双燕何曾，会人言语。天遥地远，万水千山，知他故宫何处？怎不思量，除梦里有时曾去。无据，和梦也新来不做。

情绪低沉，音调哀伤，体现了"亡国之音哀以思"的特点。李后主词："梦里不知身是客，一晌贪欢。"至赵佶则曰：连梦也不做了，其情岂不更惨！

十月中旬，赵佶、赵桓等人，又从燕京的悯忠寺出发，被押送到旧日辽国所建中京大名城（今内蒙古宁城县）。大批被俘的北宋官员则被押往显州（今辽宁北镇市）。1128年秋，他们被押解到金国的都城上京会宁府（今黑龙江阿城白城子）。金人隆重地举行了献俘仪式，命令徽、钦二帝及其皇后都要罩头帕，着民服，外袭羊裘，其余诸王、驸马、王妃、公主、宗室妇女等一千余人，皆袒露上身，披羊裘，到金朝的祖庙行"牵羊礼"。然后，又把这两个当日的堂堂君主拉赴乾元殿，身着素服，以降虏身份跪拜胜国天子金太宗。这当然都是最为难堪的。

年末，金太宗又把赵佶、赵桓父子及皇室九百余人迁徙到韩州（今辽宁昌图县八面城），赐地十五顷，让他们种植庄稼、蔬菜，在金人武力的严密监视之下，过着自耕自食的生活。此前，已将当地居民全部迁出。他们原以为可以终老于此，没有料到，一年半之后，又被发配到千里之外更加荒凉的穷边绝塞——松花江畔的五国城。

这里，流传着徽、钦二帝"坐井观天"的遗闻。经人考证坐实，这个所谓的"井"，就在慈云寺西北百余米处。我在城垣内前后察看一番，确实发现了一口古井。如果属于当年旧物，我以为，也是供这些亡国贱俘饮用的水井，而根本不可能在里面住人。据分析，他们极有可能是住在北方今天还偶尔可见的"地窨子"里。莫说是八百年前气温要大大低于现在，即使今天，在寒风凛冽的冬日，把两个身体孱弱的人囚禁在松花江畔的井里，恐怕过不了两天就得冻成僵尸。相反，那种半在地上半在地下的"地窨子"，倒是冬暖夏凉，只是潮湿、气闷罢了。之所以称为"井"，无非是形容其局促、塞陷的景况。

从流传下来的赵佶的一首诗，也可以验证这种推测：

彻夜西风撼破扉，萧条孤馆一灯微。
家山回首三千里，目断天南无雁飞。

一般的井，只有盖而无门；"西风撼破扉"云云，自然也就无从谈起。可见，当时绝非住在井里。

在中国的封建王朝历史上，末代皇帝丢了江山之后，含愤自杀的寥寥可数。因为"知耻近乎勇"，若是一无廉耻，二乏勇气，就不会像明朝的朱由检那样煤山自缢，选择"殉国"一途。退而求其次，就是变装出逃。可是，出逃又谈何容易！到了穷途末路，"率土之滨，莫非王臣"就变成"率土之滨，莫非敌臣"了，往往是没有跑出多远，就被人家递解回来。于是，就出现了第三种选择，索性白旗高举，肉袒出降。这在大多数亡国之君，被认为是较为理想的。他们的逻辑是："好死不如赖活着。"如果新的王朝宽大为怀，只要脸皮厚一点，还有望混上个"安乐公""归命侯"当当，可以继续过那种安闲逸豫的日子。

其实，这不过是一厢情愿的甜蜜蜜的幻想，历史上多数"降王"的日子都不好过。当了亡国贱俘以后，如果像前秦苻坚、南燕末主慕容超、大夏王朝的废主赫连昌、后主赫连定那样，很快就都死在胜利者的刀剑之下，所谓"一死无大难矣"，倒还罢了；假如类似南唐李后主和北宋徽宗、钦宗父子这样，投降之后沦为俘虏，一时半刻又能喘上几口活气，那就免不了要受到终身縻押，心灵上备受屈辱不算，身体上还得吃苦受罪，结果是"终朝以眼泪洗面"，那又有什么"生趣"之可言呢！

三

历史确有惊人的相似之处。像宋太祖不问任何情由，只因"卧榻之旁不容他人酣睡"，便蛮横地灭掉南唐一样，金太宗攻占汴京，扑灭北宋，也是不讲任何情由的。而且，南唐的李后主和北宋的道君皇帝，都是诗文兼擅，艺术造诣超群，"好一个翰林学士"；却都不是当皇帝的"胚子"，他们缺乏那种雄才大略和开疆定国的本领。最后，只能令人慨叹不止："做个词人真绝代，可怜薄命做君王。"巧还巧在，他们败降之后，又分别遇到了宋太宗和金太宗两个同样凶狠、毒辣、残忍的对手。当宋太宗用牵机药毒死李后主的时候，他绝对不会料到，一百五十七年之后，他的五世嫡孙赵佶竟瘐毙在金太宗设置的穷边绝塞的囚笼之中。

说来，历史老仙翁也真会作弄人。它首先让那类才情毕具的风流种子，不得其宜地登上帝王的宝座，使他们阅尽人间春色，也出尽奇乖大丑，然后手掌一翻，啪的一下，再把他们从荣耀的巅峰打翻到灾难的谷底，让他们在无情的炼狱里，饱遭心灵的折磨，充分体验人世间的大悲大苦大劫大难。

但这样说，绝不意味着赵佶之流的败亡，自身没有责任。恰恰相反，他们完全都是咎由自取。可以说，赵佶的可悲下场，他的大起大落，由三十三天堕入十八层地狱，受尽了屈辱，吃透了苦头，都是他自己一手造成的。

记得小时候读过一本《帝鉴图说》，据说是明、清两朝皇帝幼年时的史鉴启蒙课本。其中选载了五十多个帝王的善政与恶行。在三十六件恶行里，宋徽宗自己占了三件。

我印象最深的，是他的信用奸人，穷奢极欲。这个历史上有名的风流天子、无道昏君，在位二十五年间，整天耽于声色狗马，吃喝玩乐，荒淫无度。凡是在这些方面能够投其所好的人，不管是朝中大臣、宫廷阉宦，还是市井无赖，他都予以信任和重用。蔡京奸贪残暴，无恶不作，却能四次入相，祖孙十一人同时担任朝廷命官。王黼多智善佞，五年为相，所蓄金帛珍宝和娇姬美妾之多，几乎能与皇帝媲美。宦官童贯和梁师成，一个掌握兵权达二十年之久，成为北宋末年的最高军事统帅；一个掌管御书号令，权势熏天，连宰相都得把他当作父亲看待，因而有"隐相"之称。他们互相勾结，排斥异己，操纵了朝中的大权。而徽宗则乐得优游岁月，过着花天酒地的放荡生活。

蔡京还挖空心思，从《易经》中找寻根据，以"丰亨豫大"相标榜。说当前朝廷的宫室规模，同国家的富强、君德之隆盛不相配称，极力怂恿徽宗要"享天下之奉"，勿"徒自劳苦"。他们知道徽宗特别嗜好奇花美石、珍禽异兽，便勒令各地搜括、进献，一时间，贡奉珍品的船只在淮河、汴水中首尾相接，称为"花石纲"。当这些花石运到都城之后，蔡京又鼓动皇上兴建豪华的延福宫，分门别类放置。并用六年时间，在平地修起一座万岁山（亦名艮岳），周长十余里，高峰达九十步。山间布满了亭台楼阁，开掘了湖沼，架设了桥梁。他们确定了一条营造的标准："欲度前规而侈后观。"就是说，其富丽堂皇不仅达到空前，还要能够绝后。

童贯从市井中物色到一个善于饲养禽鸟的薛翁。他入园之后，便仿效皇帝出游的架势，每日集中大量车舆卫队，清街喝道，在万岁山中巡游。车上张设黄罗伞盖，并安放巨大的盘子，满盛着粱米，任凭过往的禽鸟随意啄食。飞禽饱食后便翔集于山林之中，自由来去，绝对不许捕杀。经过一个多月的训练，飞禽习惯了与游人狎玩，立于伞盖之上也不再畏惧。一天，徽宗临幸万岁山，霎时，有数万只禽鸟听到清道的声音，迅速飞集过来，铺天盖地。薛翁于御前奏报："万岁山禽鸟迎驾。"徽宗喜上眉梢，当即委之以官职，并给予厚重的赏赐。

二十世纪五十年代初，我看过一出名叫《皇帝与妓女》的新京剧。剧作家宋之的根据《三朝北盟会编》《宋人轶事汇编》和《李师师外传》，把"靖康之祸"中徽、钦二帝伙同朝中的投降派，残酷镇压主张抗金的将领和民众，甘心为侵略者效劳的种种恶行搬到了舞台上。妓女李师师和宋徽宗以及朝中几个奸臣、抗金将领吴革、代表民众的李宝等都有交往，剧情便以她为线索一步步地展开，再现了当时错综复杂、内外交织的矛盾、斗争。当然，由于戏剧本身是文学创作，有些情节出于合理想象，未必与史实尽合榫卯，但它往往比普通的实际生活更集中，更典型。五十年过去了，剧中有些情节至今还深深地印在脑子里：

金兵攻下开封之后，钦宗签下了降表，吴革率兵勤王自陕北前线归来。就在他节节胜利，杀得金兵人马仰人翻，即将活捉敌军渠帅的关键时刻，朝廷却以"破坏和议"的罪名，要捉拿他归案。吴革"情愿做不忠之鬼，不愿做亡国之臣"，抗命杀敌，结果，却被伪装助阵、实为内奸的投降派范琼从背后施放冷箭射倒。当时，台下观众悲愤填膺，传出一片唏嘘之声。

另一件事发生在金军的囚营里。羁押中的道君皇帝，像个丑角演员似的，强装出笑脸，陪同金军将领们踢球打弹，斗鸡走狗，或者吟咏歌功颂德的诗篇，背地里却心态悲凉，愁苦万状。这一切，被天真善良的妓女——其时也遭捕入狱，陪伴歌舞的李师师偶然见到了。出于同情和信任，她便把刚刚获得的一个信息透露给他。原来，吴革在结义弟兄李宝等的悉心护理下，箭伤得到了康复，他们策划在元宵节时，趁着金人歌舞狂欢之际，带领一些勇士潜入金营，同三千在押囚犯里应外合，刺杀金军统帅，大张义旗，重整旗鼓。届时，李师师通过献歌侑酒，加以配合。

可是，李师师万万没有想到，这个无道又无良的亡国之君，竟然把她出卖了。结果，一场精心筹划的义举，最后以吴革等被捕杀、李师师当场自刭而告终。赵佶及其左右侍臣的"逻辑"是：万一举事失败，他们必然会受到牵累，到那时，想要屈辱苟活亦不可得；即使侥幸成功，最后起义军把金人赶出去，得利的也不是他这个太上皇，而是南朝的现任天子。综上分析，于是得出结论："宁赠友邦，不予家奴。"

够了，无须再罗列其他了。看来，让这样一个无道昏君，在荒寒苦旅中亲身体验一番饥寒、痛苦、屈辱的非人境遇，也算得是天公地道了。

四

其实，对一般人来说，苦难本是一笔宝贵的财富，是锻造人性的熔炉。一个人当缺乏悲剧体验时，其意识往往处于一种混沌、蒙昧状态，换句话说，他们与客观世界处于一种原始的统一状态，既不可能了解客观世界，也不可能真正认识自己。而对于赵佶之流来说，恐怕就不那么简单了。

一则故事说，徽宗当了太上皇之后，逃避金兵，跑到镇江。这天，游览金山寺，见长江中舟船如织，因向一位禅师问讯：江上有多少只船？禅师答说，只有两只，一只是寻名的，一只是逐利的，人生无他物，名利两只船。显然其中寓有讽喻的深意。但在当时的赵佶，是无法理解的。史载，李煜在囚絷中，曾对当年错杀了两个直臣感到追悔。且不知赵佶经过苦难的折磨之后，对于自己信用奸佞、荒淫误国的行为，有没有过深刻的反思。

据传，他在五国城写过这样一首感怀抒愤之作：

> 杳杳神州路八千，宗祊隔绝几经年。
> 衰残病渴那能久，茹苦穷荒敢怨天！

古代圣人有一句很警策的话："天作孽，犹可违；自作孽，不可活。"看来，岂"敢怨天"云云，倒还算得上一句老实话。

有资料记载，钦宗赵桓在流放中也填写过一首《西江月》词：

> 历代恢文偃武，四方晏粲无虞。权奸招致北匈奴，边境年年侵侮。　　一旦金汤失守，万邦不救銮舆。我今父子在穹庐，壮士忠臣何处？

词句直白、浅露，水准不高，达意而已。但是，如果真的出自赵桓之手，倒是从中可以看出，他在历经劫难之后的些微觉醒。

1135 年 4 月，赵佶卒于五国城，年五十四岁。二十六年后，赵桓也在这里结束了他屈辱的一生。生前，他们都曾梦想能够生还故国。《纲鉴易知录》载，在燕山时，徽宗曾私下嘱托侍臣曹勋，要他偷逃回去转告康王赵构（即宋高宗）：便可即位，救出父母。羁押中的康王夫人邢氏也曾脱下金环，使内侍交给曹勋，说：请为我向大王转达"愿如此环，得早相见"的愿望。曹勋回去以后，即向高宗奏报，应迅速招募勇士绕行海上，潜入金国的东部边境，偷偷接奉上皇从海道逃归。结果，不但意见未被采纳，曹勋本人还被放往外地，九年不得升迁。原来，这里面有一种非常微妙、隐秘的内情。

高宗赵构乃徽宗第九子、钦宗的弟弟。1127 年 4 月，徽、钦二帝被俘北去，5 月，赵构在南京应天府（今河南商丘）即皇帝位，后来迁都临安，建立了被称为南宋的小朝廷。他同乃父乃兄一样，也是最怕同金兵交战的。他所信用的汪伯彦、黄潜善和充当金人内奸的秦桧，都是些主张逃跑和屈膝投降的人。除此之外，他还有一块心病，就是如果抗金成功，父亲、哥哥就会返回，那实在是难以接受的事实。明人陈鉴有诗云：

日短中原雁影分，空将镮子寄曹勋。

黄龙塞上悲笳月，只隔临安一片云。

诗意是说，捎话也好，"寄环"也好，都是无济于事的，阻隔就在"临安一片云"上，当然指的是宋高宗了。

与这种委婉的批评相对照，明代文学家文徵明在《满江红》词中，则一针见血地对赵构等人的卑劣用心进行了尖锐、直白的揭露："岂不念封疆蹙，岂不念徽钦辱，但徽钦既返，此身何属？千载休谈南渡错，当时自怕中原复。"清人郑板桥也写道：

丞相纷纷诏敕多，绍兴天子只酣歌。

金人欲送徽钦返，其奈中原不要何！

不过，诗中的"金人欲送"的说法并不确实。不要说活人他们不想放回，就是死者的灵柩，金人也无意遣返。徽宗已知生还无望，临终时曾遗命归葬内地，但金廷并未同意。六年后，宋、金达成和议，才答应把赵佶夫妇的梓宫送回去。至于赵桓的陵寝，由于南宋朝廷无人关心，不加闻问，所以，究竟埋在哪里已经无人知晓了。

徽宗有皇子三十一人，公主三十四人，除了赵构和早殇的以外，其他统统被俘获到穷边绝塞。在徽宗的近千名随从、钦宗的上百名随从中，有些年老体弱者抛尸于流徙途中，还有很多人惨死在金兵的剑锋之下，有一百多名"王嗣"（徽宗的后代）成为海陵王的刀下之鬼——这是在金世宗即位诏书中罗列海陵王罪行时揭露出来的。被俘的宗亲、后妃中唯一得以生还的是徽宗的韦后、高宗的生母，在高宗千方百计的营求下，得随徽宗的灵柩返回中土。

现今五国城的东门和南门外，有许多荒丘，传说乃赵氏宗室的墓葬。另外，二十世纪三十年代、七十年代，在城内先后掘得许多用铁柜盛装的北宋通宝。考古学家认为，可能是金人的掳获品。在依兰一带，还流行有所谓"徽宗语"者，类似切音叶韵，传说系当时徽宗与侍从所用之隐语。

有关徽、钦二帝羁身北国的情况，宋史、金史上只是寥寥数语，《松漠纪闻》《北狩行录》等几部个人著述，由于掌握资料有限，也是语焉不详。诚如鲁迅先生所说，过去的历史向来都是胜利者的历史，失败者如果不遭到痛骂，也要湮没无闻。就我所见的史料钩沉，要推日本人园田一龟的《徽宗被俘流配记》较为详尽，但其中有些说法，还须做进一步的考证。

本来，赵佶的诗文书画都称上乘，宋人吴曾《能改斋漫录》中评说："徽宗天才甚高，诗文而外，尤工长短句。"在书法艺术上，赵佶以其深湛的学养、悟性和独特的审美意识，跳出唐人森严的法度，选择和创造了能表现其艺术个性的"瘦金书"体。赵佶的画，同样居于北宋绘画艺术的峰巅。他从当皇帝的第二年起，便日日写生作画，常年不辍；还从宫中所存的几万件绘画作品中精选出一千五百件，反复展玩赏鉴，再从里面选出上百件，日日临习，直到每一件足以达到乱真的程度才肯罢休。他作为一个绘画大家，举凡人物、山水、花鸟、虫鱼，以及其他杂画、风俗画，各色俱备，技艺卓绝。

据说，在九年的穷愁羁旅中，他也未曾辍笔，仅诗词就写过上千首，但流传下来的极少，书画则已全部散失。这里有两个原因：一是金朝初期统治者对"汉化"存有戒心，因而对流人的创作钳制极严，即使社会上偶有流传，也必然遭到禁绝；二是作者本人出于全身远祸的考虑，不得不忍痛自行销毁。赵佶谢世之前，曾遭到一子一婿以谋反罪诬告，后来事实虽然得到澄清，但釜底游鱼早已被吓得惊魂四散，片纸只字再也不敢留存了。就艺术方面看，李煜要比赵佶的命运稍好一些。

五

告别了五国城，我又沿着松花江、黑龙江，一路寻访了九百年前女真部族生息繁兴、攻城略地的丛残史迹，最后来到金代前期的都城——阿城的上京会宁府，考察了金太祖完颜阿骨打的龙兴故地。这座曾经煊赫百余年的王朝都会，几经兵燹劫火，风雨剥蚀，于今已片瓦无存，只余下一片残垣土阜，在斜阳下诉说着成败兴亡。

值得记述的是，据《大金国志》和《金史》记载，当时上自朝廷的宫阙、服饰，下至民风土俗，一切都是很朴陋的，充满着一种野性的勃勃生机和顽强的进取精神。可是，后来这些值得珍视的遗产，在他们的子孙身上就逐渐销蚀了。代之而起的是豪华、奢靡，玩物丧志。他们在燕京，特别是迁都汴梁之后，海陵王完颜亮之辈，骄奢淫逸，横征暴敛，简直比宋徽宗还要"宋徽宗"了。其下场之可悲，当然也和前朝一样。

汴梁城的南郊有个名叫"青城"的小镇，是当年金军受降之处，徽、钦二帝以及赵宋的后妃、皇族都曾被拘禁于此。过了一百零七年，元人灭金，亦于青城受降，并把金朝的后妃、皇族五百多人劫掳至此，并全部杀死。诗人元好问目击其事，曾写过一首七律，末后两句是："兴亡谁识天公意，留着青城阅古今！"到了明末清初，著名文人钱谦益在论及金源覆亡时，也曾慨乎其言："呜呼！金源之君臣崛起海上，灭辽破宋，如毒火之燎原。及其衰也，则亦化为弱主谀臣，低眉拱手坐而待其覆亡。宋之亡也以青城，金之亡也亦以青城，君以此始，亦必以此终，可不鉴哉！"可谓苍凉凄苦，寄慨遥深。

元好问还有一首描写元人灭金，蒙古军肆虐、掠夺的七绝：

随营木佛贱于柴，大乐编钟满市排，
虏掠几何君莫问，大船浑载汴京来。

它使人忆起一百多年前金兵掠宋的情景。

本来，前朝骄奢致败的教训，应该成为后世的殷鉴，起码也是一种当头棒喝。但历史实践表明，像海陵王以及金朝的末代皇帝那样重蹈覆辙，甚至变本加厉的，可说是比比皆是。时间还可以往前追溯一下。六朝时，南齐的末代昏君萧宝卷，给他所宠爱的潘妃修筑永寿殿，凿金以为莲花贴地，让潘妃走在上面，说这是"步步莲花"。不久，即为梁武帝所灭。可是，新朝并未接受前朝的教训，豪华的齐殿变作享乐的"梁台"，依旧是歌管连宵，舞彻天明。唐代诗人李商隐对此感喟无限，写下了一首有名的《齐宫词》：

永寿兵来夜不扃，金莲无复印中庭。
梁台歌管三更后，犹自风摇九子铃。

看过金代的兴亡故迹，我也有无限的感喟。为此，发扬李商隐的诗意，步《土囊吟》一诗原韵，续写七绝二首：

艮岳阿房久作尘，上京宫阙属何人？
东风不醒兴亡梦，大块无言草自春。

哀悯秦人待后人，松江悲咽土囊吟。
荒淫不鉴前王耻，转眼蒙元又灭金！

唐人杜牧名篇《阿房宫赋》中，有"灭六国者，六国也，非秦也；族秦者，秦也，非天下也"和"秦人不暇自哀而后人哀之；后人哀之而不鉴之，亦使后人而复哀后人也"的警句，诗中阐发了其中的奥蕴。

狮山史影

一

说起彩云之南的风景名胜来，人们会滔滔不绝地讲滇池，讲大观楼，讲石林，讲西山，讲苍山洱海，讲西双版纳，可是，十有九人忽略了滇中北部的楚雄彝族自治州武定县的狮子山，令人不免有遗珠之憾。

其实，狮子山不仅自然风景绝佳，而且颇富人文价值。我在这里住了两天，仅仅看了三大景区中的一个角落，但已觉得充盈丰满，美不胜收。应该承认，这对一个景区来说，并不是很容易达到的。

若论幽邃、僻静，风景宜人，生态环境良好，绝少污染，同时又地处少数民族地区，这里很像川西北的黄龙山、九寨沟，也很像湘西的张家界。不同之处，是这里拥有十分丰富的历史积淀、人文景观，而且主要是围绕着一个传说遁入了空门的帝王的行止、出处展开的。这倒又一次为"天下名山僧占多"的说法提供了佐证。

狮子山在武定县城西南四公里，号称"西南第一山"，素有"雄奇古秀"之誉。在一百六十六平方公里的风景名胜区内，有四分之三的面积覆盖着郁郁葱葱的长林古木，中间盘踞着一个硕大无朋的雄狮般的山峦，更显得气象非凡。

循着石级登上耸入云天的凭虚阁，但见翠海接天，不知何处是岸，一片白墙赭瓦的庞大建筑群，掩映其间。穿行在林海里，两侧有寒流啸壑，溪水潺潺，古树栖云，浓荫盖地。纵使外面溽暑炎蒸，燎肌炙肤，此地依然清爽异常，确是理想的避暑胜地。林间草地上，山花野卉，姹紫嫣红开遍，引逗得蝶舞蜂喧，把一个寂静的山陬，装点得霞拥锦簇，生意盎然。

山中的正续禅寺，始建于元武宗至大四年（1311年），其后于元延祐、明永乐、明宣德年间又经过多次扩建、续建，遂使殿宇层层，依山错落，气势雄伟，颇具规模。但在明代中叶以前，对外似乎并没有产生太大的影响，文献中也很少记载。后来，由于明初流亡出走的建文帝朱允炆曾在此间避难多年的说法传播开来，遂使狮子山名闻遐迩，以至闹腾得沸沸扬扬，数百年持久不衰。

漫步山中，几乎随处可见据说在这里避难为僧的建文帝的踪迹。一进山门，就看到迎面照壁上绘有"建文逊国"故实的大型壁画。我以为，这不过是近些年随着旅游事业的开发，风景区管理部门特意找人绘制，用以吸引游人的，所以并没有怎么在意；可是，当走到大雄宝殿前，见到那株树龄五百余年、粗可五人合抱、标牌上注明"建文帝手植"的孔雀杉，就觉得非同凡响了。

在天王殿的南侧，还有一处名为"帝王居"的宅院，顾名思义，乃建文帝当年栖迟之地，院内也有他的手植柏。转到后山，在山半腰的林木葱茏处，隐约可见一处朴陋的建筑物，名曰"龙隐庵"，据说这里是明廷搜索期间这位流亡皇帝的临时避难所。

走着走着，陪同人员又引领我看了建文帝亲手栽培的白牡丹、虎头兰和木芍药。对于这些，我可就不肯轻易置信了。现在，受商品经济大潮的冲击，为了招揽游客，人们惯常在一些以古迹著称于世的旅游景点上弄虚作假，牵强附会，以致许多景物弄得不伦不类、非今非古、真假难分。说句心里话，对于这类做法，我是很反感的。

东道主可能察觉到了我的怀疑情绪，他随手打开背包，从里面抽出一本陈旧不堪、已被虫蚀多处的线装古籍，名为《纪我所知录》，作者为罗养儒。里面记载"建文住正续寺亦积有年，乃于寺之佛殿前植木芍药二本""此花在云南颇少，唯见鹤庆之朝霞寺内有此佳种，建文当日或由迤西移其种而来也"。尽管这也属于故老传闻，但起码是流播久远，而且说得凿凿有据，总还称得上"一家之言"吧，我不能再作无谓的怀疑了。

最引人注目的是藏经楼下的帝王宫。有丹墀、品级阶、九龙口，完全按帝宫形制设置。宫内有塑像三尊，大小与真人相等。中间为建文帝，身披袈裟，双手合十；左右各塑一太监和老臣。藏经楼两侧有配殿，里面供奉着相传随建文帝出亡的护驾臣僚的牌位。

从一本名为《建文从亡十一先生记》的旧籍中得知，这座建筑物落成于清康熙七年（1668年），建文帝的塑像为同时作品。宫门抱柱上雕着两条夭矫的蟠龙，一条向上升腾，一条俯身下降，各臻其妙，栩栩如生。关于它们的寓意，当场我听到了两种解释：一种说法，两条龙分别隐喻抢班夺权、位登九五的朱棣与逊位出走、遁迹空门的朱允炆；另一种说法，象征着建文帝由天子沦为庶人的起伏经历。

二

帝王宫外的廊柱上嵌有三副长联，都是充满诗情、理趣、禅机的史家上乘之作。

其一曰：

> 僧为帝，帝亦为僧，数十载衣钵相传，正觉依然皇觉旧；
> 叔负侄，侄不负叔，八千里芒鞋徒步，狮山更比燕山高。

寥寥四十二字，概括了明初朱元璋、朱棣、朱允炆祖孙、叔侄三代君王的行藏、史迹与传说。

上联说的是祖父和孙儿。所谓"僧为帝"，是指朱元璋。他家世贫苦，十七岁，在故乡投皇觉寺为僧，手持木鱼、瓦钵游方化缘，过了三年"乞丐"生涯，又回到寺里。此时，皇觉寺已遭火毁，在走投无路的情况下，投奔濠州郭子兴起义军，以骁勇机智为子兴所器重。朱元璋善于用兵，战功卓著。经过十几年的征伐，一步步扩充实力，剪除群雄，略地南北，扑灭元朝，于公元1368年在应天府即皇帝位，国号大明。

为了巩固皇权，保持朱家天下的万世一系，朱元璋可说是"机关算尽"，煞费苦心。他既担心故元王朝的地主官员对他不服，更害怕一同起事的文臣武将怀有二心。于是，从洪武五年（1372年）开始，连续颁布申戒群臣的《铁榜文》《资世通训》《臣戒录》《志戒录》，篡录历代诸侯王、宗戚、宦官之属悖逆不道者数百余事，遍赐群臣，使知所鉴戒。

这充分说明，他对臣下一直是心存戒虑，防范甚严的。他不光是言者，而且是行者。先后兴起胡惟庸、李善长、蓝玉三起大狱，株连文武臣僚被诛杀者近四万人。大案而外，一些开国功臣也被相继剪除，或被明令处置，或遭暗中毒害，绝大多数都不得善终。

与此相对应，是建立了皇室分封制度，分封诸皇子在各地称王。目的在于依靠朱氏子孙辅翼王室，以确保朱明王朝的长治久安。而这一手，恰恰为日后的皇室争权，埋伏下了隐患。

明初，封建诸王分内外两线，有的分封在内线，如太原的晋王、西安的秦王、青州的齐王、开封的周王等；还有九个藩王分封到边塞前沿，主要是防止境外的事变，其中以燕王朱棣势力为最强大。允许诸王在其封地建立王府，交给他们一支护卫军和指挥当地驻军的权力，以监视和控制各地的异姓臣僚。兵力多者达万余人，有的甚至"带甲八万，战车六千"。燕王、秦王、晋王都曾屡次带兵出征，节制沿边诸将，威权日重。

洪武九年（1376年），训导叶居升曾直言进谏，说：当前，朝廷赋予诸侯王的权力过大，要警惕出现下强上弱，尾大不掉的局面。现在就应早做措置；否则，等出现离心倾向时再去减地削权，便会引起诸王的怨恨与反抗，像汉朝的七国、西晋的八王那样，或据险自守与朝廷抗衡，或率兵入京制造叛乱，到那时就无法控制了。不要认为，这些人都是皇子，不会干出这种事来。七国诸侯王于汉景帝皆为至亲，不是照样兴兵作乱吗？由此可见，分封制弊端甚多，希望皇上及早采取救治的措施。

应该说，这一建议是非常富有远见的，而且提得正是时候。可是，刚愎自用、一意孤行的朱元璋，听了之后却愤怒异常，认为叶居升心怀叵测，有意挑拨关系、制造混乱。大嚷大叫，一定要把他杀死。最后，叶居升终于被击死狱中，此后，就再也无人敢于进谏分封诸王之事了。

三

明太祖有子二十六人。太子朱标温文尔雅，赋性仁厚。朱元璋觉得他有些柔弱，有意识地让他处理一些复杂事务。这样，就更明显地看出，父子两人为政之道，差异甚大。老皇帝主张以猛治国，通过严刑酷法来威慑官民；而太子却主张仁政爱民，认为杀人越少越好。

一次，他向太祖进谏说："陛下杀人过滥，恐伤和气。"朱元璋没有作声，第二天，父子俩在东阁外闲步，朱元璋故意把一条带刺的手杖扔在道上，叫朱标把它捡起来。朱标面有难色。朱元璋说："你害怕手杖有刺不敢拿，我把这些刺先给你削光了，再交给你，岂不更好。"

眼看着"手杖"上的刺削得差不多了，不料，太子朱标竟一病不起。这时，太祖已经六十四岁了。究竟传位给谁，一时竟没有了主意。他认为四子朱棣沉雄、果断，颇有父风，有心立为太子，但群臣中多持异议。理由是，朱棣前面还有两个兄长，弃兄立弟，于礼不通。其实，更大的障碍还是，朱棣本系庶出，其生母是高丽国进贡给太祖的一个妃子。按照正统观念，入继皇位的必须是皇后所生的嫡子。

既然皇子中没有办法安排，事出无奈，只好把太子朱标的儿子、十六岁的朱允炆册立为皇太孙。朱元璋也料到了诸叔王未必服气，便特意编写一部《永鉴录》，教育诸王安分守己，顾全大局；又颁布了《皇明祖训》，把皇帝与诸藩王、臣下所应恪守与不该做的事，规定得一清二楚，还提出，皇亲中如果发现谋逆之事，格杀勿论。

但是，这一切终究是纸上文章，一旦他撒手红尘，任何约束力也就化为乌有了。诸叔王凭借手中的雄厚实力，言多不敬，行辄越法，根本不把这个年轻、文弱的小皇帝放在眼里。特别是燕王朱棣，从青年时代起，即跟随父亲驰驱疆场，战功卓著，成为诸王中的实力派、佼佼者，对于朱允炆的帝位造成了严重威胁。

早在太祖册立皇太孙那天，诸王都按时侍立两侧，唯独燕王朱棣姗姗来迟，到了之后，又重重地拍打着皇太孙说："我这个侄儿真是幸运啊！"受到了太祖的严厉斥责。朱允炆即皇帝位，群臣入宫朝贺，朱棣竟无视礼法，从皇帝专用御道上殿，而且不叩不拜。

监察御史曾凤韶以"大不敬"罪弹劾燕王，建文帝却说，都是亲人，不必追究了。户部侍郎卓敬密奏建文帝说，燕王才智过人，酷似先帝。而北平向为强悍民族聚居之地，金、元两朝都从北平发迹。应速将燕王改封到南昌，以绝后患。建文帝还是不以为然，说，燕王与我乃亲生骨肉，何至于此！

但是，形势毕竟是异常严峻的。面对诸叔王特别是燕王声威日烈、步步进逼的局面，建文帝也日益感到问题的严重性。燕王返回北平后，建文帝即派都督耿瓛掌管北平都司业务，又安排都御史景清为北平布政司参议，都是为了监视燕王府的动静。当事态进一步发展后，他便接受齐泰、黄子澄等谋士的意见，颁布了削夺诸藩的诏令。于是，燕王朱棣借口奸臣跋扈，朝廷孤立，社稷危亡，援引《皇明祖训》，以"清君侧"为由，入京"靖难"。从而爆发了一场持续四年之久的争夺皇位的内战，史称"靖难之役"。

朱棣攻占南京，登了帝位，建文帝下落不明。《明史》记载："都城陷，宫中火起，帝不知所终。""或云帝由地道出亡。自后，滇、黔、巴、蜀间，相传有帝为僧时往来迹。"而成书早于《明史》八十多年的《明史纪事本末》则记为：建文帝从地道出逃，一些随从人员从水关出城。鉴于多人聚集多有不便，只留三人在建文帝身边。他们乘船经吴江、京口，过六合，而后陆行，取道襄阳，最后到了滇南，又西游重庆，东到天台，转入祥符，侨居西粤，经常往来于云贵之间。

明末著名史学家谈迁在《国榷》中记载，燕兵攻破南京金川门后，建文帝束手无策，想蹈火而亡。这时，翰林院编修程济从奉先殿后取出一个铁条箍紧的匣子，说："太祖生前嘱咐：太孙日后临大难时，可打开此匣，以找出解救办法。"建文帝忙叫人打开，只见匣子里装的全是和尚的用品，有剃度用的工具，还有两副袈裟、两副度牒。建文帝悲叹道：这是运数已尽啊！于是，抓紧剃去头发，穿上僧服，乘夜逃出聚宝门。整个亡命过程中，建文帝始终都是以僧人身份出现的。联语中说的"帝亦为僧"，本此。

乃祖僧为帝，阿孙帝作僧。这倒不是朱家与佛门有特殊的夙缘，更非一场简单的历史性游戏，其间存在着制度方面的深层原因。那位以撰写大观楼一百八十字长联闻名于世的清代诗人孙髯翁，在《再游狮子山吊建文帝》一诗中，有"滁阳一旅兴王易，建业千官继统难"之句，说的是朱元璋创业有方而交班无术，凭吊兴亡，寄慨遥深。

清代大诗人、史学家赵翼则从更深层次上进行剖析，在《金川门》一诗中有句云"乃留弱干制强枝，召乱本由洪武起""岂知衅即起萧墙，臂小何能使巨指"。明确地指出，肇祸的根源乃在朱元璋身上，正是分封诸王制度造成了干弱枝强、指大于臂，最后，祸起萧墙，无法收拾。

联语中"正觉依然皇觉旧"，分别讲了孙儿与祖父出家的场所。建文帝避难滇中，在正续寺为僧，"正觉"是对正续寺的隐括。联语作者拉出它来与明太祖早年出家的皇觉寺相提并论，一个庙貌"依然"，一个已经"破旧"，看来也不是闲笔，里面似乎隐喻着褒贬的意味，反映出一定的倾向性。

四

"寓褒贬，别善恶"，在下联就更加明显了。下联是扯出叔侄来加以评断。燕王朱棣从侄儿手中夺取了皇位，因此，联语中"叔负侄"云云，容易理解。那么，"侄不负叔"又当作何解释呢？我以为，这里至少有两方面的根据：

燕王朱棣起兵后，曾多次遭遇危险的处境。建文三年三月的一天，在保定的夹河，燕王的军队再次败在大将盛庸手下，黄昏时节，走投无路的朱棣率领十几名骑兵竟误入盛庸的营地，被朝廷的军队团团围住，如果此时断然加以解决，那么，所谓"靖难之役"也就灯吹火灭了；但是，当时竟没有一个人前去抓捕和伤害燕王，这是因为建文帝事先向部队作过交代，双方交战，不可伤害燕王，以免背上杀害叔父的恶名。结果，燕王得以安然脱险。此其一。

其二，当燕王的"靖难"军攻入京师时，建文帝尽管逃身在外，也还是有一定的抵抗实力的。其时，江南一带基本上还是他的天下，辽东仍控制在朝廷手中，孙岳、铁铉、梅殷等几个心腹重臣分别据守凤阳、山东、淮上，旦夕间即可开赴京师，举兵勤王。民间有个说法，建文帝为了解除内战中黎民之苦而甘愿逊位于叔父。这当然是臆测之说。但是，二百四十二年后，南明福王就曾称之为"让皇帝"，并正式追谥建文帝为惠宗，其后，清乾隆帝又追谥为惠帝，也似乎为此种说法提供了一个佐证。

"四十载衣钵相传"，讲的是祖孙递嬗，太祖在位三十一年，建文帝在位四年，"四十载"是取其概数。这是从时间上纵论；而"八千里芒鞋徒步"，则是从空间上展开。"八千里路云和月"，形容建文帝的亡命生涯，征程迢递，远哉遥遥。

从史书记载中得知，关于建文帝的下落，最先是由明成祖朱棣一锤定音的。他在登基之后给朝鲜国王的诏书上是这样写的："建文为权奸逼胁，阖宫自焚。"后来，官修明史便据此作了记载。在朱棣看来，若是建文帝真的死于宫中大火，这当然是最理想不过的。不仅可以减轻他继承大统时制度上的约束和舆论上的压力，而且，也消除了前朝复辟的后顾之忧。因为他比谁都清楚，只要这个皇侄还活在世上，就无异于悄然竖起一面神圣的旗帜，在他的皇帝宝座旁埋下一颗威力强大的定时炸弹，对他的皇权统治随时都会构成威胁。

为了遮人耳目，进一步坐实建文帝已死这件事，他又编演了一场"辍朝三日，遣官致祭"的把戏。但这显然又引起了更多的人疑窦丛生，因为要"致祭"，就总得有建文帝的陵寝，要有御制的碑铭。可是，这些全都没有。明末崇祯年间，曾有人上疏请将建文帝入祀，崇祯就说："建文无陵，从何处祭？"

实际上，朱棣本人也并不相信建文帝已经死去。为了寻觅这个皇侄的踪迹，他处心积虑几十年，寝不安眠，食不甘味。他在永乐三年派遣郑和下西洋，目的之一就是在域外查探建文帝的下落。《明史》上说，"成祖疑惠帝亡海外，欲踪迹之"。

从永乐五年（1407年）开始，又派遣户科都给事中（相当于现在的公安部部长）胡濙以颁布御制诸书和访察仙人张三丰为名，遍行天下州郡乡邑，暗察建文帝藏身之地，前后两段在外奔波了十五年。为了同样的目的，成祖曾多次命礼部榜示天下，申明僧侣、道人"俾守清规，违者必诛"；还以对照度牒的办法，对出家人严加巡查。

《明史·胡濙传》载，永乐二十一年，胡濙还朝，紧急谒见皇帝，当时成祖已经就寝，听说胡濙到了，赶忙穿上衣服，召他入内。胡濙就把访察建文帝的情况做了报告，直到漏下四鼓才出来。究竟是什么内容，君臣竟谈了这么长时间？史书上没有明说。只是交代了这个情节：此前，传言建文帝蹈海去，现在才解除了疑虑。

我们可以据此推想：是不是掌握了建文帝已经死去的信息？或者，虽然建文帝尚在人世，但已寄迹佛禅，无心俗务，或因健康状况不佳，总之，对朝廷已不再构成威胁了。否则，朱棣何以"至是疑始释"呢？一年后，朱棣即病死于北伐途中。

在二十二年的皇帝生涯中，朱棣无时无刻不被这个侄子的疑踪搅扰着，说来也是堪笑又堪悲的。

五

至于建文帝究竟逃亡到了哪里，至今史学界也没有定论，可说是聚讼纷纭，莫衷一是。有的主张"在近不在远"。上海学者徐作生先生通过多年实地勘查，并研究大量文献资料，认定建文帝一直藏身于苏州吴县的穹窿山皇驾庵，其庇护人竟是曾辅佐朱棣得天下的和尚道衍（即姚广孝），有皇驾庵的碑刻资料为证；并考证，穹窿山拈花寺后半山坡上的当地人所称的"皇坟"，即建文帝的陵墓。有的则坚持"流落滇黔说"，认为武定狮子山即定居地之一。

我在武定访问期间，为了揭开这个历史上的疑团，或者说，要为"流落滇黔说"多找到一些史证，曾走访了当地的史志办、图书馆，翻阅了大量文献资料，可惜所获甚微。其中较有价值的，是清初《武定府志》的记载："帝（建文）乃先入蜀，未几，入滇。虽往来广西、贵州诸寺，止于狮子山正续寺者数十年。"清乾隆时檀萃著《武定凤氏本末》一书，也有"让帝遁荒至滇，黔国公送之凤氏所"的记述。但即使这些资料，也都是事隔二三百年之后的往事钩沉了。

资料缺乏，载记寥寥，这原是容易理解的。鲁迅先生早就说过，过去的历史向来都是胜利者的历史，失败者如果不遭到痛骂，也要湮没无闻。何况，有明一代，以至清初，很多时间它都被当作一个异常敏感的政治问题。不过，就我闻见所及，痛骂建文帝的还没有，这对这位倒霉的流亡皇帝来说，也算是够幸运的了。

我从史书及方志中抄录了一些传说是建文帝遁迹禅林后的诗篇。其中有这样一首七律：

> 阅罢楞严磬懒敲，笑看黄屋寄云标。
> 南来瘴岭千层迥，北望天门万里遥。
> 款段久忘金凤辇，袈裟新换衮龙袍。
> 百官此日知何处，惟有群乌早晚朝。

当是初入空门时所作。尽管诗的文学价值不高，但确是一种真情的流泻。

那天，我漫步在狮子山的林间小径上，目注隐现在"云标"中的寺庙，默诵着建文帝的述怀之作，觉得他虽然已经侧身缁流，但对于往日的凤辇龙袍、早朝陛见，仍然流露出丝丝缕缕的眷恋，未能完全释然于怀。

后来，这位流亡皇帝经过南北东西的流离颠沛，沧海惯经，风霜历尽，百般折磨过去，世事从头数来，虽然未能如太上之忘情，脑子里有时仍然浮现着朝元阁、长乐宫的影子，但一切一切毕竟已经是梦幻、泡影了。这种情怀，充分反映在他的晚期的诗作中：

> 牢落西南四十秋，萧萧白发已盈头。
> 乾坤有恨家何在，江汉无情水自流。
> 长乐宫中云气散，朝元阁上雨声收。
> 新蒲细柳年年绿，野老吞声哭未休。

忽忽几十年过去了，松风吹白了鬓发，山溪涤荡着尘襟。"绝顶楼台人倦后，满堂袍笏戏阑时。"旧梦如烟，岂堪回首；风光不再，漏尽灯残。漫步山野间，这位白头老衲不禁慨然低吟：

> 杖锡来游岁月深，山云水月傍闲吟。

尘心消尽无些子，不受人间物色侵。

这里与其说杂有某些颓唐之气，毋宁说是翻过筋斗、勘透机锋之后的一种智慧与超拔，是经过大起大落的一种高扬的澄静。

后人也许正是根据这番诗意，撰写了一副对联刻在"建文祠阁"的廊柱上：

沧桑变太奇，可怜一瓶一钵一袈裟，忽忽把君王老了，直到那华发盈头，面目全非，听夜静钟声，皇觉始归正觉；

黄粱梦已醒，回忆走东走西走南北，处处都荆棘丛生，何如这昙云满地，庄严自在，看潭澄月影，帝心默认禅心。

六

由于建文帝的下落是个极为尖锐、敏感的政治问题，永乐年间被视为一个禁区。当时，本来知情者大有人在，但是，正如后代诗人写到的，"国初杀气浑不除，越三十年还相屠"，刀光血影中，人人都不寒而栗，噤若霜蝉。

明代中期以后，随着形势的变化和朝廷注意力由内向外的转移，诛杀较少，禁网渐疏，加上朱棣的后代已不再担心流亡皇帝会复辟，于是，士大夫中开始有人议论建文帝轶事；到了第十一代皇帝武宗临朝之后，甚至有人上疏请求为建文帝追加庙号、谥号。据《明实录》载，万历二年十月，神宗皇帝御临文华殿，曾与辅臣张居正谈论起建文帝的下落问题。说明此事已正式开禁。

正是在这个前后，记载建文帝行止的书也陆续出现。传闻明成化年间，浙江松阳县人王诏闲游吴中治平寺，听到寺内转轮藏上有窸窣声，遂上去查看，原来是几只老鼠在啃一本旧书，翻开一看，里面载有随建文帝出亡的二十几位旧臣的轶事。王诏怜其孤忠，在每人事迹之前各加数句赞语，题名为《忠贤奇秘录》，刊行于世。

到了万历年间，又传出署名史仲彬的《致身录》，记载了建文帝南京出走后亡命西南的经过。其他还有《建文朝野汇编》《罪惟录》等多种。其中，集大成者为刊行于顺治十五年的《明史纪事本末》，以专门一章系统记述了建文帝出亡过程和流落西南各地的行迹。因为作者谷应泰是清初官员，又是一位颇有成就的史学家，而且这部书又是以正史面目出现的，所以，传播甚广，影响颇大。

但是，到了康熙十二年冬反清事件"朱三太子案"出现后，人们又开始讳言其事。清初，流传明崇祯帝第三子尚在民间，一些人即以"朱三太子"为号召，举兵反清。京师有个叫杨起隆的人，诈称他是"朱三太子"，组织旗下奴仆、佃户，密谋起事。因事机漏泄，为清廷镇压，杨起隆逃匿。

康熙十九年（1680年）、康熙四十年（1701年），先后又在陕西和江浙，发现诈称与拥立"朱三太子"者，闹得假假真真，使清廷大伤脑筋。这在当时是绝对忌讳的。因为如果有明室的嫡裔子孙在，就可以系故臣遗民之望，可以为反抗新朝者资为号召。所以清廷一经发现。便断为伪冒，而格杀勿论。议论建文帝之事，颇有借古喻今之嫌，因此，人们都避开这一话题；有的甚至进而直接指斥"建文出亡说"之谬妄，以适应当时政治的需要。

康熙十八年（1679年）诏修明史，自然会受到这方面的影响。王鸿绪在《明史稿》及《史例议》中，大放厥词以谄媚时君，明史馆修撰之臣也希旨迎合，认定建文帝焚死宫内，绝无逃匿之可能，都与此有直接关系。

到了乾隆末叶，明亡已逾百年，所谓"朱三太子"被获处死也过去了六十多年，朝廷已不再担心明室嫡裔复辟的事，于是在乾隆四十二年（1777年），诏改明史本纪，把"建文焚死"改为"棣（永乐帝）遣中使出后（马皇后）尸于火，诡言帝尸"。这样，文士们才又旧话重提。乾嘉之际的赵翼在《金门川怀古》诗中，有"一领袈裟宵出窦，九江纨绮夜翻城""从亡芒履千山险，骈戮欧刀十族空"之句，坐定了建文帝出亡之事，并敢于议论明成祖残酷杀戮建文遗臣的暴政，即是明证。

七

联语中"狮山更比燕山高"一语，寓意十分丰富而深刻。它涉及建文帝与永乐帝的历史评价问题。由于作者认定建文帝匿迹武定狮子山，所以，这里以"狮山"借代建文，而"燕山"则指的是永乐。

这种句法原是从唐宋诗人那里学来的。唐人罗隐评价光武帝与严子陵，有"世祖升遐夫子死，原陵不及钓台高"的诗句。范仲淹则把东汉开国功臣拉出来和严子陵对比，结论是："世祖功臣三十六，云台争似钓台高！"这些诗句，都是通过对严子陵那种不慕名利、淡泊自甘的风范的颂扬，体现出浓重的士大夫自命清高、浮云富贵、粪土王侯的思想感情。联语中揄扬退位隐居的建文，而贬抑攘权窃位的永乐，与此有一定关系。

中国自古以来，就有崇尚隐逸的传统。几千年前的《易经》上就讲，"肥（飞）遁，无不利""不事王侯，高尚其事"。特别是庄子，系统地宣扬了隐逸思想。他最先阐发了对后世发生极大影响的"身外之物"论。他说，外物偶然到来，只是寄托，寄托的东西，来时不能阻挡，去时不能挽留。可是，人们并不懂得这个道理，"寄去则不乐"。因此，他感喟地说："今世俗之君子，多危身弃生以殉物，岂不悲哉！"

庄子为人们描绘了一幅热衷权势者的画像：权到手了战战兢兢，权势丢了痛哭流涕；睡了做噩梦，醒着不安宁。磨墨墨磨，弄权权弄。究竟是人在当官，还是官在磨人？这种隐逸思想文化的确立，正是泥涂轩冕、归钓江湖的严子陵被历代文人捧得那么高的社会思想背景，也是关于建文帝的这副联语的意蕴所在。

由于这副联语是悬置于正续禅寺的，因此，它对于是非、高下的判定，必然考虑到佛禅的"红尘觉悟"。佛家认为，功名富贵不过是因缘和合的一种偶遇，用终极关怀的眼光看，并不具备真正价值和实际意义。建文帝王冠落地，遁入空门，由大起大落而大彻大悟，在佛家看来，当然要比不择手段地追逐权位的永乐帝高超百倍。

如果不从庄、禅的角度，而是就史论史，专从事件本身来考究，联语中的结论也可说是"言之成理，持之有故"的。

据明史记载，朱允炆继位之后颇有一番作为，深得人心。他"天资仁厚""亲贤好学"，对祖父的诛戮功臣、雄猜忌刻，一直持有异议；亲政之后有意识地调整那种君主集权政治，注重发挥臣下作用，提高文臣地位；同时诏行宽刑薄赋，举遗贤，兴教化，重农桑，赈饥民。这一系列的兴革措置，为长期生活在高压、紧张的政治环境里的官民，提供了一种宽松、温煦的气氛，一时道化融洽，万民称治。不期这位颇得人心的青年皇帝，只维持了四年统治，就横遭惨败，饮恨终生，自然引起了当时和后世许多人的同情与怀念。

明乎此，就容易理解：当朱棣挥师进入南京后，为什么朝中诸臣拒不降燕，战死及自杀者那么多，仅弃官逃走的就有四百六十多人。许多人无视酷刑峻法，甘冒斧钺之诛，抗命不屈，死得极为惨烈。史称，"建文诸臣，三千同周武之心，五百尽田横之客"。所表现的气节，简直比改朝换代、异姓称王还要厉害。

对此，明代诗人朱鹭借凭吊死难遗臣方孝孺做了真实的描述：

四年宽政解严霜，天命虽新岂忍忘！
自分一腔忠血少，尽将赤族报君王。

而对于朱棣，在明清两代文人中则多有微词。人们当会记得，吴敬梓在《儒林外史》中曾借一位儒士之口，说："本朝天下要同孔夫子的周朝一样好的，就为出了个永乐帝，就弄坏了。"不仅朱棣本人，就连受他器重、辅佐他"靖难"夺位的僧道衍（姚广孝）也遭到了时人的非议与厌弃。

据《明史》和《逃虚子集》记载，由于道衍助"桀"为虐，滥杀无辜，在他贵登高位之后，回到家乡吴县去拜望姐姐，姐姐却闭门不纳。访问老朋友王宾，王宾也不肯相见，只是站得远远地，连声说道："和尚误矣，和尚误矣！"亲人、朋友的鄙视和冷漠，使他的心灵受到强烈的震撼，此后便不再参政，潜心遁迹佛门。

传说，在他的晚年还曾保护过逃匿在外的建文帝。但明朝的后世君臣对他仍无好感。嘉靖年间，明世宗以"姚广孝系释氏之徒，恐不足尊敬祖宗"为由，将他的牌位从太庙中搬出。

说句公道话，无论如何，永乐帝在历史上还算得一位英主。他继承太祖的基业，巩固了明王朝的统治。同时，坚持"怀柔远人"的方针，力求与周邻国家和睦相处，避免战祸，进而成功地建立了经济与政治的联系。他的名字将与郑和下西洋、营建北京城、修纂《永乐大典》的丰功盛烈同其千古。而且，我们评议历史人物的功过是非，既不应感情用事，也不能囿于封建伦理。无论叔侄哪个做了皇帝，应该说，都是代表封建地主阶级掌权，代表反动统治者利益的。

八

这里想要指出的是，永乐朝的弊政为后世提供了许多深刻的教训。成祖之失，一是晚年一意北征，劳师耗饷，招致边境不宁；一是信用宦官，为政苛猛。永乐帝为侦察臣民的行动，除加强原有的锦衣卫外，又设置东厂，交由宦官掌管，秘密侦察朝内外官员动静，阁臣一切活动，都由宦官秘密陈报；甚至派遣宦官赴外地监军，以防范驻防军将专权。

但是，最大的最不能令人原谅的过失，还是夺位之后，对建文遗臣和所有的逆命之士，大开杀戒，滥用酷刑，从开国元勋、硕儒、宿将，到诸司官吏、州县衙役，一直到平民百姓，凡有牵连，就要满门抄斩，甚至诛灭九族，转相攀染，村里为墟，直杀得朝野震怖，四海惊心，因而不免要受到后世的强烈谴责。

据史料记载，建文帝有两个儿子，长子文奎在靖难之役中失踪；次子文圭当时仅仅两岁，但朱棣也不放过，告诉太监将他幽闭起来，只许喂饭，不许教他说话，让他成为会喘气的废物。结果，监禁了五十五年，出狱时果真成了白痴。建文帝的三个弟弟，有两个死于凤阳的牢狱，另一个由朱棣授意他人纵火，被烧死在家中。

朱棣在夺取皇位之后，有案可查的共杀戮了一万四千多人，而且，手段也非常残忍。胡闰被剥皮；铁铉被油炸；景清不仅本人被敲牙、割舌、剥皮，九族也诛灭无遗，连同村的人都全遭屠戮，这便是历史上所说的"瓜蔓抄"。以文章、理学名世，人称"正学先生"的方孝儒，由于不肯为朱棣起草即位诏书，并号啕大哭，掷笔痛骂，先被削掉下颏、割断舌头，后又千刀万剐，并被诛灭九族及其门生，号为十族，共处死八百七十三人。

罪人的妻女则被发付到教坊去做妓女。一般的娼妓是静候嫖客，而她们按照永乐定法，需要不断"转营"，每个兵营里都要住上几天，以便为尽可能多的男性所糟蹋。生出孩子来，被称为"小龟子"和"淫贱材儿"，更要遭受非人的待遇。对前朝逆命之臣及其遗属，竟施以如此残酷、如此残暴的惩罚，在中外历史上都是少见的。

持续十几年的血腥屠杀，不仅斫丧了国家元气，而且在民族心理上造成了剧烈的创伤，以至清初有人总结明亡教训时，把这作为一个缘由。他们认为，由于朱棣残杀无度，毁坏了正气刚风，造成后来许多臣子只知明哲保身，顺时听命，持禄固宠，再也无心顾念社稷了。

离开武定狮子山，已经三个月了。每当记起有关建文帝的种种传说和后人对明初这场惨烈的流血斗争的评判，我总觉得，西哲的那句名言："历史，就是耐心等待被虐待者获救的福音。"确是有些道理。

陈桥崖海须臾事

一

我喜欢旅游，更喜欢在足迹所至的山川灵境中寻觅文学的根、诗性的美，体味活泼泼的宇宙生机中的至深的理，追摹一种光明鲜洁、超然玄远的意象。

而脑子里由于积淀着丰富的"内存"，每接触到一处名城胜迹，都会有相应的诗古文辞、清词丽句闪现出来，任我去联想、品味。我也习惯于从那些诗文中发掘沉甸甸的记忆，演绎其间曾经发生过的一切，追寻那种"事外有远致"的神韵。于是，历史的神经与血脉，生命的欢愉与悲戚，在这里就富有了诗性，富有了超越时空的魅力。

也可以说，这些诗古文辞使我背上了一笔相当沉重的情思的宿债，每时每刻都急切地渴望着对于诗文中的实境的探访。那种情怀的热切，大概不亚于思念故乡、怀想亲友、眷恋情人，有时竟达到欲罢不能的程度。

这次我踏上中州大地，同样是被一些古代诗文典籍牵引着。记忆中，前人何希齐有这样两句诗：

> 陈桥崖海须臾事，
> 天淡云闲今古同。

正是它，把我引到了开封东北四十五华里的陈桥驿。

这是一个普通至极的北方小镇。低平的房舍，窄狭的街道，到处都有人群往来，却也谈不上熙熙攘攘。只是由于一千多年前，这里曾经发生过一起震惊全国的"兵变",导致了王朝递嬗,便被载入了千秋史册,而成为中华名镇之一。

唐朝末年,群雄混战,藩镇割据,形成了五代十国,分裂局面持续了近半个世纪。后来成为宋朝开国皇帝的赵匡胤,当时不过是一个中层将领。由于跟随后周世宗柴荣作战有功,被提升为殿前都点检,统领精锐的禁军,担负着防守京师汴梁的重任。这样,他就开始确立了在禁军中的统帅权威,有意识地培植了自己的势力,暗地里同其他禁军将领石守信等结拜为"十兄弟"。

公元959年,后周世宗死去,七岁的儿子柴宗训继位,是为恭帝,由他的母亲符太后掌握政权。翌年元旦,河北镇州、定州谎报辽朝和北汉联兵南下,向后周进攻。慌急中,符太后和宰相范质等未辨真假,便派遣赵匡胤率领禁军出城迎战。赵匡胤的军队刚刚出动,汴京城内便传播起"点检做天子"的舆论。

正月初三晚上,大军行至陈桥驿宿营,军帐设在东岳庙。深夜,军中部将在赵匡胤的胞弟赵光义和归德军掌书记赵普的策动下,集结于军帐之外,声言要拥立赵匡胤为皇帝。赵匡胤装作酒醉未醒,慢腾腾地起床坐帐,将士立即把一件事先准备好的黄袍披在他的身上,然后一齐跪拜,高呼万岁。这就是历史上有名的陈桥兵变,黄袍加身。

现在,陈桥驿还保留着关于这次事件的许多文物,主要有当年设过军帐的东岳庙,赵匡胤拴过战马的系马槐,众将领饮过水的古井和几处大小碑刻等。东岳庙创建于五代时期,为中州大地上的著名古迹。千余年来,几经修缮,现在,大殿已辟作展览室,介绍陈桥兵变的经过。几块石碑上分别刻着清人顾贞观、张德纯和金梦麟等人即兴咏怀的诗词。

漫步古镇街头,玩味何希齐诗中的意蕴,不禁浮想联翩,感慨系之。的确,从赵匡胤在这里兵变举事,黄袍加身,创建赵宋王朝,到末帝赵昺在蒙古铁骑的追逼下崖州沉海自尽,宣告赵宋王朝灭亡,三百多年宛如转瞬间事。可是,仰首苍穹,放眼大千世界,依旧是淡月游天,闲云似水,仿佛古今都未曾发生什么变化。

"后之视今亦犹今之视昔",这是一个深刻的哲学命题,让人们生发出许多感慨。不仅接触到古人"通天尽人"的怆然感怀,体味到哲人智者的神思遐想，而且，为研究史事打开了一个新的视界，提供了足够的思考空间。有人评说，何希齐诗中的寥寥十四个字抵得上一部《南华经》，自是夸张之言。但诗人"纳须弥于芥子"，以少胜多、举重若轻的涵盖力，实在给后人留下了许多想象的空间。

二

古往今来，每一个人，每一件事，都存在于时间和空间的一个交叉点上，无论人们怎样冀求长久，渴望永恒，但相对于历史长河来说，却只能是电光石火一般的瞬息、须臾。生命的暂住性，事物的有限性，往往使人堕入一种莫名的失望和悲凉。但这又是难免的，因为只要生活在具体的时空里，每一个个体的人与事，就难免显现出它真正的渺小和空幻。为了摆脱这一根本的局限性，超出生命长度，得到更多更多，无数英雄豪杰费煞移山气力，耗尽无涯岁月，到头来总不能如愿以偿，最后只好怅然而去。大约只有在宗教和艺术的幻想中，才可能侈谈所谓"绝对的超越"。一切历史只能复活在回忆之中，一切"绝对的超越"，一切永恒，只能存在于想象之中。

人生的历程是不可逆转的。任何人生命的时空，在现实生活中都是一次性的。正是这生命的一次性，使我们从出生的一刻起，就面临着死亡，面临着结束。因此，作为个体的生命，暂居性便成了我们无可改变的状态。在历史的长河中，我们所能亲历的只是时间中的瞬间。盖世英杰也好，村野凡夫也好，无论是谁，分享的都只是这个永恒世界中的短暂的现在。还是李太白说得透彻："今人不见古时月，今月曾经照古人。古人今人若流水，共看明月皆如此。"

明代著名学者杨升庵，晚年写过一部《历代史略十段锦词话》，上起鸿蒙初辟之时，下至元代，共分十部分。其中第三段的开场词，是一首《临江仙》，上阕是：

滚滚长江东逝水，浪花淘尽英雄，是非成败转头空。青山依旧在，几度夕阳红。

无非是览史兴怀，抒写由沧桑迭变所引发的人生感慨。这里化用苏轼《赤壁怀古》的成句，巧妙地把长江东逝与人物迁流联系起来。江水滔滔，今古无异，而历史上匆匆来去的"千古风流人物"，却如巨浪淘沙，消逝净尽。

诗人纵观历史，思量世事，发现了一个令人嗒然无奈的事实："是非成败转头空。"万千成败是非，转瞬间烟消云散，与历史长河相比，实在显得非常的渺小与短暂。杨升庵对历代盛衰兴亡、千古英雄成败的彻悟，与诗人何希齐的充满哲理性的感慨，可谓异曲同工。当然，他并不是无谓而发的，里面渗透着他从自身的颠折遭际中所获得的真切、实际的教训。

杨升庵出身于中国封建社会后期四川新都的一个典型的官僚地主家庭，父亲杨廷和为内阁大学士，一朝宰辅，元老重臣，而祖父、叔叔、弟弟、儿子，也都是进士及第，因此，有"一门科第甲全川"之誉。他自己二十四岁中状元，任翰林院修撰和经筵讲官达十二年之久。早期的仕途上，飞黄腾达，春风得意。

后来，明武宗纵欲亡身，没有子嗣，遵照《皇明祖训》中兄终弟及之义，明世宗以同辈庶兄弟的身份继统，于是，发生了承认皇统还是尊奉家系的所谓"大礼之议"的激烈论争。杨升庵与皇帝意见针锋相对，坚定地站在当时担任宰相的父亲一边，极力主张承认皇统，要皇帝以武宗之父孝宗为父考，而称其生父兴献王为叔父。当时，杨升庵心骄气盛，放言无忌，而且，事后又纠集一些同僚撼门恸哭，因而重重地触怒了世宗皇帝。在两遭杖刑，死而复苏之后，被远谪云南永昌卫三十余年。转瞬间就结束了仕宦生涯，由权力的峰巅跌入幽暗的谷底。这种政治上的起落颠覆，对他的打击无疑是极大的。

但是，作为一代哲人，他从庄子那里悟解了达生之道，认识到在人生的道路上，不如意事常八九，尽可奉行"模糊哲学"，等同地看待那些荣辱、穷通、是非、得失。只要自己能够克服心理上的诸般障碍，则对人间万事尽可以弛张莫拘，舒卷无碍。恰如他在《临江仙》词的下阕中说的：

白发渔樵江渚上，惯看秋月春风。一壶浊酒喜相逢，古今多少事，都付笑谈中。

不要说后世的论者，即使他自己，数十年后，作为一个远戍蛮荒的平头百姓，徜徉于山坳水曲之间，以淡泊的心境回思往事，料也能够感到，当年拼死相争的所谓"悠悠万事，惟此为大"的皇上称父亲为皇考还是为皇叔的"大礼"，不过是"相争两蜗角，所得一牛毛"，真个是"古今多少事，都付笑谈中"了。

可以说，这首词既是他多年谪戍生涯的真实写照，刻画出他以秋月春风为伴，寄情渔樵江渚的闲情逸趣，也是诗人赖以求得自我解脱，从一个方面放弃自己，又从另一个方面获得自己的一种价值取向。正是这种超然物外，摒弃种种世俗烦恼，对个人的一切遭际表现出旷怀达观的人生态度，帮助他渡过了漫长、凄苦的谪戍生涯，最后得以古稀上寿，终其天年。

而且，由于他投荒多暇，于书无所不读，著述之富称为明代第一，在哲学、文学、史学方面都取得了突出的成就。因此，从一定意义上说，他的失败促成了他的成功。他在仕途上的惨痛失败，为他在学术、创作上的巨大成功提供了必要的条件，而他在物质生活上的损耗，恰恰增益了他在精神世界中的获取，他以摒弃后半生的荣华富贵为代价，博取了传之久远的学术地位。

可是，正如古人所慨叹的："举世尽从愁里老，谁人肯向死前休？"

三

在陈桥驿，信步徜徉，我想得最多的，还是那位"一条杆棒等身齐，打四百座军州都姓赵"，纵横捭阖，睥睨一世的旷代枭雄赵匡胤。他在自立为帝以后，十七年间，主要开创了两个方面的事业：对外削平南方一些割据政权，对内加强中央集权，铲除藩镇势力。两者的目的却是一个：保证赵宋王朝的长治久安，万世一系。为此，可说是虑远谋深，不遗余力。

宋太祖受禅即位，南唐国主李煜是唯一前来朝贺的君主。尔后，南唐一直以附属国的身份称臣纳贡，从无异志，后来甚至主动撤去国号，自称"江南国主"，进一步表示臣服。李煜本人由于酷信浮图，留意声色，属文工画，无心振兴国家、强兵修武，可以说，对大宋江山构不成任何威胁。

但是，即使这样，宋太祖也不想放过他。为了制造进攻南唐的借口，便指令李煜亲自到京城朝拜。南唐一些大臣认为，李煜此去定被扣留，因此力加劝阻。这样，正好堕入太祖预设的彀中。于是，以南唐有意"抗旨"为由，堂堂正正地派出十万大军进击。李煜急忙派遣能言善辩的徐铉，前往汴京面圣，请求退兵。诉说南唐对大宋天朝一向百依百顺，没有任何得罪之处，现在，大兵压境，似乎师出无名。宋太祖赫然震怒，不加任何掩饰地说："卧榻之旁，岂容他人酣睡耶！"是的，"匹夫无罪，获璧其罪"。狼要吃羊，难道还要说出什么理由吗？

一天，太祖向谋臣赵普提出了两个问题：唐末以来，数十年间，为什么走马灯似的换了八姓十三个君主，争战无休无止？有什么办法能够从此息天下之兵、建长久之业？这里充分反映出赵匡胤积怀已久的心迹。应该说，他无时无刻不在思虑如何避免宋王朝继五代之后成为第六个短命王朝，如何永保赵氏家族万世一系的问题。

赵普的答复是：问题的核心在于方镇太重，君弱臣强。太祖又问：那么，有何根治的办法？答曰：只有夺他们的权，收他们的兵，控制他们的钱谷。这样，天下自然就会安定了。宋太祖连声说，我懂了，我全明白了。原来，君臣二人的想法完全一致。

宋太祖从自己据有天下的事实，看到手握重兵的人的极端可怕。就是说，异己的军事力量，可以对政治起支配作用，是对既得政权的最大威胁。因此，对于身边一些共同举事的军界首脑，产生了强烈的疑忌心理，不能不时刻加以防范。于是，趁慕容延钊与韩令坤二人出外巡边、回京朝见的机会，首先解除了他们禁军主帅的兵权，安排到外地当节度使；并且，此后不再设统领禁军的殿前都点检一职。

而禁军将领石守信等有拥立之功，不好下令罢免，便实行了第二步棋：四个月后，利用晚朝机会，请这些禁军宿将宴饮，酒酣耳热之际，屏退左右侍从，太祖显得十分亲热地说：如果没有众卿的拥戴，我是不会有今天的。然而，众卿又怎能知道，做皇帝也实在是太艰难了，远远赶不上做个节度使那样舒服，一天到晚都不能安枕而卧啊！石守信等听了，赶忙叩问缘由。他便接上说：我是担心天下坐不安稳啊。皇帝的位置，人们都争着坐。虽然你们没有异心，然而部下总是希图富贵，一旦有人也以黄袍加身，你们想要不干，能办得到吗？

一席绵里藏针的话语，使这些将领觉察到自己已经深受疑忌，弄得不好将要招致杀身之祸。于是，纷纷泣谢叩头，要求太祖指出一条"可生之途"。宋太祖就势开导说，人生一世，犹如白驹过隙，所以那些期望富贵的人，都想广积货财，多享快乐，使子孙免受困乏，常保康宁。你们这一辈子也够辛苦的了，不如交出兵权，前去地方任职，多买些良田美宅、歌姬舞女，日夕欢宴，以乐天年。我还要同众卿结为姻亲，君臣之间永无猜疑，上下相安，不是很美好吗？

大家见皇上说得如此直白，便连连谢恩。第二天，石守信等人便都上表称病，请求免去掌管禁军的职务，到地方当节度使，太祖欣然同意。事后，为了兑现酒席上的承诺，安抚这些失去兵权的禁军统帅，太祖也真的将一妹二女同他们结了姻亲。这就是历史上有名的"杯酒释兵权"。

四

在解除武将兵权的同时，宋太祖又起用一批文臣担任知州职务，并在各州设置通判，使其权力与知州相等，以分散地方长官权限，避免出现个人专权的弊端。地方上的军事、民政、财赋、司法权限，全部收归中央管辖。在中央，对宰相实行分化事权，相互制约的办法，把军事行政权分出，划给枢密院；国家财政和地方贡赋划给三司。这样，宰相便不再是一个人，而是一个执政的群体，包括参知政事、枢密使、副使、三司使等十来个人。任何一个相职都不能独断军政大事，最后全都听命于皇帝。

对军队更是严加控制。军权一分为三，"三衙"负责日常管理、训练，枢密院负责调动、发兵，最高指挥权归于皇帝。禁军之外，还有厢军，其中精锐部分，全部收入禁军，厢军不再参加训练，就根本不具备战斗力了。针对这一举措，司马光评论说，这样一来，各地方镇都自知兵力虚弱，远不是京师的对手，自然谁也不敢再有异心，只能服服帖帖，唯命是从。

为了防止将领出外作战不受君命约束的情况发生，宋太宗更进一步实行"将从中御"的对策，每次出征，皇帝都要亲授事先拟好的"阵图"，大自战略布局，小至部伍行止，都不得擅自改变；同时，派遣宦官监军。结果，就像叶适所言："一兵之籍，一财之源，一地之守，皆人主自为之也。"

宋初立国伊始，即大力提倡封建道德，崇尚礼义，声称"以孝治天下"，把孝经列为群经之首，作为宗室子弟和民众的必读书，目的在于杜绝犯上作乱。注重对历史人物进行道德评价，宋朝统治者之所以猛烈抨击唐太宗"杀兄篡位"，骂他"为子不孝，为弟不悌，悖天理，灭人伦"，也无非是为了防止"玄武门之变"重演。有人也许会问：那么，赵匡胤为什么不提倡"忠君报国"呢？道理很简单，他自己得天下的路子就不正，若是强调"忠君"，他总觉得有些嘴短。

为了赵氏王朝的万世一系，赵匡胤、赵光义，这对开基创业的难兄难弟，真可谓呕心沥血，"机关算尽"。可是，历史的发展常常是动机与效果大相径庭，许多事情都不是始料所及的。秦始皇唯恐诗书乱政，儒生造反，实行焚书坑儒、毁灭文化的绝招，可是，"坑灰未冷山东乱，刘项原来不读书"！

《资治通鉴》记载，唐太宗晚年，太史占卜，谓"女主当昌"，民间又传"秘记"云："唐三世之后，女主武王代有天下。"于是，太宗对疑似的人严加查治。默想武卫将军李君羡，小字五娘，且他著籍武安，又封为武连县公，处处带着"武"字，莫非应在此人身上？遂调他出外，任为华州刺史，后有御史弹劾他谋为不轨，干脆下诏活活处死。可是，太宗竟没有想到，娇滴滴的武媚娘就在身旁，最后还是"祸起萧墙"。

宋太祖同样也没有料到，像当年后周的符太后领着刚刚七岁的周恭帝仓皇辞位一样，三百多年以后，赵氏王朝的寡妇孤儿——谢太后和恰好也是七岁的宋恭宗，不得不逊位于元世祖忽必烈，亦步亦趋地重复了前朝亡国败降的命运。元代诗人有这样两首七绝：

书 事

刘 因

卧榻而今又属谁，江南回首见旌旗。

路人遥指降王道，好似周家七岁儿。

宋太祖

北 客

忆昔陈桥兵变时，欺他寡妇与孤儿。

谁知三百余年后，寡妇孤儿又被欺。

诗出两人之手，内容却不谋而合，都是讥刺宋太祖赵匡胤的。元将伯颜也曾对南宋的降臣说："汝国得天下于小儿，亦失于小儿，其道如此，尚何多言！"历史上的惊人的相似之处，确是一个绝妙的讽刺。

五

走进原为北宋都城汴梁的开封市区，空间没有跨出多远，时间却仿佛越过了千年，真有那种"一步走进历史，转眼似成古人"的感觉。历史风烟在胸中掠过，那沉埋于地下的万种喧嚣与百代繁华，已经无声无息，无影无踪。而生者自生，死者自死，人生舞台上还在上演着各色的悲喜剧，生命也就同时间一样，在文字传承和现实记忆中彼此衔接着，而成为一页页的历史。

整个古城，简直就是一座充满历史回声的博物馆，古色古香，典雅凝重，这在中国七大古都中是独一无二的。闲步街头，随时随地都能看到或者听到一些熟悉的名字，天波杨府、包公南衙、大相国寺……可以说，每一条街巷都深藏着一段生动的史实，每一处古建遗址都埋伏下许多迷人的故事。

我以为，一个朝代给予人们的印象是深刻的抑或是淡漠的，未必和这个朝代的历时久暂成正比例，往往同当时事件的密集度、人物的知名度以及后世民众的关切度紧相联系。比如，三国时期不过几十年，可是人们却觉得绵绵无尽，为时久远，就因为斗争风起云涌，矛盾层见错出，豪杰、奸雄、智者、高人应有尽有，好戏连台，沸沸扬扬，异常热闹。宋代属于又一种情况。由于《杨家将》《包公案》《说岳全传》等大众文学流传广远，深入人心，在人们印象中，宋代尽多忠臣良将、义士英杰，一派河清海晏、四境承平的景象。其实并非如此。

中国封建社会，到了宋代，经济、文化的发展都达到了巅峰，但已开始走下坡路。就帝王的才略来说，除了宋太祖之外，也并没有哪个是真正大有作为的。走笔至此，我倒想起一则轶事：宋初，华山道士陈抟乘白骡入汴州，途中听说赵匡胤登基做了皇帝，高兴至极，竟忘乎所以，以致从骡背上滚了下来。他说："天下于是定矣！"还有一位自号"安乐先生"的道学家邵尧夫，写过一首《插花吟》，有句云："身经两世太平日，眼见四朝全盛时。"都属过甚其词。

实际上，当时的形势远不像他们想象的那样乐观。北宋刚取得政权时，其统治区域只限于黄、淮流域，主要是中原一带。当时，北有契丹、北汉，虎视眈眈；西有西夏，日夕图谋东进；西南有后蜀，坐险自大；南有吴越、南汉、南唐，占据着重要经济地区，割据称雄。太祖、太宗两朝，整整用了二十年时间，才结束了十国割据局面。尔后，太宗七年间两度征辽，都惨遭失败，不得不完全采取守势。到了第三代皇帝宋真宗时，辽军大举南下，直抵汴州以北的澶州，宋廷惊恐万状，甚至拟议迁都，最后与辽国订立了屈辱的"澶渊之盟"，后期又面临着金人的大举入侵。南宋小朝廷偏安一隅，这不必说了；终北宋之世，尽管没有发生过大的内乱，但外患频仍，兵连祸结，却是公认的事实。

六

宋朝是这样一个特殊的时代，它兼为古代中国修文之高峰与武备之谷底。这和立国以来一直奉行重文轻武、"守内虚外"的统治政策有直接关系。说到"轻武"，有人也许不以为然。因为在太祖、太宗眼中，"武"已经重到不能再重的程度，以至言"兵"色变，带有一种恐惧心理。这是事实。但这种重武、惧武的心态发展到极端，必然走向抑武、贬武一途。这也是完全合乎逻辑的。于是，文人就成了政权的主要依靠对象，文人知州，文人入相，文人管辖军队，文人能够较为随便地议论时政，在宋代，文人得到了历史上未曾有过的优越地位。

当然，这种"重文"，恰也说明，在宋初皇帝心目中，文人是无足轻重的，是最容易驾驭和控制的。据《宋史纪事本末》记载，赵匡胤曾经说过：我用百余名儒臣分治百藩，纵使他们都去贪污，其为害也赶不上一个武将。这最露骨地道出了重文的实质。当然，历史上常常出现"无心插柳柳成荫"的现象，不管原初的用意何在，随着一系列政策、制度的确立与实施，重文轻武逐渐成为有宋一代全社会的普遍意识，客观上也推动了整个文化的发展。

所谓"守内虚外"，可从宋太宗的论述中了解个大概。他曾对近臣说过："国家者无外忧必有内患。外忧特边事耳，皆可预防。若奸邪共济为内患，深可惧也。"（《宋史·宋绶传》）这里反映出他对"外忧"缺乏足够的认识，因此，终北宋之世，一直把主要兵力，尤其是为数一半以上的禁军的主力部队，放在京师与内地要冲，以防备和对付"内患"。至于北部数千里的边界线上，则只有少量兵力，又分散在多个孤立的据点上；而且，战斗力极差。

苏轼等有识之士都看到了问题的严重性，明确地指出，部队中多是一些资望甚浅的人担任将帅；而在第一线领兵的，"非绮纨少年，即罢职老校""一旦付以千万人之命，是驱之死地矣"。至于兵员，素质就更没法说了，"河朔沿边之师，骑兵有不能披甲上马者，每教射，皆望空发箭，马前一二十步即已堕地。步兵骄惰既久，胆力耗愿，虽近戍短使，辄与妻孥泣别""披甲持兵，行数十里，即便喘汗"。

马可·波罗在其游记中追述前朝情景时，也曾说过："这片土地上的人民，绝非勇武的斗士。""皇帝本人满脑子里都是女人，他的国土上并无战马，人民也从不习武，从不服任何形式的兵役。"孟元老在《东京梦华录》的《序》中也写道："太平日久，人物繁阜，垂髫之童，但习歌舞，斑白之老，不识干戈。"

武备如此，自然无力抵御辽、金、西夏的不断侵扰。一部北宋对外作战史，充满了令人心丧气沮的溃逃、败降的记录。单是北宋与契丹的战事中，先后进行过八十一次战斗，获胜的仅有一次。每一次败绩的结果，自然都是通过外交途径屈辱求和。公元 1005 年，与契丹贵族订立的"澶渊之盟"，开了有宋一代以金银布帛换取屈辱和平的先河。此后，每年向辽、金、西夏输纳岁币，都在百万左右。

宋朝中、晚期，对待入侵之敌，先是"奉之如骄子"，后来沦为"敬之如兄长"，最后败落到"事之如君父"，真是一蟹不如一蟹。宋人张知甫的《可书》中，引述了绍兴人的谐谑：人们将金人和宋人的事物作类比，说金人有柳叶枪，宋人有凤凰弓；金人有凿子箭，宋人有锁子甲；金人有狼牙棒，宋人有天灵盖。鲁迅先生在引证这则令人哭笑不得的趣话时，愤慨地说了一句："自宋以来，我们终于只有天灵盖而已！"

七

开封处于南北要冲，历来都是兵家必争之地，却又地势坦平，无险可守，作为都城，从军事角度看，存在着先天不足的明显缺陷。但是，物产丰饶，四通八达，就经济、文化的发展来说，又具有十分优越的条件，成为我国封建社会后期城市的典型代表，是一座十分适合平民百姓居住，充满着浓厚的生活气息和人情味的都城。

这里，虽然不具备汉、唐国都那样宏阔的气派和规整的布局，但它也没有那种封闭式的里坊之隔，墙垣之限，因而便于沿街设市，商贸流通。而且，店铺不避官衙，所有的通衢小巷都可作为市场，就连最庄严肃穆的御街，也变得熙熙攘攘，热闹喧杂，完全从冷漠、隔绝状态中走了出来。

但随之而来的，便是奢靡、享乐之风盛行，官僚经商趋于普遍化。

立国伊始，朝廷就实行了以经济收买换取君臣相安的策略，给予一些功臣宿将兼并土地的特权，使他们可以收取巨额地租，作为官商本钱；而一般官僚仕宦也都有丰厚的俸禄，加上高利盘剥，贪污索贿，同样具备经商的条件。他们竞相动用官府车船偷税逃税，经营包括域外与禁榷的各种物资，获取高额利润。真宗朝，两浙转运使和镇州知州，在倒卖金银布帛的同时，还从事贩卖人口生意。这种雄厚资本与政治特权的结合，不仅使国家财政遭受极大的损失，而且，造成了官僚政治的严重腐败。

据《宋朝事实类苑》记载，宋初，太祖、太宗十分厌恶奢靡，躬行节俭。公元964年，北宋扫平了后蜀，亡国之君孟昶来到开封，献上一个装饰着七彩珠宝的尿壶，太祖见了，怒形于色，当即掷之于地，令侍从把它敲个粉碎，并气愤地对孟昶说："一个便器就这么讲究，那么，你该用什么器具来贮藏食物？如此骄奢淫逸，怎么能不亡国！"

但是，由于建国后皇家鼓励开国功臣及时退休，蓄养歌僮舞女聊以自娱，尔后，这种风气逐渐在社会上弥漫，每逢宴会照例有歌舞侑酒，有时出来歌舞承欢的就是主人的家伎。仁宗朝，晏殊以宰辅之尊，日日以饮酒赋诗为乐，每会宾客，必有宴饮。从北宋的许多文人常为歌女演唱而写作，且多沿袭五代《花间集》的传统，可知一代文风是和当时的世风时尚紧密关联的。

在内忧外患频仍的危急存亡之秋，朝野上下，生活方式仍然极度奢侈淫靡。汴梁城内到处布满酒楼、食店、妓院、戏场。宋代诗人刘子翚，青少年时代曾久住开封，"靖康之祸"发生后，他回故乡福建做官与讲学，忆起当年在东京的酣歌醉舞的往事，写了《汴京纪事》诗二十首，其一曰：

> 梁园歌舞足风流，美酒如刀解断愁。
> 忆得少年多乐事，夜深灯火上樊楼。

当时的樊楼三层高耸，五楼相向，彼此飞桥横架，明暗相通，为东京城内酒楼之最。当时，像这样的星级大酒店有七十二座，每家饮客常在千人以上。工商店铺多达六千四百家。这从《东京梦华录》和名画《清明上河图》中也看得很清楚。最令人怀记的是州桥夜市，它是东京著名的景观之一。刘昌诗在《上元词》中做了生动的记述：

> 忆得当年全盛时，人情物态自熙熙。

> 家家帘幕人归晚，处处楼台月上迟。
> 花市里，使人迷，州东无暇看州西。
> 都人只到收灯夜，已向樽前约上池。

备述故都太平景象，其中已隐伏着后日的危败之由。

宋徽宗赵佶更是把这种骄奢淫侈之风推向极致，其生活之腐朽糜烂，在历代的皇帝当中，是少有其比的。他用了十多年时间，在京城东北部修起一座"万岁山"，范围超过北宋皇城的三倍。里面峰峦起伏，曲池环绕，山林翁郁，楼阁参差，是当时世界上独一无二的特大皇家园林。为了让这座"万岁山"有一种云雾缭绕的氛围，亲信们叫人做了许多油绢口袋，弄湿后挂在山岩上，充分吸收水蒸气，然后把口扎上。待皇帝到来再打开口袋，水汽外溢，宛如云雾蒸腾，名为"贡云"。

为了满足以赵佶为首的统治集团的享乐要求，特意在苏州、杭州设立了应奉局、造作局，只要发现士庶之家有奇石异木，便即用封条做记，收为皇家禁物。在淮河、汴河之中，专门运送"花石纲"的船只，舳舻相接，数月不绝。这座园林后来毁于金人的战火。人们在一座建筑的盘龙柱上刮下金屑达四百多两，其豪华富丽于此可见一斑。

元代诗人李溥光咏叹道：

> 一沼曾教役万民，一峰会使九州贫。
> 江山假说方成就，真个江山已属人。

诗句是说，万岁山建成之日，即江山易手之时。这一假一真，讽刺深刻而感慨深沉。

当时，还有一首咏《万岁山图》的七绝：

> 万岁纲船出太湖，九朝膏血一时枯。
> 阿谁种下中原祸，犹自昂藏入画图！

诗人的一腔怒气未敢直接发向皇帝，结果对着假山放了一通火炮，但其抨击的效果却是一样的。

八

综观有宋一代的兴衰史，益发相信鲁迅先生的警辟的睿断。他说，无论什么局面，当开创之际，必靠许多"还债的"；创业既定，即发生许多"讨债者"。此"讨债者"发生迟，局面好；发生早，局面糟；与"还债的"同时发生，局面完。在隋代，"讨债的"炀帝杨广紧跟在"还债的"文帝杨坚脚后出现，结果二世而亡。赵匡胤创业一百四十年后，才出现赵佶这班"讨债者"，此亦北宋不幸中之幸也。

汴梁城毁于金人战火，加上后来几次黄河泛滥，致使往日的千般绮丽，万种繁华，一股脑地被深埋地下。前面说过的那座"州桥"，当时汴河流经其下，天街贯穿南北，备极繁华之盛，不然，"青面兽"杨志也不会跑到那里去卖刀。可是，这次在开封，当我要寻觅它的踪迹时，东道主却说，遗憾得很，它已经隐匿在五米土层之下了。这也没有什么奇怪的，毕竟是"往事越千年"了。我们现在看到的古城面貌，说是宋城旧迹，其实，乃是清代的孑遗。

英国文学名著《简爱》的女主人公重回故地桑菲尔德府，目睹物是人非之惨景，曾喟然叹道：一切没有生命的依然存在，而一切有生命的已经变得面目全非了。尽管这话十分警辟，但却并不准确，没有生命的同样也在变化。一千多年前，李白写过一首《梁园吟》，有句云：

> 昔人豪贵信陵君，今人耕种信陵坟。
> 荒城虚照碧山月，古木尽入苍梧云。
> 梁王宫阙今安在？枚马先归不相待。
> 舞影歌声散渌池，空余汴水东流海。

说的是山河犹是，人事已非。于今，不要说梁园、万岁山，连那滔滔滚滚的汴水也已荡然无存，早就淤成了平地，只剩下"汴水秋声"四个字，作为"汴京八景"之一，留存在方志里。

文明的征服

一

考究历史上每一个封建王朝，都会把握一个处于核心地位的话题。说到北宋，总也绕不开"重文轻武""守内虚外"这个属于战略性的决策；而论及大明王朝，人们立刻会想到"宦官政治""权阉肆，祸如林"。那么，金源王朝的历史，什么是核心话题呢？恐怕非"汉化"莫属了。

这个话题说来就长了。金太祖完颜阿骨打在创建大金国之前，女真族还处于部落联盟的社会形态。对辽朝用兵之始，本民族尚未形成文字，由于言语不通，又没有文字可以表达意向，遇事辄以射箭为号。民众不明岁时节序，没有纪年知识，见一次草青便算过去一年。即使是上层贵族，也没有种种岁时活动，不知生日时辰。后来，受汉族风习影响，从皇帝、大臣开始，各自选择吉日作为生辰，比如，金熙宗选定为七夕，粘罕选定的是元旦。

当时的上京，实际上只是一个较大村寨聚落。"皇帝寨"之外，还有"太子庄""国相寨"等，都是植木为栅，十分简陋。都城外无城郭，内无宫室，四顾茫然，清一色都是茅草覆盖的土房。居民随意往来，车马杂沓而过，自"前朝门"至"后朝门"尽为出入之路，并没有什么禁制。北宋使臣马政等来到这里，太祖首先安排他们随驾出猎，归来后，指令几个儿郎各具酒肴，款待使者。待朝廷正式宴请时，太祖与大夫人于炕上设两个金装交椅，并肩而坐。他对使者解释说："我家自上祖留传，即是如此风俗，不会奢侈；只住此类房屋，冬暖夏凉，不另修宫殿，免得劳费百姓。请勿见笑。"

根源于原始的自然产生的民主制文化，金朝立国之初，仍然实行军事民主制。史载：当时，"有事集议，君臣杂坐，议毕同歌合舞，携手握臂，略无猜忌"。讨论问题时，大家围坐在一起，就着沙地随画随议，讨论完毕即全部涂掉。为了广泛听取各方面意见，臣下发表看法时，由地位低、年纪轻者先讲，各陈其策，君主最后择善而从。

其时虽有君臣之称，而无尊卑之别。太祖、太宗和普通的女真族臣民一样，"浴于河，牧于野"，乐则同享，财可共用。至于车马、屋舍、服饰、饮食之类，与一般臣僚均无明显差异。皇帝唯一特殊的，是有一座供开会使用的乾元殿，也并非坐落于戒备森严的宫禁之中，仅栽植一道柳墙加以围拢。大殿中环绕四壁搭置土炕，每逢开会，臣僚杂坐于四面炕上，由太祖后妃恭侍饮食。在皇宫内廷里，如遇下雨积水，后妃们即脱去鞋袜，赤脚走在"御道"上。这些，都体现了当时完颜家族与普通臣下的平等关系，反映出当时的淳朴风尚。

在女真军队中，当时上自大元帅，下至百户长，上下级之间，军官与士兵之间，饮酒会食，有如父子兄弟，比较随便，彼此情通意洽，很少产生隔阂和疑忌。行军打仗之前，军事首长召集部下官兵聚餐、会饮，一边吃喝，一边议事，主帅很注意听取各类不同意见。战役结束，长官主持全体大会，兵丁场上环坐，由参战有功人员据实自述劳绩，其他人员参与考核。偶尔出现赏罚失当，有欠公允，可以随时更改、调整，准许当事人进行申诉，发表不同意见。

北方少数民族没有太多的文化积淀，自然也不存在浓重的旧习的因袭和历史的负累。除了野蛮、落后的一面，在文化心理、社群关系上，还保持许多原始的健康成分的底蕴。苦寒的气候，辽阔的原野，艰难的生计，赋予女真族以豪勇性格、强壮筋骨、质朴民风，和冲决一切的蛮劲，蓬勃旺盛的生命活力。他们刻苦耐劳，勇于进取，擅长骑射，能征惯战。因而，在完颜阿骨打这个女真族的卓越的统帅指挥下，铁骑所至，望风披靡，奇迹般地战胜了军事力量超过自己几倍甚至十几倍的强大对手。十一年间，即扑灭了立国二百零九年的辽朝。然后由太宗完颜晟接手，又吞噬了北宋王朝这个庞然大物，也只用了两三个年头。

二

当然，一切事物都是发展变化的。女真上层统治集团，也和前朝的契丹、身后的蒙古一样，当他们从漠北的草原跨上奔腾的骏马驰骋中原大地的时候，都在农耕文化与游猎文化的撞击与融合的浪潮中，自觉不自觉地经受着新的文明的洗礼，面临着一场勃兴与衰颓、生存与毁灭的严峻考验。

本来，女真人主要是生活在白山黑水的森林地带，从事渔猎和粗放型的农耕以及作为经济补充的定居型的畜牧生产，与生活在草原上的游牧民族有很大的区别；而与汉族人生活方式则比较接近。这是他们接受"汉化"的重要背景条件。又兼随着金人铁骑的军事扩张，以及作为金朝基本国策的大批汉人北迁和女真人的徙居中土，使他们有更多的机缘与汉文化接触。这样，他们便面临着一个极为严峻的现实课题，就是作为文明程度相对低下的女真族与经济、文化高度发展的汉族自然融合与同化的问题。民族融合的首要条件，是必须各族人民在一起生活。而金代统治者挺进中原的军事行为和"内迁外徙"的重要国策恰恰提供了这一条件。

北宋时期，高度发展的中原文化，对女真这个北方游猎民族的吸引力和融摄力是巨大的。儒家思想是汉文化的核心。金太祖时，一批望风归顺或被迫羁留的辽、宋两朝汉官，首先把儒家思想带了进来，并为金王朝初步制定一套君臣朝仪制度，受到了举朝欢迎。熙宗朝，正式确认儒家思想为其统治思想。鉴于熙宗和海陵王先后惨遭杀害，篡弑行为屡屡发生，金世宗践位后，更把中原地区儒家的忠君、孝亲的纲常伦理，视为维护统治、调协君臣关系的法宝。

从铁一般的事实中，金朝君主逐渐领悟到，马上得天下，不能马上治之。要巩固已经取得的统治地位，进而统一全国、君临天下，还须在创建"剑与火"的赫赫武功的同时，有效地饱吸汉民族的文化乳汁，全面借鉴历代中原王朝治国驭民的统治经验。

金朝统治者出于对文化载负者的敬重和对汉文化的认同，早在立国之初，就采取了"借才异代"的特殊政策。他们多方延揽中原文士，曾经委派专人赴山西访寻北宋名臣富弼、文彦博、司马光的子孙；还发出诏令，要求河北各州县四出寻索进士、举人。对于由宋入金的使者，特别是硕儒名士，他们都设法加以挽留。为了罗致人才，金太宗于天会元年实施开科取士。灭辽、侵宋过程中，女真统治者曾反复强调，必须尽力保护图书典籍，并指名索要国子监博士和太学生。汴京城破，金廷明令戒杀儒士，说"秀才懑意，忠孝为国，不要杀他"。

随着北宋王朝倾覆，徽、钦二帝被掳，大量中原文物尽入女真铁骑的囊橐。从显形文化范畴的礼乐、仪仗、典籍，到隐形文化范畴的封建等级制度、儒家正统观念以及讲排场、图阔气的贵族生活方式，都受到了女真统治者的倾慕。他们并没有把中原文明付之一炬，而是毫不迟疑地主动地接受了汉文化的浸染与熏陶。

其时，举凡文字创立，教育、科举、官制、典章、礼仪的实施，都大量吸收了汉文化的质素。在最高统治者的带头倡导下，通过与汉文化的融合，金源文化的形态与结构得以迅速改观，政治、经济和整个意识形态都发生了深刻变化，对于这个建立在马背上的帝国的巩固与走向成熟，起到了催化作用。当然，其间也包含着颇大的负面效应。

三

据《大金国志》记载，太祖之孙、第三代君主熙宗完颜亶，自幼即十分聪悟，后来跟随长辈南征中原，接受燕人韩昉和中原儒士的教诲，遂醉心于汉文化，平日儒服打扮，喜欢诗词、书法和弈棋、象戏，所交游的都是一些文墨之士，这种生活环境决定了他的文化选择，从而完全丢掉了女真族固有的文化传统。他对女真的开国旧臣竟斥之为"无知夷狄"；而他在这些耆宿旧臣眼中，则"宛然一汉户少年子也"。

熙宗非常明朗地表示："太平之世，当尚文物，自古致治，皆由是也。"他可以算是金朝第一代的汉化女真人。登极之后，出巡燕京，长达八九个月，流连忘返，乐不思归。古老而丰富的幽燕文明，包括中原皇帝威仪万方的无上尊荣，汉族士子诗礼蔚然的儒雅风流，以及楼阁的巍峨，弦歌的优美，街市的繁华，生活的潇洒，都使他如饮醇醪，既愉悦了身心，又大开了眼界。

历史上，从陈胜到刘邦，这类草莽英雄初践皇位时，都曾遇到过如何制定礼仪以建威严的现实问题。陈胜刚刚称王，原来一起佣工的伙伴跑来要见他，门卫不给通报，他们便在街头拦住陈王的乘车，并大声呼叫着他的名字。没奈何，陈胜只好载上他们一起回来。进了王宫，看到宫室之美、陈设之精，这些人又指手画脚，议论短长，闹闹嚷嚷，不成体统；不仅随便进进出出，而且讲些陈王的不尽光彩的旧事。为了维护王者的尊严，陈胜接受侍臣们的建议，索性把他们杀掉了事。结果呢，很糟很糟，一些老朋友都相继走开，躲得远远的，再也没有人亲近他了。

刘邦即皇帝位，虽然也曾遇到过类似麻烦，但是，由于身旁有几个懂得"周公之礼"的儒生帮忙，情况便大不一样。当时群臣喝醉了酒，个个争功邀赏，有的狂吼乱叫，有的拔剑击柱，弄得高祖十分烦苦。儒生叔孙通便为刘邦出主意：依照先王旧制，明尊卑之序，定君臣之礼。礼仪一定，有章可循，人们的行为受到了规范，朝廷内外立刻井然有序。那些共同起事的将领，无拘无束惯了，这回都变得服服帖帖，一个个规行矩步，跪拜如仪。刘邦高兴地说："吾乃今日知为皇帝之贵也！"

金熙宗同样尝到了这个甜头。在燕京期间，身旁的一大批儒臣，每天都投其所好，大唱赞歌，讲些谄谀媚上的话，教之以宫室之丽、府库之盈，服御之美，燕乐之侈，妃嫔之盛，乘舆之贵，禁卫之严，礼仪之尊。这样，熙宗便接受了群臣所上封号，初御衮冕，始备法驾，美得"不亦乐乎"，光是仪仗队就动用士卒一万四千多人。

返驾回銮之后，熙宗也在会宁府设立仪卫将军，禁止亲王以下佩刀入宫，出则清道警跸，入则端居九重，大臣勋戚要到规定时间方得朝见，而且也效仿汉家制度，臣下面君必须拜伏阶墀。早在几百年前，唐代诗人骆宾王就曾咏叹过："山河千里国，宫阙九重门。不睹皇居壮，安知天子尊！"熙宗此刻也正是这样，安坐在金銮殿上，饱享天子的安富尊荣。自此，君臣上下迥分霄壤，确立了皇帝的专制威仪，摈弃了建国之初君臣、尊卑、贵贱混同的礼俗。在尔后的八九年间，熙宗对朝廷的职官制度、地方行政制度、法律制度、礼制、仪制、服制，以及历法、宗庙制度，都进行了全盘改革，呈现出"政教号令，

"一切不异于中国"的局面。

四

海陵王完颜亮也是太祖之孙，从小就接受了系统的汉文化教育，有很高的文学修养。其父完颜宗干为熙宗朝推动女真族学习汉制、改革女真旧俗最为得力的权臣政要。在这种环境下成长起来的完颜亮，杀掉熙宗，登上皇帝宝座之后，自然会在女真"汉化"方面迈出更大的步子。迁都燕京是其决定性的一步。这一举措，表明了他以最大的决心加速推进改革，强化中央集权；并主动介入汉人居住地区，与汉族地主、官僚进一步结合，消除民族间的对立，铲削氏族贵族的特权，彻底同女真旧势力决裂，走中原封建制的道路。

尔后，海陵王为部下所杀，由同是太祖之孙的完颜雍践位，是为金世宗。初始阶段，他对完颜亮迁都燕京和女真急剧"汉化"所带来的种种后果是深感不安的，他担心长此下去，女真族的子孙后代会"数典忘祖"。接受前朝教训，为了笼络宗室贵族，他一上台即声讨海陵王捣毁上京的罪行，恢复上京名号，重建宫室、宗庙，并亲临上京巡幸，同据守在这里的本族元老派势力一道，进行抵制全盘"汉化"的斗争。世宗强调宗室子弟必须说女真话，学习本民族文字。当时，女真人改汉姓、着汉服、习汉俗的现象极为普遍。世宗痛斥说："习学汉人风俗，是忘本也。"通过开展各种活动，倡导恢复女真古风，并于大定十三年、十七年先后两次颁布禁令，不许女真人改用汉姓和着南人衣装，犯者抵罪。

世宗对于恢复女真族习武、骑射，尤为重视。他多次号召，要通过整军经武，重振故国雄风。一次，南宋贺生辰使到达燕京，按惯例，双方要举行宴射活动。宋使射中五十，而金廷卫士只射中其七。世宗当场批评他们"饱食安卧，专务游惰"，从这里可以看出他的良苦用心。

但是，当时"汉化"倾向已成不可遏止之势，不管如何下令制止，都无法阻止这种社会风尚的蔓延。而世宗本人，认识与实践也并不一致。虽然他严苛指责海陵王忘本弃祖，而他自己却也同样醉心于中原文化。他和前面的完颜亮以及后来继承大统的金章宗完颜璟，都是才华横溢的诗人。君主带头吟诗填词，无疑会产生强大的号召力，成为风行全国的"诗教"，从而逐渐形成强劲的尚文崇儒风气。

其实，这种浸染汉习、修文偃武的风尚，主要还是由金朝几代皇帝带动起来的。原来，在"汉化"方面，金朝与辽朝有所不同。辽朝吸收汉族士子，主要着眼于政治体制的改革，而不在于借鉴文化；辽朝的帝王对于汉文化也并没有颇大的兴趣；而金朝则不然，汉族士子对于吏治并没有太多的建树，只是在文学方面大显身手，而这方面，恰恰得到了中、后期的金朝最高统治者的重视。

对于君王们一意崇文尚儒，一些女真军事贵族早就产生了强烈的不满情绪。一天，金世宗正在与诸王、大臣赋诗唱和，著名军事家完颜兀术的儿子、武将完颜伟实在抑制不住内心的不满，闯进去叩首直言，说：

> 我国起自漠北，君臣将帅凭借着强大的武力与雄才伟略，得以灭辽吞宋，诸番惧服。近年来，辽、宋亡国遗臣，以华文丽采败坏我们的淳厚土俗，不能不引起应有的警惕。当前，南宋志在恢复，蒙古更不受调役，西夏亦复屡次犯边，而本朝的军威与武备，已经大不如往时。可是，皇帝却从来不谈论兵事，把战将们抛在一边，认为同这些人无话可说；只是让文士们朝夕守在身旁，难道要靠那些整天玩弄诗词的人去上阵杀敌吗？

这一席酸中带苦的悻悻之言，充分暴露了一些军事贵族久积胸臆的愤懑情怀和忧患心理。

金世宗号称中兴令主，在旧代史书中有"小尧舜"之誉。尽管其中不无溢美的成分，但此后的二十余年，确曾出现过治平景象。当然，里面也隐伏着深重的危机，晏安鸩毒，军无斗志，正在逐渐成为金朝中、晚期的不治之症。世宗之后，整个国运就开始走下坡路了。一个带有规律性的历史现象，就是：颓势一经形成，便如病入膏肓，不但无法逆挽，而且总是愈演愈烈，直到最后彻底垮台。

五

回过头来看，当日女真贵族从本集团的切身利益出发，种种忧虑和不安都不是无谓的。尽管以他们所处的社会时代和认知能力，不可能解读深藏其中的文化价值哲学的底蕴和社会历史发展规律，但直观的感觉在提醒他们注意：作为胜利者，女真贵族集团在充分获取、享用汉、辽文化硕果的同时，也在吸收这两个封建王朝的消极、腐朽的东西，而把本民族所固有的健康质素渐渐地丢掉。此之谓"成也萧何，败也萧何"者也。

是的，从茫茫塞野的"弓刀夜雪三千骑"，到繁华都会的"灯火春风十万家"，对于一个世代生长在艰苦环境中的质朴的民族来说，无疑是十分严峻的生存考验。作为统治集团利益的代表，他们当然不能忽视这样一个至关重大而又无法回避的课题：在政治制度、民族素质、文化情境、社会心理方面，如何割除腐败、奢靡的肿瘤，振作民族精神，克服晏安积习，保持本民族所固有的优势？

女真人的全盘"汉化"，彻底改变了其传统的生活方式，养成他们骄惰奢靡、晏安逸乐的生活作风，从而使这个一度生气勃勃的民族最终走向衰落。正如金世宗对臣僚所说的，山东、大名一带的一些军事贵族，骄纵成性，本人不亲稼穑，也不让家人从事农作，而是全部交给汉人去耕作，坐取租金而已。富裕之家尽服纨绮，酒食游宴，而生活尚不富裕的也争相效仿。有的则"种而不耘，听其荒芜"，甚至靠出卖奴婢和土地来维持其寄生生活。即使是生活在金源内地的女真人也同样染上了懒惰奢靡之风，"宗室子往往不事业"，而女真官僚"随仕之子，父没不还本土，以此多好游荡"。

女真人的全盘"汉化"，彻底销蚀了其传统的尚武精神，使得这个昔日强大无比的马上民族，在蒙古人的铁蹄下变得不堪一击。当日以二千五百人起兵的完颜阿骨打，仅用了十一年的时间，就将辽、宋两大帝国彻底征服。那时的女真人何以如此强大？《金史·兵志》上说："原其成功之速，俗本鸷劲，人多沉雄，兄弟子姓，才皆良将，部落保伍，技皆锐兵。"然而，仅仅三四十年之后，随着南迁内地，女真人就渐渐浸染了中原浮靡骄惰的积习，而尽失其昔日的勇锐。女真人的"汉化"，从根本上改变了他们昔日的好战精神和勇敢无畏的性格。宋人对此做过比较：

> 金人之初甚微，……当时止知杀敌，不知畏死，战胜则财物、子女、玉帛尽均分之，其所以每战辄胜也。今则久居南地，识上下之分，知有妻孥、亲戚之爱，视去就、死生甚重，无复有昔时轻锐果敢之气。

更有甚者，是到了金朝晚期，宣宗完颜珣经受不住蒙古铁骑的袭击，从燕京仓皇逃窜到汴京。像当年的宋徽宗一样，整日间醉生梦死，纵情声色，倚红偎翠，笙歌不绝，似乎强敌的威胁根本就不存在。主荒于上，臣嬉于下，把一个好端端的江山弄得一塌糊涂，不但武备虚弱不堪，而且，文治也无从谈起。

女真人从尚武到不武的转变，给大金王朝的国运兴衰带来了决定性的影响。借用一句元人的话来说，就是"金以兵得国，亦以兵失国"。

六

人，既是社会文化的创造者，也是社会文化的制成品。一方面，人们在社会生活中不时地接受一定文化的传播，又必然不时地摈弃着某种文化；另一方面，人类创造的文化，无一不包含着自我相关的价值、功能上的悖谬，并且随着时间的推移，不断地做反向的运动与转化。这种文化上的悖论，似乎有意地开人类的玩笑——创造的结果、最后的效应，恰好同原初的愿望悖反。

这里，我想到十九世纪初发生在欧洲的一则轶事。在沙皇亚历山大的亲自率领下，帝俄军队与奥、普等反法联军一起追击拿破仑的部队，驰骋在欧洲大地上，并以胜利者的身份进驻巴黎，算是彻底打败了法国。可是，当俄军撤离法国凯旋时，人们却惊奇地发现，这支军队已为被征服的土地上的新的思潮所濡染。战士们回到俄国，见到城乡中依然盛行着农奴买卖制度和残酷的肉刑，不禁为之义愤填膺，纷纷起来抗议。这又是沙皇亚历山大始料未及的。

类似问题也出现在蒙古帝国。开国的成吉思汗大帝，武功赫赫，横扫亚欧大陆，那该是何等强盛啊！可是，几代传承之后，就一步步走向式微。蒙古军一旦住进繁华的农耕区，很快便在歌舞狂欢、酒肉征逐中败下阵来。不出百年，就腐败得将军拉不开弓，战士跑不动马，面对着汉族的起义军一触即溃，最后，末代皇帝只好从繁华的大都狼狈地逃回草原，逐渐地消逝得无影无踪了。成吉思汗及其子孙的光华夺目的军威，在人类古代战争史上，终于像彗星般一掠而过的事实表明，文化落后者是不可能长久保持武力征服成果的，到头来终将在思想上、文化上溃败于被征服者。

上述情况也说明了，弥漫于当日金廷上下的种种殷忧是无济于事的。某种文化世界一经被创造出来，便不以某些个人的意志为转移，而是作为一种超越自我的异己力量客观地存在着，它不为尧存，也不为桀亡。这里反映了一种社会发展的必然趋势。

金章宗完颜璟是他的祖父金世宗在世时亲自指定和培养的继承人。完颜璟由金源郡王晋封为原王，操女真语入朝谢封。其时，世宗正在大力倡导保持女真旧俗，见状大喜，对群臣说："朕曾诏命诸王习本朝语，惟原王习之最力，朕甚嘉之。"可是，正是这个原王，即位后，大倡文治，崇尚儒雅，整天谈经论道，寄兴吟哦，每当发现群臣中工于诗文者，必定记下姓名，拔擢到要害部位；正是这个原王，推行汉化最坚定，也最见成效；正是在他当政时期，最后完成了女真社会的封建化；也正是这个原王，像宋徽宗一样醉心文艺，偏好宋徽宗的瘦金体，书法专学徽宗，笔迹酷似，以至后人难分彼此。因而宋人传说：金章宗的母亲，原是徽宗一位公主的女儿。所以，章宗"凡嗜好书劄，悉效宣和，字画尤为逼真。金国之典章文物，惟明昌（章宗年号）为盛"。

女真汉化，亦即封建化的进程，直接推进了金源文化的发展。不过几十年时间，就从建国之初尚无文字，发展到大定、明昌之际文化上的巨大跃迁，以至自立于唐、宋之林，以文治见称于史册。有金一代，不仅诗词创作达到了一个新的高峰，而且，院本、杂剧与诸宫调也在后来的文学史上放出了异彩，为北曲和元人杂剧的发展与繁荣创造了条件。通过异质文化的融合渗透、优势互补，更使多元一体、具有丰富内涵的中华文明获得了不断发展的契机与活力，形成了兼收并蓄，集多种民族文化之长的完整体系。

金人侵宋是野蛮的，非正义的，它给中原大地带来了一场灾难。而中原文化与北方文化的融合，却主要是在战争过程中实现的，战争的胜利者在征服敌国的过程中接受了新的异质的文明；这种新的文明最后又反过来使它变成了被征服者。从这一点来说，却又是文明的征服。诚如马克思所说，野蛮的征服者总是被那些他们所征服的民族的较高文明所征服，这是一条永恒的历史规律。

存在与虚无

一

洛阳为"天下之中"，这句话出自古代的大政治家周公之口。我们华夏之邦号称"中国"，据说就是从这里引申出来的。

今天，站在这块厚实、沉重的土地上，是怀着一种怎样的心情呢？傲睨自大，谈不到；无动于衷，也不是。大概于眉间睫下，总流露着几分惊叹，几许苍凉吧？

从距今近四千年的夏王朝开始，到五代时的后梁、后唐、后晋为止，先后有十三个王朝在这里建都。在中国七大古都中，洛阳是最先形成城市并贵为国都的，而且建都历时最久，至少在一千一百年以上。华夏的先民在以邙山和洛河为依托的东西近四十公里的范围内，为中国以至整个世界留下了一笔丰厚的文化遗产，其历史遗迹、人文景观之盛，实为世所罕见。

历史上有"五都贯洛"之说，"五都"指的是夏都、商都、周代王城、汉魏洛阳故城和隋唐东都城，它们东西相连，错落有致，在形制、布局及宫殿的配置上，体现出较强的连续性。从这里不仅能够看到洛阳城市发展的一条鲜明的脉络，而且，透过历代都城的沧桑变化，也可以从中略览中国古代文明史的缩影。所以，北宋大政治家、著名史学家司马光有诗云："若问古今兴废事，请君只看洛阳城。"

当然，由于岁月湮沉，兵燹摧毁，这里已经不见了巍峨的宫阙、高耸的城墙，不见了金碧交辉的画楼绣阁、古刹梵宫，不见了旧日的千般绮丽、万种繁华。就地面上的遗存而言，实在无法与欧洲的"永恒之城"罗马相比。那座"永恒之城"称得上是一座露天的古代建筑博物馆，孤零零的白色大理石圆柱，长满青苔的喷泉底座，四壁萧然的庙宇残墙，倒塌了一角的庞然高耸的圆形竞技场，还有几座基本完好的凯旋门，这些千余年前的旧物，在无言而雄辩地向过往行人宣示着人类在建筑艺术方面已经达到的高超水准，展现着古罗马往日的壮丽与辉煌。

东西方这两座名都的古代建筑，在地面遗存上竟有如此鲜明的反差，探究起来也是很有趣的。我想，可能取决于下列几个因素：

从环境思想、建筑观念上看，中国自始即接受"新陈代谢"的哲理，以自然生灭为定律，对于原物的存废、久暂考虑得并不多，不像古代埃及、罗马那样刻意追求所谓永久不灭的工程。观念影响实践，当古罗马以至世界多数地区逐渐地以石料取代原始木构，建筑进入"岩石文化"之时，而中国却始终保持着以木材、砖瓦为主要建筑材料的习惯，古都洛阳的建筑自然也不例外。

从地理位置、地形条件上看，洛阳四周凭险可守，有"居中御外"之便，自古战乱连绵，为兵家必争之地，而罗马的地理形势与此不同；又兼罗马素有"七丘城"之称，古建筑大都在高丘之上，不像洛阳那样"背邙面洛"，地势坦平，以至熏天烈炬，四野灰飞；掠地浊流，千村泥塞，许许多多的文物都毁于兵燹、水火。

当然，这并不影响人们到这里来临风怀古，叩问沧桑。历史的生命力总是潜在的或暗伏的。作为一种废墟文化，只要它有足够的历史积淀，无论其遗迹留存多少，同样可以显现其独特的迷人魅力，唤起人们深沉的兴废之感，吸引人们循着荒台野径、败瓦颓垣，去凭吊昔日的辉煌。

废墟是岁月的年轮留下的轨迹，是历史的读本，是成功后的泯灭，是掩埋着千般悲剧、百代沧桑的文化积存。由于古代中国的史籍提供了足够的甚至是过量的信息，即使面对残墟野圹的"旧时月色"，熟悉古代文化传统的作家、诗人，也能以一缕心丝穿透千百年的时光，使已逝的风烟在眼前重现旧日的华彩。

对于专门从事废墟研究的学者，罗马古都当然是必看无疑了，但我以为，拥有五千年文明史的中华古国可能会给他们提供更丰富的内涵；而若到中国来，首先应该在洛阳住上一些时日，感受几许壮美后面的沉痛与苍凉。对于诗人来说，尤其是如此。诗人往往比史家更关注现实与古昔撞击之后所产生的人生体悟，更加强调创作主体自我情绪的介入，也更看重历史选择、历史创造后面所闪现的人民生命活动的一次又一次的升华。

二

现在，我正站在汉魏故城遗址之上。城址在今洛阳市东北十五公里处，北依邙山，南临洛河，东至寺里碑，西抵白马寺，地势高亢平旷，规模宏阔壮观。东汉、曹魏、西晋、北魏四朝先后以此为皇城，长达三百三十年之久。

汉光武帝刘秀定都洛阳之后，在周代成周城的基础上，开发扩建起一座规模宏大的都城，广建宫殿、苑囿，台、观、馆、阁。在这里，"天子之庙"明堂，"天子之学"辟雍，观测天象、祭祀天地的灵台，以及相当于今天国家办的大学的太学，一应俱全。

当时，城内有纵横二十四条大街，长衢夹巷，四通八达。帝族王侯，外戚公主，争修园宅，竞夸豪丽。崇门丰室，洞户连房，飞阁生风，重楼起雾，极尽奢华之能事。可是，经过汉末董卓人为性的破坏，顷刻间宫殿便全部化为灰烬，"二百里内无复孑遗"；西晋的"八王之乱"，进一步造成了"河洛丘墟，函夏萧条"。

北魏孝文帝定都洛阳后，再次大兴土木，城东西扩至二十里、南北十五里，规模空前。仅寺院就有一千三百六十七所，皇宫西侧永宁寺，九层佛塔加上顶端相轮，高达百丈；僧房多达一千间。永明寺内住有"百国沙门"三千余人，城中外国商旅万有余家。整个洛阳城已成为盛况空前的国际性大都会。后经尔朱荣之乱，造成洛阳城郭崩毁，宫室倾覆。隋、唐两代对东都城都曾相继加以恢复，但"安史之乱"又使洛阳再一次惨遭洗劫，宫室焚烧，十不存一。

今日登高俯瞰，但见残垣逶迤，旧迹密布，除南面已被洛河冲毁外，其余三面轮廓均依稀可辨。残垣共有十四处缺口，标示着当时"楼皆两重，朱阙双立"的城门所在。城址四周矗立着一排排直干耸天的白杨林，里面围起来一方广袤的田野，翻腾着滚滚滔滔的麦浪。

"白杨多悲风"，更加重了废墟的苍凉意蕴，使游人看了频兴世事沧桑之感。

说到世事沧桑，我蓦然联想起意大利的另外一座古城的命运。就在我国东汉王朝的洛阳城兴建起来之后，靠近那不勒斯海湾，离维苏威火山不足两公里的庞贝古城，突然被亿万吨的火山灰埋没了，其时为公元79年一个初秋的正午。

从此，这座古城便从地面上消失，终古苍凉，杳无声息，多少代的人们把它遗忘得一干二净。直到一千多年之后，历史学家才从古书中发现这样一座已经不复存在的城市，但却说不清楚它的具体位置。公元1748年，当地农民在挖掘葡萄园时，偶然发现一些碑碣、石像，这才提供了一些线索。又经过二百多年的陆续发掘，到了二十世纪六十年代，才使庞贝古城重见天日。相形之下，中国一些古都的命运要好一些。

当年，殷商的遗民箕子朝周，路过安阳殷墟，见旧日的宫殿倾圮无遗，遍生禾黍，哀伤不已，因作《麦秀》之歌。西周灭亡之后，周大夫行役至于镐京的宗周旧邑，满眼所见也都是茂密的庄稼，不禁触景伤怀，遂吟《黍离》之诗。这两首歌诗便成为后世有名的抚今追昔、凭吊兴亡、抒发爱国情怀的佳什。

同《黍离》《麦秀》那子遗的悲歌相对应，在洛都还流传着一个关于"铜驼荆棘"的预言的警语。晋惠帝时，以草书闻名于世的索靖，具有逸群之才和先识远见，他觉察到天下就要大乱，于是，指着宫门外两个相向而立的铜铸的骆驼，喟然叹道：人们将会看到你们卧在荆棘中啊！不久，洛阳宫苑即毁于"八王之乱"。"不信铜驼荆棘里，百年前是五侯家。"元人宋无这两句诗，说的正是这种变化。

看来，世事沧桑毕竟是人间正道。所以，东坡先生慨叹：物之盛衰成毁，相寻于无穷，昔者荒草野田，狐兔窜伏之所，一变而为台囿，而数世之后，台囿又可能变成禾黍、荆棘，废瓦颓垣。"夫台犹不足恃以长久，而况于人事之得丧，忽往而忽来者欤！"

至于洛阳园囿之兴废，尤其寓有特殊的意蕴。宋代学者、李清照的父亲李格非有一句名言："天下之治乱候于洛阳之盛衰而知，洛阳之盛衰候于园囿之兴废而得。"就洛阳当时在中国的形势、地位来看，这种论说是有一定的根据的。

三

魏晋时期有一种特别显眼而且层见叠出的政治现象，就是异姓禅代，美其名曰"上袭尧舜"，实际是曲线谋国。

汉建安二十四年（219年），孙权被曹操打败，上表称臣，并奉劝曹操称帝。篡汉自立，位登九五，这是曹操梦寐以求的事。孙权的劝进，在他来说，自是求之不得的。事实上，汉朝早已名存实亡，曹操手握一切权力，献帝不过是任其随意摆布的玩偶。只是慑于舆论的压力，曹操始终未敢贸然行事，不得不把皇袍当作内衣穿了二十多年。

当下，他就找来老谋深算的司马懿试探一番，说：孙权这小子劝我称帝，这简直是想让我蹲在火炉上受烤啊！司马懿心里是透彻明白的，立即迎合说，这是天命所归，天遂人愿。但是，没有等到称帝，曹操就一命呜呼了，大业要靠他的儿子完成。曹丕继位之后，经过一番"假戏真做"的三推四让，便于公元220年登上了受禅台。

此后，司马氏祖孙三代，处心积虑，惨淡经营，心里想的、眼睛看的、天天盼的，仍然还是皇位。终于在公元266年，司马炎完全按照"汉魏故事"进行禅代，从魏元帝曹奂手中夺得了皇权，是为晋武帝。一百五十五年以后，宋主刘裕依样画葫芦，接受了东晋恭帝的"禅让"，即皇帝位。一切处置"皆仿晋初故事"。恭帝被废为零陵王，第二年就被刘裕杀掉了。

从公元220年曹魏代汉到公元420年刘宋代晋，二百年"风水轮流转"，历史老人在原地画了一个魔圈。三次朝代递嬗，名曰"禅让"，实际上，每一次都是地地道道的宫廷政变，而且伴随着残酷、激烈的流血斗争。

晋承魏统，实现了九十年分裂混战之后的重新统一。但是，由于西晋统治集团的骄奢淫逸，腐朽残暴，导致这个王朝仅仅维持了五十二年。特别是标志着统治集团矛盾全面爆发，骨肉相残成为历史之最的"八王之乱"，持续时间之长，杀人之多，手段之残忍，对生产力破坏之严重，在中外都是罕见的。

司马炎在位二十五年，死后由"白痴太子"司马衷继位，是为惠帝。他只是"聋子的耳朵——配搭"，实权掌握在骄横跋扈的外祖父杨骏手中。而野心勃勃、阴险凶悍的皇后贾南风和其他几个皇室成员，也要争夺最高权力。从此，西晋王朝统治集团内部你死我活的夺权斗争，就拉开了大幕。

贾皇后联络了几个忌恨杨骏的藩王和大臣，通过制造杨骏谋反篡位的舆论，逼令惠帝颁下讨伐诏书，一举捕杀了杨骏及其亲属、死党，诛灭三族达几千人。尔后，诏令汝南王司马亮入京，与开国元老卫瓘共同辅政，借以掩饰后党掌权的真相。不料，司马亮专横跋扈，不给贾皇后一班人留下权力空隙，于是，皇后再次逼迫惠帝颁诏，命令楚王司马玮杀掉司马亮，同时，趁机除掉了重臣卫瓘。为了防止重新出现藩王专权的局面，贾皇后又以"专杀"的罪名处死了剽悍嗜杀的司马玮。就这样，卸磨杀驴，获兔烹狗，贾皇后一个个地铲除了元老、强藩，达到了独揽朝纲的目的。

当时面临的最大课题，是由谁来继位接班。贾皇后骄横妒悍，却没有武则天那样的才气与胆识，她不敢设想自身临朝问政，但又绝不甘心由已定的东宫太子继承皇位。经过一番周密策划，终于把太子椎杀了。这在当时，是冒天下之大不韪的，只好声称是太子自裁，于是，扮演了一场"猫哭老鼠"的闹剧，哀恸逾常，并以王礼下葬。

但是，纸里终究包不住火，"机关算尽太聪明，反误了卿卿性命"。贾后谋杀太子的阴谋败露后，赵王司马伦联合宗室的齐王、梁王，大动干戈，入京问罪，当即捉住贾后，逼着她喝下一杯金屑酒。临死前，贾后恨恨地叹着气，说：拴狗要拴狗脖子，我却只拴了狗尾巴；杀狗要杀老恶狗，我却只杀了几只狗崽子。老娘今天死了，算是活该！

司马伦野心勃勃，凶残毒狠，一面大开杀戒，乘机把所有的冤家对头——送上刑场，一面将他的几个儿子全部封为王侯，自己出任相国，接着，就从惠帝手中夺取了御玺，称帝自立。尔后，又下了一场铺天盖地的"官雨"，不仅遍封了徒党，而且，连拥戴他的奴隶、士卒也都赏赐爵号，一时受封者达数千人。这又引发了齐王、成都王、河间王联合起兵讨伐，战火燃遍了黄河南北。司马伦兵败被杀，惠帝重登皇位。

这次祸乱，持续了六十多天，死亡达十万人之众；而诸王之间又相互混战，结果有的被砍头，有的被放在烈火上烤焦，有的被绳子勒得断了气，有的被活活掐死，诸王竟无一善终。

"八王之乱"始于宫廷内部，由王室与后党之争扩大为诸王之间的厮杀；尔后，又由诸王间的厮杀扩展成各部族间的混战。这场狂杀乱斗，足足延续了二十多年，西晋政权像走马灯一般更迭了七次。先后夺得权柄的汝南王、赵王、齐王、成都王、东海王，以及先为贾后所利用、随后又被贾后杀掉的楚王等，无一不是凶残暴戾的野心家、刽子手。在他们制造的祸乱中，"苍生殄灭，百不遗一"，京都洛阳和中原大地的劳动人民被推进了茫茫的苦海深渊，最后导致了十六国各族间的混战和持续三百年的大分裂，在我国历史上出现一次大的曲折和倒退，其罪孽是异常深重的。

四

司马氏以禅代手段建立的西晋王朝，是极度腐朽的。封建统治阶级所有的凶恶、险毒、猜忌、攘夺、荒淫、颓废等龌龊行为，都集中地表现在这个统治集团身上。晋武帝穷奢极欲，荒淫无度，登极后，即选征中级以上文武官员家里的大批处女入宫；次年，又从下级文武官员和普通士族家中选征了五千名处女；灭吴后，又从吴宫宫女中选取了五千人。皇帝淫乱在上，士族和官吏自然也是竞相效尤，淫靡成风。

由于朝廷的狂杀与滥赏，使得周围的官员感到得失急骤，祸福无常，心情经常处于紧张、虚无状态，助长了纵情声色，颓废、放荡。晋武帝率先倡导奢侈享受，夸靡斗富，他的亲信和大臣很多都是历史上有名的奢侈无度的人。开国元老何曾，一天花在三顿饭上的钱要在一万钱以上，还说没有可以下箸的东西。他的儿子何劭日食两万钱，比老子翻上一番，可是，这还不够尚书任恺两顿饭的花费。而王济、王恺比任恺更为穷奢极侈。但他们谁都比不过石崇。

大官僚石崇，"资产累巨万金，宅室舆马，僭拟王者。庖膳必穷水陆之珍，后房（妻妾）百数，皆曳纨绣、珥金翠。而丝竹之艺，尽一世之选。筑榭开沼，殚极人巧"。他和武帝的舅父王恺斗富，王恺用紫丝布作成布障，衬上绿绫里子，长达四十里；他则用锦缎做成长达五十里的布障来比阔。武帝看王恺斗不过他，便常常出面相助。这也是旷代奇观。翻遍了史书，哪曾见过皇帝帮助臣下夸侈斗富的？即此，也足以想见当日奢风之盛行，朝政之腐败。

一次，王恺拿出皇帝给他的一株二尺多高的珊瑚树，借以夸富。这棵珊瑚树枝叶繁茂，他以为，世上很少能够与之相比的。不料，石崇看后，操起铁如意来就把它敲个粉碎，随后，便招呼手下的人把他收藏的珊瑚树全都搬出来，任他随意挑选。就中有六七棵三尺、四尺高的，枝条层层重叠，美艳无双，光彩夺目。王恺看了，顿时眼花缭乱，两颊飞红，惘然自失。

退休后，石崇在洛城的金谷涧，顺着山谷的高低起伏，修筑了一座占地十顷的豪华别墅，取名梓泽，又称金谷园。飞阁凌空，歌楼连苑，清清的流水傍着茂密的丛林，单是各种果树就有上万株，风景绝佳，华丽无比。"楼台悬万状，珠翠列千行；华宴春长满，娇歌夜未央。"（张美谷《金谷名园》）人们用"虽由人作，宛自天开"的话来夸赞其高超的建园艺术。

其时，炙手可热的赵王司马伦当政，石崇由于把持爱妾绿珠不放，得罪了权臣孙秀，被诬为唆使人谋杀赵王伦，受到了拘捕，绿珠坠楼而死；石崇及其兄长和妻子、儿女等十五人一齐在东市就戮；钱财、珠宝、田宅、奴仆无数，悉被籍没。就刑前，石崇慨然叹道：想当年我老母去世时，洛阳仕宦倾城前来送葬，摩肩接踵，荣耀无比。今天却落到这个满门遭斩的下场！其实，我没有什么罪。这些奴辈要我死，无非是为了侵吞我的全部资财！他的话一落音，看押他的兵士就问道：既然你知道万贯家财是祸根，为什么不早日散尽呢？石崇哑然无语。

金谷园千古传扬，在洛阳可说是妇孺皆知，可是，要考察它的遗址所在，却是众说纷纭。这天，我在一位饱学之士陪同下，沿着邙山南麓，信步走到凤凰台村，顺着金谷涧东南行，据说，当年的金谷园就坐落在这个范围里。而今，除了细水潺潺，悠悠远去，一切一切，都已荡然无存。真个是："豪华人去远，寂寞水东流。"早在初唐时期，王勃在《滕王阁序》中就已经慨叹"兰亭已矣，梓泽丘墟"，何况今天，毕竟已经过去一千七百多年了。

五

站在北邙山上，纵目四望，但见上下左右，陵冢累累，星罗棋布，怪不得人说"邙山无卧牛之地"。唐代诗人王建有诗云："北邙山头少闲土，尽是洛阳人旧墓。旧墓人家归葬多，堆着黄金无买处。"

原来，这里眼界开阔，地望极佳，身后有奔腾不息的黄河滋润，迎面有恢宏壮观的帝京映照，地势高爽，土层深厚。俗谚云："生在苏杭，死葬北邙。"因此，自东周起，中经东汉、曹魏、西晋、北魏，直至五代，历代帝王陵墓比邻而依。就连"乐不思蜀"的刘禅，被称为"全无心肝"的陈叔宝，"终朝以眼泪洗面"的李煜，这三个沦为亡国贱俘的后主，也都混到这里来凑热闹。其他名人，像伊尹、吕不韦、贾谊、班超……简直数不胜数，都把此间作为夜台长眠之地。踏着黄沙蔓草，置身于累累荒丘之间，确实有一种阴气森森，与鬼为邻的感觉。

听说西晋王朝的五个帝王，也都葬在这里，这天，我专程转到了这一带，想要看个究竟，结果竟一无所获。原来，足智多谋的司马懿担心墓葬会被人盗掘，临终前嘱咐子孙，不起坟堆，不植树木，不立墓碑。这比曹操死后遍设七十二疑冢还要来得神秘，真是至死不脱奸雄本色。

这种形制影响到整个西晋王朝，所以，司马懿父子三人，连同四代帝王，以及统统死于非命的"八王"的陵寝所在，直到今天还是一个疑团。为了一顶王冠，生前决眦裂目，拼死相争，直杀得风云惨淡，草木腥膻，死后却连一个黄土堆也没有挣到自己名下，说来也是够可怜的了。当然，那些臭皮囊早已与草木同腐，有一些人甚至"骨朽人间骂未销"，被牢牢地钉在了历史的耻辱柱上，知不知其埋骨地，似乎也没有太大的差别。

正是由于这里"地脉"佳美，那些帝王公侯及其娇妻美妾都齐刷刷、密麻麻地挤了进来，结果就出现了一个特别有趣的现象：无论生前是胜利者、失败者，得意的、失意的，杀人的抑或被杀的，知心人还是死对头，为寿为夭，是爱是仇，最后统统地都在这里碰头了。像元人散曲中讲的，"列国周秦齐汉楚，赢，都变做了土；输，都变做了土。"纵有千年铁门槛，终归一个土馒头。

关于这一点，莎士比亚也讲了，他在剧作《哈姆雷特》中，借主人公之口说，谁知道我们将来会变成一些什么下贱的东西，谁知道亚历山大帝的高贵的尸体，不就是塞在酒桶口上的泥土？哈姆雷特接着唱道："恺撒死了，你尊贵的尸体/也许变了泥把破墙填砌，/啊！他从前是何等的英雄，/现在只好替人挡雨遮风！"

莎翁在另一部剧作里，还拉出理查王二世去谈坟墓、虫儿、墓志铭，谈到皇帝死后，虫儿在他的头颅中也玩着朝廷上的滑稽剧。我以为，他是有意向世人揭示一番道理，劝诫人们不妨把功名利禄看得淡泊一些。当然，他讲得比较含蓄，耐人寻味。

而在中国古代作家的笔下，就显得特别直白、冷隽、痛切。旧籍里有一则韵语，讥讽那些贪得无厌，妄想独享人间富贵、占尽天下风流的暴君奸相："大抵四五千年，着甚来由发颠？假饶四海九州都是你的，逐日不过吃得半升米。日夜宦官女子守定，终久断送你这泼命。说甚公侯将相，只是这般模样；管甚宣葬敕葬，精魂已成魑魅。"

马东篱在套曲《秋思》中沉痛地点染了一幅名缰利锁下拼死挣扎的浮世绘："蛩吟罢一觉才宁贴，鸡鸣时万事无休歇。争名利何年是彻？看密匝匝蚁排兵，乱纷纷蜂酿蜜，闹嚷嚷蝇争血。""投至狐踪与兔穴，多少豪杰！鼎足虽坚半腰里折，魏耶？晋耶？"他分明在说，历史，存在伴随着虚无；人生，充满了不确定性。列国纷争，群雄逐鹿，最后胜利者究竟是谁呢？魏耶？晋耶？看来，谁也不是，而是历史本身。宇宙千般，人间万象，最后都在黄昏历乱、斜阳系缆中，收进历史老仙翁的歪把葫芦里。

在无尽感慨中，我口占了四首七绝：

圮尽楼台落尽花，谁知曾此擅繁华？
临流欲问当年事，古涧无言带浅沙。

残墟信步久嗟讶，帝业何殊镜里花！
叩问沧桑天不语，斜阳几树噪昏鸦。

茫茫终古几赢家？万冢星罗野径斜，
血影啼痕留笑柄，邙山高处读南华。

民意分明未少差，八王堪鄙冷唇牙。
一时快欲千秋骂，徒供诗人说梦华！

六

魏晋是中国封建社会的一个大动荡时期。攘夺、变乱是这一时期社会政治生活的主旋律。统治集团内部篡弑频仍，政权更迭繁复，战乱连年不断，社会急剧动荡，给普通民众造成了极大的苦痛，士人群体也未能远祸。因此，《晋书》中说："属魏晋之际，天下多故，名士少有全者。"

当时的社会思想十分错综复杂。一方面是，汉末以来，曹操四次下求贤令，实行"唯才是举"的政策，即使那些"负污辱之名、见笑之行""盗嫂受金"，甚至"不仁不孝"者，只要有才能，都可以推荐上来，委以重任。这种由道德至上到重才轻德的转折，无疑成了魏晋时代思想解放的先声。

而另一方面，这一时期推行九品中正制，世家权贵操纵着遴选人才大权，以至出现"上品无寒门，下品无世族"，"世胄居高位，英俊沉下僚"的悖理现象。先赋角色深受世人景慕，而成就角色却极少出头机会，在整个社会造成了价值观念的误导，鄙薄事业、轻视功利的思想泛滥。这两种趋向，看似矛盾、交叉，实则殊途而同归，都有助于以崇尚老庄，任放不羁，遗落世事为特征的"魏晋风度"的形成。

由于思想通脱，废除固执，"遂能充分容纳异端和外来思想，故孔教以外的思想源源而入"（鲁迅语）。社会秩序解体，儒家礼法崩溃，经学独尊地位已经动摇，玄名佛道，各派蜂起，嘘枯吹生，逞辞诘辩，呈现出"户异议，人殊论，论无定检，事无定价"，思想多元化的局面。

魏晋时期，堪称中国政治上最混乱、社会上最苦痛的时代，"然而却是精神史上极自由、极解放，最富于智慧、最浓于热情的一个时代""是中国历史上最有生气、活泼爱美，美的成就极高的一个时代"（宗白华语）。文人学士在生活上、人格上的自然主义和自由主义不断高涨；他们蔑视礼法，荡检逾闲，秕糠功名利禄，注重自我表现，向内拓展了自己的情怀，向外发现了自然情趣，接受宇宙与人生的全景，体会其深沉的奥蕴，滋生了后世所说的"生命情调"和"宇宙意识"的萌芽。阮籍、嵇康等"竹林七贤"为其代表人物。

阮籍尝登荥阳广武山，观楚汉战场，慨然叹道："时无英雄，遂使竖子成名！"自然是话中有话：一则借助谩骂以玩弄权术起家的刘邦，影射那些包括司马氏在内的得势于一时的风云人物；二则也是愤激于生当乱世，黄钟毁弃，瓦釜雷鸣，他们这些名士空负英雄之志，而无由酬其夙愿。

按常礼，母丧期间必须茹素，但阮籍偏偏大啖酒肉。《礼记》规定，叔嫂不能通问，他却经常与嫂子聊天，其"嫂尝归家，籍相见与别，或以礼讥之，籍曰：'礼岂为我设耶？'"。邻居家的妻子有美色，在酒店里卖酒。阮籍喝醉以后，就睡在这个女人身边，完全无视儒家"男女之大防"。女人的丈夫起初有些怀疑，暗中观察阮籍的行为，但始终没有发现他有什么不良企图。

他就是这样毫无顾忌地与纲常、礼教对着干，明确地说，君子之礼法乃天下摧残本性、乱危社会、致人窒息之术。阮籍和嵇康率先举起张扬自我、反对名教的大旗。阮籍辛辣地讽刺说，礼法之士如裤中之虱，行不敢离缝际，动不敢出裤裆，自以为得绳墨也。嵇康则响亮地提出"越名教而任自然"的口号。

如果从政治斗争的角度来观察这个问题，他们这样做，实际上是与司马氏统治集团开展斗争的一种形式。鲁迅先生指出，魏晋以孝治天下。因为他们的天位乃从禅让即巧取豪夺而来，若主张以忠治天下，则立脚点不稳，立论既难，办事也棘手。于是，他们倡言以孝治天下，把名教作为剪除异己，巩固政权的工具，充分暴露了这种名教与礼法的虚伪性。阮籍、嵇康等公开抨击名教，蔑视礼法，无异于把斗争锋芒直接指向司马氏，当然要引起当权者的忌恨。

特别是嵇康，在《与山巨源绝交书》中，列举了"七不堪""二不可"，来说明做了官就会妨碍个性发展与个人自由，实际是表明不肯为司马氏卖命的心迹。他在《卜疑》一文中更加露骨地讲：人们都说商汤王、周武王用兵的功劳有多大，周公辅佐年幼的成王如何好，尧舜禅让之德多么美，孔老夫子的话怎样有理，依我来看，这一切都是虚伪的。

此时的司马昭正在标榜自己武功盖世，辅助魏帝多么忠心耿耿，暗地里却处心积虑地筹划着如何搭设"受禅台"。嵇康上面那番话，针锋相对，恰中要害，不啻一记响亮的耳光，自然要遭到司马氏集团的痛恨。终于被安上一个罪名，一杀了之。

政治斗争的残酷性，鲜血淋漓的教训，造成那些名士、畸人在生命形态和生活方式上，有意无意地出现一些畸形的变化。他们的人生以悲剧垫底，但却表现出常人所难以理解的旷达和潇洒，当其得意，忽忘形骸。加之，伴随着旧的权威思想的崩溃，人们在信仰、追求、价值取向方面失去了依归，经常陷于精神空虚与紧张、焦虑、孤独之中，导致人与社会、人与自然、人与人之间关系的疏离和联系纽带的断裂。阮籍有一首《咏怀诗》，对他内心的苦闷和临深履薄的心态做了最生动的揭示：

> 一日复一夕，一夕复一朝。
> 颜色改平常，精神自损消。
> 胸中怀汤火，变化故相招。
> 万事无穷极，知谋苦不饶。
> 但恐须臾间，魂气随风飘。
> 终身履薄冰，谁知我心焦！

竹林名士经常纵酒昏酣，遗落世事，这是他们思想、性格上的外在表现的重要形式；而全身避祸，醉以忘忧，"欲将沉醉换悲凉"，则是其深层的考虑。对此，宋人叶梦得看得最清楚，他在《石林诗话》

中指出："晋人多言饮酒，有至沉醉者，此未必意真在于酒。盖时方艰难，人各罹祸，惟托于醉，可以粗远世故。"司马昭为了把阮籍拉近自己身边，要娶他的女儿做儿媳。阮籍却不愿攀上这门亲戚，但又不敢公开拒绝，就从早到晚喝酒，醉倒就睡，睡醒又喝，连续醉了六十天，媒人无可奈何，不得不怅然走开，司马昭也只好作罢。

刘伶更是出名的酒鬼，经常豪饮，任性放纵，有时在屋里脱去衣服，赤身裸体，别人看见了加以讥讽。他却说，我把天空和大地作为屋宇，把房舍作为裤子，诸位先生怎么跑到我的裤裆里来了？他在散文名篇《酒德颂》中说，"兀然而醉，恍尔而醒，静听不闻雷霆之声，熟视不睹泰山之形""惟酒是务，焉知其余"。

山涛"至八斗方醉"；阮咸饮酒"不复用常杯斟酌，以大瓮盛酒，围坐，相向大酌"。他们借助酒力来表达对当权者的蔑视与反抗，摆脱世俗礼制的束缚。其间，根本谈不上有什么乐趣，不过是一种无奈与无聊罢了。

七

战乱频仍，社会动荡，呈现出多元、混乱、无序、开放状态。反映到思想文化领域，是儒学的禁锢渐近衰弛，个体的智慧才情得到了充分的承认与重视。文人、学者们开始集中地对人的个性价值展开了探讨与研究，个性解放的浪潮以锐不可当之势，冲破了儒学与礼教的束缚。一时，思想空前活跃，个性大为张扬，防止了集体的盲目，增强了创造、想象的自主性，开始有意识地在玄妙的艺术幻想之中寻求超越之路。又兼各民族之间战事连绵，交流广泛，作家、诗人生计艰难，流离转徙，丰富了阅历，深化了思想，从而促进了文学创作的发展。

时代的飙风吹乱了亘古的一池死水。政治上的不幸成就了文学的大幸、美学的大幸，成就了一大批自由的生命，成就了诗性人生。他们以独特的方式迸射出生命的光辉，为中华民族留下了值得叹息也值得骄傲的文学时代、美学时代、生命自由的时代，留下了文化的浓墨重彩。清代诗人赵翼在《题遗山诗》中有"国家不幸诗家幸，赋到沧桑句便工"之句，深刻地揭示了这种道理。当然，这也正是时代塑造伟大作家、伟大诗人所要付出的惨重代价。

魏晋文化跨越两汉，直逼老庄，接通了中国文化审美精神的血脉，同时，又使生命本体在审美过程中行动起来，自觉地把对于自由的追寻当作心灵的最高定位，以一种特定的方式实现了生命的飞扬。当我们穿透历史的帷幕，直接与魏晋时代那些自由的灵魂对话时，更感到审美人生的建立，自由心灵的驰骋，是一个多么难以企及的诱惑啊！

大抵文学史上每当创作旺盛的时期，常常同时出现两个代表人物：一个是旧传统的结束者；一个是新作风的倡导者。曹操、曹植正是这样的两个人物。（范文澜语）由于曹氏父子倡导于上，加之本人都是大文学家，当时又具备比较丰裕的物质生活和有利的创作环境，那些饱经忧患、心多哀思的文士们，创作才能得以充分地发挥出来。于是，建安才士源源涌现，多至数以百计，他们的诗赋骈文，特别是以曹植为代表的五言诗，达到了时代的高峰。

"邺下风流在晋多"。西晋一朝，动乱不宁，为时短促，但在文化艺术方面的成就却是巨大的。钟嵘说，太康（晋武帝年号）中，三张（张载、张协、张亢）、二陆（陆机、陆云）、两潘（潘岳、潘尼）、一左（左思），勃尔复兴，亦文章之中兴也。一时文华荟萃，人才辈出，流派纷纭，风格各异。继曹氏父子、建安七子之后，活跃在文坛上的正始诗人、太康诗人、永嘉诗人，薪尽火传，群星灿烂。

尤其是以赋的成就为最大。左思《三都赋》一纸风行，时人竞相传抄，遂使洛阳纸贵。陆机的《文赋》，不仅是一代文学名作，而且在中国文学批评史上，也是一篇重要文献。竹林七贤多有名篇佳作传世，其中文学成就最高的是阮籍和嵇康，他们的《咏怀诗》《大人先生传》和《幽愤诗》《与山巨源绝交书》，一直传诵至今。"金谷二十四友"中为首的潘岳，与陆机齐名，是"太康体"的代表性作家，为西晋最有名的诗人，三首《悼亡》诗，笔墨之间深情流注，真切感人。

魏晋时的史学、哲学、书法艺术成就可观。陈寿的《三国志》，与《史记》《汉书》《后汉书》并称为"前四史"，被历代史家誉为最好的正史之一。西晋玄学、佛、老，对后世有颇深的影响。嵇康、邯郸淳等书写的古、篆、隶《三体石经》，乃世所罕见的书艺珍品，钟繇的楷书也是独擅盛名。

就在那些王公贵胄、豪强恶棍骸骨成尘的同时，竟有为数可观的诗文杰作流传广远，辉耀千古。这种存在与虚无的尖锐对比，反映了一种时代的规律。

事物总是错综复杂的，上下相形，得失相通，成败相因，利弊相关。人的一切社会成就的获得，往往会造成他作为个人的某些方面的失去；而表面上看来是失败的东西，其反面却又意味着成功。从社会时代来考究，嵇康、阮籍等人都是失败者，都是充满悲剧色彩的人物；但从他们个人的角度来看，却又是获得了很大的成功。

八

魏晋故城遗址东面，建春门外一里多路的东石桥南有个马市，旧称东市，是魏晋时期行刑的场所。这次，我特意到那里转了转，已经是荒草没径，面目全非了。当年，嵇康临刑前，曾把他的琴要过来，坐在地上弹奏了一曲《广陵散》，亲友们听了那激昂、凄厉的琴声，个个泣下不止。嵇康只是长叹了一口气，说：这支曲子是一位老先生教给我的，当时我们在旅途中，同住一间客栈。他再三嘱咐我，不要另传他人。可惜，从今以后，它就将失传了。有人考证，这个《广陵散》原是一首古曲，内容是表现战国时期聂政刺杀韩相侠累、兼中韩王的。临死时，嵇康还要奏这种曲子，说明他胸中的愤懑不平之气，该是何等强烈。

嵇康殁后，在缅怀他的诗文中，最撼人心弦的当推向子期的《思旧赋》。嵇康被杀，他的好友向子期再也无法隐居了，只好出来入仕，投到司马氏门下。这天，他归自洛阳，路过嵇康的山阳故居（在今河南修武县），触景伤怀，写下了正文只有二十四句的小赋。在那闪烁其词、欲说还休的寥寥数语中，人们感受到一种欲哭无泪、深沉得近于心死的悲哀。其中有这样的话："叹《黍离》之悯周兮，悲《麦秀》于殷墟。惟追昔以怀今兮，心徘徊以踌躇。"竟将区区山阳故居的荒凉，与周室、殷墟之破败相提并论，显现出向子期的深沉的故国之思和对从前隐逸生活的眷念。

青山魂梦

不为人们所理解是痛苦的，而不自知则是可悲的。闲翻古籍，我总觉得，千载以还，人们对于唐代大诗人李白，尽管说的写的都不算少，但缺乏全面的探析、足够的理解。至于诗人本身，对自己的认识反差更大，这尤其令人悲慨。古人说："不患人之不己知，患不知人也。"我看应该在后面加上半句："尤患不知己也。"正是由于在认识自己方面存在着巨大反差，使李白终生陷于强烈的心理矛盾和深沉的抑郁与熬煎之中，吃尽了苦头，付出了惨重的代价。我这里谬托知己，想尝试着从一个侧面来解读李白。深知面对一个伟大的存在，莫说写上万八千字，即使推出一部大书，恐怕也难以穷原竟委，窥其堂奥。显然，我在干着一件力不从心的事。

一

在中国古代诗人中，李白确实是一个不朽的存在。他的不朽，不仅由于他是一位负有世界声誉的潇洒绝尘的诗仙——那些雄奇、奔放、瑰丽、飘逸的千秋绝唱产生着超越时空的深远魅力；而且，因为他是一个体现着人类生命的庄严性、充满悲剧色彩的强者。他一生被登龙入仕、经国济民的渴望纠缠着，却困踬穷途，始终不能如愿，因而陷于强烈的心理矛盾和深沉的抑郁与熬煎之中。而"蚌病成珠"，这种郁结与忧煎恰恰成为那些天崩地坼、裂肺摧肝的杰作的不竭的源泉。

一方面是现实存在的李白，一方面是诗意存在的李白，两者构成了一个整体的不朽的存在。它们之间的巨大反差，形成了强烈的内在冲突，表现为试图超越却又无法超越，顽强地选择命运却又终归为命运所选择的无奈，展示着深刻的悲剧精神和人的自身的有限性。

解读李白的典型意义，在于他的心路历程及其穷通际遇所带来的苦乐酸甜，在很大程度上反映了几千年来中国文人的心态。

去年秋杪，我有皖南之行，半月时间，足迹遍于当涂、宣城、秋浦（今属贵池）、泾县一带。这里恰好是李白晚年活动的中心。此行为我深入探究这位大诗人的奥蕴提供了一个开阔的视野，理想的角度。

李白祖籍陇西成纪，其先祖于隋朝末年被流放到西域，李白出生在中亚的碎叶城（唐时在安西都护府辖区内），五岁前后随父亲内迁至绵州彰明县青莲乡（今属四川江油市）。这种丰富的阅历，为他形成创造性思维奠定了有利的基础，而盛唐时期繁荣、安定的社会环境，又使他有条件接受良好的传统文化教育。

李白学习的范围十分广泛，"十岁观百家""十五观奇书"，从小便树立了建功立业，济苍生、安社稷的政治理想。他常常自比于历史上著名的政治家管仲、乐毅、张良、诸葛亮、谢安，志在"申管晏之谈，谋帝王之术""使寰区大定，海县清一"。他二十五岁那年，怀抱"四方之志"，出蜀远游，开启了后来三十几年的漂泊生涯。先后曾寓居湖广的安陆、山东的任城，漫游了祖国中、东部的许多地方，结交各方面人士，向一些地方官员锐身自荐。尔后，又移家皖南，并终老于此，前后住了六年时间。

天宝元年（742年）春天，李白从东鲁南下来到皖南的南陵，秋天离开这里奉诏赴京。这是首次入皖。天宝六载（747年），也就是在长安遭受挫折、被迫出京三年之后，又经由扬州、金陵溯江而上，畅游皖南的当涂。又过了六年，李白第三次前来，在近三年的时间里，足迹遍及皖南各县。李白第四次流寓皖南，是在生命的最后两年，夜郎流放遇赦之后，他再次来到宣城、泾县，最后投靠族叔李阳冰，定居于当涂，并选择"谢家青山"作为埋骨之地。

皖南一带绮丽的风光，朴厚的民情，润滋与抚慰了他的充满动荡、溢满忧愤、布满坎坷的失意生涯。诗人同这里的山山水水结下了深厚的情缘，而原本就雄奇秀丽的皖南山水，一经诗人大笔淋漓的点染，更凸显了它的壮美无俦的神采，成为神州大地最具人文价值的区域之一。

那些天，我一直沉醉在一种幻觉里：山程水驿，雨夜霜晨，每时每地，都仿佛感到诗人李白伴随于前后左右，而且不时地发出动人的歌吟。当我站在宣城陵阳山谢公楼的遗址上，面对着晚秋的江城画色，"两水夹明镜，双桥落彩虹"的谪仙名句，油然浮荡在耳际。而当驻足采石矶头，沉浸在横江雪浪的壮观里，"惊波一起三山动""涛似连山喷雪来"的隽永，又使我同诗人一样跃动着猛撞心扉的惊喜，获得一种甘美无比的艺术享受。

碧山，坐落在皖南黟县的西北面，它北连盂山，南对霭峰，风景十分幽美。《徽州府志》记载，此地有十里桃花，春时与绿树交映，秀色宜人。虽然我来时已是黄叶飘飞，秋光照眼，但从李白《山中问答》诗中仍能领略它的浓春逸趣。

> 问余何事栖碧山？笑而不答心自闲。
> 桃花流水窅然去，别有天地非人间。

诗人眼中的碧山，充满了清幽、纯净之美，是名利场、是非窝的"人间"所无可比拟的。短短的二十八个字，寓沉重于闲适，寄托了诗人愤世嫉俗的万千感慨。明代诗人李东阳说它"淡而愈浓，近而愈远"，其旨趣"可与知者道，难与俗人言"。

在这里，我也效仿诗仙以恬淡、虚空的心境，对碧山做一番美的观照，沉浸在美学家所说的"静照"境界里："空诸一切，心无挂碍，和世务暂时绝缘。这时一点觉心，静观万象，万象如在镜中，呈现着它们各自的充实的、内在的、自由的生命""在静默里吐露光辉"（宗白华《美学散步》）。

我忘情地踏着晚秋的黄叶，徜徉于五松山下、天柱峰前，漫步在桃潭、秋浦之间，寻几分天籁，握一把苍凉，在疑幻疑真的朦胧意象里，借助那一泓澄碧和万壑松吟来濯心、洗耳。一时间，仿佛冲破了时空的限界，纵身千载之上，同诗人一道亲炙那"扫石待归月""倚树听流泉"的幽情雅趣。

也是在采石矶头，也是那样一个"秋月照白壁，皓如山阴雪"的夜晚，我站在拔江而起，危矶如削的峭壁上，望着涛惊浪涌的滚滚江流，眼前仿佛浮现出一幅《谪仙泛舟赏月图》——诗人和他的好友、

"饮中八仙"之一的崔宗之，一舟容与，溯流而上，"进帆天门山，回首牛渚没""月随碧山转，水合青天流"。像现代诗人汪静之笔下所描绘的，他穿"一件极美丽的五云裘，颜色好像夏天的朝云，春天的彩虹，像碧海衬着远山，红霞映着绿草"，端坐在船的正中。金樽邀月，诗酒唱和，岸旁观者如堵，而诗仙则顾盼神飞，谈笑自若。

《侯鲭录》载：唐开元年间，诗仙进谒宰相，擎着书有"海上钓鳌客李白"的手版。宰相问道："先生临沧海，钓巨鳌，以何物为钩线？"

答曰："以风浪逸其情，乾坤纵其志，以虹霓为丝，明月为钩。"

又问："以何物为饵？"

答曰："以天下无义丈夫为饵。"

宰相闻之悚然。

几句简单的答问，生动地展现了这位诗仙的神韵，真实地刻画出他的高蹈、超拔、狂肆的精神世界。

李白的精神风貌及其诗文的内涵，是中国文化精神哺育的结晶。清代诗人龚自珍认为，他是并庄、屈以为心，合儒、仙、侠以为气的。太白飘逸绝尘、驱遣万象的诗风，显然导源于《庄子》和《离骚》。单就人生观与价值取向来看，屈原的热爱祖国，憎恨黑暗腐朽势力，积极要求参与政治活动、报效国家的政治抱负，庄周的浮云富贵、藐视权豪，摆脱传统束缚、张扬主体意识的精神追求，对李白的影响也是极为深刻的。除了儒家、道家这两种主导因素，在李白身上，游侠、神仙、佛禅的影子也同时存在。

本来，唐代以前，儒家、道家、佛禅以及神仙、游侠等方面的文化，均已陆续出现，并且逐渐臻于成熟；但是，很少有哪一位诗人能够将它们交融互汇于个人的实际生活。只有李白——这位一生主要活动于文化空气异常活跃的唐代开元、天宝年间的伟大诗人，将它们集于一身，完成了多元文化的综合、汇聚。

当然，这里也映现了盛唐文明涵融万汇、兼容并蓄的博大气魄和时代精神。正如嵇康、阮籍等人的精神风貌反映了"魏晋风度"一样，李白的精神风貌也折射出盛唐社会特别是盛唐士子所特有的丰神气度，这是盛唐气象在精神生活方面的一个重要组成部分。

二

早在春秋时期，就有"三不朽"的说法："太上有立德，其次有立功，其次有立言，虽久不废，此之谓不朽。"

我们固然不能因为李白有过"吟诗作赋北窗里，万言不值一杯水"的诗句，就简单地断定他并不看重立言；但比较起来，在"三不朽"中，他所奉为人生至上的、兢兢以求的，确确实实还是立功与立德。既然如此，那他为了实现经邦济世，治国安民，创制垂法，惠泽无穷的宏伟抱负，就要为其创造必要的条件，首要的是必须拥有一定的社会地位与政治权势。

因此，他热切地期待着"长风破浪会有时，直挂云帆济沧海"，时刻渴望着登龙门，摄魏阙，据高位。但这个愿望，对他来说，不过是甜蜜蜜的梦想，始终未曾付诸实践。他的整个一生历尽了坎坷，充满着矛盾，交织着生命的冲撞、挣扎和成败翻覆的焦灼、痛苦。从这个角度看，他又是一个道道地地的悲剧人物。

他自视极高，尝以搏击云天、气凌穹宇的大鹏自况："大鹏一日同风起，扶摇直上九万里。假令风歇时下来，犹能簸却沧溟水。"认为自己是凤凰："耻将鸡并食，长与凤为群。一击九千仞，相期凌紫氛。"与这种以其长才异质极度自负的傲气形成鲜明的对照，他对历史上那些建不世之功、创回天伟业，充分实现其自我价值的杰出人物，则拳拳服膺，倾心仰慕，特别是对他们崛起于草泽之间，风虎云龙，君臣合契，终于奇才大展的际遇，更是由衷地歆羡。

他确信，只要能够幸遇明主，身居枢要，大柄在手，则治国平天下易如反掌。在他看来，这一切作为和制作诗文并无本质的差异，同样能够"日试万言，倚马可待"。显而易见，他的这些宏誓大愿，多半是基于情感的蒸腾，无非是诗性情怀，意气用事，而缺乏设身处地、切合实际的构想；并且，对于政治斗争所要担承的风险和可能遇到的颠折，也缺乏透彻的认识，当然更谈不上有足够的思想准备。

李白有过两次从政的经历：天宝元年（742 年）秋天，唐玄宗接受玉真公主和道士吴筠的举荐，下诏征召李白入京。这年他四十二岁。

当时住在南陵的一个山村里，接到喜讯后，他即烹鸡置酒，高歌取醉，乐不可支。告别儿女时，写有"仰天大笑出门去，我辈岂是蓬蒿人"的诗句，可谓意气扬扬，踌躇满志。他原以为，此去定可酬其为帝王师、画经纶策的夙愿，不料，现实无情地粉碎了他的幻想。进京陛见后，只被安排一个翰林院供奉的闲差，并没有像他想象的那样，接之以师礼，委之以重任。

原来，这时的玄宗已经在位三十年，腐朽昏庸，纵情声色，信用奸佞，久疏朝政。看到这些，李白自然感到万分失望。以他的宏伟抱负和傲岸性格，怎么会接受"以俳优蓄之"的待遇，甘当一个跟在帝王、贵妃身后，赋诗纪盛、歌咏升平的"文学弄臣"角色呢？但就是这样，也还是"君王虽爱蛾眉好，无奈宫中妒杀人""谤言忽生，众口攒毁"。最后的下场是上疏请归，一走了事。在朝仅仅一年又八个月，此后，再没有登过朝堂。

天宝十四载（755年）冬天，李白正在江南漫游。是时，安禄山起兵反唐，次年攻陷潼关，玄宗逃往四川。途中下诏，以第十六子李璘为四道节度使、江陵郡大都督。野心勃勃的永王李璘，招募将士数万人，以准备抗敌、平定"安史之乱"为号召，率师东下，实际是要乘机扩张自己的势力。对于国家颠危破败，人民流离失所的现状，李白早已感到痛苦和殷忧。恰在此时，永王李璘兵过九江，征李白为幕佐。诗人认为建功立业、报效国家的机会已到，于是，又一次激扬志气，充满了"欲仰以立事"的信心，在永王身上寄托着重大期望："诸侯不救河南地，更喜贤王远道来。"以为靖难杀敌、重整金瓯，非永王莫属。

哪里料到，报国丹心换来的竟是一场灭顶之灾，糊里糊涂地卷入了最高统治层争夺皇权的斗争，结果是玄宗第三子、太子李亨即位，李璘兵败被杀，追随他的党羽多遭刑戮，李白也以附逆罪被窜逐夜郎，险些送了性命。这是李白第二次从政，为时不足三个月。

尽管政治上两遭惨败，但李白是既不认输也不死心的，总想找个机会重抵政坛，锋芒再试。六十一岁这年，他投靠族叔、当涂县令李阳冰，定居于采石矶。虽然已经处于生命的尾声，但当他听到太尉李光弼为讨伐叛将史朝义，带甲百万出征东南的消息，一时按捺不住心潮的狂涌，便又投书军中，表示"懦夫请缨，冀申一割之用"，无奈中途病还，未尝所愿。

　　表面上看，两番政治上的蹉跌，都是由于客观因素，颇带偶然性质；实际上，李白的性格、气质、识见，决定了他在仕途上的失败命运和悲剧角色。他是地地道道的诗人气质，情绪冲动，耽于幻想，天真幼稚，放纵不羁，习惯于按照理想化的方案来构建现实，凭借直觉的观察去把握客观世界，因而在分析形势、知人论世、运筹决策方面，常常流于一厢情愿，脱离实际。

　　关于李白第一次从政的挫折，论者有两种看法：一种认为，玄宗召李白入京，最初很有几分看重，但很快就发现他并非"廊庙之材"，便只对他的文学才能加以赏识。所以后来李白要求离开，玄宗也并不着意挽留。这是说，李白并不是摆弄政治的材料。第二种意见是，李白看错了人。本来，唐玄宗已不再是一个励精图治的开明君主了，而李白却仍然对他寄予厚望，最后，希望当然要落空了。这又说明李白缺乏政治的眼光。可以认为，两种意见，殊途而同归。

　　关于李白"从璘"的教训，论者一致认为，他对"安史之乱"中的全国政局，缺乏准确的分析，就是说，他把局势的动乱看得过于严重。他在诗中写道："颇似楚汉时，翻覆无定止。""三川北虏乱如麻，四海南奔似永嘉。"显然是违反实际的。由于对形势作出了错误的判断，行动上必然举措失当。在他看来，当时朝廷应急之策，是退保东南半壁江山，苟延残喘；而永王正好陈兵长江下游，自然可以稳操胜券，收拾残局。这是他毅然"从璘"的真正原因所在。显然，在李璘身上，他把"宝"押错了，结果又一次犯下了知人不明的错误——他既未发觉其拥兵自重、意在割据的野心，更没有认识到这是一个刚愎自用，见识短浅，不足以成大事的庸才，把立功报国的希望寄托于这种角色，未免太孟浪了。

　　看来，一个人的政治抱负同他的政治才能、政治识见并不都是统一的。归根到底李白并不是一个出色的政治家，大概连合格也谈不上。他只是一个诗人，当然是一个伟大的诗人。虽然他常常以政治家傲然自诩，但他并不具备政治家应有的才能、经验与素质，不善于审时度势，疏于政治斗争的策略与艺术。其后果如何，不问可知。对此，宋人王安石、苏辙、陆游、罗大经等，都曾有所论列。这种主观与客观严重背离、实践与愿望相互脱节的悲剧现象，在中国历代文人中并不鲜见，值得我们深长思之。

这种现象的出现，自然应该归咎于文人的高自期许，自不量力的性格弱点；但若寻根溯源，又和儒家的积极入世的人生态度和"修齐治平"的价值取向的影响有直接关系。儒家的祖师爷孔子，终生为求仕行道而四处奔波，席不暇暖，"惶惶如丧家之犬"，在旁人看来本是无法实现的事，他也要"知其不可而为之"。这种人格精神对于后世的封建士子特别是文人的影响，是至为深远的。

比起李白来，杜甫更要典型一些。这位大诗人受他的十三世祖杜预的影响很深，他对这位精通战略、博学多才、功勋卓著，有"杜武库"之称的西晋名将备极景仰。在他三十岁的时候，自齐鲁至洛阳，曾在首阳山下的杜预墓旁筑舍居留，表示不忘这位先祖的勋绩和要在政治上建功立业、光宗耀祖的雄心。尔后，便来到京城长安，开始了十年困守的生涯，无非是为了"立登要路津""欲陈济世策"。他曾分别向朝中的许多权贵投诗干谒，请求汲引，但如同李白一样，都以失望而告终。

总共算起来，杜甫真正为官的时间也只有两三年，而且，官卑职小。即使如此，他也总是刻板、认真，恪尽职守，绝不荒怠王事。在任谏官左拾遗这个从八品官时，他曾频频上疏，痛陈时弊，以致上任不到半个月，就因抗疏营救房琯而触怒了肃宗皇帝。房琯为玄宗朝旧臣，原在伺机清洗之列。而杜甫却不明白个中底细，不懂得"一朝天子一朝臣"的事体，硬是坚持任人以贤、唯才是用的标准，书生气十足地和皇帝辩论什么"罪细不宜免大臣"的道理，最后险致杀身之祸，由于宰相大力援救，遭贬了事。这大概又是一个文人当不了官的实例。

可是，四百年后的陆游却为之大鸣不平：

> 看渠胸次隘宇宙，惜哉千万不一施。
> 空回英概入笔墨，生民清庙非唐诗。
> 向令天开太宗业，马周遇合非公谁？

后世但作诗人看，使我抚几空嗟咨。

由于政坛失意，只能寄情于翰墨，弄得"后世但作诗人看"，这对杜甫、对许许多多诗人来说，究竟是幸还是不幸呢？

三

客观地看，李白的官运蹭蹬，也并非完全种因于政治才识的欠缺。即以唐代诗人而论，这方面的水准远在李白之下的，稳登仕进者也数不在少。要之，在封建社会里，一般士子都把个人纳入社会组合之中，并逐渐养成对社会政治权势的深深依附和对习惯势力的无奈屈从。如果李白能够认同这一点，甘心泯灭自己的个性，肯于降志辱身，随俗俯仰，与世浮沉，其实，是完全能够做个富于文誉的高官的。

可是，他是一个自我意识十分突出的人，时刻把自己作为一个自由独立的个体，把人格的独立视为自我价值的最高体现。他重视生命个体的外向膨胀，建立了一种志在牢笼万有的主体意识，总要做一个能够自由选择自己命运与前途的人。

他反对儒家的等级观念和虚伪道德，高扬"不屈己、不干人"的旗帜。由于渴求为世所用，进取之心至为热切，自然也要常常进表上书，锐身自荐，但大前提是不失去自由，不丧失人格，不降志辱身、出卖灵魂。如果用世、进取要以自我的丧失、人格的扭曲、情感的矫饰为代价，那他就会毅然决绝，毫不顾惜。

他轻世肆志，荡检逾闲，总要按照自己的意志去塑造自我，从骨子里就没有对圣帝贤王诚惶诚恐的敬畏心情，更不把那些政治伦理、道德规范、社会习惯放在眼里，一直闹到"长安市上酒家眠，天子呼来不上船，自称臣是酒家仙"（杜甫诗）这种地步，痛饮狂歌，飞扬无忌。这要寄身官场，进而出将入相，飞黄腾达，岂不是南其辕而北其辙吗？

不仅此也。正由于李白以不与群鸡争食的凤凰、抟扶摇而上九万里的大鹏自居，因此，他不屑于按部就班地参加科考，走唐代士人一般的晋身之路；他也不满足于做个普通僚属，而要"为帝王师"，以一介布衣而位至卿相，做吕尚、管仲、诸葛亮、谢安一流人物。他想在得到足够尊崇与信任的前提下，实现与当朝政治势力的合作，而且要保持一种不即不离的关系，"合则留，不合则去"，有相当大的自由度。

他在辞京还山时，吟出：

> 严陵不从万乘游，归卧空山钓碧流。
> 自是客星辞帝坐，元非太白醉扬州。

从这里可以看出，他把自己与皇帝视为东汉隐士严光与汉光武帝刘秀的朋友关系，而不是君臣上下的严格的隶属关系，是可以来去自由的，是彼此平等的。这类诗章，没被人罗织成"乌台诗案"之类的文网，说明盛唐时期的文化环境还是十分宽松的。如果李白生在北宋时期，那他的"辫子"可比苏东坡的粗多了。

这种想在新的历史条件下重新争得"士"的真正社会地位，在较高层次上维护知识阶层的基本价值和独立性的期望，不过是严重脱离现实的一厢情愿的幻想。李白忽略了一个基本的现实：他处身于大一统的盛唐之世，而不是王纲解纽、诸侯割据、群雄并起的春秋战国时期，同两汉之交农民起义军推翻王莽政权，未能建立起新的朝廷，南阳豪强集团首领刘秀利用农民军的成果，恢复汉朝统治的形势，也大不一样。

春秋战国时期，"士"属于特殊阶层，具有特殊作用、特殊地位，那种诸侯争养士、君主竞揽贤的局面，在盛唐时期已不复存在，也没有可能再度出现。当此之时，天下承平，宇内一统，政治上层建筑高度完备，特别是开科取士已使"天下英雄尽入彀中"（唐太宗语），大多数士子的人格与个性愈来愈为晋身仕阶和臣服于皇权的大势所雌化，"帝王师"反过来成了"天子门生"，"游士"阶层已彻底丧失其存在条件。

李白既暗于知人，又未能明于知己，更不能审时度势，偏要"生今之世，返古之道"，自然是"大道如青天，我独不得出"，自然就免不了到处碰壁了。归根结底，李白还是脱不开他的名士派头与浪漫主义的诗人气质。

四

壮志难酬，怀才不遇，使李白陷入无边的苦闷与激愤的感情漩涡里。尽管庄子的超越意识和恬淡忘我、虚静无为的处世哲学，使李白在长安放回之后，寄情于皖南的锦山秀水，耗壮心，遣余年，徜徉其间，流连忘返，尽管他从貌似静止的世界中看出无穷的变态，把漫长的历史压缩成瞬间的过程，能够用审美的眼光和豁达的态度来看待政治上的失意，达到一种顺乎自然，宠辱皆忘的超然境界，使其内心的煎熬有所缓解；但他毕竟是一个豪情似火的诗人，只要遇到一种触媒，悲慨之情就会沛然倾泻。

史载，晋代袁宏少时孤贫，以运租为业。镇西将军谢尚镇守牛渚，秋夜趁月泛江，听到袁宏在运租船上咏诗述怀，大加赞赏，于是把他邀请过来细论诗文，直到天明。由于得到谢将军的赞誉，从此袁宏声名大著。李白十分羡慕袁宏以诗才受知于谢尚的幸运，联想到自己怀才不遇的遭际，因而在夜泊牛渚时，触景伤情，慷慨悲吟：

牛渚西江夜，青天无片云。
登舟望秋月，空忆谢将军。
余亦能高咏，斯人不可闻。
明朝挂帆席，枫叶落纷纷。

由于诗是有感而发，所以，就显得格外凄婉动人。

他的心境是万分凄苦的，漫游秋浦，悲吟"白发三千丈，缘愁似个长"；登谢朓楼，慨叹"抽刀断水水更流，举杯消愁愁更愁"；眺望横江，惊呼"白浪如山那可渡，狂风愁杀峭帆人"。眼处心生，缘情状物，感慨随市触发，全都紧密结合着自己的境遇。

他通常只跟自己的内心情感对话，这种收视反听的心理活动，使他与社会现实日益隔绝起来；加上他喜好大言高调，经常发表悖俗违时的见解，难免招致一些人的白眼与非议，正如他自己所言："时人见我恒殊调，闻余大言皆冷笑"，这更加剧了他对社会的反感和对人际关系的失望，使他感到无边的怅惘与孤独。《独坐敬亭山》只有二十个字，却把他在宣城时的孤凄心境绝妙地刻画出来：

> 众鸟高飞尽，孤云独去闲。
> 相看两不厌，只有敬亭山。

大约同时期的作品《月下独酌》，对这种寂寞的情怀反映得尤为深刻，堪称描写孤独心境的千秋绝唱。

> 花间一壶酒，独酌无相亲。
> 举杯邀明月，对影成三人。
> 月既不解饮，影徒随我身。
> 暂伴月将影，行乐须及春。
> 我歌月徘徊，我舞影凌乱。
> 醒时同交欢，醉后各分散。
> 永结无情游，相期邈云汉。

"茕茕子立，形影相吊"。孤独，到了邀约月亮和影子来共饮，其程度之深自可想见。这还不算，他甚至认为，在以后的悠悠岁月中，也难于找到同怀共饮之人，以致只能与月光、身影鼎足而三，永结无情之游，并相期在那邈远的云空重见。这在孤独之上又平添了几许孤独。结末两句，写尽了诗人的侧身天地，踽踽凉凉之感。

"三百六十日，日日醉如泥""处世若大梦，胡为劳其生？所以终日醉，颓然卧前楹"。这类"夫子自道"式的描形拟态、述志达情，显示出诗人对现实的强烈的愤慨与深深的绝望。他要彻底地遗落世事，离开现实，回到醉梦的沉酣中忘却痛苦，求得解脱。晚清诗人丘逢甲在《题太白醉酒图》中，对这种心境作了如是解释：

> 天宝年间万事非，禄山在外内杨妃。
> 先生沉醉宁无意？愁看胡尘入帝畿。

不管怎么说，佯狂痛饮总是一种排遣，一种宣泄，一种不是出路的出路，一种痛苦的选择。他要通过醉饮，来解决悠悠无尽的时空与短暂的人生、局促的活动天地之间的巨大矛盾。在他看来，醉饮就是重视生命本身，摆脱外在对于生命的羁绊，就是拥抱生命，热爱生命，充分享受生命，是生命个体意识的彻底解放与真正觉醒。

　　当然，作为诗仙，李白解脱苦闷、排遣压抑，宣泄情感、释放潜能，表现欲求、实现自我的最根本的渠道，还是吟诗咏怀。正如清初著名文人金圣叹所说："诗者，诗人心中之轰然一声雷也。"诗是最具个性特征的文学形式。李白的诗歌往往是主观情思支配客观景物，一切都围绕着"我"的情感转。"当其得意，斗酒百篇""但用胸口，一喷即是"。有人统计，在他的千余首诗歌中，出现我、吾、予、余或"李白""太白"字样的竟达半数以上，这在中国文学史上是仅见的。

　　诗，酒，名山大川，使他的情感能量得到成功的转移，一定程度上缓解了精神上的重压。但是，际遇的颠折和灵魂的煎熬却又是最终成就伟大诗人的必要条件。以自我为时空中心的心态，主体意识的张扬，超越现实的价值观同残酷现实的剧烈冲突，构成了他的诗歌创造力的心理基础与内在动因，给他带来了超越时代的持久的生命力和极高的视点、广阔的襟怀、悠远的境界、空前的张力。

　　就这个意义来说，既是时代造就了伟大的诗人，也是李白自己的性格、自己的个性造就了自己。当然，反过来也可以说，他的悲剧，既是时代悲剧、社会悲剧，也是性格悲剧。

　　历史很会开玩笑，生生把一个完整的李白劈成了两半：一半是，志不在于为诗为文，最后竟以诗仙、文豪名垂万古，攀上荣誉的巅峰；而另一半是，醒里梦里，时时想着登龙入仕，却坎坷一世，落拓穷途，不断地跌入谷底。

　　具有讽刺意味的是，李白一生中最高的官职是翰林待诏，原本没有什么值得夸耀于世的，可是，在官本位的封建社会，连他的好友魏万也不能免俗，在为他编辑诗文时仍要标上《李翰林集》。好在墓碑上没有挂上这个不足挂齿的官衔，而是直书"唐名贤李太白之墓"，据说出自诗圣杜甫之手，终竟不愧为他的知音。

五

当代著名诗人羊春秋度曲《折桂令》，为我们塑造了诗仙李白的高大形象：

> 谪仙更复酒仙。笔扫千军，鲸吸百川。力士脱靴，贵妃捧砚，至尊开宴。为寒儒添了颜面，给权贵打了气焰。屈贾哀怨，陶谢酸寒，磊落如公，谁堪比肩？

诗人傲睨一世，目无余子，而对于普通民众，倒显得比较可亲可近。特别是晚年，他在皖南一带结识了许多普通劳动者，像碧山的山民胡晖，五松山的田妇荀媪，宣城的酿酒工纪叟，桃花潭的隐士汪伦，不仅交情甚笃，而且都有诗相赠。通过他的生花妙笔，农夫田媪，牧竖樵苏，行役征人，孤孀弃妇，撑船汉，捕鱼郎，采菱女，冶铜工，都留下了鲜明的美好形象。同下层民众的接近，使他的达观旷朗的性格得以恣意的张扬，怀才不遇的苦闷和由仕途险恶所造成的心理负担，在一定程度上得到了缓解。

就此，我想到了谪居海南的苏轼。他初入儋州时，面对被目为蛮荒瘴疠之地的恶劣的自然环境，做了"必死南荒，葬身异域"的准备，情绪极为消沉。可是，在谪居地生活了一段时间之后，他就逐渐地适应了环境，交上了许多真诚的下层朋友，最后，竟得出"风土极善，人情不恶"的结论。他和那些善良的民众在一起，再也用不着临深履薄般地谨言慎行，可以完全放浪形骸，抒怀达志，自由自在地以诗人气质、名士本色示人。已经年过花甲的苏轼，在三年的放逐中，之所以能够战胜恶劣环境，克服重重困难，最后得以生还中土，重要因素之一是他从善良质朴的当地民众的热诚关怀、实际救助、衷心敬慕中，获得了生趣，看到了希望，汲取了力量。

李白的豪气冲霄、汪洋恣肆的诗才，他的"天子不能臣，诸侯不能制，王公大人不能凌辱"的伟岸形象和独立人格，历来为人民大众所喜爱。仅在元、明、清三代上演的戏曲中，就有乔梦符的《李太白匹配金钱记》、屠隆的《彩毫记》、尤侗的《清平调》、李岳的《采石矶》、无名氏的《沉香亭》《李白捉月》等许多种。

有关他的传说与遗迹，更是遍布他足迹所至的每个地方。我在皖南一带，接触到历代许多根据李白诗意创设的人文景观。像黟县的问余亭，歙县的碎月滩，宿松的对酌亭、饯客岭，泾县的云锦堂、凌风台、绿竹亭、踏歌岸阁，采石矶的十咏亭、横江馆、醉月斋、怀谢亭，等等，数不胜数。至于太白楼、太白书堂更是随处可见。

因为同情李白落拓终生的际遇和景慕他的人格、才华、风采，大约从唐代开始，在人民大众中就流传开了关于他跳江捉月、骑鲸归天的神话传说，并在采石江边堆起了他的衣冠冢。有些诗人更是踵事增华，坐实其事。唐人殷文圭即有"诗中日月酒中仙，平地雄飞上九天"之句。明代诗人李东阳概括得更好："人间未有升腾地，老去骑鲸却上天。"

不仅诗仙本人，就连与他有过交往的普通民众，人们"爱乌及屋"，推爱以及其身，也都尽心竭力地保存其遗迹。我在泾县水东乡龙潭村就曾看到了汪伦的墓地。汪伦是个隐士，在桃花潭东岸建有别墅，由于深慕李白的高风逸韵，特意修书相邀："先生好游乎？此地有十里桃花；先生好饮乎？此地有万家酒店。"李白见信欣然前往。汪伦解释说："十里桃花"是指十里外的桃花渡；"万家酒店"指的是桃花潭西有个姓万的人家开设的酒店。李白听了拊掌大笑。在这里，诗人受到主人的热情款待，正如他在诗中所记述的"池馆清且幽""捶凫列珍羞""酒酣益爽气，为乐不知秋"。临别时，汪伦与村民踏歌相送，依依不舍。诗仙留下传诵千古的名篇：

> 李白乘舟将欲行，忽闻岸上踏歌声。
> 桃花潭水深千尺，不及汪伦送我情。

在这里，我还听到一个有趣的真实故事：桃花潭东岸有个翟村，西岸有个万村，两村共用一个渡口，都争着要以本村的村名来为渡口命名，相持多日不下。后来，万村人以李白诗句"桃花潭水深千尺"为据，说千尺就是万寸，"万寸"与"万村"谐音，所以还是应该叫作"万村渡"。翟村人一听说李太白有话了，只好心服首肯。

当然，众多古迹中最令人低回无尽的还是当涂的青山。这里距县城二十华里，山势盘陀，林壑幽深，溪水潺潺，风光秀美。李白"一生低首"、衷心敬服的南齐诗人谢朓在任宣城太守时曾结宅于此。青山左带丹阳湖，右面和重九登高的胜地——龙山隔河相对，李白曾两度登临龙山，愤抒其逐臣与黄花共苦之情。李白死后，原曾葬在龙山东麓。过了五十余年，他的生前好友范伦之子范传正任职当地，按照诗仙"悦谢家青山"的遗愿，迁墓至青山西麓。

那天，我沐着淡淡的秋阳，专程来到青山，满怀凭吊真正的艺术生命的无比虔诚，久久地在李白墓前肃立。风摇柳线，宿草颠头，仿佛踊身千载之上，亲承诗仙謦欬，同他进行着一场跨越时空的无声对话。

"莫向斜阳嗟往事，人生不朽是文章。"（许梦熊《过南陵太白酒坊》）我想，亏得李白政坛失意，所如不偶，以致远离魏阙，浪迹江湖，否则，沉香亭畔、温泉宫前，将不时地闪现着他那潇洒出尘的隽影，而千秋诗苑的青空，则会因为失去这颗朗照寰宇的明星，而变得无边的暗淡与寥落。这该是何等遗憾、多么巨大的损失啊！

当然，诗仙自己并不作如是想。他临终时的"大鹏飞兮振八裔，中天摧兮力不济"的哀吟，最鲜明不过地表现出那种双目至死难瞑的深悲剧痛，闻之令人心酸气噎。一千二百多年过去了，三尺孤坟里面，就这样埋下了一具凄怆愤懑，郁结难平，永恒飞扬、躁动的不灭的诗魂！

桐江波上一丝风

一

那篇以信札形式写的绝妙的山水小品《与宋元思书》，吸引我花了几倍于陆路行车的时间，乘船溯富春江而上，自富阳至桐庐，而后又畅游了七里泷。

"风烟俱净，天山共色，从流飘荡，任意东西。"那该是多么自在逍遥，任情适意呀！此刻，我对当年驾着一叶扁舟在富春江上恣意闲游的吴均，真是艳羡极了。

吴均生当南北朝时代，精于史学，曾奉诏撰写《通史》；而一部《齐春秋》却使他招了祸，梁武帝恶其实录，下令焚书、免职。看来，他的仕宦生涯并不是很顺畅的。这从这封短简的最后，偏要浓重地缀上一笔："鸢飞戾天者，望峰息心；经纶世务者，窥谷忘返。"（意思是，即使像苍鹰那样直上青云的追求高官厚禄者，仰见这样奇丽的群峰，也会止息他们的久慕荣利之心；而那些整天忙于经营世务的人，窥望如此隽美的幽谷，更将在此间流连忘返）也可以察知一二。其间，固然有向友人极力张扬富春山水无穷魅力的用意，但主要的还是抒写其对于避官遁世、退隐山林的向往之情，反映了作者的恬淡情怀，也透露出他的身世之感。

客轮继续在碧绿如油的江流中缓缓行驶，航路回环曲折。但不管怎样左弯右拐，眼前面对的总是连绵起伏的屏风一般的翠岭晴峦，尤其是七里泷，天光、水色、林影、岚烟，澄鲜一碧，景色绝佳。早在两汉之交，严子陵老先生就选中了这个地方，隐居度日，渔钓终生，他的好眼力，好运气，着实令人叹服！

严光，字子陵，会稽郡余姚县人，早年曾同南阳郡的刘秀一起四出游学，彼此结下了很深的友谊；刘秀起兵之后，他帮助拿过一些主意，因而深得这位杰出的政治家的器重。可是，当刘秀夺得了天下，登上皇帝宝座之后，文官武勇，风虎云龙，从四面八方聚集而来，唯有严光却躲得远远的，改名变姓，高隐不出。

光武帝深深仰慕他的才情、人品，很想请他出来协助治理天下，便凭着往日的记忆，着人图写严光的形貌，下令各个郡县按图察访。后来，有人上书报告，在富春山下，发现一个身披羊裘，渔钓泽中的男子，形迹颇似其人。光武帝当即派人访查，果然是那个严光。于是，备下车辆和璧帛前往延聘，但是，严光却推辞至再，拒绝出山，使者往返三次，才勉强登车来到京城洛阳。

官居司徒的侯霸，与严光也是老朋友，听说他已到京，便遣人送信，邀他晚上在相府会面。

严光问来人道：我的老朋友侯霸一向傻乎乎的，现在可好一些了？

来人答说：他已经位至三公，没有看出来怎么傻呀。

严光紧着摇头说：我看他和过去没有什么变化。

使者忙问其故，严光笑道：你说他不傻，那他为什么不想想：我连天子都不肯见，难道还能见他这个臣子吗？

最后，应使者苦苦请求，严光口授了一封短简给侯霸。大意是，位至鼎足而立的三公高位，很好。以仁义辅佐君王，天下人都欢迎；如果一味阿谀顺旨，可要当心送掉自己的脑袋。

侯霸看过，便把短简呈送给光武帝，光武帝笑说：我这个狂妄的伙伴啊，还是那个老样子！说着，便马上登车来到了严光住所。

当时，严光正在躺着休息，皇帝来了也不肯起来。光武帝无奈，只好走进他的卧室，抚摸着他的肚子叫道：

"喂，子陵！难道你就不能协助我治理天下吗？"

严光仍是佯作睡去，闭目不应，过了好一会儿，才睁开眼睛熟视，说："从前唐尧以盛德著称，但仍有巢父隐居不仕。人各有志，何必相逼呢？"

光武帝无可奈何地说："我贵为天子，富有四海，可是，竟不能屈你为臣呀！"说罢，叹息登车而去。

过了几天，光武帝再次亲自前来敦请。他们在宫中忆叙了旧日的友情，讨论了治国之道，相对累日。谈得困倦了，便同卧在一张床上，严光竟"以足加帝腹上"，于帝王之尊，视之蔑如。第二天，太史慌忙奏报：有客星犯帝座，情况十分紧急。光武帝笑着告诉他：不必大惊小怪，是我与故人严子陵共卧一床啊。

光武帝任命严光为谏议大夫，但他坚决不肯接受，执意回去隐居，皇帝不便勉强，只好听其自便。这样，严光就回到了富春山下七里泷中，钓他的酸菜鱼去了。

十二年后，光武帝再次聘他入朝辅政，他仍然不出，最后寿登耄耋，安然故去。后人就把他隐居之地称为严陵濑，指认江边两座拔地而起的突兀石台为严子陵钓台，并在钓台旁边修了一座严先生祠，历代奉祀不衰。

参谒过祠堂之后，我应主人之邀，即兴题了两首七绝：

忍把浮名换钓丝，逃名翻被世人知。
云台麟阁今何在？渔隐无为却有祠！

江风谡谡钓丝扬，泊淡无心事帝王。
多少往来名利客，筋枯血尽慕严光！

二

七里泷既然是严子陵避官归隐、耕读渔钓的所在，当日无疑是非常阒寂的；今天却已经熙熙攘攘，游人云集了。但桐庐人毕竟是高明的，他们在商品经济大潮中，没有趋时媚俗，像某些风景点那样，在钓台搞一些粗俗不堪的仿古建筑或者游乐设施、神怪景观，而是以弘扬华夏文明为宗旨，坚持高雅、朴素的原则，把钓台建成一处兼具民族传统和地方特色的高档次的文化景区。从江边的严子陵祠堂到山上的钓台原有一条六百多个石阶的通道。为了增加文化内涵、减除游人寂寞，他们依据山势起伏，在绿树、修竹掩映中，另建一条宛若游龙的长达四百米的碑林长廊，选刻了历代吟咏钓台的诗文名篇，书法家均属当代国内一流，遍布三十一个省、区、市以及港、澳、台地区，题诗、作字的还有国外的一些汉学名家。

风景管理区还从六朝到明、清曾经游访、吟咏过钓台的著名文学家中遴选出二十一位，雕塑成二米高的石像。一个个绰约生姿，神情毕现。

李太白悠然斜卧在青花石板之上，与他所爱慕的"高山安可仰""风流天下闻"的孟浩然长结芳邻。

陆放翁、辛稼轩，分别是南宋最伟大的爱国诗人、爱国词人，他们风格、气质十分接近，又生活在同一时代，只是由于奔波南北，平生缺乏接触条件，令人引为千秋憾事。现在，他们一前一后比肩而立，总算有了诗酒谈欢，酌诗论文的机会。

在翠竹琳琅，亭阁参差的大自然怀抱里，一切纷争、矛盾都会得到淡化、冰释。当年，北宋的司马光与王安石，一为反对新法的领袖，一为变法的首脑。二人年岁相仿，游处相知之日甚久，却是一对政敌，议事每相龃龉。司马光曾三次致书王安石，对新法陈列了四大罪状，进行无情地攻击；王安石也写了《答司马谏议书》，予以针锋相对地驳斥。他们在同一年死去，直到最后也未曾和解。九百多年过去了，此刻，闲居于钓台之侧的王安石，正意兴悠然，捻须漫步，一改其生前的峻急、激烈之态；那边，司马光也在信步闲行，二人离得很近了。不妨设想，他们聚在一起，肯定会谈起严光、钓台以及富春山水的话题，也许要说：严子陵真是个老滑头，他可比我们逍遥自在多了，人生七十古来稀，他竟活了八十岁，了不得，了不得！

我们时而在石径上漫步，仰瞻这些文豪、巨擘的丰采，同他们一起徜徉于青松翠竹之间，欣赏着水色山光，林峦佳致；时而沿着碑廊，骋心游目，不断地为那些警策的诗篇和灵动的笔势拍掌叫绝，完全忘记了登山的劳累。

历代吟咏钓台的诗文，各自的着眼点不同，见解也常有歧异，集中到一块来展读，颇似参加一次别开生面的研讨会。对于严子陵的品格风范和价值取向，多数诗人、学者是持肯定态度的。宋人黄庭坚的诗，可说具有代表性：

平生久要刘文叔，不肯为渠作三公。
能令汉家重九鼎，桐江波上一丝风。

他的意思是，虽然子陵与光武是故知，却不肯入朝享受三公之贵。那么，是否就没有支持光武帝呢？当然不是。严光以其桐江垂钓的一丝清风，便令汉家天子的身价重于九鼎。

有的诗以二者相比，结论是："世祖（刘秀）升遐夫子（严光）死，原陵（光武帝墓园）不及钓台高。"有的诗说："汉家世业成秋草，江月年年上钓台。"在久暂、存亡的对比之中，显现出二者价值的高下。有些诗文借高士严光来讥讽那班热心荣名、奔趋利禄之人。道光年间进士李佐贤有句云："经过热客知多少，尝被先生冷眼看。"

最有趣的是李清照的《夜发严滩》诗：

巨舰只缘因利往，扁舟亦是为名来。
往来有愧先生德，特地通宵过钓台。

宋室南渡后，女诗人只身漂泊于浙中一带，此诗就是她从临安去金华，船经钓台时所作。

也有一些诗善作反面文字，读来饶有情趣。元人贡师泰有诗云：

百战关河血未干，汉家宗社要重安。
当时尽着羊裘去，谁向云台画里看？

可说是责问得有理，抓住了要害。是呀，如果都像严光那样披着羊裘钓鱼去，汉家江山还要不要了？那样，云台麟阁的功臣就再也没有了。

还有一首诗是这样写的：

一着羊裘便有心，虚名传诵到如今。
当时若着蓑衣去，烟水茫茫何处寻？

讥刺严子陵虽以渔钓避官，却也有沽名钓誉的一面。不然，为什么偏偏要披羊裘以立异呢？想来即使起子陵于地下，恐怕也难于置辩。而且，自古以来，一提到"钓鱼"，人们便会联想到磻溪钓叟姜太公"直钩钓王侯"的传说，想到那位"以虹霓为丝，明月为钩"，志在建不世之功的"海上钓鳌客李白"；直到今天，人们还把以小取大的投机行为称作"钓鱼"。

但是，平心而论，综观严子陵屡征不就、决意归隐的全部经过，又确实觉得这种"诛心之论"有些过于挑剔，不免为严老先生叫一声"冤哉枉也"。明代诗人汪九龄有一首七律，劈头就讲："竟日垂纶江上头，先生原不为名钩！"接着，摆事实讲道理，进行有力的辩白，好像是专门为此而作的。围绕着"羊裘"问题展开一番讨论，这也算得是骚坛上的一重公案吧？

三

看过了碑廊，我们又循着蜿蜒的石径继续往上攀登。经过几度曲折，来到一处叫作中亭的地方。这里恰在山腰正中，丛林掩映中现出一颗高大的石笋，旁面伸出两条岔路，分别通向左右上方的东台与西台。我们稍事喘息，便顺着路标的指引，向着东面的严子陵钓台奔去。

站在百丈高崖之上，眺望滚滚江流，遥想子陵当年僻处江隅，过着耕樵渔钓的近乎原始的生活，该历尽多少艰辛，付出何等代价呀！过去看到一些描写隐士生活的诗文，往往是北窗高卧，长松箕踞，或者寒林跨蹇，踏雪寻梅，都是逍遥自在得很；而"西塞山前白鹭飞，桃花流水鳜鱼肥。青箬笠，绿蓑衣，斜风细雨不须归"的词中所描写的，就更是充满了逸趣幽思，诗情画意。实际上，这种诗化了的隐逸生活，只有少数人可能享得，大多数隐士是沾不上边的，起码严子陵不具备这个条件。

古代的隐逸之士为了逃避世俗的纷扰，总要寄身于远离市廛的江湖草野，或者栖隐在山林岩穴之中，过着一种主动摒弃社会文明的原始化、贫困化的经济物质生活，自然难免饥寒冻馁之苦。做过彭泽令的陶渊明，尚且时时苦吟："夏日常抱饥，寒夜无被眠。造夕思鸡鸣，及晨愿鸟迁。""饥来驱我往，不知竟何之。"更何论其他呢！

看来，隐士并不是好当的，也不是人人都能当的。对于他们来说，最大的困难还不是物质条件的匮乏与贫贱的折磨，而是精神层面上的痛苦，所谓"隐身容易隐心难"。隐士幽居与烈妇守节有些相似，与其说要过物质上的难关，毋宁说，主要还是战胜心灵上的熬煎。就是说，找一个远离尘嚣、摆脱纷扰的林泉幽境，把身子安顿下来，比较容易做到；可是，要真正使心神宁寂，波澜不兴，却须破除许多障碍，经过一番痛苦的磨炼功夫。

士者仕也。"学成文武艺，售与帝王家。"摆在中国古代士人面前的，不是西方知识分子那样开放的多元价值取向，而是一条人生的单行线，万马千军都要通过登朝入仕这条独木桥。任何一个隐逸的士人，自幼接受的也都是儒学的教育。修身、齐家、治国、平天下的奋斗目标和太上立德、其次立功、其次立言的人生"三不朽"抱负，从小就在头脑里扎下了深深的根子。他们总是以社会精英自居，抱着经邦济世、尊主泽民的理想，具有极其强烈的自我实现的愿望。

而要实现这些宏伟的抱负，就必须凭借权势，正如汉代学者刘向说的，"道非权不立，非势不行"。（《说苑》）他说，五帝三王教以仁义而天下变，孔子亦教以仁义而天下不从。为什么？就因为一者有权位，一者没有权位。对于封建时代的士子来说，如何才能取得权位呢？唯有沿着立朝入仕的阶梯一步步地爬上去。而避官归隐，却是与此南辕北辙，大相径庭的。

古代士人的隐心，分自觉与被动两途。有些人是在受到现实政治斗争的剧烈打击或深痛刺激之后，仕途阻塞，折向了山林。开始还做不到心如止水，经过一番痛苦的颠折，"磨损胸中万古刀"，逐步收心敛性，战胜自我，实现对传统的人格范式的超越。也有一些人以追求人格的独立与心灵的自由为旨归，奉行"不为有国者所羁"、不"危身弃生以殉物"的价值观，成为传统的官本位文化的反叛者；他们自觉地向老庄和释家寻绎解脱之道，以取代那些孔门圣教，在阐发"自然无为"的道家哲理中体悟到人生的真谛，领略着人生的乐趣，并获致精神的慰藉。甚而如同禅门衲子一般，卸掉人生的责任感，进入政治冷漠、存在冷漠的境界，不仅对社会政治不动心、不介入；而且对身外的一切都不闻不问，使冷漠成为一种性格存在状态。

隐心，就要使灵魂有个安顿的处所，进而使心理能量得到转移。隐逸之士往往通过亲近大自然，获得一种与天地自然同在的精神超脱，与宇宙万物融为一体的陶醉感和脱掉人生责任的安宁感、轻松感。他们往往把山川景物作为遗落世事、忘怀人伦的契机，或者向田夫野老觅求人情温暖，向浩荡江河叩问人生至理，在文学艺术中颐养情志，在著述生涯中寄托理想，用来化解现实生活中的苦恼和功利考虑，使隐居中的寂寞、困顿和酸辛，从这些无利害冲突、超是非得失的审美愉悦中，得到心理上的慰藉和生命价值的补偿。

隐心，还须战胜富贵的诱惑，陶渊明就有过"贫富常交战"的切身感受。父祖辈望子成龙的期待目光；妻儿、亲友们殷殷劝进的无止无休的聒噪；朝廷、郡县的使者之车的不时光顾；同学少年飞黄腾达、志得意满的显耀，都必然带来强烈的诱惑与浮躁。隐逸之士只有坚守其特殊的价值取向和人格追求，仰仗着这种精神支柱的支撑，才能从身心两方面来战胜强烈的诱惑。

这里就接触到问题的核心了，"严陵不从万乘游，归卧空山钓碧流"（李白诗），那样透彻、决绝，义无反顾地避官遁世，究竟出于何种考虑？

坐在钓台高处，披襟当风，登临远目，我们展开了热烈的讨论。

有一点是大家的共识：同所有的真正隐士一样，严光是要以痛苦的磨砺为代价来换取一己之高洁。为的是获得一种超然世外的心理宁帖，"逍遥一世之上，睥睨天地之间，不受当时之责，永保性命之期"（仲长统语）。

一个人在其生命与人格进入成熟期后，都会有面对人生的自我设计。在那"方今之时，仅免刑焉"，各种社会力量互相搏斗、人际关系异常复杂的封建时代，人生总是难以安顿的。从他呱呱坠地、步入滚滚红尘伊始，便被命定地抛向了随时制约他的外部世界，周旋于各种社会角色之间，即使耗尽毕生精力，也难以适应自如。

严光受儒家"天下有道则见，无道则隐"和老庄哲学的影响，面对风波险恶的世路和污浊、腐朽的官场，设想通过避官遁世、归隐山林，挣脱这个锦绣牢笼，给自己营造一个心理上的避风港，进而寻回自我的本根，实现其人格的自我完善。应该说，这并不是什么过高的期求，但对一个封建时代的士人来说，却须以终身的安贫处贱为代价。

当然，严光的毅然决然高飞远引，还有全身远祸的考虑，所谓"贤者避世，明哲保身"。西汉初年屠戮功臣的血影刀光，彰彰犹在眼目。正像后来的诗人所咏叹的："遂令后代登坛者，第一思量怕立功！"光武帝在历代帝王中虽为少见的未杀功臣者，但他的废黜发妻郭后和太子疆，难免遭到时人的腹诽心谤，后代的诗人就更不客气了。明初的学者方孝孺写过这样一首诗，算是窥见了严子陵的深心："敬贤当远色，治国须齐家。如何废郭后，宠此阴丽华？糟糠之妻尚如此，贫贱之交奚足倚！羊裘老子早见几，独向桐江钓烟水。"从内容上可以判定，这首诗是批评光武帝的，诗人却偏偏标为《题严子陵》，也透露了个中消息。

其实，杀戮功臣这类举措和封建制度相关，原不宜以君王的个人品质、性格作简单的诠释。封建君主要维护其万世一系的"家天下"，就必然要对那些可能造成威胁的佐命立功之臣和封疆大吏严加防范，因而"鸟尽弓藏""兔死狗烹"的结局是难以避免的。君臣本身就是一对矛盾，它的性质与利害关系决定了最后必然导致冲突的爆发。而且，封建君主的独裁专制也容不得臣子的人格独立与个性自由。严光要摆脱王权的羁縻，把握一己的命运，维护其人格独立，就唯有逃开伴君如伴虎的官场之一途。

严光是很有政治远见的。果然，在他死后四年，就发生了伏波将军马援蒙冤遭谴的事件。马援戎马终生，功高盖世，北征朔漠，南渡江海，"受尽蛮烟与瘴雨，不知溪上有闲云"（袁宏道诗），立志为国家战死疆场，马革裹尸。最后，竟因从交趾载回一车薏苡粒，被诬陷为私运明珠、文犀，在"海内不知其过，众庶未闻其毁"的情况下，光武帝勃然震怒，削官收印，严加治罪。其时马援已死，妻孥惊恐万状，连棺材都不敢归葬祖茔。成为历史上有名的一大冤案。唐代诗人胡曾深为马援鸣不平，有句云："功成自合分茅土，何事翻衔薏苡冤！"

劳苦功高如马伏波者，尚遭遇如此惨痛下场，等而下之的就更被君王玩于股掌之上，操纵其生杀予夺之权了。严光尽管隐身渔钓，对于朝中故人的情况想必也有所知闻：侯霸只是因为举荐了一个为光武帝所不喜欢的人，险些招致杀身之祸。而他的继任者韩歆，因为直言极谏，触怒了光武帝，最后，被逼自杀。

四

从严子陵的避官遁世，大家自然地联系到了隐士的类型以及中国古代的隐逸文化。

隐士本是一个群体，他们各个不同，但总有些共同的特征，因此，大家觉得有必要画一幅能够概括这些特点的粗线条的隐士肖像：

一是隐士是具有一定的文化层次和道德修养的士人——古代的士人相当于现代的知识分子。

二是虽然他们的智慧与才能高出于一般人，但却不求闻达，不入仕途，洁身守素，远居山林，许多人在经济生活方面都处于一种原始化、贫困化的状态。

三是他们以放弃仕途的富贵荣华为代价，博取更多的精神自由和更高雅的审美体验，看重个体生存形式和精神活动的自由自在。

四是他们忽视物质的享受，追求精神的超越，鄙弃以利相交、虚伪夸饰的人际关系，向往恬淡自然、超越功利的精神境界。

五是他们往往都有一种特殊的生存方式、生存理念和生命追求。

就封建时代的士子隐居遁世的情况来考察，清人陈日浴说："或有执志而有所待者也；或有激于垢俗疵物而将以矫世者也；或有见于几先而佯狂以自全者也。"（《续高士传·序》）这里既含有对客观现实的评价，也包括主体的价值判断，应该说，有一定的概括力。

但要排列顺序，首先应是"有激于垢俗疵物而将以矫世者"，如传说中的帝尧时期的巢父、许由。晋皇甫谧《高士传》中记载，许由初隐于沛泽，因帝尧欲以天下让之，而逃耕于颍水之阳、箕山之下。后来，帝尧又召之为九州长，许由不愿闻之，而洗耳于颍滨。适逢巢父牵牛犊来饮水，见许由洗耳，问明缘由，便责备他隐居不深，欲求名誉，以致污秽犊口，遂牵牛犊至上流饮之。这类自甘退出社会舞台，彻底放弃对现实社会的价值关怀，绝对排斥入世而超然物外的狂狷者流，当属于原根意义上的隐士。严子陵也应属于这方面的典型。

他们认定社会现实、仕途官场是污浊的，因而不愿与时辈为伍，与俗流同污，洁身自好，独立超群，"不事王侯，高尚其事"。要在攫取爵禄、奉侍王侯之外，创造自身的存在价值，实现自我选择、自我主宰，保持独立人格、自由意志。否定外在权威，卸却自身责任，远离功利，逆俗而行，成为他们处世待人的标志。据《庄子》记述：舜以天下让善卷，善卷曰："余立于宇宙之中，冬日衣皮毛，夏日衣葛绨。春耕种，形足以劳动；秋收敛，身足以休食。日出而作，日入而息，逍遥于天地之间而心意自得。吾何以天下为哉！"奋力追求自己把握自己的命运，对于此类隐士来说，这就是一切。

唐代诗人贾岛对于与世隔绝的隐士生涯有过生动的描绘："虽有柴门长不关，片云孤木伴身闲。犹嫌住久人知处，见拟移家更上山。"这使人联想到庄子讲述的南郭子綦的故事。他隐居于山洞之中，齐国君王来看望他，引得周围许多人向他致贺。他据此进行反思：我必定是先有所表现，他人才能够知道；我必定是名声外扬，对方才前来找我；我有了行动表现，名声外扬，才招惹周围的人前来致贺。经过这么一番痛切反省，他终于大彻大悟了，从而变成了"形如槁木，心如死灰"，实现了主体心智的全面泯灭。

至于"有见于几先而佯狂以自全者"，最典型的应是庄子。司马迁在《史记》中曾记下了这样一件事：楚王听说庄子是个贤才，便用重金聘他为相。庄子却对使者说："你看到过祭祀用的牛吗？平日给它披上华美的衣饰，喂的是上好的草料，等到祭祀时就送进太庙作为牺牲，把它宰掉。到那时候，牛即使后悔，想做个孤弱的小猪崽，还能做得到吗？"宁可终生安贫处贱，也不去涉足"天下无道，礼坏乐崩"，置身于严重无序状态的乱世，更不去当那时时有性命之虞的卿相。庄子是这样说的，也是这样做的。

乱世全身之隐者，还有阮籍、嵇康。魏晋之际是中国社会最动荡、政治最混乱的时期，统治集团内部火并激烈，政权更迭频繁，战乱连年不断，"名士鲜有存者"。生活在这样的政治环境中，嵇、阮无时不存忧生之惧和避祸之念。他们佯狂隐迹，肆情放诞，或箕踞啸歌，或纵酒酣放，"越名教而任自然"，力求弭灾避祸，保性全身。在这种所谓"魏晋风度"的影响下，当时仕与隐的界限比较模糊，先隐后仕，先仕后隐，亦仕亦隐，五花八门。但佯狂自全的特征却是一致的。

当然，有的也不能尽如所愿。嵇康在山阳隐居二十年，不求仕进，不问功名，但是，最后终因隐身而不能隐心，还是做了司马氏的刀下之鬼。阮籍比嵇康聪明一些。司马昭为了把他拉到自己的圈子里，要娶他的女儿做儿媳，而阮籍既不情愿结这门亲戚，又不敢公然拒绝，便从早到晚喝酒，整日烂醉如泥，连续沉醉六十天，媒人无奈，怅然走开，司马昭也只好作罢。下场虽然不像嵇康那样惨，但他内心的苦痛却是无时或已，异常强烈的。他常常驾车载酒，漫不经心地向前行驶，突然马停了，原来路已到了尽头，不禁放声大哭，把那无边的积懑一股脑地抛洒出来。

在中国，历代隐逸的士人，多是社会制度不合理的产物，总体上说，隐居避世也是对统治者反抗的一种方式。但是，这种反抗往往是消极的。面对社会动乱、政治黑暗、忧患频仍的现实，当一些仁人志士舍身纾难、拼力抗争之时，他们却置身尘外，不预世事，彻底卸去两肩责任，一味考虑保性全身，追求生命的怡悦。虽然，较之同流合污甚至助桀为虐、为虎作伥者高洁得多，但是，终归难免"无补于世"之讥。

当然，人们也注意到了这样一个事实：在社会大动乱时期，就创造、保存和传递文化成果、文化精神来说，隐逸的士人有时能够起到那些入世士人所起不到的作用。"国家不幸诗家幸，赋到沧桑句便工。"这在春秋战国和魏晋南北朝时期尤为明显。历代隐逸之士都奉《庄子》为圭臬。《庄子》一书对后代士人的精神生活产生了巨大的影响，玄远、旷达、淡泊、飘逸，成为士人追求的人格美，从而也成为文学艺术的审美追求的高标。正是由于隐逸之士对政治与事功的背弃，实现了价值取向的调整与精力的转移，因此，在一定程度上，造就了中国文化博大宏富的万千气象。

所谓"有执志而有所待"，是指一些隐逸之士有大志也有能力干出一番惊天动地的事业，但并不急于出山，而是审时度势，择主而从。隐居待时，一出即为帝王师，是这类士人的理想际遇。他们奉行"隐居以求其志，行义以达其道"的孔门圣教，在他们看来，出世与入世是统一的。隐居并非忘世，乃是养志守道，为将来的闻达做思想与智能的准备，隐居山林的过程也是充实、完善自己的过程。正由于他们把"隐居"与"行义"看作两个互相衔接的阶段，所以，虽然身在山林，却并不完全脱离朝政，而且，往往对天下大事了如指掌。最典型的，如殷周时的吕尚，三国时的诸葛亮，元末明初的刘基等。诸葛亮躬耕陇亩之时，即常常会友交游，纵谈时政，每自比于管仲、乐毅，后经刘备三顾茅庐，出山建业，终于夙志得偿。

还有身在山林却萦心魏阙、心系朝廷，甚至直接参与最高层决策的隐者，如以"山中宰相"著称的南北朝时的陶弘景。他在三十六岁之前，曾被朝廷辟为诸王侍读，后来，因求宰县未遂，而挂朝服于神武门，辞官归隐。梁武帝即位后，屡次召他入仕，均被拒绝。但国家每有吉凶征讨大事，都要找他咨询，月中常有数信往来，时时参与朝廷政务，成了不上朝的公卿大员。

另有一类隐士，实际是以隐逸作掩护，而从事最前沿的政治。他们绝不与朝廷合作，以致处于尖锐对立状态，如殷朝末年的伯夷、叔齐，明末的八大山人、王夫之、黄宗羲等。黄宗羲认为，没有亡国之痛就是无人心，遗民的责任是以不仕新朝、不予合作来表示抗议，但又不能止于抗议。一味地"呼天抢地，纵酒祈死"，终究无济于事。所以，必须"不废当世之务"，也就是要落到实际行动上。这些遗民中的隐士，往往以道德抉择代替理性判断，有些人始于狂热而终于冷漠，最后由绝望堕入虚无。这种人往往都是政治家、思想家。

至于以退为进、以隐求官者，如唐代的卢藏用之流，则不应纳于隐士之列。若要算上，以备一格，也只能说是假隐士。据《旧唐书》本传和刘肃《大唐新语·隐逸》篇载，卢藏用考中进士后，未得调选，便先去长安南面的终南山隐居，学炼气、辟谷之术，但心中却时刻记着登龙入仕，被人目为"随驾隐士"。后来，果然以隐士的高名被朝廷征聘，授官左拾遗。品格十分卑污，以谄媚权贵获讥于时。有道士名司马承祯者，尝应召入京，届临还山之日，卢藏用想要夸耀一番自己曾经隐居的地方，便指着终南山说："这里面可是大有佳处啊！"司马承祯毫不客气，徐徐答曰："依我看来，不过是仕宦的捷径罢了。"从此，"终南捷径"就成了从事政治投机的讽刺语。

五

隐士的话题，可谈的实在太多，还是回到严子陵吧。

这里要提到两部书，一部是《古文观止》，里面选了范仲淹的《严先生祠堂记》；另一部是《留青日札》，载有朱元璋的《严光论》。前者是人们所熟知的，在历代赞颂严子陵的诗文中，可说是调子最高昂的。"云山苍苍，江水泱泱。先生之风，山高水长。"真是至矣，尽矣，无以复加矣。后者就十分生僻了，绝大多数人都未必知道朱元璋还能够撰写史论，而且，着眼的居然是隐士严光！文章劈头就讲，严光的行迹，"古今以为奇哉，在朕则不然"。接着阐述理由：严光"之所以获钓者，君恩也"，"假使赤眉、王郎、刘盆子等混淆未定之时，则光钓于何处？"最后得出结论："朕观当时之罪人，大者莫过严光、周党之徒，不仕忘恩，终无补报，可不恨欤！"斩钉截铁，切齿之声可闻。

其实，这种思想并不是这位朱皇帝的发明，宋代诗人杨万里在其《读严子陵传》一诗中就曾写道："客星何补汉中兴？空有清风冷似冰。早遣阿瞒移汉鼎，人间何处有严陵！"朱元璋易曹操为赤眉等，用事更显贴切。当然，他所师从的不是文弱的诚斋先生，而是站在统治者立场上，专门为帝王提供对付士人权术的战国时的韩非。在韩非看来，许由、务光、伯夷、叔齐之辈，都是些不听命令、不能使令的"不令之民"。他们"赏之誉之不劝（不能受到鼓舞），罚之毁之不畏，四者加焉不变，则除之！"恩威并用，软硬兼施，都无动于衷，那还怎么办？干脆杀掉。韩非首创以思想罪、独立罪除杀隐士，后世付诸实践的代不乏人，朱元璋乃其尤者。

看过严子陵祠堂和碑林之后，我曾想，应该把朱元璋这篇《严光论》刻出来，让它与《严先生祠堂记》列在一起，使寻访钓台踪迹、研究隐逸文化的人，对于古代中国如何对待隐士的问题，有个全面的理解。

其实，尊隐也好，反隐也好，对于封建统治者来说，无非是维护统治、巩固政权、治民驭下的两种相反相成的手段。不管推行哪一手，都是为了适应当时政治的需要。历史上，一般是把光武帝刘秀划为尊隐一派的。他有一封《与子陵书》，是古代小品中的名篇，后人评说："两汉诏令，当以此为第一。"全文只有五句话："古大有为之君，必有不召之臣。朕何敢臣子陵哉！"但是，"惟此鸿业，若涉春冰；譬之疮痏，须杖而行"。我实在离不开你——可谓情辞恳切，语语动人。

光武帝还下过一个《以范升奏示公卿诏》。起因是这样：太原隐士周党被征召，面见光武帝时，自陈"愿守所志"，拒绝行臣下拜君之礼。博士范升启奏，要求以"大不敬"罪惩治周党。光武帝在诏令中说："伯夷、叔齐不食周粟，太原周党不受朕禄，亦各有志焉。"结果，不但没有加罪，还赐帛四十匹，遣归田里。朱元璋的文章，直接针对着严光和周党这两个人，实际上，对于光武帝此举，也是大不以为然的。

看来，朱皇帝毕竟是个粗人。他没有看清楚，东汉开国当时是很需要这类高士的。当王莽篡汉之际，绝大多数公卿、士大夫都非常看重仕途、地位，而并不重视名节。因此，进表、献符、俯首称臣者实繁有徒。对此，光武帝深为戒虑。所以，开国之初，尽管百端待举，万事缠身，他还是拿出很大精力，去一一访求那些不事二姓、避官归隐者。为了提倡名节，对于那些"德行高妙，志节清白"的隐士，不但厚予赏赐，旌表嘉奖，而且，调整了西汉末年的取士标准，把这类人列为四科取士之首。严光、周党这些名士，正是这方面的代表人物，是他所要树立的标杆。

这里有一点必须指出，就是这些名士有个共同的特点，他们完全脱离政治的漩涡，绝不会给朝廷带来任何麻烦。这恐怕是光武帝尊隐的一个大前提。非徒无害，而且有益，这桩生意，光武帝当然乐得做了。

一篇《严先生祠堂记》，曲折道尽了光武帝和严子陵互为表里，相得益彰的妙谛。一方面是"握赤符，乘六龙，得圣人之时，臣妾亿兆，天下孰加焉，惟先生以节高之"；一方面，归卧江湖，"泥涂轩冕，天下孰加焉。惟光武以礼下之""盖先生之心，出乎日月之上。光武之量，包乎天地之外"。没有严光，不能成光武之大；没有光武，也难以遂先生之高，而使贪夫廉，懦夫立。"是大有功于名教也。"

说开来，尽管隐逸之徒极力摆脱政治的羁绊，但是，常常不免自觉不自觉地充当着统治者的工具。由于隐逸的实质是远离政治纷争，不介入社会矛盾，以极度冷漠完全消解其入世之心，进入一种无是无非的超然状态，"万事无心一钓竿"，因此，尊隐必然能够收到缓解社会矛盾、减轻朝廷压力的消释作用。这叫作无用之为大用。

尊隐的另一种考虑，是隐士的"滤毒效应"。"今人之于爵禄，得之若其生，失之若其死"。因此，"莫不攘袂而议进取，怒目而争权利，悦愚诳暗，苟得忘廉"（见《梁书·处士传序》和沈约的《高士赞序》）。封建统治者清醒地看到，提倡隐逸的高风，有助于激励士风、荡涤时浊。唐明皇之所以特意颁发一个《赐隐士卢鸿一还山制》，目的就是要借助嵩山隐士卢鸿一的"固辞荣宠"，以敦士品，以厚风俗。既然鼓励一大批士人遁迹山林，有助于树立廉让不争的良好士风，进而可以减轻士人争相入仕，"粥少僧多"的压力，那又何乐而不为呢？

我以为，严子陵的高风，经范仲淹提倡之后，在北宋初年得以大行其时，其根本原因在于它恰好适应了当时天下底定，四海承平，释兵权、削相权、集皇权的政治气候的需要。

闲翻史籍，看到有些帝王为了博取礼贤下士的令名，往往发优诏，备安车，礼聘隐士入朝，以装潢门面，点缀太平。如果一时找不到隐士，有的甚至要特意造作，结果传为笑柄。据《晋书》记载，桓玄推翻东晋王朝，自立为帝之后，看到历代均有隐逸之士，唯独本朝没有，"乃征皇甫谧六世孙希之为著作，并给其资用，皆令让而不受，号曰高士"。由皇帝出面，亲手制造"隐士"的假冒伪劣产品，这也够得上旷世奇闻了。

六

凭眼睛看，两座钓台相距很近，可要一一攀登上去，却也颇费周折。原来，它们中间隔了一道堑壑，先要傍着一丛丛的长林古木，从东台下去，走到岔路丫口，然后折转身来，拐个六十度的锐角，再沿着那条通往西台的曲折山路，穿过林莽，一步步走上去。

太阳渐渐地热了起来，原来站在东台的高处，"桐江波上一丝风"，吹到身上甚是凉爽；现在回到山坳坳里，顿时觉得热汗涔涔。好在这段山路不算太长，耐着性子，很快就走到了。上到西台，依然是凉风扑面，而且，视野更加开阔一些。出乎意料的是，西台的石亭竟逃过了"十年浩劫"，有幸保存下来，亭子前面，立着刻有谢皋羽的名作《登西台恸哭记》的石碑。石亭的两边柱子上，镌刻着清人徐夜的诗联，是描写南宋著名爱国志士谢皋羽的"生为信国流离客，死结严陵寂寞邻"。这副对联简要地概括了谢皋羽的生平。

他为人耿介拔俗，少有大志。早年应试科举，不第。公元1276年，元军南下，文天祥（因他晋爵至信国公，故称"信国"）从海路至福建，任枢密使同都督诸路军马，传令各州郡发兵勤王。谢皋羽率先响应，尽散家财，招募乡勇数百人加入抗元队伍，被委任为谘事参军，与民族英雄文天祥结下了深厚的情谊。两年后，文天祥在广东海丰五坡岭兵败被俘，次年押解燕京，在三年的囚禁中，面对元世祖忽必烈的威逼利诱、百计劝降，大义凛然，坚贞不屈，公元1282年，慷慨就义于燕京柴市。

对文天祥之死，谢皋羽悲痛至极，终生引为恨事，从此避匿民间，杜门不出。但时时缅怀故交，经常梦中相见；每逢文天祥忌辰，都要痛哭野祭，寄托哀思。一次，他登上富春江边严子陵钓台的西台，面对渺渺苍空，下临滔滔江水，北望吊祭，哀恸欲绝。这篇感天动地、泣血吞声的《登西台恸哭记》，记叙了这次祭悼亡友的经过和愤激、隐秘的心曲。此后，便往来于浙江中部，遍访宋末遗老，历游山水名胜，四十七岁时病死于杭州，归葬与严子陵钓台隔江相望的白云村，这里也是唐代著名诗人方干的终隐之地。

正如作家黄裳先生在《钓台》游记中所说，并立着的两座钓台，似乎向游人分别宣示着两种截然不同的价值观和人生观。一种是在鸡鸣风雨、暗夜如磐的破国亡家之际，以极热的心肠，椎心刺骨，奔走呼号；另一种则是"苟全性命于乱世，不求闻达于诸侯"，以至一头扎进寂寂的空山，完全与世隔绝，表现出至重至深的超拔与冷漠。但事物往往是错综复杂的，不似画图中的颜色，黑就是黑，白就是白。

比如，严子陵与谢皋羽，表面看来，他们代表了上述两种对立的思想境界，各据一端，如隔重城。其实，并不这样简单。综观严子陵的言行，他的避官遁世原有逃避"新莽"的意向在焉，明末清初的著名文人钱牧斋在序《钓台汇集》时就曾指出了这一点。

也是在《钓台汇集》序言中，钱牧斋说过这样一段耐人寻味的话：世上的学者全都不了解严子陵的深心，揣度起他的"不仕光武"之故，各执一词，却都没有说到点子上，唯独南宋的谢皋羽深知此中奥义。"何地不可痛哭，而必于西台？以谓子陵之于西京，信国之于南渡，其志其节，有旷世而相感者也。"钱牧斋认为，严光对于西汉，和文天祥对于南宋，有"旷世而相感"的深情，所以，谢皋羽才选中了钓台这个特殊地点悲歌痛悼的。

对于一度腼颜事清的钱牧斋，后世一向是薄其为人的，他的有关严子陵的发覆，人们也未必一体认同。但是，隐逸不仕，恰如钱氏所言，实在是一种颇为复杂的社会现象。如果只从避离俗尘、寻求解脱这一角度来加以诠释，必然会失之简单，流于肤浅。世界上，大概没有哪一个国度，曾像古代中国那样出现过那么庞大的隐士阶层。如何对这一社会现象予以恰中肯綮的剖析，从中找出一些规律性的认识，应该是研究隐逸文化的学人共同关注的课题。可惜，我这篇文字已经不算短了，只能到此打住。

春梦留痕

一

真个是"江山也要伟人扶"!儋州,古称"南荒徼外不毛之地",只因九百年前大文豪苏东坡曾在这里谪居三年,便声闻四海,成了历代骚人迁客、显宦名流觞咏流连、抒怀寄兴的所在。现在,每天都有大量游人远出岭表,万里间关,前来亲炙这位全能文艺大师的遗泽,领略其逆境中闪射出的人格异彩。

儋州地处海南岛的西北部,宋代称为昌化军,治所在靠近北部湾的中和镇。此间现存很多东坡遗迹,最著名的要算有"天南名胜"之誉的东坡书院了。当年只是一所厅堂,为坡翁讲学会友、诗酒谈欢之地,后人为了纪念他,就地建起了亭、堂、殿、馆一应俱全的书院。所存楹联特多,粗粗算了一下,不少于四十副。这在苏、杭、汴、洛的名城胜邑也是不多见的,何况是僻处天南海陬,遐方殊域。洵可谓洋洋大观!

书院主体建筑载酒堂,系由坡翁亲自命名,取《汉书·扬雄传》中"好事者载酒肴从游学"之意。建堂时日,史籍失载,从东坡离儋五十年后,南宋名臣李光贬谪昌化军时曾会友赋诗于载酒堂,并由"荒园草木深"之句来看,可以推知此堂当建于东坡在儋之日。堂前现有载酒亭一座,为双层亭檐结构;堂庑两侧莲花池中游鱼可数,岸边有挺拔的椰树和清幽的翠竹,环境颇为隽雅。

十年前,儋州政府于书院西园雕塑了《东坡笠屐》的铜质全身塑像,再现了先生"劲气直节,豪宕不羁"的风采。村民们望着蔼然可亲的东坡雕像,深情无限地说,先生说"我本儋耳民""海南万里真

107

吾乡",可是,一走就是八九百年,头也不回呀!现在总算归来定居,再也不走了。他们满意于先生那副头戴竹笠、身穿布袍、脚拖木屐的田夫野老打扮,认为雕塑艺术家充分地体现了民意。

后殿里还有一座《东坡讲学》的组塑。你看他,手把书卷,正襟危坐,目光炯炯,慰诲循循,真是形神毕肖。先生在幼子苏过陪侍下,正与"贫而好学"的当地友生黎子云细论诗文,显现出文人之雅、直臣之鲠、智士之慧的综合气质。

东坡书院的一副楹联,恰当地概括了上述的场景:

图成石壁奇观,戴雨笠,披烟蓑,在当年缓步田间,只行吾素;

塑出庐山真面,偕佳儿,对良友,至今日端拱座上,弥系人思。

联语中"图成石壁奇观"云云,指的是镶嵌在载酒堂石壁上的《东坡笠屐图》。据《儋县志》记述:一天,东坡过访黎子云,归来途中遇雨,便从路旁一农夫家借了一顶竹笠戴在头上,又按照农夫的指点,脱下了布鞋,换上一双当地的木屐。由于不太习惯,又兼泥泞路滑,走起来晃晃摇摇,跌跌撞撞。路旁的妇女、儿童看见老先生的这副装扮,纷纷围观嬉笑,篱笆里的群犬也跟着凑热闹,"汪汪"地吠叫不止。而东坡先生并不在意,一边走,一边自言自语地说:"人所笑也,犬所吠也,笑亦怪也。"南宋的周紫芝最先把这一生动自然、潇洒出尘的形象绘成图像,取名《东坡笠屐图》。明代的宋濂和唐伯虎也都分别以"东坡笠屐"为题材题词、作画,使之得以广泛流传,风行中外。

在中和镇,坡翁结交了许多黎族朋友,切实做到了他诗中所表述的"华夷两樽合,醉笑一杯同",入乡随俗,完全与诸黎百姓打成一片。他常常戴上一顶黎家的藤织裹头白帽,穿上佩戴花缦衣饰的民族服装,带上那条海南种的大狗"乌嘴",打着赤脚,信步闲游;或者头戴椰子冠,手拄桃榔杖,脚蹬木屐,口嚼槟榔,背上一壶自酿的天门冬酒,一副地地道道的黎家老人形象。

走在路上，他不时地同一些文朋诗友打招呼；或者径入田间、野甸，和锄地的农夫、拦羊的牧竖嬉笑倾谈。找一棵枝分叶布的大树，就着浓荫席地而坐，天南海北地唠起来没完。他平素好开玩笑，有时难免语重伤人，在朝时，家人、师友经常提醒他出言谨慎，多加检点。现在，和这些乡间的读书人、庄稼汉在一起，尽可自由谈吐，不再设防，完全以本色示人。

有时谈着谈着，不觉日已西沉，朋友们知道他回去也没有备饭，便拉他到家里去共进晚餐，自然又要喝上几杯老酒，结果弄得醉意蒙眬，连自家的桄榔庵也找不到了。正像他在诗中所写的：

> 半醒半醉问诸黎，竹刺藤梢步步迷。
> 但寻牛矢觅归路，家在牛栏西复西。

他常常踏遍田塍野径，寻访黎族友人，若是一时没有找到，就拄起拐杖，疾步趋行，闹得鸡飞狗跳，活像着疯中魔一般。这也有诗可证：

> 野径行行遇小童，黎音笑语说坡翁。
> 东行策杖寻黎老，打狗惊鸡似病风。

东坡《海外集》中收有一些与黎族人民纯情交往的诗篇。有一首诗是这样陈述的：在集市上，他遇见一位卖柴的黎族同胞，形容枯槁，精神却很饱满；平生未闻诗书，但能超越荣辱名利的牵累，具有高洁的内心世界。由于言语不通，他们只好通过手势来传输情感、沟通思想。卖柴人很喜欢这个平易近人的汉族老先生，嫌他这身儒冠儒服不太适用，便慷慨地奉赠了一块自家织出来的吉贝布料，让他做成黎家式样的服装，以御风寒。

据曾在儋州一带工作过的朱玉书先生考证，吉贝，是一种高仅数尺的植物，秋后生花吐絮，洁白似雪，纺织出来曰"吉贝布"。早在战国时代，黎族先民就把它作为贡品，深为当时最高统治者所赏识。

生活还很困苦的黎族同胞，能够把这样珍贵的物品慨然相赠，说明他们对诗人饱含着敬慕与爱戴的深情；而具有易感的心灵、长期遭受倾陷迫害的老诗人，则把普通民众这种暖人肺腑的真情，同封建时代官场上的尔虞我诈，互相倾轧，甚至凭空构陷，落井下石的龌龊恶行加以比较，感到确实悬同霄壤，天差地别。他通过现实生活中的实际体验，悟出了人生真谛："情义之厚，有加以平日。以此知，道德高风，果在世外。"

东坡先生于北宋绍圣四年（1097年）七月抵达中和镇，开始其谪居生活，到元符三年（1100年）六月奉命渡海北归，在这里只住了三年。但他留给当地黎、汉两族人民的美好印象，却如刀刻斧削一般，千古不磨，久而弥深。人们缅怀先生的遗泽，传颂着许许多多生动感人的逸闻佳话。

为了纪念他，此间不仅有东坡村、东坡田、东坡路、东坡桥、东坡小学、东坡公园，甚至还把当地说的一种官话称为"东坡话"，戴的斗笠叫作"东坡笠"，吃的蚕豆名为"东坡豆"。村里有一口"东坡井"，父老们口耳相传：先生当日舍舟登陆后，发现村民饮用的竟是潦洼积水，污浊不堪，以致经常患病，便带领群众踏勘地脉，就地挖井汲泉。数百年来，井泉源源不竭，水质甘甜，群众饮用至今。二十世纪六十年代初，郭沫若先生前来视察，还曾舀上一勺，亲口尝过。

无独有偶，镇西十五公里处，紧靠海边的地方，也有一口古井，名为"白马井"。传说东汉初年，伏波将军马援南征交趾归来，三军在此登岸，正值盛夏炎阳似火，一个个口渴难挨，将军的坐骑白马，掊地长嘶，"踏沙得泉"，解除了将士干渴之苦。为了纪念这位伏波将军，感戴这番神奇的恩赐，后人便在泉眼上面筑围成井，并在井上盖起一座伏波庙，世世代代，香火不绝。

耐人寻味的是，同是掘井得泉，伏波将军的行迹却被后人神化，千秋筑庙奉祀，凌驾于万民之上，人们自然敬而远之；而诗翁东坡则截然相反，他置身于群众之中，力求做一个货真价实的"黎母之民"，老百姓便也接纳了他，把他看成是自家人。

九百年间，世事纷纭，沧桑变易，外边世界走马灯般的变幻无常，"乱哄哄你方唱罢我登场""大江东去，浪淘尽，千古风流人物"；而坡翁以风烛残年的一介流人，却能世世代代活在黎、汉两族人民的心里，未随时间的洪流荡然泯灭。这一方面说明了公道自在人心，历史是公正无私的；另一方面，也反映出他的感人至深的人格魅力和精神力量。

二

东坡先生入儋之初，尽管朝廷有"不得签书公事"的旨令，但毕竟还挂有一个"琼州别驾"的虚衔，因此，州府官员依例把他安置在城南的州衙里暂住。从诗人吟咏的："如今破茅屋，一夕或三迁，风雨睡不知，黄叶落枕前。"看得出，州衙的房舍原是十分破漏的。经过一番修葺，总算可以安居了。不料，后来被下来巡访的官员所察知，立即出面干预，这样，东坡先生只好从官舍中搬出，到城南污水池旁边的桄榔林丛中买下一块地方，在邻里和友生的热情帮助下，"运甓畚土""结茅数椽"。先生名之为"桄榔庵"，并率性吟咏：

> 朝阳入北林，竹树散疏影。
> 短篱寻丈间，寄我无穷境。

其实，房舍十分鄙陋，而且周围环境也十分恶劣："海氛瘴雾，吞吐呼吸。蝮蛇魑魅，出怒入娱。"至于清代画手笔下的《桄榔庵图》，已经脱离了当时的原貌，那上面画的是：一带连山之下，林木掩映中，现出一座由高大院墙环绕着的三进砖石结构的典丽厅堂。其间显然带有文人想象的"诗化"成分，并不符合当时当地的艰窘实况。

现在，桄榔庵已经片瓦无存了，遗址周围还有一些耸天直立、羽状复叶丛生于茎端的桄榔树，临风摇曳，楚楚生姿，令人蓦然兴起思古怀人之情，仿佛依稀可见先生当日林间负手行吟的情态。而村民们尽管明明知道，这些林木都是后来长起的，并非东坡先生手植；但是，因为它们长在先生住过的庵舍四旁，便也爱屋及乌，像《诗经·甘棠》篇所讲述的："蔽芾甘棠，勿剪勿伐，召伯所茇。"在这里，村民们同样以悉心爱树的深情，寄托着对坡翁的思念。

旧志载，东坡旧宅桄榔庵中曾有一副对联：

> 烟景迷离，无搅梦钟声，仅许先生美睡；
> 风流跌荡，有恋头笠影，且招多士酣游。

下联讲的是实情，上联却未必尽然。因为东坡先生毕竟是放逐荒徼的待罪谪臣，朝中那些居心险恶的政敌，是不会任他那样"优哉游哉，聊以卒岁"的。

殷鉴在兹，前车不远。东坡谪居惠州期间，相依为命的爱妾朝云，由于不服当地水土，染病故去，诗人衰年丧侣，晚境凄凉。一天，万分孤寂、伦偋无聊之中，写下了一首题为《纵笔》的七绝：

> 白头萧散满霜风，小阁藤床寄病容。
> 报道先生春睡美，道人轻打五更钟。

哪里料到，这样一首抒怀小诗竟惹出一场新的祸端。宰相章惇以为东坡贬谪之后处境安稳，便奸笑着说："苏子瞻尚尔快活！"于是，又矫诏把他再贬为琼州别驾，昌化军（儋州）安置。此时的心态，坡翁自己讲得很清楚："怛然悸寤心不舒，起坐有如挂钩鱼。"在惊魂惴惴之中，纵然"无搅梦钟声"，也还是"心似惊蚕未易眠"。所谓"尽许先生美睡"，不过是人们的一种想象与推测，其实只是善良愿望而已。

这一年，诗人已经六十二岁了，以其羸弱多病之身，不要说发配到这素有"鬼门关"之称的"风涛瘴疠""非人所居"的南荒徼外，即使是再在惠州住上三年二载，恐怕也得"子孙舁骸骨以还"了。实际上，执政诸人就是蓄意让他葬身海外，否则，怎么会做这样的安排呢？这一点，先生本人也是了然于心的。因此，出发前，即已做好了不能生还的准备，两个儿子陪送他很长一段路程，到广州后与长子苏迈诀别，然后带上幼子苏过，乘船溯西江而上，在藤州与弟弟子由相遇。因为知道这次是生离死别，分手前夕，兄弟二人及家人在船上愁坐了一整夜，自有苦不堪言的痛楚。

他给友人王敏仲写了这样的告别信。大意是：我于衰迈之年，投置蛮荒之地，根本没有生还的希望了。因此，已经和长子江边诀别，处置好一切后事。到了海南之后，我首先要预备下棺材，然后再挖下墓圹，留下手疏给儿子，告诉他们：我死后就葬身海外，不必扶柩内迁。这也是东坡的固有家风啊！到了贬谪地之后，他照例给朝廷写了一道《谢表》，里面也有"并鬼门而东骛，浮瘴海以南迁。生无还期，死有余责"的话。

到了儋州，面对的果然是极端困苦的生活——"食无肉，病无药，居无室，出无友，冬无炭，夏无寒泉"，而且毒雾弥漫，瘴疬交攻。东坡曾记下过这样一段文字："岭南天气卑湿，地气蒸溽，而海南为甚。夏秋之交，物无不腐坏者。人非金石，其何能久？"另一位贬儋诗友对此做了更贴切的概括："万里来偿债，三年入瘴乡。"这是他所面临的外部环境。

而他的内心，尤其苦闷至极。坡翁乃深于情者，一向笃于夫妇之爱。昔日贬谪黄州，有长期相伴、苦难同当的妻子王闰之偕行，"身耕妻蚕，聊以卒岁"，尚可时时获得感情上的抚慰；后来到了惠州，虽然妻子已死，但仍有"如夫人"朝云这个红颜知己，生死相依，体贴备至，成为暮年遭贬时的生命支柱。可是，赴儋之前，朝云即已葬身惠州，现在已是形单影只，茕茕孑立，自然无限感伤，倍觉孤独。这对一个枯木朽株般的垂暮老人来说，无异于"孤树加双斧"，等待他的，难道还会有其他出路吗？

谁料，结果竟然大大出人意外。坡翁在这里不仅逐渐安居下来，长达三年之久，最后得以生还；而且，还对这蛮荒艰苦的地方产生了深厚的感情，直到遇赦北归之后，还在朗吟："九死南荒吾不恨，兹游奇绝冠平生。"回到内地，当友人问及海南贬居情况时，先生颇带感情地回答："风土极善，人情不恶。"

之所以如此，著名学者徐中玉先生在《苏东坡在海南》一书的序言中深刻地指出，就是因为诗人自己觉得已有了个"今我"。这种历经艰苦、世变之后的憬悟，是他所觉察到的与"故我"不同的对生命价值、人生意义的新认识的表现。这也正是坡翁在逆境中安时处顺、取得精神解脱的症结所在。

入儋伊始，他还深陷于"垂老投荒，无复生还之望"的感伤中，他说，我刚刚来到海岛时，环顾四围，水天无际，当时心情非常苦闷，想的是"我可什么时候能够走出此岛呢"？但是，过了一阵子又觉得，天地本身就围在水中，九州圈在茫茫的大瀛海里，中国就在少海里。从这个意义上，可以说，所有的生命无一不在海岛之中。认识到这一层，他也就跳出了蚂蚁般的身小视短的狭隘视界，获得了一种超越意识，最后得出"俯仰间有方轨八达之路"的积极结论。"此心安处是吾乡。"条件的优劣，境况的顺逆，于他已不具备实质性的差异了。

除了这种"憬然自悟"，坡翁在儋州还曾得到过高人的指教，从中意外地获得一场活生生的人生顿悟。

据《侯鲭录》《儋县志》等记载，北宋元符二年（1099年）三月的一天，东坡负着大瓢，口中吟唱着《哨遍》词，漫游在中和镇的田间，遇到一位家住城东、正往田头送饭的七十多岁的老媪，两人就地闲唠起来。

东坡问道："老人家，你看于今世事怎么样啊？"

老媪不假思索地回答说："世事不过像一场春梦罢了。"

东坡又问："怎见得是这样呢？"

老媪直截了当地讲："先生当年身在朝廷，官至翰林学士，也可以说是历尽了荣华富贵；今天回过头看，不就像一场春梦吗？"

东坡听了，点头称"是"，若有所悟，于是，自言自语道："这就是'春梦婆'呀！"

儋州自汉代设置郡县以来，历朝都有流人谪徙，可以考知名姓的第一位流人乃是隋代的宗室杨纶。他先被流徙广西，后来逃往儋州避难。至于唐代、五代十国和宋初，贬谪儋州的达官仕宦，更是接踵而至。"谁知把锄人，昔日东陵侯！"依我看来，这个"春梦婆"，当是某一显贵流人的亲属或者后代。否则，不会对于世事沧桑有如此深邃的感悟。总之，不管是怎样情况下出现的，反正对于东坡先生来说，这番警钟式的箴言，不啻醍醐灌顶，以至一场当头棒喝。

在同普通民众融洽无间的接触中，东坡的悟世思想不仅未被消解，反而益发强化起来。与黎族人民结下的深情厚谊，那种完全脱开功利目的的纯情交往，使他在思想感情上发生了深刻变化，获得了精神上的鼓舞、心灵上的慰藉，以及战胜生活困苦、摆脱精神压力的生命源泉；挣脱了世俗的桎梏，实现了随遇而安、无往而不自如的超越境界。

如同一切伟大的诗人、作家一样，苏东坡的思想也是异常丰富、复杂的。早在出仕之前，他就已经熔铸儒、释、道三家的思想精华于一身，初步构成了他那复杂而独特的思想体系。在尔后的起伏颠折中，有时候，儒家的弘扬内在精神，实现自我，积极用世，在他的思想中占上风；有时候，道家的绝对自由、超越时空的淡泊无为，又在心灵中居于主宰地位。屡遭贬谪之后，他曾盛赞《庄子》实获吾心，把庄子思想当作自己的既存见解，从而进一步消解了仕途经济的理想抱负。

"下视官爵如泥淤，嗟我何为久踟蹰。"在对腐败的官场、世俗的荣华以及尔虞我诈的人事纠葛表示厌恶、轻蔑与怀疑的同时，表现出一种豪纵放逸、浑朴天真、雍容旷达的精神境界，对生命价值的认识有了新的觉醒。正如一位当代学者所指出的，东坡在生存的诸多灾难中，找寻到被失落的个体生命的价值，超越了时空的限制，获得了最大的精神自由，从而能够站在比同时代人更高的层次上俯瞰社会人生，获得一种自我完善感和灵魂归属感。

说到东坡的思想变化，我想起了他晚年的一首七绝。渡海北归之后，坡翁在当涂遇到了诗人郭功甫，想起几年前贬谪惠州时这位老朋友曾经有诗相赠，当时未及作答，这次，他欣然命笔，依韵作和。诗共两首，其一云：

> 早知臭腐即神奇，海北天南总是归。
> 九万里风安税驾，云鹏今悔不卑飞。

首句隐括了当时善恶颠倒、是非混淆的腐败朝纲；次句是对友人赠诗中"今在穷荒岂易归"的回答，显现出一种百折不挠的豪迈感；第三句是说，他这只"抟扶摇而上者九万里"的大鹏，想要凭借风力安然降落，为最后一句张本；第四句是全诗主旨，说他悔于从前高翔远骞，以致活得太累太苦，决心要"收敛平生心"，追求"我适物自闲""乐事满余龄"的精神境界，在淡泊宁静中，过上一种平平常常、自然本色的日子。

写这首诗的时候，诗人并没有料到，三个月后他就一病不起，撒手尘寰了，这种并非奢求的享受一番平常生活的渴望，终于未得实现。

三

东坡书院中有这样一副对联：

北宋负孤忠，春梦一场，忘却翰林真富贵；
南荒留雅化，清风百世，辟开瘴海大文章。

寥寥三十二字，对于坡翁在超越自我、战胜逆境的同时，以其"清风雅化"，为开启海南文明做出的巨大贡献，作了有力的概括。

坡翁在多年放谪生活中，逐步实现了价值观念的两个转换，或者说是疏通了两条心灵的渠道。

一方面的转换，是心智由入世归向自然，归向诗性人生。在孔门圣教熏陶下，他自幼即"奋励有当世志"，立定了修身、齐家、治国、平天下的宏图伟愿和"尊主泽民"的理想抱负。针对国库空虚、官冗兵弱等弊政，他曾写过大量策论，想要通过改革，"涤荡振刷，而卓然有所立"。但是，现实并不赋予他这种机会，"戴盆难以望天"，刀斧之余，一贬再贬，仕进之途已经重重阻塞。作为乐天知命的达人，他欣赏陶渊明"纵浪大化中，不喜亦不惧"的委任自然的人生态度，适时地疏通了情感的渠道，把心智转向自然，寄兴山水，放情吟咏，找到了一个与污浊、鄙俗、荒诞的现实世界迥然不同的诗意世界，痛苦的灵魂得到了艺术的慰藉。

他刚一踏上海岛，就被这里的奇异风光吸引住了。海南山间的急雨奔雷，开阔了他的胸襟，触发了他的诗兴："急雨岂无意，催诗走群龙；梦云忽变色，笑电亦改容。"他热情地赞美岛上特有的飓风来临时的奇丽景色："垂天雌霓云端下，快意雄风海上来。"这同诗翁的豪纵不羁的情怀恰相映照。难怪弟弟子由读后，激赏其"不见老人衰惫之气"天空海阔的浩瀚气势，使他冷静地思考人生，达观地对待人生，既引发出宇宙无穷而生命有尽的感慨，又产生了将有限生命统一

116

于无穷宇宙的顿悟。南国的生机盎然的迷人春色更令他怡然心醉，升华了他的乐观情趣和诗性人生，这也有词为证：

> 春牛春杖，无限春光来海上。便丐春工，染得桃花似肉红。
> 春幡春胜，一阵春风吹酒醒。不似天涯，卷起杨花似雪花。

在这方面，坡翁与晚年的谪仙李白有些相似。李白流寓皖南，通过同下层民众的广泛接触和沉酣于壮美无俦的自然山水之中，在一定程度上，缓解了长才未展、壮志难酬的苦闷，平复了由仕途险恶所造成的心灵损伤，激发了澎湃的诗情，三四年间写诗一百三十多首。东坡在贬谪期间，也同样取得了诗文的巨大收获，居儋三年共写诗一百七十四首，各体文章一百五十六篇。

两人晚期的诗文，作为解脱苦闷、宣泄情感、释放潜能、实现自我的一条根本途径，作用是一致的；但是，其中也有明显的差异。除了时代的烙痕，比如唐诗重性情，以形象、韵味见长，而宋诗重说理，以议论、理趣取胜，李、苏两家自不例外；单就风格来讲，虽然同是豪纵奔放，挥洒自如，都具备广阔的襟怀、悠远的境界、空前的张力，但太白一些诗作，愤激、清狂，反映出内心的苦痛与压抑之沉重；相形之下，东坡为诗则显得从容、逸宕一些，而且时杂风趣。他说："吾侪老矣，不宜久郁。"可见，内心同样也有深重的忧伤，只不过善于消解罢了。

坡翁另一方面的转换，是他立足于贬谪的现实，把实现"淑世惠民"理想的舞台，由"庙堂之高"转移到"江湖之远"；从关心民瘼、敷扬文教、化育人才的实践中拓开实现自我、积极用世的渠道。

他劝说黎胞开垦荒地，多植稻谷；推广中原先进耕作方法，移植优良品种。针对当地以巫为医、杀牛祭鬼的陋习，大力向村民宣传卫生知识，介绍医方药物。同时，抱着对黎胞的深厚感情，劝学施教。坡翁有一首《迁居之夕，闻邻舍儿诵书，欣然而作》的诗：

> 幽居乱蛙黾，生理半人禽。
> 跫然已可喜，况闻弦诵音。

儿声自圆美，谁家两青衿？

对于南荒徼外的儿童奋勉向学，诗人由衷地感到喜悦和欣慰。

当时，前来东坡书院负笈就学的，不仅有本地的贫寒士子，如黎子云、符林、王霄等；有些远在千里、百里之外的友生，也纷纷上门听讲，形成了浓厚的文化氛围。一时"书声琅琅，弦歌四起""学者彬彬，不殊闽浙"。

自唐代开科取士以来，四五百年间，儋州未曾有一人登第。对此，坡翁深以为念。遇赦北归时，他将自己所用的一方端砚送给了弟子姜唐佐，并题句曰："沧海何曾断地脉，白袍端合破天荒。"意思是，海南与中原地区虽为沧海隔开，但地脉未曾断裂，文脉也应该是相连的。读书士子要发愤图强，勇破天荒，改变当地文坛落寞的现状。诗句中对于海岛人才的成长，寄寓了殷切的期待。坡翁的这一厚望并没有落空，离儋不久，这里便陆续有一些人擢第登科，并出现了海南历史上第一个进士。《琼台记事录》载："宋苏文忠公之谪居儋耳，讲学明道，教化日兴，琼州人文之盛，实自公启之。"

东坡先生无分境况的穷通，一贯关心民生疾苦，热心为百姓兴利除弊，这是他发自内心的生命本色的体现，表现了封建时代作为一员开明的士大夫的优秀品格。如果说，过去在太守任上，这样做是出自"为官一任，造福一方"的使命感，还带有某种"恩赐"因素和"临民"姿态；那么，现在身在海南，则完全与黎民百姓融为一体，换黎装，说黎语，甘愿"化为黎母民"，既不是居高临下，也不做生活的旁观者，而是像他自己所说的："我本儋耳民，流落西蜀间"，索性以本地群众一员的身份出现。

说到诗翁谪居海南期间教民化俗的泱泱德政，人们自然会想到东坡书院的另一副联语：

公来三载居儋，辟开海外文明，从此秋鸿留有爪；
我拜千年遗像，仿佛翰林富贵，何曾春梦了无痕？

这里隐括了东坡的两首诗。在《和子由渑池怀旧》中，提到了：

"人生到处知何似，应似飞鸿踏雪泥。泥上偶然留指爪，鸿飞那复计东西。""春梦"云云，两典并用：一是上引的"春梦婆"谈及的"昔日翰林富贵一场春梦耳"；二是东坡谪居黄州时曾写过一首七律，内有"人似秋鸿来有信，事如春梦了无痕"之句。这里用"秋鸿有爪""春梦留痕"来状写东坡先生居儋三年的名山事业、道德文章，极为贴切。

纵观两宋以还的千年史迹，在久居边徼的流人中，就其化育多士、敷扬文教的善行来说，真正能够和坡翁比并的人，原不是很多的。有明一代，远谪云南的杨升庵算是一个。据《蒙化府志》记载：当地士人，无论认识与否，都载酒从升庵先生游。一时，就学问道者塞满山麓，肩摩踵接。从杨升庵在滇的诗文著述之繁富在明代首推第一来看，也与东坡有其相似之处。

其不同之处在于，杨升庵在传道、授业，著书立说之外，还纵情声色，流连歌伎，放浪形骸，有时竟达到颓废的程度。明人王世贞《艺苑卮言》中说：升庵贬谪滇中，有东山携妓之癖。当地一些部落的首领，为了得到他的诗文翰墨，常常遣使一些歌妓身裹白绫，当筵侑酒，就便乞书，杨即欣然命笔，醉墨淋漓裙袖。升庵在泸州，醉中以胡粉扑面，作双丫髻插花，由门生抬着，诸妓捧觞侍侧，游行城中，了无愧怍之感。这简直就是胡闹了。坡翁是绝不为此的。

当然，杨升庵这样佯狂放诞，有愤世嫉俗、玩世不恭的一面，是对其终身流谪徼外这种过苛的处罚的消极反抗；同时，也是他全身远祸、韬光养晦的一种方式。因为嘉靖皇帝对于杨氏父子在"议大礼"中的表现，尤其对升庵挑动群臣哭谏闹事一举，一直切齿怀恨，时时欲置之于死地。从这一点看，升庵的"故自贬损，以污其迹"，实在也有其迫不得已的苦衷。可是，在坡翁来说，似乎全然不顾危机四伏的处境，也不理会这种韬晦全身的策略，否则，他也许不去浪吟什么"报道先生春睡美，道人轻打五更钟"了。

一提起这两句诗，我又不由得记起了那位专和东坡作对的奸相章惇。算是皇天有眼，这个太平宰相居然也成了谪臣，偏偏贬逐在离海南很近的雷州（海康），而且，东坡就在遇赦北归途中听到了这个消息。当时坡翁的心境如何，是快心惬意呢，还是报之以轻蔑的沉默？

按说是都有可能的，而且都在情理之中；然而，却全然不是。他实在是一位宽厚的长者，听到这个讯息之后，他立即写信给章惇的女婿，备极恤慰，及于家人。信中说："子厚（章惇字）得雷，为之惊叹弥日。海康地虽远，无甚瘴。舍弟（指子由）居之一年，甚安稳。望以此开辟太夫人也。"

整人人整，磨墨墨磨，章惇作法自毙，原属罪有应得。《宋史》把他列入"奸臣"一流，千秋万世钉在耻辱柱上，更是天公地道。据其本传记载，子由贬谪雷州，不许居住官舍，便花钱租赁民房。章惇闻知后，即以"强夺民居"罪名，下令追究处治。后因发现租券上分明记载着已经偿付了租金，只好作罢。这次，章惇谪居雷州，恰巧又到这家来"问舍"求住，户主说："算了吧，前次苏次公来住，为了那个章丞相找茬儿，我们几乎倾家破产。今后再也不往外租房了。"

天地间，竟有这样的巧合，真令人击掌叫绝。可惜我不会饮酒，不然，一定要开樽拍案，浮一大白。

濠梁之思

一

从小我就很喜欢庄子。

这里面并不包含着什么价值判断，当时只是觉得那个古怪的老头儿很有趣儿。庄子是一个名副其实的"故事大王"，他笔下的老鹰、井蛙、蚂蚁、多脚虫、龟、蛇、鱼，都是我们日常所能接触的，里面却寓有深刻的人生哲理。他富有人情味，渴望普通人的快乐，有一颗平常心，令人于尊崇之外还感到几分亲切。

不像孔老夫子，被人抬到了吓人的高度。孔夫子是圣人，他的弟子属于贤人一流。连他们都感到，这位老先生"仰之弥高，钻之弥深，瞻之在前，忽然在后"，带有一种神秘感，说"夫子之墙数仞，不得其门而入"，我们这些庸常之辈就更是摸不着门了。老子也和庄子不一样，"知雄守雌，先予后取"，可说达到了众智至极的境界。但一个人聪明过度了，就会给人权谋、狡狯的感觉；而且，一部《道德经》多是为统治者立言，毕竟离普通民众远了一些。

若是给这三位古代的哲学大师来个形象定位，我以为，孔丘是被"圣化"了的庄严的师表，老聃是智者形象，庄周则是一个耽于狂想的哲人，当然也是一个浪漫派诗人。

老子也好，孔子也好，精深的思想，超人的智慧，只要认真地去钻研，都还可以领略得到；可是，他们的内心世界、个性特征，却很不容易把握。这当然和他们的人格面具遮蔽得比较严实，或者说，在他们的著作中自身袒露得不够，有直接关系。特别是老子，五千言字字珠玑，可是，除去那些"微言大义"，其他就"无可奉告"了。

庄子却是一个善于敞开自我的人。尽管两千多年过去了，可是，当你打开《庄子》一书，就会觉得一个鲜活的血肉丰满的形象赫然站在眼前。他的自画像是："思之无涯，言之滑稽，心灵无羁绊。"他把生活的必要削减到了最低的程度，住在"穷闾陋巷"之中，瘦成了"槁项黄馘"，穿着打了补丁的"大布之衣"，靠打草鞋维持生计。但他在精神上却是万分富有的，他"独与天地精神相往来"，万物情趣化，生命艺术化。他把身心的自由自在看得高于一切。

他厌恶官场，终其一生只做过一小段"漆园吏"这样的芝麻绿豆官。除了辩论，除了钓鱼，除了说梦谈玄，每天里似乎没有太多的事情可干。一有空儿就四处闲游，"乘物以游心"，或者以文会友，谈论一些不着边际的看似无稽、看似平常却又富有深刻蕴涵的话题。

一天，庄子和他的朋友惠施一同在濠水的桥上闲游，随便谈论一些感兴趣的事儿。

这时，看到水中有一队白鱼晃着尾巴游了过来。

庄子说："你看，这些白鱼出来从从容容地游水，这是鱼的快乐呀！"

惠施不以为然地说："这就怪了，你并不是鱼，怎么会知道它们的快乐呢？"

庄子立刻回问一句："若是这么说，那你也不是我呀，你怎么会知道我不晓得鱼的快乐呢？"

惠施说："我不是你，当然不会知道你了；你本来就不是鱼，那你不会知道鱼的快乐，理由是很充足的了。"

庄子说："那我们就要刨刨根儿了。既然你说'你怎么知道它们的快乐'，说明你已经知道我晓得了它们，只是问我从哪里知道的。从哪里知道的呢？我是从濠水之上知道的。"

还有一次，庄子正在濮水边上悠闲地钓鱼，忽然，身旁来了两位楚王的使者。他们毕恭毕敬地对庄子说：

"老先生，有劳您的大驾了。我们国王想要把国家大事烦劳您来执掌，特意派遣我们前来请您。"

庄子听了，依旧是手把钓竿，连看他们都没有看一眼，说出的话也好像答非所问：

"我听说，你们楚国保存着一只神龟，它已经死去三千年了。你们的国王无比地珍视它，用丝巾包裹着，盛放在精美的竹器里，供养于庙堂之上。现在，你们帮我分析一下：从这只神龟的角度来看，它是情愿死了以后被人把骨头架子珍藏起来，供奉于庙堂之上呢？还是更愿意像普通的乌龟那样，在泥塘里快快活活地摇头摆尾地随便爬呢？"

两位使者不假思索地同声答道："它当然愿意活着在泥塘里拖着尾巴爬了。"

庄子说："说得好，那你们二位也请回吧。我还是要好好地活着，继续在泥塘里拖着尾巴爬的。"

你看，庄子就是这样，善于借助习闻惯见的一些"生活琐事"来表述其深刻的思想。他的视听言动，以及人生观、价值观，都在《庄子》一书中得到了充分的展示。虽说"寓言十九"，但都切近他的"诗化人生"，活灵活现地画出了一个超拔不羁、向往精神自由的哲人形象，映现出庄子的纵情适意、逍遥闲处、淡泊无求的情怀。

就这个意义上说，前面那两段记述是很有代表性的。后来，人们就把它概括为"濠梁之思"。而在崇尚超拔的意趣、虚灵的胸襟的魏晋南北朝人的笔下，还有个更雅致的说法，叫作"濠濮间想"。

典出南朝宋刘义庆的《世说新语》：晋简文帝到御花园华林园游玩，对左右侍从说："令人领悟、使人动心之处不一定都在很远的地方，你们看眼前这葱葱郁郁的长林和鲜活流动的清溪，就自然会联想到濠梁、濮水，产生一种闲适、恬淡的思绪，觉得那些飞鸟、走兽、鸣禽、游鱼，都是要主动地前来与人亲近。"原文是：

> 简文入华林园，顾谓左右曰：会心处不必在远，翳然林水，便自有濠濮间想也，觉鸟兽禽鱼自来亲人。

东坡居士曾有"乐莫乐于濠上"的说法，可见，他对这种体现悠闲、恬淡的"濠濮间想"，是极力加以称许并不懈追求的。只是，后人在读解"乐在濠上"和"濠濮间想"时，往往只着意于人的从容、恬淡的心情，而忽略了"翳然林水"和"鸟兽禽鱼自来亲人"这种物我和谐、天人合一的自然环境。

作为赋性淡泊、潇洒出尘的庄周与苏轼，认同这种情怀，眷恋这种环境，应该说，丝毫也不奇怪。耐人寻味的是，素以宵衣旰食、劬劳勤政闻名于世的康熙皇帝，竟然也在万机之暇，先后于京师的北海和承德避暑山庄分别修建了"濠濮间"和"濠濮间想"的同名景亭，反映出他对那种淡泊、萧疏的闲情逸致和鱼鸟亲人的陶然忘机也持欣赏态度。这是否由于他久住高墙深院，倦于世网尘劳，不免对林泉佳致生发一种向往之情，所谓"久在樊笼里，复得返自然"呢？

据唐人成玄英的《庄子》注疏，濠梁在淮南钟离郡，这里有庄子的墓地，后人还建了濠梁观鱼台。其地在今安徽凤阳临淮关附近。去岁秋初，因事道经凤阳，我乘便向东道主提出了寻访庄、惠濠梁观鱼遗址的要求，想通过体味两位古代哲人观鱼论辩的逸趣，实地感受一番别有会心的"濠濮间想"。

没料到，这番心思竟引发了他们的愕然惊叹。他们先问一句："可曾到过明皇陵和中都城？"看我摇了摇头，便说，这两大名城胜迹都在"濠梁观鱼"附近，失之交臂，未免可惜。

看得出来，朋友们的意思是：抛开巍峨壮观、享誉中外的风景热线不看，却偏偏寄情濠上，去寻找那类看不见、摸不着的虚无缥缈的东西，岂不是"怪哉，怪哉"！为了不辜负他们的隆情盛意，首先安排半天时间，看了这两处明代的古迹。

二

原来，凤阳乃明朝开国皇帝朱元璋的家乡，又是他的龙兴故地。因此，在这里随处可见这位"濠州真人"的龙爪留痕。街头充斥着标有"大明""洪武"字样的各种店铺的广告、招牌；甚至菜馆里的酿豆腐都注明当年曾是朱皇帝的御膳。还有凤阳花鼓，更是闻名遐迩，不容小视。

听说，朱元璋虽然平素并不喜欢娱乐，却于故乡的花鼓戏情有独钟，自幼就喜欢哼哼几句。位登九五之后，凤阳的花鼓队曾专程前往帝都金陵祝贺。皇上看了，乐不可支，特颁旨令："一年三百六十天你们就这么唱着过吧！"这些人得了圣旨，自是兴高采烈，一年到头唱个没完，结果，人们都不再肯去出力种地。特别是由于连年修皇陵、建都城，劳役繁兴，造成土地荒芜，黎民无以为生。于是，花鼓戏最后唱到了皇帝老倌头上：

> 说凤阳，道凤阳，凤阳本是好地方。
> 自从出了朱皇帝，十年倒有九年荒。
> 大户人家卖骡马，小户人家卖儿郎。
> 奴家没有儿郎卖，身背花鼓走四方。

这里就牵涉两处工程浩巨的"皇帝项目"：一是明代初年的中都城，一是朱元璋为其父母修建的皇陵。

朱元璋早在正式称帝之前，即尚在吴王位上，就命令刘伯温卜地择吉，建新宫于金陵钟山之阳，都城周长达五十余里。两年后即皇帝位，定鼎应天府，是为南京。不久，却又改变了主意，觉得虽说金陵为帝王之州，钟阜龙蟠，石城虎踞，但其地偏于一隅，对控制全国政局特别是征抚北方不利；因而圣驾亲临开封巡幸，准备在那里建都，作为北京。后经反复比较，仔细勘察，认为开封虽然从战国到北宋多次做过帝都，但是，经过长期战乱，城内生民困顿，人烟稀少，而且四面受敌，无险可守，也不是很理想的地方，于是打消了迁都于此的念头。第二年，朱元璋又就这一悬而未决的问题召集群臣计议，最后拍板定案，在家乡凤阳建都，是为中都城。

据史料记载，修建中都城整个工程大约动用工匠九万人，军士十四万人，民夫四五十万人，罪犯数万人，移民近二十万人，加上南方各省、府、州、县和外地卫、所负责烧制城砖的工匠、军匠，各地采运木料、石材、供应粮草的役夫，总数达百万之众。至于耗费的资财，已无法统计。经过六年的苦心经营，各项主体建筑已经基本完成。但是，就在即将竣工的前夜，由于各方面怨声载道，众谋臣一再进谏，为了不致激起民变，朱元璋才以"劳费"为由下令中止。经过六百多年的沧桑变化，而今城池、宫阙已经多半倾圮。但是，登高俯瞰，依然可以感受到它的气象的闳阔和宫观的壮伟。

皇陵工程也是在洪武二年始建的，历时九年完成。主要建筑有皇城、砖城、土城三道。皇城周长七十五丈，内有正殿、金门、廊庑、碑亭、御桥、华表和位于神道两侧长达二百五十多米的石雕群像；砖城、土城周长各为三公里和十四公里。现在，石雕群基本完好，刻工精细，壮丽森严，表现了明初强盛时期的恢宏气魄和劳动人民的高度智慧。

历史留给后人的，毕竟只是创造的成果，而不是血泪交进的创造过程。尽管当时的异化劳动是非人的，但异化劳动的成果却可以是动人的；在这里，劳动者创造的辉煌昭昭地展现出来，而辉煌的背后却掩饰了反动统治者的暴政与凶残的手段。作为文物，自有其不朽价值；可是，就个人兴趣和思想感情来说，我却觉得索然无味。

说句心里话，对于明太祖朱元璋，我一向没有好感。这当然和他是一个阴险毒辣、残酷无情的政治角色有直接关系。他是一个典型的实用主义者，对人对事都是如此。眼下对我有用，眼下我觉得有用，三教九流、鸡鸣狗盗之徒我都兼容并蓄；一朝觉得你构成了威胁，不管是谁，照杀不误。他在位三十一年间，先后兴动几起大狱，牵连了无数文武臣僚，被诛杀者不下四五万人。大案之外，与他共同开基创业并身居显位的一代功臣名将，或被明令处置，或遭暗中毒害，除了主动交出兵权首先告老还家的信国公汤和等个别人，其余的都没有得到善终。

号称"开国功臣第一"的徐达也是濠州人，故里就在濠梁附近。自幼就跟随朱元璋身经百战，出生入死，曾经九佩大将军印，刚毅勇武，功高盖世，先后封信国公、魏国公，并和皇上做了儿女亲家。太祖曾赞誉他："受命出征，成功凯旋，不骄不夸，不近女色，也不取财宝，正直无瑕，心昭日月。"因为他功劳大，太祖要把自己当吴王时的旧宫赐予他，徐达固辞不受。有一次，他们一起饮酒，醉后，太祖叫人把他抬到自己的御榻上，徐达醒后吓得连连请罪。以后，太祖又对他进行过多次试探，表明其提防之严，猜忌之深。

这更加重了徐达的心理负担，整天紧张惶悚，有临深履薄之惧，以致气郁不舒，渐成痈疽。经过一年调治，病势逐渐好转。突然传来圣旨：皇上赐膳问安。家人打开食盒一看，竟是一只蒸鹅，徐达登时泪流满面。原来，太医早就告诫：此为禁食之物，否则命将不测。但是，君命难违，只好含悲忍泣吞食下去，几天后终于不起。（据明人徐祯卿《翦胜野闻》）

清代著名史学家赵翼说，明太祖"藉诸功臣以取天下，及天下既定，即尽举取天下之人而尽杀之，其残忍实千古所未有"。为什么要这样做？雄猜嗜杀，固其本性，但主要还是出于巩固"家天下"的政治需要。

据查继佐《罪惟录》载，明初，太子朱标不忍心看着众多功臣受戮，苦苦进谏，太祖沉吟不语。第二天，把太子叫过去，让他把一根浑身带刺的枣枝用手举起来，朱标面有难色。于是，太祖说道："这满是棘刺的树枝，你是无法拿起来的。我现在正在给你削掉棘刺，打磨光滑，岂不是好？"

一席私房话，和盘托出了太祖的机心：为了朱家王朝的"万世一系"，不惜尽诛功臣，以绝后患。结果杀得人人心寒胆战，不知命丧何时。在这种极度残酷的血雨腥风中，皇权看似稳定了，皇室独尊的威势也建立了起来，但国脉、民气已经大大斫丧，人心也渐渐失去了。

明朝开国功臣许多都是朱元璋的同乡，他们来自淮西，出身寒苦，后来饱尝胜利果实，构成了一个实力雄厚的庞大的勋贵集团，所谓"马上短衣多楚客，城中高髻半淮人"。（明人贝琼诗句。"短衣"代指武将；淮西古属楚地。）这些能征惯战、功高震主的开国勋戚，自幼羁身戎幕，出入卒伍之间，一意血战疆场，没有接受知识文化、研习经史的条件。尽管靠近庄子的濠梁观鱼台，但我敢断言，不会有谁关注过什么"濠濮间想"，也不懂得庄子讲过的"膏火自煎"（油膏引燃了火，结果反将自己烧干）"山木自寇"（山木做成斧柄，反倒转来砍伐自己）的道理。他们的头脑都十分简单，最后在政治黑幕中扮演了人生最惨痛的悲剧角色，照旧也是懵里懵懂，糊里糊涂。

司马迁在《史记》中曾记下了这样一件事：楚王听说庄子是个贤才，便用重金聘他为相。庄子却对使者说："你看到过祭祀用的牛吗？平日给它披上华美的衣饰，喂的是上好的草料，等到祭祀时就送进太庙，作为牺牲把它宰掉。到那时候，牛即使后悔，想作个孤弱的小猪崽，还能做得到吗？"

历史是既成的事实，不便假设，也无法假设；但后来者不妨做某些猜想。假如那些身居高位，享禄万钟，最后惨遭刑戮的明初开国功臣，有机会读到庄子的这番话，那又该是怎样一种滋味涌上心头呢？

三

皇城与濠上，相去不远，却划开了瑰伟与平凡、荣华与萧索、有为与无为、威加海内与潇洒出尘的界限，体现了两种截然不同的意蕴与情趣。

遥想洪武当年，金碧辉煌的皇陵、帝都，该是何等壮观，何等气派。与之相较，庄子的濠上荒台，冢边蔓草，却显得寂寞清寒，荒凉破败，而且恍兮忽兮，似有若无。但是，就其思想价值的深邃和美学意蕴的丰厚来说，二者也许不可同日而语。所以，尽管当地朋友一再说，两千多年过去了，时移世异，陵谷变迁，有关庄子的遗迹怕是什么也没有了，看了难免失望，可是，我却仍然寄情濠上。

我觉得，作为一种艺术精神，它的生命力是恒久的。庄子的思想，也包括"濠濮间想"之类的意绪，属于隐形文化，它与物质文明不同。它的魅力恰恰在于能够超越物象形迹，不受时空限隔。比如庄、惠濠梁观鱼的论辩中所提出的问题，看起来似乎十分简单，实际上却涉及认识方法、逻辑思维、艺术哲学、审美观念等多方面的重要课题，同时也把两位大哲学家的情怀、观念和性格特征鲜明地表现了出来。

庄子是战国时人，大约出生于公元前 369 年，卒于公元前 286 年，享年八十三周岁，属于上寿。要论他的才智，在当时弄个一官半职，混些功名利禄，可说是易如反掌。无奈他脾气过于古怪，始终奉行他的"不为有国者所羁"的清虚无为的立身哲学，也看不惯官场的钻营奔竞、尔虞我诈的污浊风气，因而穷困了一生，寂寞了一生。

也正因为这样，他才能对当时黑暗的现实保持清醒的认识，才敢于呼号，敢于揭露，无所畏惧。因而，他的生活也是自由闲适、无住无待的，正如他自己所言，"就薮泽，处闲旷，钓鱼闲处，无为而已矣"。濠梁观鱼，正是他的这种闲适生活的真实写照。

要之，"濠濮间想"，有赖于那种悠然忘我的恬淡情怀和幽静、孤寂的心境。这种情怀和心境，不要说雄心勃勃、机关算尽的朱元璋不可能拥有，就连敏于事功、多术善辩，整天奔走于扰攘红尘中的惠施，也如隔重城，无从体认。

惠施是庄子最亲密的朋友，也是他的最大的论敌。论才学，庄、惠可说是旗鼓相当，两个人有些思想也比较相近；但就个性、气质与价值取向来说，却是大相径庭的。因此，他们走到一处，就要争辩不已，抬起杠来没完。一部《庄子》，记下了许多直接或间接批驳惠子的话。但是，由于他们是"对事不对人"的，因而，并未妨碍彼此成为真诚的朋友。惠子病逝，庄子前往送葬，凄然叹息说："先生这一死，我再也没有可以配合的对手了，再也没有能够对话的人了！"他感到无限的悲凉、孤寂。

当然，他们的分歧与矛盾还是特别鲜明的。《庄子·秋水》篇记下了这样一个故事：惠子做了梁国的宰相，庄子打算去看望他。有人便告诉惠子："庄子此行，看来是要取代你老先生的相位啊。"惠子听了很害怕，就在国内连续花了三天三夜搜寻庄子。到了第四天，庄子却主动前来求见，对惠子说：南方有一种鸟叫鹓雏，它从南海飞到北海，一路上不是梧桐不栖止，不是竹实不去吃，没有甘泉它不饮。当时，飞过来一只猫头鹰，嘴里叼着一只腐烂的老鼠，现出沾沾自喜的样子。忽然发现鹓雏在它的上方飞过，吓得惊叫起来，唯恐这只腐鼠被它夺去。现在，你是不是也为怕我夺取你的相位而惊叫呢？

另据《淮南子·齐俗训》记载，一次，庄子在孟诸垂钓，恰好惠子从这里经过，从车百乘，声势甚为煊赫。庄子看了，十分反感，便连自己所钓的鱼都嫌多了，一齐抛到水里。表现了他"不为轩冕肆志"，对当权者飞扬之势的轻蔑态度。

由于他高踞于精神之巅来俯瞰滚滚红尘，因而能够看轻俗人之所重，也能够看重一般人之所轻。他追求一种"逍遥于天地之间而心意自得"的悠然境界，不愿"危身弃生以殉物"，不愿因专制王权的羁縻而迷失自我、葬送身心的自由。

就思维动向和研究学问的路子来说，他们也是截然不同的。二人对于客观、主观各有侧重。惠子是向外穷究苦索，注重向客观方面探求；庄子则致力于向内开掘，喜欢在主观世界里冥想玄思。惠子认为庄子的学说没有用处，讥讽它是无用的大樗；庄子却对惠子耗损精神从事那种"一蚊一虻之劳"，大不以为然。

惠子著书，庄子说有五车，但一本也没有流传下来。在先秦诸子中，惠子可说是最有科学素质的人。从他的一些观念可以看到近现代的理论物理、数学、地理的胚芽。比如，惠子说"日方中方睨，物方生方死"，意思是，太阳正在当中，同时也正在偏斜；万物正在生长，同时也正在死亡。"南方无穷而有穷，今日适越而昔来""我知天下之中央，燕之北、越之南是也"，这里体现了地圆学说。"南方"作为方位的概念，本无定限，南之南更有南，但如绕地球一周，则南极可成为初出发之点。惠子说"天下之中央在燕之北、越之南"，可见，在他眼中地球并不是一块平板，这就超越了"天圆地方"的一般的传统性认识。

在濠上，庄子与惠子分别以两种不同的身份、不同的视角去看游鱼。惠子是以智者的身份，用理性的、科学的眼光来看，在没有客观依据的情况下，他不肯断定鱼之快乐与否。而庄子则是以具有浪漫色彩的诗人身份，从艺术的视角去观察，他把自己从容、悠闲的心情移植到了游鱼的身上，从而超越了鱼与"我"的限隔，达到了物我两忘、主客冥合的境界。

《庄子·齐物论》中记述了一个"梦为蝴蝶"的寓言，同样体现了这种超越主客界线、实现物我两忘的特征。寓言说：前些时候，我（庄子）曾做过一个梦，梦见自己变成了一只蝴蝶，在花丛中高高兴兴地飞舞着，不知道自己是庄周了。一忽儿，醒过来，发现自己仍是形迹分明的大活人。不觉迷惑了半晌：到底是我做梦变成了蝴蝶呢？还是蝴蝶做梦变成了我？

物我两忘的结果是客体与主体的合而为一。从美学的角度来剖析，观赏者在兴高采烈之际，无暇区别物我，于是我的生命和物的生命往复交流，在无意之中我以我的性格灌输到物，同时也把物的姿态吸收于我。我和物的界线完全消灭，我没入大自然，大自然也没入我，我和大自然连成一气，在一块生展，在一块震颤。（朱光潜语）

情趣，原本是物我交感共鸣的结果。庄子把整个人生艺术化，他的生活中充满了情趣，因而向内蕴蓄了自己的一往深情，向外发现了自然的无穷逸趣，于是，山水虚灵化了，也情致化了，从而能够以闲适、恬淡的感情与知觉对游鱼作美的观照，或如德国大哲学家康德所说的进行"趣味判断"。而惠子则异于是，他所进行的是理智型的解析，以他的认识判断来看庄子的趣味判断，所以就显得扞格不入。

在这里，"通感"与"移情"两种心理作用是必不可少的。有了"通感"，人与人之间的心灵沟通，人与物之间的冥然契合，才具备了可能性；而通过"移情"，艺术家才能借助自己的感知和经验来了解外物，同时又把自己的情感移到外物身上，使外物也仿佛具备同样的情感。

这类例证是举不胜举的。比如，在凤阳街头我看到一副联语："华灯一夕梦，明月百年心。"内容十分深刻，涵盖性很强。但是，何以华灯如梦、明月有心？为什么它们也具有了人的思维和情感？原来，诗人在这里用了以我观物的"移情"手法。正是在这个意义上，一位现代的西方诗人说，一片自然风景就是一种心情。

见我执意要去濠梁，主人便请来当地的一位文史工作者为向导。车出凤阳城，直奔临淮关，来到了钟离故地。我记起了两百多年前著名诗人黄景仁题为《濠梁》的一首七律：

> 谁道南华是僻书？眼前遗躅唤停车。
> 传闻庄惠临流处，寂寞濠梁过雨余。
> 梦久已忘身是蝶，水清安识我非鱼。
> 平生学道无坚意，此景依然一起予。

当时黄景仁年仅二十四岁，与诗人洪稚存同在安徽学政朱筠幕中。他在这年初冬的一场雨后，凭吊了濠梁"遗躅"，写下了这首诗。

《南华经》就是《庄子》。"僻书"云云，引自《唐诗纪事》：令狐绹曾就一个典故向温庭筠请教，温说："事出《南华》，非僻书也。"诗的头两句是说，谁说《庄子》是罕见、冷僻的书籍呢？里面涉及的遗迹随处可见呀！眼前，我就碰上了一处，于是，我就赶紧召唤把车子停了下来。三四两句交代地点、时间：这里就是传说中的庄子、惠子濠梁观鱼处；一场冷雨过后，石梁上杳无人迹，显得很寂寞、荒凉。

五六两句通过《庄子》中庄蝶两忘、鱼我合一的两个典故，（后一句还反其意地暗用了"水至清则无鱼"的成语）来抒写自己的感慨，是全诗的意旨所在。结末两句是说，尽管我平素缺乏坚定的学道意念，但依然觉得此情此景对自己有深刻的启发。

这时，忽见一道溪流掠过，上有石梁飞架，我忙向向导问询：这就是濠梁吧？他摇了摇头。没过五分钟，眼前又现出类似的景观，我觉得很合乎意想中的庄、惠观鱼的场景，可是一打听，仍然不是。向导笑说：

"这种心情很像刘玄德三顾茅庐请诸葛，见到崔州平以为是孔明，见到石广元、孟公威以为是孔明，见到诸葛均、黄承彦以为是孔明，足见想望之急、思念之殷。想不到沉寂两三千年的濠梁故地，竟有如此巨大的吸引力，真使我这个东道主感到自豪。"

一番妙喻，一通感慨，博得车上人们同声赞许。

突然，汽车戛然刹住，原来，"庄惠临流处"就在眼前。

但是，不看还好，一看果真是十分失望。濠水滔滔依旧，只是太污浊了。黝黑的浊流泛着一层白色的泡沫，寂然无声地漫流着。周围不见树木，也没有鸣虫、飞鸟，看不出一丝一毫"诗意的存在"。庄周的墓地也遍寻未得，连这位专门从事文史研究的向导也茫然不晓。

我想，当年如果面对的竟是这样的浊流污水，这样令人沮丧的生态环境，庄老先生不仅无从看到"儵鱼出游从容"的怡然景色，怕是连那点恬淡、闲适的心境也要荡然无存了。自然，后世就更谈不到赏识那种鱼鸟亲人、陶然忘机的"濠濮间想"。

潘多拉的盒子

一

汽车出了洛杉矶市区，沿着东去的高速公路，箭也似的向拉斯维加斯驶去。

由于海岸山岭的阻隔，加利福尼亚州东部与西部气候、景色迥然不同。西部濒临太平洋，气候湿润，草木繁茂；而东部由于高山挡住了太平洋的潮湿气流，长期干旱少雨，土地沙化严重。这种状况越往东去越明显。

公路两旁茫茫的沙漠上，疏疏落落地长着一些仙人掌、芨芨草、美洲艾之类的植物，很难见到一株绿树，一泓清水。这里没有鸟噪虫吟，没有人烟市井，一年四季，天空、大地总是灰蒙蒙的，走出很远很远也见不到有什么变化，给人一种苍凉、落寞与空寂的感觉。

只有高速公路上倒是一片繁忙气象，一道道汽车的长河，首尾相衔，呼啸而去。作陪的东道主告诉我们，这都是去赌城送钱的。有些人驾驶着"奔驰""林肯""凯迪拉克"等各种豪华轿车，腰缠满贯、意气扬扬地奔向赌场，待到输得精光，最后连汽车也下了赌注，落得个"妙手空空"，回来时只能搭乘"大灰狗"——一种专门输送一般赌客的巴士。有去有回，这还算是幸运；有的干脆连命都要"交待"在那里。听了心中为之怃然。

原来，拉斯维加斯处于沙漠地带，经济拮据，人烟稀少。早在1850年，曾有几个摩门教徒从犹他州来到此地，建筑了一个小城堡，用以保护当时新开辟的从盐湖城到洛杉矶的邮路。但是，他们很快就发现，此地长不出任何绿色植物，难以维持生计，不得不弃置而归。

到了 1931 年，发生了两件大事，使它改变了命运：一是州议会通过宪法，宣布征税的赌博活动受法律保护，并大力投资建设赌场，以吸引四方赌客，刺激经济的繁荣；二是附近的胡佛水坝开工，大批建筑工人来此聚赌，很快地赌博便成为支柱产业，城市也获得了畸形的发展。

当时，一个叫本杰明·西格尔的人，在这里兴建了第一家赌场宾馆，以他的女朋友火鹤命名，这就是今天著名的火鹤·希尔顿大酒店的前身。至今，酒店后院的玫瑰花园里还竖有他的纪念碑，好莱坞还以他的身世为素材拍摄过一部电影。

当时全城仅一万人，现已翻了二十番。这里有二三百家赌场，全天候二十四小时营业。其规模与气魄，与摩洛哥的世界赌城蒙特卡罗难为轩轾。作为整个美洲最大的销金窟，每年吸收两千二百万赌客，赚取利润几十亿美元。

赌城到了。衬着湛蓝的天宇，一个光怪陆离的童话般的世界突兀地矗立在眼前，在亚热带的强烈阳光照射下，到处闪现着珠光宝气，令人目眩神迷。不身临其境，绝对想象不出它的气象的豪华，规模的宏伟。赌城的活力主要反映在夜间，加之，上百万的赌客都分散在各个赌场里，所以，白天街上行人很少，整个城市显得意外的宁静。

但到各个赌场一看，却是另一番景象。场内特别宽敞，都有冷气装置。朱红地毯上，陈列着各种赌博设施、器具，什么轮盘赌、百家乐、扑克牌、掷骰子、二十一点、猜号、赌球、赛马，甚至中国式的牌九，都应有尽有。而最多的是吃角子老虎机，美国人称它为"独臂将军"。

只见一排排的赌客坐在这些"将军"前面，手里端着一盘硬币，在一枚枚地喂着这些机械的老虎。硬币投进去以后，机器的灯光闪亮，老虎机便呼呼地运作起来。拉动机掣后，如果侥幸转出横列成排的三个或五个相同的数码，铃声便会响起，接着，就会有一些数量不等的硬币咚咚咚地掉出来。但这样的机会不多，一般都是硬币投进去了，却转不出相同的成排字码，只好眼睁睁地瞅着"虎口"把硬币吞进去，又吞进去，周而复始地吞进去。

二

依照我们的观念，一提起赌场，人们往往会嗤之以鼻，不屑一顾。其实，如果有机会到里面转转，观察一番各色人等全神贯注地与命运拼搏的情景，倒也是蛮有趣味的。

你看，在那里，无分男女老少，种族肤色，文化教养，地位身份，一个个赌徒都是肌肉绷紧，双眼通红，神情专注，以至于我们站在旁边很久，他们也视若无睹。那种形象，使人想起狄更斯笔下的吐伦特老头——一个呆头呆脑、没有思想、十分可怜的人物。他平素总是无精打采，可是一进赌场，就完全变了个样：面孔急得发红，眼睛睁得很大，牙齿咬得紧紧的，呼吸又短又粗，手颤抖得很厉害。暂时的小胜使得他欢喜若狂，而经常的失败却又令他老是心焦气丧。他坐在那里仿佛是个疯子，又像是服了兴奋剂一样，片刻也安定不下来，紧张，激动，贪婪，狂想，时刻渴望得到那一笔贵如生命的钱财，却一次次地失望，以至绝望。

当然，这只是其中的一种类型，是那类初涉赌场、财力相对微薄的人群。而那些沧海惯经、精于此道的职业赌徒，则呈现另一副神态。他们一个个安详地坐在那里，不慌不忙地下着赌注，显得成竹在胸，老谋深算。即使是等待着观察结果，也还是既冷静，又稳定。他们坐在那里，除了手中的赌具，对于其他任何事物都很淡漠。外表上总是现出一副超然姿态，既不表示焦灼，也看不出怎么兴奋，好像是一具石头雕镂的塑像。

赌客的天地十分窄小。无论外部世界如何丰盈广阔，仪态万千，对于一个赌徒来说，心头只有这一方"盈尺之地"。老虎机前一坐，如同坐拥金城，胸藏万象，尽可以纵横捭阖，志得意满了。明乎此，也就可以理解，一台吃角子老虎机何以竟会成为孤寂的孀妇、鳏翁和失意的豪商、政客朝夕与共的唯一伴侣。

各家赌场装饰不同，设置有异，但是，却有一种共同的格调，就是华、俗、浓、艳。赌客们的全副身心既已整个集中在输赢赌注上，那就再也谈不上什么理想追求，审美情趣。在他们的心目中，没有时间早晚、气候寒温、环境雅俗的概念。假如他们能够生出四个脑袋、八只眼睛，也会把整个心志、全副目光贯注到轮盘、赌注、老虎机上，哪还有什么闲情逸趣去欣赏、鉴别景色、气韵呢！

赌场上，一般总是静悄悄的，没有人纵情谈笑，大声喧哗。但是，个别情况下也有例外。我曾看到，一个白发苍苍的老者玩老虎机，一次赢了两百美元，伴着硬币掉出的哗啦啦、哗啦啦的声响，他一迭连声地在场上狂呼乱喊，乐不可支。赌场老板非但不加干预，反而扩大嗓门向他祝贺，借以招徕赌客，鼓振士气，掀动他们赢钱的欲望。实际上是在做最好的广告。赌场内原本不准照相，理由也是堂而皇之的：一则避免干扰其他赌客的注意力；二则为了尊重他人的隐私权。可是，如果你有幸中了高额大彩，赌场就会打破惯例，有人主动过来为你大拍特拍，无非为了扩大宣传效果。

怎奈，这样的机会太少，绝大多数情况都是老虎机在那里不倦地、默默地大口大口地吞食角子，连"骨头"都不会吐出一根来。就在个别幸运儿在那里偶交鸿运之时，正不知有几多的（百倍，千倍，万倍？）倒霉蛋儿，在往"虎口"里寂无声响、有去无回地送钱哩！

三

有人怀疑，赌场上输多赢少现象的产生，是由于老板暗中做了手脚。看来，在众目睽睽之下，公开作弊的可能性不大，因为在激烈的竞争面前，他不能不顾及信誉问题。但是，赌场聘请专家运用科学方法计算各种赢面的或然率，根据这类资料再制定出赔兑率，进而权衡得失，趋利避害，却是事实。在"大数恒静"的法则下，老板自然有赚无赔，可保万无一失。

据说，赌场上赢的概率不过万分之几。这样，即使碰到巨额赢资也不会有什么风险；何况，赢钱之后，只要你继续地赌下去，等待你的结局必然是输，直到你连本钱都赔进去，最后"地了场光"，净身出户。所谓"久赌无赢家"，正以此也。因此，赌城有个别名——"苏打埠"，意思是：进到里面去，钱袋子就会像用苏打水洗过一样，一干二净。

那么，问题就来了：既然必输无疑，赌客为什么还会趋之若鹜呢？这种局面又是依靠什么机制维持下去的呢？原来，凡是赌钱的人都有渴望赢钱的心理，赢了还想赢，输了更想赢，要赢就得赌，赌上就没完。所以有"只怕你不来，不怕你不赌"的说法。正像有人形容的，赌癖是一条毒蛇，一经缠在身上，就再也难以摆脱。老板就正是利用这种心理机制来运作的。结果，有些嗜赌终生的人，把辛辛苦苦挣得的血汗钱全部押在赌注上，"聚之尽锱铢，散之如泥沙"，最后，一贫如洗，走投无路，只好用一条裤带了却残生。

　　西方有一种观点，认为赌瘾的成因，源于一种化学物质在起作用，如同酒瘾来之于酒精，烟瘾是由尼古丁所致。据英国的格里菲斯博士最新研究显示，人在赌博时体内分泌一种叫作内啡肽的化学物质，它可以使人获得一种超乎寻常的快感。正是这种快感，诱使赌徒一次又一次地拿起赌具而不想放开。因此，一些科学家设想找到一种可以抑制内啡肽分泌的阻滞剂，以救助赌徒消除赌瘾，跳出迷津。

　　这种观点完全排除赌瘾与金钱的诱惑、与人的精神状态有关等社会因素，单纯地看作是一种化学物质在起作用，起码是不够全面，甚至可以说没有抓住问题的实质。应该承认，一个人之所以耽于赌博以至逐渐成瘾，起关键作用的还是心理影响、精神状态和思想意志。即使确有一种化学物质在起作用，那它也只是久赌之后所产生的果，而不是因。

四

　　与日间的恬静、消闲形成反差，夜晚的赌城到处展现一派龙翔虎跃、火树银花的繁华景象。宛如一个睡醒了的魔女，满身披挂着金丝玉缕，整个躯体都像上足了发条，注入了激素，猖狂恣肆地活跃起来。亿万盏高强度的彩灯一齐睁大了眼睛，光华四射，照彻云霄。争强赌胜，渗透在赌城的每一个毛孔里，不仅在赌场上充斥着命运的拼搏，就是在街头闹市，随处也都能见到实力的赌赛。为了出尽风头，招徕客户，有的在高楼前面布置了活火山定时喷发的景观；有的在广场上装设高达数十米的喷水柱；有的建筑本身就被装点成一个令人目眩神摇的万花筒。这里那里，不时地放射出争奇斗艳、尽态极妍的礼花，万千颗流星般的光束，霎时绽放在云空里。拉斯维加斯成了一座名副其实的不夜城。

我们来到赌城这一天，正值美国国庆纪念日，可是，全城看不到任何庆祝的迹象，甚至连星条旗都很少见到。整个赌城沉浸在纸醉金迷的花花世界里，没有人作兴地去问今世何世，今夕何夕。

在这里，作为社会的毒瘤，与赌博相竞而生、同步发展的，是色情的泛滥和色情业的畸形繁荣。到了晚上，街头随处可见发放色情广告、抢拉嫖客的人群，有的女孩子只有十二三岁。他们像苍蝇逐臭一般，死死地纠缠着游客不放，公开介绍"游伴"和应召女郎，招揽生意；最后实在拉不走人，也要免费赠送一张印有裸体照的招贴画，做一份预期性的提早投资。据说，全城二十万居民中有职业妓女四千人，男妓还没有计算在内，也不包括"外来妹"和其他的"散兵游勇"。

听说，在美国，已有五分之一的州宣布赌博合法化，有近一半的州承认老虎机、轮盘赌等赌博方式为合法性娱乐业。我曾问陪同游览的东道主："尽管赌博业收入可观，但眼睁睁地看着一座座城市沉沦、腐化下去，人们不觉得代价过大、得不偿失吗？"得到的答复颇出乎我的意料，甚至感到有些惊讶。他说，现在流行着这样一种观点：在价值观念日益呈现多元化的现代社会里，允许赌博业和某种程度的色情场所存在，为人们提供一个发泄剩余精力、排遣忧愁烦闷的渠道，有助于稳定社会秩序和保持人的心态平衡。

看到我疑惑不解的神情，他接着又以"赌场上一向秩序井然"为例证，来说明这一观点。我说，这是一种特定环境里的暂时现象、表面形态，而在它的背后，凶杀、抢劫、卖淫、贩毒，无所不有。美国公布的统计资料表明，赌徒的自杀率高出一般人的五至十倍。而拉斯维加斯的犯罪率多年以来一直位居全美之冠。何谈赌博、色情有助于心态的平衡，社会的稳定！

访美期间，结识了一位美国的社会学家。他对我说，过去人们认为，长辈留给下一代的最有价值的礼物，是使他们懂得：生活中的希望在于自己的艰辛努力。而随着赌风的弥漫，青少年普遍信仰：运气、机会才是希望的根本所在。这是令人颇堪忧虑的。

东瀛观剧

看到这个题目，读者也许以为我在日本观看了松山芭蕾舞团演出的《白毛女》，或者欣赏了"前进座"的组织者、著名演员河原崎长十郎主演的《屈原》，再不就是观摩了融音乐、舞蹈、故事于一炉的歌舞伎。不，都不是，我看到的是由形形色色的机器人表演的戏剧、美术、音乐节目。

机器人也会演剧？会的。按照中外的古代传说，"他们"早就登上舞台了。中国古代典籍《列子·汤问》记载，三千年前，中国有个名叫偃师的人，用木头制成一个形态逼真、有感觉、会说话、能跳舞的伶人，献给了当时的天子周穆王。穆王为"她"的优美舞姿和楚楚怜人的神态所迷惑，竟像对待真人一样，深致其渴慕、爱恋之情。两千多年前，在亚历山大—马其顿的古都，曾有一家机械木偶人剧院，那里的由古希腊科学家赫龙发明、制作的机械木偶人也能说话和表演各种动作，一时轰动全城，震惊朝野，人们都以为是妙法天授，神祇显灵。

不过，"机器人"这个名称的出现，却是近几十年的事情。捷克斯洛伐克作家卡雷尔·恰佩克在他创作的剧本《罗素姆万能机器人》里，描写这个公司制造了一种既听话，又勤劳，能干活，一台可以顶替两个半工人的机器人，投入使用后，使劳动生产率猛涨，利润成倍增加，因而受到资本家的青睐。但却遭到各国劳动者的激烈反对，因为机器人夺走了他们的饭碗，造成大量工人失业。他们联合起来举行罢工，并捣毁了许多机器人。资本家见势不妙，便组织机器人军队屠杀和镇压工人。正当工厂主举杯欢庆胜利的时候，躁动不安的机器人又起来造反了。他们声称，要结束人类对机器人的统治；机器人要取代人类，成为世界的主宰者。结果，人类惨遭屠杀，只有罗莎姆公司的机器人设计师幸免于难。出于正义感和爱心，他设计出两种专能制服原有机器人的新型机器人。于是，一场新的鏖战又开始了……

当然，这是一部科学幻想剧，它同《未来世界》中惟妙惟肖的"700型"，同胸储十万马力，身怀七大神力的铁臂阿童木一样，不过是出自科幻作家的想象。

机器人根本不可能征服人类，独霸世界，这是确切无疑的了。但是，在新技术革命风起云涌的今天，集各种尖端技术之大成的智能机器人，模仿人类动作，进行各种生动的表演，确已成为事实。在日本筑波国际科学技术博览会，我就亲眼见到过这种"机器人王国"中的高级"人种"所表演的出神入化的精彩节目。

他们把能够接收成千上万个程序的先进电脑作为"人脑"，把由微型电视摄像管、光学系统和信息加工线路组成的视觉系统当作"眼睛"，用微型录音机和分析线路组成"耳朵"，以精密的语言分析、语言合成、语言发送系统组成"嘴巴"，因此，具有灵敏的感觉和认识机能。通过事先输入的程序，这些智能机器人可以自行判断周围环境，随机应变，有选择地采取行动、处理问题。

我在博览会首先看到的是机器人音乐家奏曲表演。走进主题馆，迎面见到一位身材颀长的女郎形象的机器人正向观众颔首致意。头戴彩色小帽，身着特制服装，彬彬有礼的女解说员介绍说，这位机器人音乐家在向大家问好。这个被称作"音乐家"的机器人十指纤细，动作灵活，脑后垂着几十条秀发般的导线，头部前方装有一台能识琴谱的"眼睛"——微型电视摄像机，面前摆着展放曲谱的谱架，机械手下方安放着一台有三排键盘的电子琴。

解说员亲切地招呼音乐家机器人的名字，请它为听众演奏一曲情歌。它很有礼貌地应声回答："好，请稍等一等，我先识谱。"半分钟后，只见它的十指和双脚由数十根导线牵动着，和谐地奏出了《红蜻蜓》乐曲。听说，这个智能机器人能够按照听众当场提供的乐谱，弹奏十六首古典名曲和日本民谣。

记得几年前曾经看到著名科学家沈元先生的一篇散文，他在巴黎见到一种机器人，身上不带任何导线，电源在它自己身上；而且，可以同观众直接对话。沈元告诉了自己的姓氏，它就记住了，以后便始终以"沈先生"相称。还主动提出要和沈先生握手，握过手之后，它满意地说："我感到很荣幸。"沈先生想了解一下它制作的年限，便问："您几岁了？"它答说"九岁"，然后又反问沈先生的年龄。沈先生想，对机器人没有必要说得太具体，便说："当然比你老得多了。"机器人马上说："是的，从您的样子可以看出来。您已度过了很多年的可尊敬的生活。"沈先生还发现它能够辨别颜色，因为它从这些人的皮肤、眼睛和头发的颜色推断出属于东方人。看来，这要比这次日本展出的机器人更先进一些。

在松下电器馆，也有机器人在表演，它在给游客画像。观众中，一个活泼、漂亮的女孩子大方地走到展台前面，机器人画家向她点点头，并客气地说："请坐。"然后，就模仿那些老练的画家的动作和神态，聚精会神，仔细地对作为模特儿的女孩子端详起来。原来，它是先通过电视摄像机对模特儿的面部做静止的画面处理，形成线画信息，从中取出轮廓与对比度大的阴影部分，再用微电脑对所得到的线画信息进行取舍和大幅度压缩，把它变为与模特儿相似的画像要素，然后，胸有成竹地举起垂直的机械臂，握着饱蘸墨汁的毛笔，在白纸上熟练地画了起来。顷刻之间，一幅与本人形貌酷似，线条简洁、清晰的肖像画，便出现在人们的眼前。机器人画家谦和地问那位女孩子："怎么样？您满意吗？"姑娘连连回答："满意。非常感谢。"

告别了机器人画家，我们又来到日本芙蓉财团举办的"芙蓉机器人剧场"，观赏了由机器人表演的幻象环生、饶有趣味的各种短剧。首先演出的是"机器人幻想曲——2001年"，主角是由号称"曲线魔术师"的德国工业设计师克拉尼设计的形如巨鸟的"两翼机器人"，它盘旋在直径为二十米的圆形舞台上空，时而升腾，时而降下。舞台上几十个憨态可掬的机器人在导演——电子计算机的遥控下，表演着种种滑稽可笑的动作，与"两翼机器人"上下呼应，紧密配合。最后，这些特殊的演员由一个从观众中选出的小男孩指挥着，做前进、后退、转弯、停止等动作，令行禁止，尽如人意，赢得了观众的热烈赞誉。

我们还观赏了这样一个精彩节目：开场后，两棵大树形状的机器人自动移到舞台中间，屹立不动，作为布景；而后，一个高低不平的冈峦状机器人占了舞台的一角，上面亮起了万点灯火，现出高楼林立的景观，为的是表明故事发生在闹市区，时间在夜晚。两个体态丰满、充满青春活力的机器人，作为剧中的人物相继走上舞台。一为女郎身形，戴耳环，着女式背心；一现男士形象，着挎篮背心。两人胸前都佩戴着"心"形徽记。（该是表明都怀有一片真情吧？）开始时，男士热烈、主动地追求女郎，亦步亦趋，形影不离；而女郎却反应冷淡，并不怎么理睬。经过许多夜晚（高楼灯火几度明灭）的接触，交谈，逐渐地女郎与男士建立了感情，欢谈密语，无比亲昵。演出颇富人情味。

看到这种匪夷所思的表演，邻座两个青年观众低声议论："照这样发展下去，未来的世界里，会不会像科幻作品中讲的，机器人越来越聪明，最后取代了活人，成为人类的祸害？"我想，存有这样担心的人，恐怕不在少数。在西方国家，近年也确曾发生过一些机器人"发疯"的事件。1982 年 8 月 17 日，美国加利福尼亚州有一个代号为"DC—2"的机器人跑到马路上捣乱，这个身高一米二的家伙到处找人搭话，并硬向人们散发企业广告，过往行人被纠缠得无法解脱，只好打电话报警，后来查明，这个机器人是由一个在娱乐场所工作的人幕后操纵的。看来，关键还在于操纵它的人。

机器人终究是机器，虽有"人"之名，而无人之实。到任何时候，它也不可能完全具有人的意志和知识，只能永远当一个听话的傻瓜。对于人来说，电脑的智商永远是零。人类所能做的事，有一些电子计算机也可以做，但它不过是具有人类头脑的某些功能，绝不可能是一切。人类既然能够制造出机器人来为自己服务，也就完全能够驾驭它，制服它。正如华罗庚教授所讲的，人是电子计算机的主人，而不是它的奴仆。

似乎正是针对一些人的"杞忧"，"芙蓉机器人剧场"安排了这样一个场面：当表演进入高潮，人们沉浸在机器人世界中的时候，突然舞台上灯光一齐熄灭，一个个机器人不知所措，纷纷匍匐在舞台上，像迷路的羔羊似的发出阵阵哀鸣。这个即兴之作，寓意十分深刻。它说明机器人并不是万能的，它们必须按照人的意志行事，离开了人就无所施其伎了。

泪　泉

一

那天，吃过了早饭，我们便离开下榻的雅尔塔"奥连达"宾馆，驱车前往著名古迹巴赫奇萨拉伊参观。

路上，首先造访了当年普希金居住过的海滨疗养胜地古尔祖夫。这里四面环山，气候宜人，街道整齐、曲折，房舍多作淡褐色，楼层不高，阳台很大，建筑特色十分突出。

东面崖岸高耸，下临万古喧腾的蔚蓝色的大海，阿尤达格山酷似一头巨熊将毛茸茸的胸脯俯伏在海面上，低垂着毛发浓密的头颅在贪婪地饮水。山上有古代克里米亚人的城堡和热那亚人建筑遗迹。波兰诗人密茨凯维支很喜欢在这个山顶的羊肠小道上闲步；普希金也曾在这里登临纵目，吟诗咏怀，流连忘返。

中午，我们便赶到了巴赫奇萨拉伊。作为古克里米亚汗国的首都，这里有建于 1519 年的著名的鞑靼王基列伊的宫殿和陵墓，有一座用大理石装饰的喷泉，上面镶嵌着一钩新月，相传是基列伊国王为寄托他对痴情苦恋的一位波兰郡主的哀思而修建的。

普希金就着这个题材，经过想象加工，写出了一部题为《巴赫奇萨拉伊的喷泉》的长诗。王宫 1736 年毁于大火，后来，为了接待叶卡捷琳娜女皇巡幸，进行了部分整修，现已辟为历史博物馆。

二

事物竟是如此巧合，简直像是特意安排好的——我们在圣彼得堡看过一台名叫《泪泉》的芭蕾舞剧，就是根据普希金这部长诗改编的。

基洛夫剧院名气很大，号称全俄第一流豪华剧院，从外观看，特色并不鲜明，但内部装饰十分精美、华丽。圆形的穹顶上绘有圣母、天使图像，下有七层包厢，四壁装饰得金碧辉煌，琳琅满目。从建院到现在，已经上演过七百多个剧目，像这类根据文学名著改编的舞剧是长盛不衰的。

入场前，观众一律把外衣、帽子和手提包存放在寄物处，女士们一般都对镜整容化妆，有的还要换鞋更衣；男士们也都衣着整肃，像是出席宴会一样。这个期间，苏联刚刚解体，正值卢布贬值，通货膨胀，商品供应奇缺，也许有些人排队半晌也没能买到什么东西。可是，他们来到剧院，却显得如此悠闲，实在令人有些费解。开幕铃声响过，观众鼓掌欢迎，指挥率乐队全体起立致谢。全场秩序井然，除配乐管弦外，听不到其他任何声响。

舞剧共分四场。第一场表现波兰郡主玛丽雅·波托茨卡娅聪明美丽，天真活泼，整天酣歌畅舞，无忧无虑。谁知好景不长，突然灾祸降临：鞑靼可汗基列伊率兵侵犯，父王罹难，郡主本人成了俘虏，可汗把她关在巴赫奇萨拉伊的豪华宫殿里。

第二场：可汗的后宫珠环翠绕，有美女无数。但是，无论哪一个，可汗都不中意，唯独对这个外来的波兰郡主情有独钟，以致把年轻美貌的皇后也抛在脑后了。颇有"后宫佳丽三千人，三千宠爱在一身"之概。但这只是一厢情愿，玛丽雅郡主却对可汗冷若冰霜，视同陌路，整天愁眉深锁，缄默无言。

第三场：一天晚上，可汗又来到玛丽雅郡主身旁，摘掉了王冠，脱下了斗篷，显得殷勤备至，恭谨有礼，却照例遭到了冷遇，郡主全然不理不睬。可汗无奈，只好悻悻然离去。玛丽雅在无边的孤寂中静静地睡去，双颊上燃烧着处女的幽梦，还带着两行新鲜的泪痕，越发显得娇柔妩媚，楚楚怜人。王后莎莱玛对可汗钟情于玛丽雅，始终耿耿于怀，不能自释。这天深夜，她悄悄来到郡主住所察看，发现可汗的王冠和斗篷留在那里，顿时妒火高燃，遂将郡主刺死。可汗闻讯，怒气填膺，当即命令卫士将王后抛入大海，予以最严厉的惩罚。

第四场：可汗陷入极度的悲愤之中，大臣们百般劝慰也不能解脱。他发狂地燃起战火，发兵侵略了高加索邻近诸国和俄罗斯的和平村庄。班师回朝后，为了寄托对玛丽雅郡主的无尽哀思，在王宫幽静的一角，修建了一座用大理石装饰的喷泉。泉水，盈盈珠泪般地日夜滴淌。

尾声：可汗呆立在喷泉前，眼前幻象环生，郡主与王后相继出现，他在昏沉中晕厥过去。

三

《巴赫奇萨拉伊的喷泉》于1821年至1823年写成，是普希金四部南方长诗中的一部，被誉为积极浪漫主义的范本。1820年4月，普希金由于写诗讽刺沙皇和鼓吹自由，遭到反动统治者的忌恨，被调离首都彼得堡，流放到南方。途中，结识了1812年卫国战争中的英雄拉耶夫斯基将军一家，应邀到著名疗养胜地古尔祖夫做客。

将军的女儿们都有浓厚的艺术情趣和很高的文化教养，而且，特别喜欢浪漫主义诗人。普希金同她们，在一种家庭般的气氛中，愉快地度过了三个星期。后来，他说过，在古尔祖夫过的是一种"那不勒斯流浪汉式的无忧无虑的生活"，是他"一生中最幸福的时刻"。

他还同拉耶夫斯基将军一起，骑马跑了几十公里，专程游览了著名古城巴赫奇萨拉伊。其时，鞑靼王宫已经倾圮，唯有那眼清澈的喷泉依旧顺着一个生锈的铁管缓缓地流出，好像在柔声地诉说着悲怆的往事。也许那些坍塌的殿宇要比它们完整地保存下来更能说明过去的一切。

遗址周围浓荫匝地，玫瑰花在阳光下无情地怒放，葡萄藤到处蔓延，高大的白杨树与清真寺的古塔，静静地投下了颀长的身影。它们无言而雄辩地表明，往昔的万种繁华、千般壮丽已经一去不复返了。

普希金默默地折下两枝红玫瑰——像他1824年在《致巴赫奇萨拉伊的喷泉》这首抒情短诗中告诉我们的那样——把它放在潮湿的大理石上。那个叙述爱情与死亡的鞑靼民间传说和这座孑遗的喷泉，使他沉浸在深邃的思索与忆念之中。

又是凑巧，我们在莫斯科参观美术作品展览时，曾经看到过著名画家切尔涅佐夫作于1837年的珍贵油画《普希金在"泪泉"边》，画面上描绘的正是这个场景。

"眼睛里闪耀着泪花，心儿激动得收缩起来。"——那些倾诉痛苦的爱恋和无望的追求的诗句，从诗人的笔端喷泉般地涌出。就这样，长诗《巴赫奇萨拉伊的喷泉》诞生了。

四

> 一个古老的传说在那里流传，
> 知道它的有两位年轻女郎，
> 于是那座阴森的建筑物，
> 便被她们称作"泪泉"。

关于这首长诗中提到的知道这个"古老的传说"的"两位年轻女郎"究竟是谁，在苏联的学术界，意见并不一致，大致有两类：

普希金研究专家伊凡·诺维科夫认为，是指拉耶夫斯基的两个女儿叶卡捷琳娜和叶莲娜，正是她们将那个凄婉动人的传说讲给普希金听的。（见《普希金在流放中》）

而在列·格罗斯曼那部被国内外公认为关于普希金的权威性传记中，则认定是指波托茨基家的两姊妹索菲娅和奥尔加。她们是定居在彼得堡的著名希腊女人索菲娅·康士坦丁诺芙娜和波托茨基的女儿。两姊妹自幼住在克里米亚世袭领地的别墅里，在巴赫奇萨拉伊听到过有关本家族中这位悲剧性人物——玛丽雅·波托茨卡娅郡主的传说，并由姐姐索菲娅讲给了她们的朋友普希金。

坚持后一种说法的，还提出了另一重要证据：普希金那首根据法国诗人巴尼的诗《西色拉的一瞥》意译的《柏拉图式爱情》，便是他于1819年底献给索菲娅的。诗中表达了他对这位冷若冰霜、拒绝了爱神青睐的少女的炽烈恋情。后来，索菲娅嫁给了基谢列夫将军。普希金在给弟弟的一封信中曾经提到过，《巴赫奇萨拉伊的喷泉》的灵感的惠予者，就是那位被他"长期愚蠢地爱着"（即一种毫无希望的单相思）的女郎。

在这部长诗中，鞑靼可汗对波兰郡主玛丽雅·波托茨卡娅的单相思，与诗人普希金对索菲娅·波托茨卡娅的一厢情愿的狂热恋情恰相照应。因此，有人说，普希金是借他人的酒杯来浇自己的块垒。

在长诗的结尾处，他奋笔疾书，直抒胸臆：

> 我忆起同样可爱的目光，
> 和那依稀是人间的玉颜，
> 我的全部思念都向它飞去，
> 在逐放中依然把她眷恋……
> 啊，痴人，算了吧，
> 再别燃起这无益的灯盏！
> 令人心魂不宁的单恋的幻梦，
> 已使你做出了够多的奉献。

由于"普希金是用自身的炽烈的生命来温暖它们"，所以，他的"南方长诗能够唤起读者炽烈的热情"，显得格外凄怆动人。不管两位女郎究竟是谁，我想，对于车尔尼雪夫斯基的这一论断，人们当无异议。

涅瓦大街

一

自从车尔尼雪夫斯基那句"历史的道路并不是涅瓦大街的人行道"的名言在二十世纪二十年代初被列宁引用以来，涅瓦大街一下子就飞向了全世界。其实，早在 1835 年果戈理就曾以《涅瓦大街》为题，创作了中篇小说。

不同的是，车氏与列宁是借用这条笔直、宽阔、平坦的大街来说明事物曲折发展、不可能一帆风顺的哲理；而果戈理则是通过这个车马络绎不绝、行人接踵联袂的煊赫、繁华的"首都之花"，揭露它后面掩藏着的上流社会惊人的矛盾。他富有讽刺意味地称涅瓦大街为"人间一切最优秀的作品的展览会"，可是在这个展览会上，一切都是欺骗，一切都是幻影，一切都和表面看到的截然不同，"涅瓦大街老是在撒谎"。

涅瓦大街，自十八世纪初辟建以来，经过二百余年的踵事增华，于今，已经成为世界建筑史上最有特色的街道之一。尽管它所在的列宁格勒，已经恢复了彼得大帝建城时的名字，但是，时代的飙轮毕竟驰向了二十一世纪，当年大街上那些花花公子、男女豪商以及"经常在羽毛褥子和枕头上过日子"的贵妇人，穿制服、挂十字章、派头十足的小官吏不见了，果戈理笔下的形象猥琐、姓名逗趣、沉默寡言、"谁也看不起他"的小公务员阿卡基·阿卡基维奇·巴什马奇金之流也都无影无踪了。

变化不大的是，涅瓦大街留给人们的印象，依旧是那种类似陀思妥耶夫斯基作品的晦暗、沉闷的情调。时当岁杪，气温并不甚低，湿度却比较大，日影匿黯，风色凄迷，天空灰蒙蒙的，是一种典型的酿雪天气。

涅瓦大街仍旧弥漫着浓郁的艺术氛围。放眼望去，两旁建筑呈现出极其鲜明的艺术特色，整体上看，属于十八世纪的建筑风格。高超的艺术技巧，朴素的表现手法，没有缤纷的色彩，没有奇突的错落，庄重、谨严的俄罗斯古典建筑形式与奢华、隽美的巴洛克式的装饰艺术交相辉映。

楼房多为三四层，米黄色，大量使用石料，壮美、古雅的圆柱、回廊、雕塑、高凸浮雕，随处可见。风致、情调、格局达到了高度的和谐统一，而各个建筑却又互争奇巧，富于变化，有着丰富的艺术表现力。

二

正是这种浓重的艺术氛围，使我漫步涅瓦大街时，忽然产生一种幻觉：仿佛十九世纪上半叶活跃在这里的俄国作家群，今天又陆续地复现在大街上——

看，那位体态发胖、步履蹒跚的老人，不正是大作家克雷洛夫吗？他是从华西里岛上走过来的。他喜欢花岗岩铺就的涅瓦河岸，喜欢笔直的涅瓦大街和开阔的皇宫广场。

在克雷洛夫的后面，著名的浪漫主义诗人茹科夫斯基不紧不慢地踱着方步，仿佛正在吟咏他那把感情和心绪加以人格化的诗章："这里，有着忧郁的回忆；/这里，向尘埃低垂着深思的头颅。/回忆带着永不改变的幻想，/谈论着业已不复存在的往事。"

那个匆匆走过来的穿着军装的青年，该是优秀的年轻诗人莱蒙托夫吧？是的，正是。他出身贵族，担任军职，自幼受过良好的教育，经常出入于上流社会的沙龙和舞场，但他同沙皇、贵族却始终格格不入。

1840 年新年这天，他出席彼得堡的一个有沙皇的女儿、爵爷的贵妇和公主参加的假面舞会。在那红红绿绿的人群的包围、追逐下，诗人感到十分疲惫，极度厌恶。他找个借口离开了舞厅，急速地穿过涅瓦大街逃回家去，悲愤中写下了那首题为《常常，我被包围在红红绿绿的人群中》的著名诗篇，以犀利的笔触尖刻地嘲笑了那班昏庸的权贵，把他们讥讽为"没有灵魂的""晃来晃去的人样的东西"；对那些胁肩谄笑、假意虚情的女士，同样投以无比的蔑视。

他的灵魂离开了令人窒息的舞厅，翱翔于大自然的广阔天宇。他眷恋着池塘的浮萍，远村的炊烟，田野的黄叶和幻想中的美丽的女郎，感到无限的温馨和亲切。无奈，梦幻毕竟是虚空的，最后，要落脚于丑恶的现实，诗人无奈地叹着气。唯一的报复，是向那"可憎的人群"射出一颗"注满悲痛与憎恨的诗的铁弹"。

别林斯基也是涅瓦大街上的常客。他个头不高，背显微驼，略带羞涩的面孔上闪着一双浅蓝色的美丽的眼睛，瞳孔深处迸发出金色的光芒。他是君主、教会、农奴制的无情的轰击者，他激情澎湃地为反对社会不平等而奋争。在给友人的一封信中，他写道：当在涅瓦大街上，看到"玩趾骨游戏的赤脚孩子、衣衫褴褛的乞丐、醉酒的马车夫——悲哀，沉痛的悲哀就占有了我"。

当然，最了解"彼得堡角落"里下层民众疾苦的，能够用"阁楼和地下室居住者"的眼睛，用饥饿者的眼睛来观察涅瓦大街的，还要首推革命民主主义诗人涅克拉索夫。他亲身经历过城市贫民的悲惨生活，在寒风凛冽的涅瓦大街上，他穿不上大衣，只在上衣外面围了一条旧围巾。为了不致饿死，他在街头干过各种小工、杂活。

1847年，涅克拉索夫写了一首描写城市生活的著名诗篇——《夜里，我奔驰在黑暗的大街上》。以一个丈夫沉痛回忆的方式，叙述一个妇女的悲惨遭遇：她在独生子死去、丈夫奄奄一息的困境中，为了给儿子买一口小棺材，给丈夫买药治病，不得不走向涅瓦大街，出卖自己的肉体。诗人满腔悲愤地控诉了农奴制度社会的黑暗，对被损害、被蹂躏的妇女寄予了深切的同情。他的诗具有震撼人心的强大的感染力。

在这些年龄各异、时代不同的作家群中，偶尔也插进一些穿着学生服装和华贵的制服的青年人，目的只是为了找个机会，向某一位心爱的诗人鞠上一躬，或者掏出记事本来，请作家们签名留念。

三

在涅瓦大街旁，矗立着一列庞大的建筑，背后却是一个个拥挤不堪的小院落、小客栈。清晨，小公务员、小手艺人、小商贩们鱼贯而出，向涅瓦大街走来。就中有一个二十岁开外的青年，脸刮得净光，头发剪得很齐，穿着一件短短的燕尾服，看上去颇像一只翘着尾巴的小公鸡。这就是果戈理。

1828 年底，他满怀着对于未来的憧憬，从故乡乌克兰来到了彼得堡。但是，不久，他便发现原来的美妙的理想浪花已被现实的礁石撞得粉碎。故乡的森林、原野、河流，阳光耀眼的白昼和温煦晴和的黑夜，经常像图画一样闪现在眼前。而彼得堡却经常飘洒着令人烦闷的霏霏雨雪，泥泞的地面和潮湿的空气，特别是大都市中的各种社会矛盾现象，常常使他心绪不宁，抑郁苦闷。

他浏览着涅瓦大街的繁华市面，仔细地观察着过往的行人，情绪在不断地变化着，时而消沉，时而忧伤，时而兴奋。而最令他欢愉的，莫过于在涅瓦大街上邂逅普希金了。他们谈得十分投机，有时，竟忽视了饥肠辘辘。

果戈理比普希金整整小了十岁。自 1831 年相识之后，二人便结成了莫逆之交。他常说："我的一切优良的东西，都应该归功于普希金。是他帮助我驱散了晦暗，迎来了光明。"

普希金对他在《狄康卡近乡夜话》中把现实主义的世态描摹和浪漫主义的神话渲染加以巧妙的结合，给予很高的评价；也很欣赏《伊凡·伊凡诺维奇和伊凡·尼基福罗维奇吵架的故事》语言的清丽、华美，比喻的奇突、恰当。同时，尖锐地提出："难道乌克兰就没有其他更勇敢、更强有力的人吗？难道拥有那么多关于自由、幸福、爱情的奇妙传说的乌克兰民族，就从来也没有为另外一种生活——光明、美好的生活奋斗过吗？难道果戈理就不能讲讲这种人的故事吗？"

果戈理深受触动，开始细心研究乌克兰的民族历史。这些史料把他带回到两个世纪前的查波罗什，那些"高傲、雄壮得像狮子一样的战士，时时从这个光荣的策源地冲出来，勇敢地保卫着自己的土地，抗击外国侵略者"。于是，塔拉斯·布尔巴这个光辉的形象诞生了。普希金创办《现代人》杂志后，果戈理立即把他的小说《马车》寄去，诗人非常高兴，说："《现代人》坐在果戈理的《马车》上，就可以负重致远了。"

果戈理想把彼得堡的对上逢迎、对下鄙吝、营私舞弊、贿赂公行的官场狠狠地曝一下光，但是，苦于凭空结撰，全无依傍，便求助于普希金，说："请给我提供一些题材吧。我将迎合目前的风气，写出一部五幕喜剧，而且，保证写得比什么都更滑稽。"普希金满足了他的要求。

有一次，诗人普希金去奥伦堡，原是为撰写普加乔夫的传记收集素材，却被当地官员误认为彼得堡派来私访的钦差大臣，结果，闹出了很多笑话。果戈理以此为依据，两个月就写成了讽刺剧《钦差大臣》，并于1836年4月正式在亚历山大剧院公演。普希金观看之后，满意地说，任何人都不能像果戈理这样出色地运用他的馈赠。

诗人还帮助果戈理构想了《死魂灵》的某些情节，并读过这部小说的开头几章。过去，他听果戈理诵读新作时，总是面带微笑，从容玩味；这次却神情忧郁地说："天哪，我们的祖国多么可忧虑啊！"

不久，便传来了伟大诗人普希金去世的噩耗。果戈理为失去一位最崇敬、最亲近的良师益友而感到绝望，从此，他进入了一个痛苦的忧伤时期。涅瓦大街的人行道上，再也见不到果戈理的身影了，他离开了祖国，寄身罗马。在那里，他把无尽的哀思写进了《死魂灵》，并在小说中浓重地加以点染，"我们的国家被我们自己毁坏了"，应该用艺术力量来拯救它。

四

我多次漫步在涅瓦大街的人行道上。我为这里留下过优秀作家群的珍贵足迹，为俄罗斯伟大建筑艺术传统的弘扬，感到骄傲，感到兴奋；然而，心情却常常是抑郁的。

早在1840年，别林斯基就曾预言："我们羡慕我们的孙子和曾孙们，他们在1940年一定会看见俄罗斯站在文明世界的先端，接受全体文明人类的顶礼、崇敬。"列宁在十月革命后的艰难岁月里，也曾爱抚地看着孩子们，深情地说："这些孩子将来一定会比我们生活得好些；我们生活中遭遇过的很多东西，他们是不会经历了。"

这些先哲的预言，有的已经付诸实现，有的难免要打折扣。这也没有什么，因为"历史的道路并不是涅瓦大街的人行道"，它总是在曲折中前进的。

樱桃园与黎明鸟

一

我感到很幸运，白天刚刚怀着崇敬的心情，在莫斯科新处女修道院陵园拜谒了契诃夫的陵寝；晚上，又有机会在斯坦尼斯拉夫斯基—丹钦科艺术剧院，即莫斯科艺术剧院，观赏了他的名著《樱桃园》的演出。

艺术剧院创建九十多年来，一直以上演古典名著饮誉世界，作为文化韵味十足、理蕴非常丰厚的代表性剧作，《樱桃园》更是久演不衰的剧目之一。剧院场地不算宏大，但是，建筑装饰十分精致。宽敞的休息室里，陈列着建院以来著名导演、演员的照片和演出剧目的剧照。从中可以看出，契诃夫的几部重要剧作都是通过这些导演和演员的艰辛劳动而和观众见面的。所以，当年剧院的负责人丹钦科曾经说过，艺术剧院就是契诃夫剧院。的的确确，契诃夫把剧院艺术化了，而剧院则把契诃夫舞台化了，二者融为一体，缺少任何一方，都是不可想象的。

看着艺术剧院的标志——舞台丝绒绣幕绣着的银灰色的海鸥，我蓦然忆起了剧院建立之初，上演契诃夫的《海鸥》所获得的荣誉。当时，演员们互相亲吻祝贺，兴奋得跳起怪诞的舞蹈，台下欢声雷动的热烈场面，仿佛又出现在眼前。

我出神地向楼上的包厢搜寻着，想象着当年列夫·托尔斯泰观看契诃夫的另一部剧作《万尼亚舅舅》演出的情态，和演员谢幕时向这位文学大师频频鞠躬的场景。至今人们还传为美谈，九十多年前这里上演契诃夫的《三姊妹》时，第一幕刚刚落下，观众就报以热烈的掌声，演员谢幕达十二次之多。

也是在这里，1904 年 1 月 17 日，契诃夫观看了《樱桃园》的首场演出，这一天又是他的命名日、他的四十四岁生日。剧院借此机会，为他举行了从事文学活动二十五周年纪念会。作家激动地站在舞台前，不住声地咳嗽着，面色苍白、憔悴，豆粒大的汗珠从额上滚出。一位作家事后回忆道，那是一次充满忧伤情调的聚会，场上洋溢着一层浓烈的葬礼气氛。此时的剧作家，已经身染沉疴、举步维艰了；实际上，等于热心的观众们在向他做最后的告别。果然，五个月后，契诃夫便与世长辞了。

二

契诃夫的剧作，风格颖异，独树一帜，在世界戏剧史上占有重要地位。只是由于他写了近千篇小说、札记，这在一定程度上，掩盖了剧作家的声名。

在他的剧作里，找不到矫揉造作的戏剧性冲突和情境，他无情地唾弃了列宁所斥责的"杂耍技艺"和别林斯基批评过的"纸牌戏"的技巧。开始读他的剧本时，你也许会感到枯燥和沉闷，但是，读着读着，便觉得渐入佳境，别开生面，最后竟达到不能放手的程度。

著名导演斯坦尼斯拉夫斯基说过，《樱桃园》是一部非常难演的戏，它的美蕴蓄在微妙的深沉的芳馨里，要想感受它，必须精心地开启蓓蕾，使花朵绽放。契诃夫在生命终结前，几乎用全力精心结撰这部剧作。为了演得成功，他甚至两次写信，向剧院提出如何分派演员角色的建议。

白云黄叶送走了九十度春秋，世事发生了翻天覆地的变化。我们这些远道慕名而来的客人，为能在这座具有重要纪念意义的剧院，观赏到这部世界名著的演出，而感到自豪，感到庆幸。

由于对剧情比较熟悉，这在很大程度上减轻了语言上的障碍。我从舞台上看到，在一座散发着霉气的旧式地主庭院里，生活着一个灰色的人群，他们怯懦、自私、昏聩、腐败；崩溃、灭亡的命运在等待着他们。

具有象征意义的樱桃园，尽管它在城里颇负盛誉，连百科全书都把它列入要目；尽管主人和忠实的老仆多么眷恋过去那繁华的岁月；尽管代替或者吞蚀旧的精神家园的新的物质文明，或许更加文明，或许更不文明；尽管无数观众也包括我自己在内，对于极富象征意蕴的樱桃园的消失，未免带有丝丝缕缕的怅惘和留恋，但是，旧的生活再没有存在的理由了，樱桃园已经易主。最为残酷的是，樱桃园的买主竟是他们祖辈的农奴的儿子。这个过去连主人的厨房都不准进的商人，现在，却趾高气扬地向公众宣告，要把园里的树木伐掉，然后盖起能赚钱的新型别墅。

果真，全剧结尾处写道：

> 空荡荡的舞台。听得见有人把所有的房门一一锁上的声响，听得见马车一辆一辆离去的声响。寂静来临。冲破这片寂静的是斧头砍伐树木的声响，这声响既单调又忧伤。……
>
> 传来一个遥远的、像是来自天边外的声音，像是琴弦绷断的声音，这忧伤的声音慢慢地消失了。出现片刻宁静，然后听到斧头砍伐树木的声音从远处的花园里传来。

当然，契诃夫并未把希望寄托在这个商人洛帕欣身上；他的作用只是促进新陈代谢，帮助破坏、吞食那已经衰亡的东西。剧中安排了一个头脑中充满理想的大学生特罗菲莫夫，作家通过他来表达对旧世界的诅咒和对新生活的呼唤。

这个大学生说，我们必须熬受痛苦，坚持不懈地工作。只有通过勤奋的劳动创造，世界上才能出现美丽的乐园。他对地主的女儿阿尼娅说："你们是负着债，靠着别人，靠着那些你们不许走进内院的人过活的。""你的祖父、曾祖父和你所有的祖先，都是占有过许多活魂灵的农奴主。难道人类的精灵，不是从花园里每一棵樱桃树上、每片树叶上、每一根树干上，向你们望着？难道你们没有听见他们的声音吗？"

在特罗菲莫夫的启发下，十七岁的阿尼娅视野开阔了，心灯燃亮了。当她的母亲、女地主依恋旧宅，叹息新主人会把老屋拆得稀巴烂时，女儿却"脸上发着光，眸子闪动得像两颗宝石一样，为走向新天地、迎接新的生活感到惬意"。我本知道，剧作家本人也怀疑过这个"老大学生"的说教究竟具有多大力量；高尔基更是嘲笑他只说漂亮话，嘴说"必须做工作""而自己无所事事"。但是，当他和阿尼娅的扮演者出来谢幕时，我还是尽情地为他们热烈地鼓掌。

当然，散场之后，内在的困惑、心理的冲突、精神的纠结还是很多的，几句话说不清楚，也许需要专做一篇大文章。记得契诃夫的夫人、也是樱桃园的女主人最初的扮演者克尼碧尔就曾说过，这出戏剧所写的："乃是人在世纪之交的困惑。"

三

四幕话剧《樱桃园》，是剧作家在著名旅游胜地——克里米亚半岛的雅尔塔写成的。

由于健康的原因，根据医生的建议，契诃夫需要离开莫斯科，到温暖的南方定居。为此，他与彼得堡一位出版商签订了合同，以出卖自己所有著作的版权为代价，得到了一笔钱，在雅尔塔郊外买块荒地，建起了一座别墅。契诃夫去世后，别墅改成了陈列馆。

这是一座式样别致、整洁明亮的建筑。在作家的书房里，近窗处摆着一个写字台，旁边贴着一张"请勿吸烟"的标语；后面凹进去的地方，放着一张土耳其长榻。壁炉上面是著名画家列维坦的风景画。再往里走，便是作家的单身卧室。别墅上面有外国神话中常常说到的那种小望楼和露天凉台，下面是镶着玻璃的走廊，四周开着一些宽窄、大小不等的窗子。别墅的周围是一片花木繁茂、绿树葱茏的果园。不知作家在构思剧作中的樱桃园时，是否借鉴了自己的果园？反正我是把它们联系起来看的。

九十年前，窗外是一片马蹄形的空旷的谷地，一直伸向海边，于今已经建成鳞次栉比的楼群了。北面由一列铁栏杆将果园与公路隔开，公路那面原是一处荒冢累累的鞑靼墓园，今天我们看到的却是个比较开阔的广场，正面立着用黑色大理石雕成的契诃夫半身像，左侧平列着五块大理石屏，上边镶嵌着"套中人"等作家塑造的典型人物。作家戴着夹鼻眼镜，半眯着眼睛，仿佛在冷峻地审视着病态人生，细致入微地观察着这些可怜的小人物。

有人说，创作是羞怯的，这在契诃夫表现得尤为明显。他是从不在别人目光下从事写作的。而他从早到晚都在不停地写，这就造成了即使和他最亲近的人也都存在一种疏离感。加上他那特有的持重、安详、平静和发表意见时的严肃态度，使他的言谈往往具有很重的分量，带上一种判断的性质，这都仿佛为他套上一层难于穿透的甲胄。

他是孤独的，没有更多的欢乐。尽管他也不懈地追求家庭的温馨和爱情的幸福，但是，从来没有充分地享受过。这一方面由于严重的疾病，使他不得不远离亲人，过着自愿的"流放"生活，如他所说："就跟将来将独身一人躺在墓地里一样，现在我确实也在独自一人生活。"另一方面，他也舍不得支出很多时间与精力同旁人周旋。即便晚年与艺术剧院的天才演员克尼碧尔结婚，他也仍然信守着过去向一位友人申明过的主张：

> 请原谅，要是你愿意的话，我就结婚。不过我的条件是：一切应该照旧，那就是，她应该住在莫斯科，我住在乡下，我会去看她的。那种从早到晚整天厮守的幸福我受不了。我可以当一个非常好的丈夫，只是要给我一个像月亮一般的妻子，它将不是每天都在我的天空出现。

也许孤独的生活使然，尽管他很不喜欢雅尔塔，但是，对自己所经营的果园，却爱惜备至。他从俄罗斯各地订购来许多种树木和果苗，——精心栽植在园子里。写作累了，他就到果园里为花木整枝、灭虫和除草。

现在当我们参谒契诃夫陈列馆，从平台上眺望果园时，还仿佛在花木掩映中，看到他那穿着外套、拄着手杖的瘦削的身影；耳畔似乎响着他的浓浊的声音，在向远道的客人介绍："这里过去到处是石头和杂草。我来后，把这块荒地变成了美丽的花木园。我相信，再过三四百年，大地都会变成百花争艳的花园，而生活也将变得无限的快乐和美好。"

作为一个医生，他当然知道自己已经接近生命的尽头，但充满希望地憧憬着未来，越是临近生命的结局，越是对人类灿烂的明天，对"永恒真理的王国"满怀坚定的信念。他说："我预感到幸福已经越来越近了。即使我看不见它，那又有什么关系呢？别人会看见它的。"

在剧本《樱桃园》中，他借助大学生特罗菲莫夫的嘴巴喊出："前进呀，我们要百折不挠地向那明亮的星光前进！"樱桃园伐木的斧声，伴随着"新生活万岁"的欢呼声，表现了作家毅然同过去告别的决心和向往幸福未来的乐观情绪。尽管由于他的思想立场从未超越民主主义的范畴，他笔下的新人渴望的"新生活"不过是一种朦胧的憧憬，并不明确创建新生活的必由之路；但是，我们仍然可以说，《樱桃园》是20世纪初俄国革命前夜的一曲新生活的赞歌，而契诃夫则是一只歌喉婉转、欢快地呼唤着曙光的黎明鸟。

湖　问

一

　　贝加尔湖远在千里万里之外，可是，说起这个名字，人们却并不感到陌生。这多半是由于它经常制造寒冷的气流，时不时地就让我们瑟缩一阵子。气象台刚才还在播送："从贝加尔湖生成的冷空气正在向东南方向移动，受其影响，我国东北和华北大部地区，气温将明显下降。"也正是由于这样一些原因，当我在去年年末要去那里观光时，自然不免有些"谈冷色变"了。临行前，特意置备了羽绒服、貂皮帽、雪地鞋——哪里是什么旅游，简直像是要赴极地考察一般。

　　车出伊尔库茨克市，上坡下岭，载驰载驱，沿途尽是皑皑的白雪，车辆绝少，有时闪过几幢掩映在青枞、白桦中的木屋，既不见炊烟，也听不到鸡鸣犬吠，寂静、荒寒，恍疑走进北欧童话之中。令人费解的是，在白雪压枝的凛冽寒冬，松林居然秀色青葱，有的现出鹅黄嫩绿，生意盎然，颇有点早春韵味。待到看见贝加尔湖澄波泛碧，微动涟漪，野凫浮游，水下卵石历历可数，就更加消解了几分寒意。

　　然而，脚下的厚厚积雪在执著地向我们提示，这里分明是严冬，是不折不扣的西伯利亚严冬！大家在雪深没膝的湖畔，兴高采烈地追逐着，嬉戏着。有的互相抛掷雪球，有的双手掬起清冽的湖水大口大口地豪饮着，没有谁觉得过分的寒凉。同伴中有人调侃说：贝加尔湖一向豪爽大方，它把宝贵的寒魔都施舍给了别人，自己就所剩无几了。

　　望着浩瀚无涯的碧水柔波和疑幻疑真的神秘湖光，仿佛置身于蛮荒的太初，又像是进入了潇洒绝尘的清凉世界，产生一种与大自然交融互汇、浑然一体的感觉。我贪婪地饱吸着湖畔清新的空气，同徐志摩六十多年前在这里所感受的完全一样："那真是一种快乐，不仅你的鼻孔，就是你面上与颈根上露在外面的毛孔，都受着最甜美的洗礼。"这清奇的境域，清凉的氛围，清幽的意蕴，给予松散的筋肉以有力的约束，为倦累的神经投入一剂绝烈的刺激，令人气爽心清，神凝意远。

唐代著名文学家柳宗元游览永州小石潭时，因为潭上"寂寥无人，凄神寒骨，悄怆幽邃"，认为其境过清，不可久居。这在当时当地，自有他的道理。可是，际兹工业化声威无远弗届的今天，在扰攘红尘中居然得见这样一块清虚境域，应该说是"鲁殿灵光"，硕果仅存了。

有人说，这里最美好的时光在春夏之交。而苏联著名作家瓦·拉斯普京在一篇散文中则说，贝加尔湖的黄金季节在中秋八月。他说，那时候湖水温暖，礁石在水下闪闪发光，鱼儿大大方方地游集岸边，鸥鸟啾鸣，上下翻飞；岸边山花烂漫，各种浆果随手可采，略带苦味的草香不时地飘送过来。这真是一席野趣横生、天造地设的奢宴。难怪，契诃夫要说它是"瑞士、顿河和芬兰的神妙结合"了。

当然，拉斯普京同时也郑重地提醒人们，贝加尔湖的气候是变化无端、神秘莫测的，即使是风日晴和的时光，它也可能凭空膨胀起一股无名的怒气，瞬时，几百公里长的湖区立刻变成一只大风筒，四围风呼林啸，湖面上腾起轩然大波。

二

我正在为错过了八月的黄金季节，特别是没能遇到那种风云突变的奇观而感到丝丝的怅惋，突然，湖上一阵寒风呼啸而至。陪同我们观光的俄罗斯朋友说："不好，马上就要变天了。"真是如响斯应，"说着曹操，曹操就到"。你简直不能相信自己的眼睛，刚才还是波平浪静，万态祥和，刹那间，化为怒潮奔涌，湖水隆隆作响——这是从数公里之外风暴区传递过来的信息。是萨尔马飓风，库尔图克海风，还是巴尔古津河谷风？陪同者也说不清楚。只见水花翻滚，泡沫四溅，宛若一锅滚开的汤水，沸沸扬扬，真怕它陡然立起，兜头倾泻下来。

此刻，那些令人悠然意远、感到无比温馨的灵境，已在视网膜上消逝，静谧与柔美全然化作了梦境，剩下来的只有气势的张扬，声威的惨烈。

为了躲避这场不期而遇的风暴，我们走进岸边一条静穆的小街。寒林雪影中，现出一幢幢木质结构的房舍。窗户式样新颖别致，全都绘有美丽的藻饰：有的作云卷云舒，有的为规则图案，有的呈皇冠、比丘帽状，多涂翠蓝、淡青颜色，与白雪苍林形成鲜明的对比。目注这些寒庐荒舍，一时神驰往古，情思跃动——这里的居民有没有汉朝苏武、李陵的后裔？那些流放此间的俄国十二月党人，也该留下一些踪迹吧？

贝加尔湖古称北海，曾是中国古代部分少数民族主要活动地区。1941年，湖畔出土过汉瓦，上有"天子千秋万岁常乐未央"刻文，还曾发掘出典型的中国汉代的建筑遗址。据专家考证，为公元前99年李陵投降匈奴后所建。郭沫若先生则认为，是汉家公主下嫁时，王室为慰藉她的乡愁，特建此屋以为陪嫁。尽管考古界就这一建筑遗址的解释，尚未取得一致意见，但对苏武曾在此地充军、牧羊则均无异议。

公元前100年，苏武出使匈奴被扣留后，流放到北海牧羊，十九载艰苦备尝，始终眷怀故国，不改其志。李陵以故交之谊多次劝降，均被他严词拒绝。《汉书》本传记载，苏武在北海，口粮匮乏，就挖野菜、逮野鼠充饥。一切困难全不在话下，唯一萦结心头的是远在南天的故国，是自己没能完成使命。于是，终朝每日擎着柄长八尺、上束三重牦牛尾毛的汉节，牧羊湖畔，晚上，把汉节抱在胸前睡觉，日久天长，节旄已纷纷脱落。

后来，汉朝与匈奴和好，根据掌握到的准确信息，提出了归还苏武等人的要求。单于诈称苏武已不在人世，汉朝使者按照事先准备好的辞令，若有其事地说：大汉天子在上林苑射下来一只鸿雁，雁足上系着帛书，乃苏武亲笔信，备述其北海牧羊情事。单于认为，此乃出自天意，这才同意把苏武等人放回；但仍然坚持，苏武在匈奴的妻子及所生子女不能带走。"丁年奉使，皓首而归"，苏武以其震古烁今的高风亮节谱写了一曲"天下所希闻"的千秋佳话。

于右任老人《贝加尔湖边怀古》诗云：

曾经北海费沉思，此地匈奴据几时？
啮雪吞毡苏武泪，行人往路李陵诗。
牛羊被野谁来牧，碑碣连岗我去迟。
胤子两家存与否？风波失所古今悲。

这里说的"李陵诗"，是指苏武归汉时李陵题赠的三首送别诗，其中有"仰视浮云驰，奄忽互相逾，风波一失所，各在天一隅"的句子，被清代诗人沈德潜推为"五言诗之祖"。

沙皇时代，贝加尔湖一带也是流放人犯的场所。一些早期的俄国革命者、十二月党人和1863年波兰起义的参加者，都曾在这里度过苦难的岁月。被誉为"俄罗斯第一位革命家"的拉季谢夫，早在1790年就被流放到贝加尔湖附近的伊林斯克。他有一段著名的话，大意是：像铁屑奔向磁石一样，人们会奔向目光超过自己时代的杰出人物，拥戴他，支持他。不过，这需要有一定的环境。因为没有这种环境，胡斯被活活地烧死，伽利略被投入监狱，你们的朋友被流放到伊林斯克。

三

贝加尔湖一带地域荒凉，湖中物产却极为丰富。那句"水至清则无鱼"的古话，应用到这里就不贴切了。湖中含杂质甚少，水极清澈，透明度深达四十米以上，素有"西伯利亚明眸"之誉。可是，里面却生长着一千二百多种动物，光鱼类就有六十种，绝大多数为当地所特有。这里的胎生贝湖鱼，通体晶莹剔透，据说，隔着它那玻璃般透明的躯体，可以读书看报。还有一种全身长满浓密卷毛的海豹，是地道的海洋生物。

人们不禁要问：贝加尔湖作为世界最大的淡水湖，为什么会有海洋动物？

这里距海岸数千公里，那些海洋动物是怎么游进来的？什么时候游进来的？是不是贝加尔湖过去曾与大海通连？有些生物在其他地方早已绝迹，为什么却能在此间繁衍生长？贝加尔湖经常向外面施放冷气、寒潮，可是，湖区本身却相对地暖和一些，为什么？那么多的冷

163

空气是从什么地方生出来的？是怎么生成的？湖上为什么变化俄顷，像一个恩威莫测、喜怒无常的公主？其成因是什么？……

连珠炮般的疑问，一个接上一个。如果伟大的诗人屈原再世，也许会继《天问》之后，写出一篇《湖问》来。

天已向晚，风势仍未衰歇。大家怀着迷惘与留恋的心情，依依向贝加尔湖告别。套用唐代大诗人白居易惜别杭州西湖的诗句，我在留言簿上题词："未能抛得伊州去，一半勾留在此湖。"

青天一缕霞

从小我就喜欢凝望碧空的云朵，像清代大诗人袁枚说的："爱替青天管闲事，今朝几朵白云生?"尤其是七八月间的巧云，如诗如画如梦如幻，对我有极大的吸引力，我能连续几个小时眺望云空而不觉厌倦。虽然眺者自眺，飞者自飞，霄壤悬隔互不搭界，但在久久的深情谛视中，通过艺术的、精神的感应，往往彼此间能够取得某种默契。

我习惯于把望中的流云霞彩同接触到的各种事物作类比式联想。比如，当我读了女作家萧红的传记和作品，了解其行藏与身世后，便自然地把这个地上的人与天上的云联系起来——

看到片云当空不动，我会想到一个解事颇早的小女孩，没有母爱，没有伙伴，每天孤寂地坐在祖父的后花园里，双手支颐，凝望着碧空。

而当一抹流云掉头不顾地疾驰着逸向远方，我想，这宛如一个青年女子冲出封建家庭的樊笼，逃婚出走，开始其痛苦、顽强的奋斗生涯。

有时，两片浮游的云朵亲昵地叠合在一起，而后，又各不相干地飘走，我会想到两个叛逆的灵魂的契合——他们在荆天棘地中偶然遇合，结伴跋涉，相濡以沫，后来却分道扬镳，天各一方了。

当发现一缕云霞渐渐地溶化在青空中，悄然泯没与消逝时，我便抑制不住悲怀，深情悼惜这位多思的才女。她，流离颠沛，忧病相煎，一缕香魂飘散在遥远的浅水湾……这时，会立即忆起她的挚友聂绀弩的诗句："何人绘得萧红影，望断青天一缕霞!"

正是这种深深的忆念，和出于对作品的热爱而希望了解其生活原型，即所谓"因蜜寻花"的心理，催动着我在观赏巧云的最佳时节——八月中旬，来到这神驰已久的呼兰，追寻女作家六十年前的岁月。

呵，呼兰河，这条流淌过血泪的河，充溢着欢乐的河，依然夹带着两岸泥土的芬芳，奔腾不息，跳搏着诱人的生命之波。

穿过大桥，满目青翠中，一条宽阔的马路把我引入了县城。东二道街，十字路口，茶庄，药店，一切都似曾相识，一切又都大大地变了样。

但是，可能因为期望值过高，当我踏进萧红故居，却未免有些失望。寥寥几幅灰暗模糊的照片，一些作家用过的旧物，疏疏落落地摆在五间正房里。原有的两千平方米的后花园，这印满了萧红的履痕、泪痕和梦痕的旧游地，如今已盖上了一列民宅。更为遗憾的是，留下百万字作品的著名女作家，陈列室中竟没有收藏一页手稿、一行手迹。

联想到坐落在圣彼得堡的普希金就读过的皇村学校，虽然经过一百七八十年的沧桑变化，包括战乱与兵燹，但是，普希金当年的作业簿和创作诗稿，依然完好无损地保存在那里。相形之下，深感我们在搜集、保存作家的手稿、遗物方面没有完全尽到责任。

当然，也可以顺着另一条思路考虑：这位叛逆的女性的前尘梦影原本不在家里。在她自己看来，这块土地沦于敌手之前，"家"就已经化为乌有了。她像白云一样飘逝着，她的世界在天之涯地之角。"昔人已乘白云去，此地空余黄鹤楼"，如此而已。云，是萧红作品中的风景线。手稿没有，何不去读窗外的云？

"白云犹是汉时秋"。仰望云天，同女作家当年描述的没有什么两样，天空依旧蓝幽幽的，又高又远。大团大团的白云，像雪山，像羊群，像棉堆，像撒了花的白银似的。我想，如果赶上傍晚，也一定能看到那变化俄顷，令人目不暇接的"火烧云"。

记得沈从文先生说过，云有地方性，各地的云颜色、形状各异，性格、风度不同。在浪迹天涯的十年间，萧红走遍大半个中国，而且，曾远涉东瀛。她不会看不到沈先生盛赞不已的青岛上空的彩云，肯定领略过那种云的"青春的嘘息"和轻快感、温柔感、音乐感；她也该注意到关中一带抓一把下来似乎可以团成窝窝头的朵朵黄云。透明、绮丽的南国浮云，素朴、单纯，仿佛用高山雪水洗涤过的热带晴云，樱花雨一般的东京湾上空的绮云——这些恐怕都能引发女作家的奇思玄想。然而，她全没有记在笔下。

当豪爽的江湖行、亢奋的浪游热宣告结束，"发着颤响、飘着光带"的心境和"用钢戟向晴空一挥似的笔触"，渐次消磨，而难堪的寂寞、孤独与失落感袭来的时候，她便像《战争与和平》中曾是战斗主力的安德烈公爵，受伤倒在地下，深情地望着高远的苍穹，随着飘飞的白云，回到梦里家园去寻求慰藉，慢慢地咀嚼着童年的记忆——这人生旅途中受用不尽的财富。

对萧红来说，尽管童年生涯是极端枯燥、寂寞的，家园并无温馨可言，甚至经常感到格格不入；但是，"人情恋故乡"，就像一首诗中描述的："满纸深情悲仆妇，十年断梦绕呼兰。"一颗远悬的乡心，痴情缱绻，离开得越远，回音便越响。于是，"一篇叙事诗，一幅多彩的风土画，一串凄婉的歌谣"，便在"永久的憧憬与追求"中孕育诞生了。

时代造就了萧红。难能可贵的是，她不仅在五四新文化运动影响下，冲破了封建枷锁，离家出走，成为中国北方的一个勇敢的娜拉；而且，由于亲炙了反帝反封建的民主主义精神和得到一批革命作家及其作品的滋养，同时也接触了世界近代以来人文主义思潮和人道主义、个性主义的文化觉醒意识，她在文学创作伊始，就显示了崭新的精神世界，以稚嫩的歌喉唱出了时代的强音和民众的愿望。

对于乡园，她没有沉浸在一般层次上的眷恋、遐想与梦幻之中，而是超越了五四新文学的美学思索，在现实主义与个性主义、人道主义交叠的文化视点上，力透纸背地写出了"北方人民的对于生的坚强，对于死的挣扎"，深入地开掘其关于"国民性"的哲理反思和病态社会的无情清算。

她"以女性作者特有的细致的观察和越轨的笔致"，以充分的感性化、个性化的认知方式，通过散化情节、淡化戏剧性、浓化情致韵味的艺术手法，揭露帝国主义、封建势力造成的弥天灾难，展示病态人生、病态社会心理的形成，以引起人们疗救的注意。

作为一个植根于现实土壤的现代文化追求者和思想先驱，她始终以其深邃的思考和"另一个世界"的眼光，审视着这块古老而沉寂的大地，呼唤着"别样人生"，期待着黎明的曙色。而且，为这一"永久的憧憬和追求"，付出了沉重的代价。

同那些跨越时代的文坛巨匠相比，萧红也许算不上长河巨泊。她的生命短暂，而且身世坎坷，迭遭不幸。她失去的不少，而所得可能更多；她像冷月、闲花一样悄然陨落，却长期活在后世读者的心里；她似乎一无所有，却在文学史上留下了一串坚实、清晰的脚印，树起了一座高耸的丰碑。她是不幸的，但也可以说，她是很幸运的。

像萧红一样，呼兰河既没有长江的波澜浩荡，也不像黄河那样奔腾汹涌；呼兰县城更是普通至极的一个北方城镇。但是，地以人传，河以文传，由于这里诞生了一位著名女作家，它们已被镌刻在文学碑林上，因此，名闻遐迩。这里的小桥流水、窄巷长街，都一一注入了生命的汁液，鲜活起来，充溢着灵性，吸引着无数中外游客。

而前来探访的客子、学人，也必然要对照萧红的作品去"按图索骥"，溯本寻源。这样，人文与自然相辅相成，历史和现实交辉互映，就益发强化了景观的魅力。

流光似水。如今，那被女作家诅咒过的岁月，远逝了；那没有人的尊严和独立人格的牛马般的生活，一去不复返了；女作家及其作品中的主人公血泪交迸的"生死场"，已经照彻了灿烂的阳光。

十字街头拐弯处，当年萧红读书的小学校还在。微风摇曳中，几棵饱经风霜的老榆树似在发出岁月的絮语。下课铃声响起，一群闪着澄澈、亲切的目光的活泼可爱的女孩子，野马般地拥向了操场，有的竟和来访的客人撞了个满怀，随之而喧腾起一阵响亮的笑声。

我蓦然想起，《呼兰河传》中老胡家的团圆媳妇，不也是这般年纪、这样天真吗？可是，只因为她太大方了，走起路来飞快，头天到婆家吃饭就吃三碗，一点也不知害羞，硬是被活活地"管教"死了。

从"两眼下视黄泉，看天就是傲慢，满脸装出死相，说话就是放肆"的死寂无声的黑暗年代，到能够在阳光照彻的新天地里自由地纵情谈笑，这条路竟足足走了几千年！

如果萧红有幸活到今天，故地重游，看看呼兰河畔翻天覆地的变化，听劫后余生的王大姐讲讲她的苦尽甘来，再赏鉴一番故乡的"火烧云"，也许会用她那珠玑般的文字，写出一部《呼兰河新传》哩！

读三峡

一

"船窗低亚小栏杆，竟日青山画里看。"我满怀着四十余年的渴慕，放舟江上，畅游三峡，饱览着山川胜景。

伴着船行激起的"沙沙、嘶嘶"的水声，迎来又送走那峥嵘、嶙峋的山影。江轮在危岩绝壁间宛转穿行，眼看要撞在迎面横过来的陡壁上，却灵巧地一闪，辟出一片别开生面的天地。真是"山塞疑无路，湾回别有天"，不能不由衷地佩服古诗用字的贴切。

老杜笔力的雄健更是令人心折，群山万壑，的确像无数匹高高低低的骏马，脱缰解辔，挤挤撞撞，奔赴荆门。谪仙作诗，惯用夸张手法，但他刻画三峡之险巇："上有六龙回日之高标，下有冲波逆折之回川。黄鹤之飞尚不得过，猿猱欲度愁攀援。"则全是写实。

峡中景色变化无常，适才还是"高江急峡雷霆斗"，令人目骇神摇，霎时烟云浮荡，一变而为惝恍迷离，幻成一幅绝妙的米家山水画。游人也随之从现时的有限形象转入绵邈无际的心灵境域，玲珑相见，灵犀互通，开掘出溶心理境界、生活体验、艺术创造的第二自然于一体的多维向度。

一些峭拔的石壁，由于亿万斯年风雨剥蚀，岩石现出许许多多的层次和异常分明的轮廓，或竖向排列，或重叠摆放，或向两侧摊开，使人想起"书似青山常乱叠"的诗句。船过兵书宝剑峡，这种"书"的概念就更加浓重了。相传诸葛亮入川时，路过三峡，曾把神人赐予的兵书藏在峭壁之上。清代诗人张船山煞有介事地咏叹道：

天上阴符定不同，山川终古傲英雄。
奇书未许人间读，我驾云梯欲仰攻。

而另一位诗人则从另一个角度去做文章：

兵法在一心，兵书言总固。
弃置大峡中，恐怕后人误。

平日嗜书如命的我，座前、案边、眼中、心上，无往而不是书卷。孤寂时，有书相伴，会觉得"书卷多情似故人"；夜阑人静，手倦抛书，也习惯于"三更有梦书当枕"。此刻，面对峡江胜境，"书痴"自然要把它捧起来当书读了。

二

三峡，这部上接苍冥、下临江底、近四百里长的硕大无朋的典籍，是异常古老的。早在语言文字出现之前，不，应该说早在"混沌初开，乾坤始奠"之际，它就已经摊开在这里了。它的每一叠岩页，都是历史老人留下的回音壁、记事珠和备忘录。里面镂刻着岁月的屐痕，律动着乾坤的吐纳，展现着大自然的启示，里面映照着尧时日、秦时月、汉时云，浸透了造化的情思与眼泪。

我们不能设想，在自己有限的一生中读尽它的无限内涵，但是，总可以观嬗变于烟波浩渺之外，启哲思于残编断简之中。作为现实与有限的存在物，人们徜徉其间，一种对山川形胜的原始恋情与源远流长的历史激动，会不期然而然地被呼唤出来。

在这锦山秀水之间，早在五千年前就曾闪烁着大溪文化的异彩。两千年前，扁舟一叶从那条唤作香溪的小河里，载出一位绝代佳姝。"昭君自有千秋在，胡汉和亲识见高"，不独闾里之荣，也是邦家之光。两汉之交，公孙述枭踞白帝城，跃马称帝。过了三周甲子，这里又成了吴蜀争雄的战场。年轻的陆逊创建了"火烧连营七百里"的赫赫战功；刘先主永安宫一病不起，将他的嗣子以及未竟的事业，连同

170

未来的千般险阻，一股脑儿托付给他的军师；诸葛公神机妙算，在鱼腹浦摆下了"八阵图"。"自从归顺了皇叔爷的驾，匹马单刀取过巫峡。"老将黄忠的行迹，至今还留在《定军山》的戏文里。但是，"卧龙跃马终黄土，人事音书漫寂寥"。今日舟行访古，不仅史迹久湮，而江山亦不可复识矣。

假如三峡中壁立的群峰是一排历史的录音机，它一定会录下历代诗人一颗颗敏感心灵的摧肝折骨的呐喊和豪情似火的朗吟。"屈平词赋悬日月"，船过秭归，人们面对着万树丹橘，总要联想起那以物拟人的不朽名篇《橘颂》；而当朝辞白帝，放舟三峡，又必然记诵起李白的流传千古的佳什。

在这里，杜少陵经历了创作的极盛时期，两年时间写诗四百三十七首，占了他全部诗作的三分之一以上。刘禹锡出守夔州，在当地民歌的基础上，首创了文人笔下的充满浓郁生活气息和地方特色的竹枝词。前后相隔二百余年，白氏兄弟与苏家父子的诗章，使三游洞四壁增辉，名闻遐迩。

洎乎现代，"江山仍画里，人物已超前"。陈毅元帅的三峡诗，蕴藉沉雄；毛泽东主席"高峡出平湖"的雄词，堪称千古绝唱。面对着意念中的历代诗屏和眼前的山川形胜，我也情不自禁地写下一首七绝：

> 轻舟如箭下江陵，高峡急江一水争。
> 短梦未成千嶂过，巫山何处听猿声？

布鼓雷门，非敢附骥，也不是要作谪仙的翻案文字，纪实而已。

三

就诗而言，巫山十二峰可以说是一部不是靠语言文字而是由境界氛围酿成的朦胧诗卷。两岸诸峰时隐时现，忽近忽远，笼罩在云气氤氲、雨意迷离的万古空蒙之中，透出一种"悠然心会，妙处难与君说"的朦胧意态。"一自高唐赋成后，楚天云雨尽堪疑。""神女生涯"为人们留下了无穷的想象空间，成了所谓"象外之象，景外之景"。

也许这样远远望着那万古烟云，谛听着她的模糊的默示，更富迷人的魅力；如果有谁过于刻板、认真，率性攀到峰头去睇视一番神女的芳姿，恐怕那风化的巉岩会令人意兴索然，大失所望的。

比之于绘画，巫山十二峰无疑是整个三峡风景线上一条最为雄奇秀美的山水画廊。在这里，钩皴点染、浓淡干湿、阴阳向背、疏密虚实等各种表现手法兼备毕具。那群峰竞秀、断岸千尺的高峡奇观，宛如刀锋峻劲、层次分明的版画；而云封雾障中的似有若无、令人神凝意远的万叠青峦，则与水墨画同其韵致。

整个三峡，也并不都是怡情悦性的画境诗笺，它还是一部描绘奋斗人生、满布着坎坷与风浪的惊险之作。我看到过一幅题为《巴船下峡图》的古画：在狭窄湍急的滩口中，船工们全神贯注、高度紧张地使篙撑船，同无情的礁石、激流作殊死的决斗。际此"天下至险之地，行路极危之时""摇橹者皆汗手死心，面无人色"。白帝城中一幢古碑上，也有"瞿塘峡口波涛汹涌，奔腾万状，舟行至此，靡不动魄惊心"的记载。

至于流传在两岸世代人民口头上、记忆中的，更是举不胜举。今日舟行江上，耳畔还仿佛鼓荡着古老的黄牛峡歌和滟滪滩谣。在这种生死系于顷刻，战战兢兢，提心在口的情势下，赏玩江峡奇景，根本无从谈起。正如《水经注》引袁山松所述："峡中水疾，书记及口传悉以临惧相戒，曾无称有山水之美也。"

中华人民共和国成立后，三峡航段经过了彻底整治，出川入川，流缓波平，从容稳渡，再不用"愁水又愁风"了。但事物总是复杂的，有人却又感到平淡寡味，怅然若有所失。这从审美的角度来说，也自有他的道理。

四

清末民初著名学者王国维有过"古今之成大事业、大学问者必经三种之境界"的说法，还有人把绘画分为写实、传神、妙悟三个层次。我以为，读三峡可能也有三种灵境：

始读之，止于心灵对自然美的直接感悟，目注神驰，怦然心动。这种灵境，大体上，像是晋人袁山松对于三峡的观赏："仰瞩俯映，弥习弥佳，流连信宿，不觉忘返。"

再读之，就会感到主观的生命情调与客观景物交融互渗，物我融成了一体，亦即辛弃疾词中所说的："我见青山多妩媚，料青山见我应如是。情与貌，略相似。"

卒读之，则身入化境，浓酣忘我，"冲然而澹，潝然而远"，进入《易经》上讲的那种"天地氤氲，万物化醇"的灵境，此刻该是"此中有真意，欲辨已忘言"了。（现在，我还能剌剌不休地饶舌，说明离这种"化境"尚远。）

读三峡，有乘上、下水船两种读法。乘上水船，虽然体味不到"轻舟飞过万重山"的酣畅淋漓的快感，但颇有利于从容玩味，沉思遐想。"读书切忌太匆忙，涵泳工夫意味长。"读三峡，也是如此，不能心浮气躁，囫囵吞枣。下水船疾飞似箭，过眼烟云，留不下深刻的印象，其弊正在于此。

但是，下水船又有其独特的美学效应。本来两岸的青松、丹橘、翠峦、粉堞，彼此相距甚远，但由于船行疾速，拉近了它们的距离，造成眼前多种物象重合叠印的错觉，从而，丰富和充实了视觉形象，即使物象渐渐消失，也能留下一种雄奇的意境与奋发的情思。鉴于两种读法各有得失，我们通过双程往返，兼取了二者之长。

人说大宁河上的小三峡是三峡的聚珍版和缩印本，景色绝佳，而且，由于滩险岩奇，还可以补偿由于三峡惊险场面的消除所造成的失落。可惜，因为时间有限，交臂失之，说来也是一桩憾事。

但是，我用另一面的道理宽慰自己：美学上讲究逸韵悠然，有余不尽，忌讳一览无余，因而有"不到顶点"的说法。怕的是到达顶点就到了止境，捆住了想象的翅膀。龚自珍有诗云：

> 未济终焉心飘渺，百事翻从阙陷好。
> 吟到夕阳山外山，古今难免余情绕。

踏不上的泥土，总被认为是最香甜的。何妨留下一片充满期待与想象的天地，付诸余生忆念，纵使他日无缘踏上，也尽可神驰万里，向往于无穷了。

清风白水

一

诗文讲究风格，古人形容苏东坡的词风豪放，说是像关西大汉执铜琶铁板，唱"大江东去"，而柳永的词则是缠绵悱恻，如二八女郎手执红牙玉板，唱"杨柳岸晓风残月"。

其实，风景区何独不然！它们的风格特征也是极其鲜明的，泰山的威严肃穆，迥然不同于黄山的瑰奇峭美；"山色如娥，花光如颊，温风如酒，波纹如绫"的西子湖，与"气蒸云梦泽，波撼岳阳城"的八百里洞庭悬同霄壤；同是天池，长白山天池与天山天池也是风格各异的。

川西北岷山丛林中的九寨沟的特色，是朦胧、神秘、奇丽、自然，充满荒情野趣，全无雕琢痕迹。如果说，泰山具有老年人那种饱经风雨、阅尽繁华的成熟与镇定，那么，九寨沟就是少男少女般的活泼、烂漫，清风白水，一片童真。以言艺术美、人文美，或许不及其他许多风景名胜；以言自然美，则是各地难以比驾的。

说它奇丽，首先要从水谈起。这里有三沟、二滩、四瀑、十八群湖、一百零八个海子。水是九寨沟景观的主旋律，真个是"江湖满地"。我十分艳羡这里的天空，竟有那么多面镜子黑天白日为它鉴形照影。

天涯何处无清水？难得的是，这里的原始生态保持得很好，因而水质绝少污染，清澈异常，透明度达到二三十米。空气清新甜美，天空蔚蓝如拭，没有一丝浮尘雾霭。大自然的神功，将泉湖溪瀑聚炼为一体，组成一个和谐的世界。

清晨，镜海上映出一幅幅"山林全息图"的倒影。人们站在湖边，连嘴角的笑涡、睫毛的飞动都照得一清二楚，更不要说天上疾飞的翠鸟、眷恋的白云，四周峭拔的层峦、肃穆的丛林，无一不被它收入澄澈的波心。面对着"鱼在天上游，鸟在水底飞"这颠倒迷离、虚实莫辨的奇观，人们都赞不绝口。可惜，胜景不长，一阵微风掠过，湖面上便荡起一层细微的涟漪，像是尚未凝固的玻璃浆液，倏忽间里面的一切景象都变得模糊起来。

遍游世界的旅行家，常常赞美苏联巴伦支海基里奇岛的五层湖的奇观：湖水分为五个层次，水质、水色和生物群各不相同而又互不混淆，构成一个绚丽多彩的湖中世界。也有人称誉印度尼西亚的努沙登加拉群岛上左湖艳红、右湖碧绿、后湖淡青的三色湖胜景。

但我相信，当他们看到九寨沟的溶五光十色于一湖的五花海后，定会叹为观止。五花海的水与四周丛林组成一个以翠蓝色为基调的色库，湖水因深浅和沉积物的不同，而呈橙红、鹅黄、墨绿、翠蓝、绀紫等多彩的色膜版，在阳光照射下，清澈的涟漪闪烁着层层光环，构成无数的不规则的几何形色区，相互浸淫，加上湖底沉积的珊瑚、琼花般的海藻的映衬，其色泽之绚美，变幻之神奇，堪令天惊地叹。

瀑布之奇，常在于天半高悬，飞流直下，恍如银河倾泻。而九寨沟的瀑布，却是由四十多个首尾相衔的群海构成，以其平地上陡起波澜而引人入胜。由于水碛物在河谷中沉积，形成了弯月形的凸堤，随着时间推移，钙华层层堆高，便出现了首尾衔接、翠湖叠瀑的特异景观。又兼堤埂遍生林木，气势恢宏的水流从婀娜多姿的花树丛中兵分几路冲杀出来，大有"六龙卷海，万马呼风"之势。不仅绿波掩映，白浪滚翻，爆炸出生命的光华声色，而且，瀑从树中出、树在瀑中长的奇观，也属世间罕见。

二

九寨沟与其他许多著名风景区不同，亘古以来，隐在深山人未识，是一片与世隔绝的典型的处女地。这里除了世世代代散居着为数不多的藏族同胞，那些性耽山水、情系烟霞的文人墨客从未涉足，因此，过去"名不见经传"，人文景观相对缺乏。

此间，多的是古艳动人的神话传说，它们以原始思维的想象和幻想、虚构的形式，曲折地反映出藏族劳动人民在征服自然的劳动、斗争、爱情生活中的经验、理想、感情和愿望。这种特异的历史文化积淀的形成，当然和它长期处于封闭式的环境，脱离原始状态较晚有直接关系。

作为民族远古的梦、文化的根、精神活动的智慧之果，口头传承的原始文化结晶和无意识的集体信仰，神话传说在九寨沟可说是满坑满谷，俯拾即是，几乎所有的景观都和神话传说、特别是和挚诚相恋的男神达戈、女神沃诺色嫫的爱情故事相联系。他们赋形于沟内两座最高的山峰，既是神，也是同自然作斗争、从事劳动生产的强者，是半人半神、人性多于神性的偶像。而另一座险怪的峭岩，则是一个插足其间的魔鬼化身的第三者。

许多景物都围绕着这根主线被赋予神奇的来历。比如，色嫫失手打碎了达戈赠给的梳妆宝镜，碎成一百零八块，就成了今天九寨沟一百零八个晶莹澄澈、光可鉴影的海子；那跳玉溅珠的珍珠滩，则是色嫫项链上的光洁圆润的珍珠汇成的溪海奇观；那一片片一条条银绸素练般的奔流急瀑，来自神女的纺织台；那长海岸边的苍劲挺拔、枝丫侧向一旁的古柏，乃是为民除害，折断左臂的沃秀老人的化身。

这里的山，因那些神话传说而更加瑰奇神秘；这里的水，因那些美丽的传说而益发富有魅力。晨昏相对，令人想象其中必有帝子天神驾螭乘虹，驰骋其间。它使素以"童话世界"著称的九寨沟，又罩上了一层神话世界的色彩。

神话传说在各民族的古代生活中，并不是一堆无机物的沉积，而是经常发挥着弥补生活中的不足的积极作用。有人说，梦是一个受压抑的愿望的满足。那么，神话则是贫弱民族的财产——现实生活中迫切需要却又无力实现的事情，就以代偿的形式付诸余生梦想，久而成为神话。因此，透过这些神话传说，不仅可以捕捉到历史的影像，而且，能够窥见远古先民的世界观、宇宙观、价值观，察知他们的真实感情和精神世界。

这些神话传说反映了早期人类智力活动的一个显著特点，就是喜欢在各种自然现象或社会现象中寻求一种因果关系。可以说,许多神话都是对因果关系做出的某一类解答。而且,人类原始思维虽然具体、形象,联想力非常丰富,但是,根据事物本身的性质做出逻辑推理的能力,却十分低下。因此,只能借助"拟人化"即万物有灵的思维方式,来理解和解释世界。

当看到满山火红的秋叶,便想到贪杯醉酒的壮汉,或脸罩红纱的倩女;把由碳酸盐聚集而成的水中凸堤想象成为民造福、鳞甲飞动的戏水蛟龙。正是这种惝恍迷离的意象与传说,造成一种朦胧的意境、"人化的自然",从而,赋予各种自然景观以诗情、理趣,使九寨沟原本就瑰丽迷人的景观更加富有魅力,筑成连接过去、现在、未来的一座虹桥,沟通梦境、现实、希望的一条彩路。

我访九寨沟时,正当知命之年,已经是告别童话与神话的时期了,但置身其间,又仿佛找回了飞驰已久的童年,重温和白雪公主、美人鱼为伴的幻想世界,恢复了清风白水般的童真。同这种雾气氤氲缠绕在一起,幻者似真,真者疑幻,怕是几个清宵好梦也难以遣散的了。

三

当然,这种感觉的形成,不仅仅是因为这里富有恍兮惚兮的神话传说,而且,同九寨沟的自然天籁、荒情野趣有关。

那淙淙飞瀑,飒飒松风,关关鸟语,卿卿虫鸣,那水中五光十色、迷离扑朔、绚丽多姿的碧波,山上宛如娇羞不语、情窦初开的少女的笑靥的杜鹃花萼,那隐现在水雾氤氲的瀑面上,酷似七彩神龙夭矫天半的虹彩,那原始森林中绿茵茵、暄蓬蓬,绒毛地毯般的地衣和悬挂在枝头的一丝丝、一缕缕,随风飘荡,如新娘头上轻柔的婚纱的长松萝,那五角枫、高山栎、黄栌木、青榨槭的如霞似火、燃遍天际的醉叶,那充盈着质朴的美、粗犷的美、宁静的美的梦之谷、画之廊,都在人类感情的琴弦上奏起美妙的和声,不期而然地淹入了你的性灵。

在这里度过一个假日,真像裸体的婴孩扑入母亲的怀抱,生发出一种重葆童真,宠辱皆忘,挣脱小我牢笼,返回精神家园,与壮美清新的自然融为一体的感觉。

据鸟类专家调查，九寨沟有鸟类一百四十多种。这些天才的音乐家、优雅的舞仙，诸如亭亭玉立、单足点地的鹭鸶，"贞姿自耿介""白雪耻容颜"的白鹇，翱翔于芦苇海上、盘旋飞舞的苍鹰，通体蓝灰、头侧绯红、宛如头戴京剧武将脸谱、尾翘三尺龙泉的我国独有的蓝马鸡，在箭岩景区次生林设擂赛歌的百灵鸟，终朝奏着凄婉的森林咏叹调的子规，扬着花腔高音的山噪眉，以"笃笃笃"的击木声为林中交响乐团敲着定音鼓的啄木鸟，都给神奇的九寨沟布下一层浓烈的原始古朴的荒情野趣。

这里应该大书一笔的，是被誉为"九寨一宝"的大熊猫。游人在长海一带，常常会碰到它们在溪边喝水，那种娇憨痴笨、悠然自得之态，令人忍俊不禁。熊猫饮水，颇似酒徒贪杯，一边喝着，一边侧耳聆听水声，细细品尝其中滋味，流露出一种忘机出世的神情。如果没有外来事物干扰，它总是喝得肚皮隆起，一"醉"方休，而后，便若无其事地拖着笨拙的身躯，一摇一摆地向箭竹林蹒跚走去。有的撑得不省"人事"，倒卧溪边，忘却了昏晓。

四

应该说，我们欣赏九寨沟的自然天籁，并不意味着赞赏它的与世隔绝，或不加分析地提倡保持原始状态。现代化与对外开放，是历史发展的必然趋势。隔绝世事，毕竟是社会进步的致命障碍。生活的环境越是隔绝，文化便越发落后、脆弱、单调，缺乏必要的应变能力。而且，处于原始状态的自然事物，也很难说它具有什么美的属性。

试想，在混沌初开、洪荒未辟之时，洪水泛滥，疫疬流行，毒蛇猛兽到处伤人，长林古木自生自灭，又有什么美之可言！只有当劳动人民成为大地的主宰，不断地改造客观世界，同时，也发展了自身的认识与能力，这样，大自然在人们的心目中才具有了美感。

寻访九寨沟，我的心情常常处于矛盾状态。面对那醉人的湖山秀色，我曾深深为之惋惜：长期僻处深山密林之中，鲜为人知，空度了无涯岁月，辜负了天生丽质。但是，当我看到坐落在海拔二千六百米的湖山胜境的日则招待所门前，一群吃罢山禽盛宴、喝得烂醉如泥的年轻人，乱掷罐头、酒瓶，随处便溺、呕吐，丑态百出的情景，又觉得开发得晚也未必不是它的幸运。在工业文明的物欲满足往往是以破坏生态平衡为其代价的现代社会里，如果九寨沟早几十年面世，恐怕今天再也见不着这块净土了。

自然界有其自身合法的权利和独立的价值。我们每个生活在地球母亲怀抱中的现代人，都应该对生态环境有一种深沉的眷恋意识和自觉的责任感。遗憾的是，在这方面，人们常常忘本。人是自然的产儿，但在成为文明人以后，便一天天远离自然，掉头不顾了。

在这红尘十丈的喧嚣世界里，人们对于自然环境，应该去掉那种极为近视、极为功利的价值取向和审美情趣，多为人类、多为子孙着想，重视保护生态环境——这地球上一切生命的根基，珍惜这新鲜的空气，净洁的水源，明媚的阳光和未经污染的土地。

应该认真汲取西方工业国家先征服自然、破坏自然，而后才想到爱护自然、恢复自然，结果事倍功半、百难偿一的沉痛教训，设法超越人与自然分裂、对立的历史阶段，从现代化进程伊始，便早自为计，尽力保护自然生态平衡，莫待那些最珍贵的东西一去不复返时，再来哀叹、悔恨和痛惜。

愿你永在，九寨沟的清风白水！

春宽梦窄

一

"八千里路云和月。"飞山越岭，载驰载驱，总算到了此行的目的地——新疆巴音郭楞蒙古自治州的首府库尔勒了。这里与沈阳有两小时的时差，八点钟才天亮。可是，没到六点，我的一枕还乡幽梦就被报晓的鸡鸣唤醒了。看来，生物钟是不因地域的远近而变换的。因得诗二句：南疆满目风情异，剩有鸡啼似故乡！

我们离开乌鲁木齐时，正值漫天飞雪。天山山脉，这条大约四亿年前从茫茫古海中腾冲出世的巨龙，此刻，更是银装素裹，气宇雄浑，鳞甲飞扬，夭矫万仞。天山路上，"忽如一夜春风来，千树万树梨花开"，确是一番壮美的景观。

想象中，气温较高的天山南麓，纵然没有"杨柳依依"的江南秀色，起码也该是"雨雪霏霏"的塞外风光。可是，翻过天山脊背一望，迎接我们的是浑然一色的茫茫戈壁滩。四野苍黄，天高地迥，空中没有一丝云气氤氲、雨意迷离的情调，气候干燥得很。与北疆天低云暗的冰雪世界可谓悬同霄壤。这使人联想到美国加利福尼亚海岸山脉东西两侧截然不同的景象：一边是湿润肥沃的绿洲，另一边是干旱贫瘠的荒漠。显然，都是由于高山阻隔了雨云所致。

还在上中学时节，我就曾面对着祖国大西北的赭黄色的地图画面，射出过无数支向往的神矢，鼓振着玄想的羽翼，描绘着它的历史、现在、未来的诸般色相。而今实地游观，才觉察到自己的想象力之贫乏，与大自然的瑰奇特异恰成鲜明的对照。借用一句宋词来形容这种反差，就是"春宽梦窄"吧。

那天，我还写下了这样两句诗：自此敢夸心眼阔，茫茫瀚海任飘游。你看，坦坦荡荡的大戈壁，无丘无壑，无树无草，平展展一直伸向天际。苍茫的大地托着浩渺的天穹，显得格外开阔，格外壮观。

我想，只有身历南疆，才能真正体会到祖国幅员之广袤。在这里乘车，往往以百公里计程。乌鲁木齐到库尔勒五百公里，库尔勒到阿克苏五百公里，阿克苏到喀什五百公里，喀什到和田又是五百公里。怎么这样凑巧？就是因为地域太广了，像亿万富翁计算收支一样，四舍五入，取其大略而已。空间的代价是时间。巴音郭楞蒙古自治州辖一市八县，面积相当于苏、浙、闽、赣四省的总和。从自治州首府到最远的且末县，即使乘坐飞机，也要花上一两个小时；若是公路驰车走遍全州各县，大概没有半个月时间是下不来的。

我们在六百万人口的沈阳，朝朝暮暮，常以人满为患。徜徉闹市，但见万头攒动，摩肩擦踵，仿佛满城人口全都拥到身边。可是，置身戈壁滩上，却又嫌周围世界过于荒凉、孤寂了。即使百辆汽车齐驱并驾，任性撒欢，也绝无闯灯、落涧、撞人之虞。这里听不到喧嚣的市声和各种都市的噪音，空中偶尔有一两声老鸦的鸣叫，尽管并不怎么动听，却也如庄子所言，"逃虚空者""闻人足音，跫然而喜矣"。

二

数千年的中华文明史页，铺满了历史风霜，展现着沧桑变幻，"俯仰之间，已成陈迹"。而这里，却似乎停下了时代的步伐，甚至连自然面貌也几乎没有什么明显的变化。对此百年一瞬，万古如斯，真要令人"哀吾生之须臾，羡宇宙之无穷"了。

但是，如以历史的眼光来看，就会觉察到，这原来是一场误会。作为"丝绸之路"的中段，此间曾有过千余年繁华兴盛的岁月。如果这条古道，像人一样也存留着记忆的话，那么，它绝不会忘记：这里，奔驰过出使西域的张骞的车骑和勇探"虎穴"的班超的鞍马，飞扬过和亲乌孙的细君、解忧两公主的车尘，闪现过乘危远迈、策杖孤征、西天取经求法的玄奘的身影，也刻印着谪戍边陲、率领民众修渠引水的林则徐和追奔逐北、平叛杀敌的左宗棠的足迹，迎送着无数中西商旅的满载着财货的驼队、马帮。直到今天，这一幅幅雄奇、壮观的瀚海行旅图，一阵阵悠扬悦耳的驼铃和苍凉的军乐、征战的杀声，还仿佛闪现在眼前，回旋在耳际。

人们一向赞叹《西游记》作者艺术想象力的丰富。其实，只要沿着古丝路走上一遭，就会发现书中的许多神话故事都可以在这里寻觅到它的本原。我们拜识过"巍巍荡荡飒飒飘飘"，搅得对面不见人的"黄风大王"（可惜无缘见到"虎先锋"）；穿越过通天水、流沙河（但是，没有看到"鹅毛飘不起，芦花定底沉"的奇观）；也游览过传说孙悟空曾在那里"三打白骨精"的铁门关；还在吐鲁番观赏过火焰山，寻访过葡萄沟里的牛魔王洞和高昌古城中的唐僧讲经台。我认为，吴承恩即使没有实地考察过唐僧取经之路，也肯定认真研究过玄奘的《大唐西域记》和中国的古代神话，把它们作为玄思的渊薮和灵感的触媒，为构建一个完整的神话世界，悟入深邃的背景、现实的土壤和神秘的机锋，找出联结历史与现实、幻想与存在的一条彩路。

三

库尔勒地处南疆古丝路上，紧邻全国最大的塔克拉玛干沙漠。"塔克拉玛干"，维吾尔族语，意思是"进去出不来"。这个名称来源于一个神话故事：

很久以前，在干旱酷热的塔里木盆地，人们渴望着引水种田，开发宝藏。有个慈善的神仙，手中握有两件宝贝：金斧子和金钥匙。他把金斧子交给了哈萨克族人，让他们劈开阿尔泰山，引来清清河水。还准备把金钥匙交给维吾尔族人，让他们打开塔里木盆地的宝库。不料，金钥匙被神仙的小女儿丢失了。神仙一怒之下，便把小女儿囚禁在盆地中央，从此，这里就成了"进去出不来"的地牢，日久天长，宝地变成了大沙漠。

千百年来，人们还口耳相传：沙漠中有个神秘的去处，叫作"七座连城"。那里人烟密集，市井繁华，楼宇栉比，绿树葱茏，四围有清澈的流水，肥沃的田园。不知哪一年，突然刮起了一场连续七七四十九天的黑风，田园淹没，庐舍为墟，水流干涸，人烟灭绝，遍地堆起了沙丘、砾石。可是，每到夜静更深时刻，还能听到人喊马嘶、鸡鸣犬吠之声。我曾向当地一位维吾尔族老人问询："这七座连城的遗址离市区有多远？可曾有人考察过？"答复是：大沙漠东西长一千公里，南北宽四百公里，谁也说不清楚这个城池的所在。

后来我才知道，在距今两千一百年到两千五百年期间，这一带，像楼兰古国那样的城市至少有二十座，但都一一淹没在流沙之中。最近，塔里木盆地不断传出喜讯：据勘测，那里的石油、天然气蕴藏量分别占全国油、气资源的六分之一和四分之一。茫茫瀚海中重新矗立起繁华城镇的时光，已是指日可待了。

有人说，神话传说是贫弱民族的财产。凡在现实中无力获取的事物，远古先民便把它付诸余生梦想，发而为神话传说，绵延到千秋万代。如果塔克拉玛干沙漠的这些传说也是这样形成的，那么，随着"金钥匙"回到人民手中，神秘的地下宝库之门被打开，诸般梦想逐渐地成为现实，神话传说本身也就会逐渐地淡化了。

听说，库尔勒在清朝末年还只是一个小村落。直到解放初期，村民们还把手电筒称为夜明珠，把胶鞋视为不透水的神物；一把砍土镘就是当地农民的万能工具。他们做梦也没有想到，这里会平地矗起一座崭新的城市，不仅有火车、汽车、航空之便，而且有充足的动力资源，多种原材料工业和丰饶的农、畜产品。驰誉世界的"果中王子"——库尔勒香梨就产在这里。

四

饮马河流经市区，相传东汉班超曾饮马于此。当地人民把它看成是生命之泉，对它怀有特殊的感情。由于河水清澈明丽，在阳光照射下，绿漪层层，浪花朵朵，有如孔雀开屏，因此，人们又亲昵地称之为孔雀河。一位诗人赞美它：冲出巉岩峭壁的束缚，挣脱灼热、饥渴的沙魔的折磨，矢志东流，之死靡它。即使最终不免被瀚海吞噬，幻化其踪影，失去其存在，化作"悲壮的灵魂"，但是，经过雾化、蒸发，也还要实现其生命的循环和灵魂的晶化，蒸腾氤氲，回到人间。

默诵着诗人的赞歌，眼望着滔滔东去的清流，我倒是别有会心，

耳畔仿佛响起两百余年前英雄的蒙古族土尔扈特部人民的悲壮吼声:
"让我们奋勇前进,向着东方! 向着东方!"我记起了久为当地人民传
诵的一部万里长征东归祖国的历史佳话。

土尔扈特部是清代厄鲁特蒙古四部之一,元代重臣翁罕的后裔。
十七世纪三十年代,其部首领因与准噶尔部首领失和,遂率其所部西
迁至伏尔加河下游,自成独立的游牧部落。但仍和祖国保持着联系,
经常参加厄鲁特各部的共同活动,并多次向清朝政府上表进贡。从顺
治三年(1646 年)起,历经康、雍、乾三朝,相互往来不绝。公元
1712 年,康熙帝派出使团前去探望他们,途经西伯利亚,历时二载,
到达土尔扈特部。公元 1756 年,该部遣使进京,经过三年时间,向乾
隆帝呈献了贡品,表现出他们对祖国的一片至诚。

这个期间,沙俄却不断加紧对其控制,力图割断他们与故国的联
系。沙皇先后发动了对瑞典、土耳其的战争,都强迫娴于骑术的土尔
扈特人为其前锋,归来者十无一二。可怕的灭族之灾,使部内的有识
之士忧心如焚。尤其难以容忍的,是沙俄实行宗教压迫,强制他们改
信东正教。于是,在民族英雄渥巴锡的率领下,三万二千帐、十七万
人毅然离开了已经生活了几代的欧洲草原,冲出了沙俄官兵的围追堵
截,踏上了千难万险的东归祖国的征途。他们高呼着:"如果走回头
路,每一步都会碰到亲人和同伴的尸骨。让我们奋勇前进,向着东方!
向着东方!"终于在公元 1771 年夏天,踏上了祖国的疆土。检点队伍,
只剩下七万余人。

一路上,他们历尽了千难万险,一个个蓬头垢面,形容枯槁,衣
衫褴褛,靴鞋俱无。但是,那颗祖辈传留了三百六十多年的明朝汉篆
封爵玉印,依然完好地保存着。乾隆皇帝在承德避暑山庄热情地接待
了渥巴锡等首领,封赏有加,后来把他们安置在水草丰美的库尔勒
一带。

五

库尔勒市区算不上宽敞,也谈不到漂亮,但颇具南疆特色。街道
两旁遍植馒头柳、沙枣和白杨。柏油路上,人群熙来攘往。最引人注

目的，是戴着小花帽、留着俏皮的小胡子、闪动着幽默眼神的"库尔班大叔"和头裹花巾、身着长袍的蒙古族妇女。有的毛驴车上还坐着西装革履的外国朋友，其悠然自得之态，远胜于乘坐豪华轿车。

人们常说"吃在广州"，其实，也可以说"吃在南疆"。这里，饭馆的主副食品，真是千色百味，异彩纷呈。我们品尝了"手把羊肉"、烤羊肉串和"抓饭"。据说，千余年前有个医生，身体虚弱，百药无效。后来，他选用新鲜羊肉、胡萝卜、洋葱头和清油，加盐加水，同大米一起混合焖熟，早晚各吃一碗，逐渐恢复了健康。人们猜他是服了什么灵丹妙药，其实，就是现在的"抓饭"。店主人一手端水盆，一手提铜壶，给我们逐个淋净了手，同时教授"抓饭"的吃法。一撮入口，果然鲜美清香，别有风味。

虽然我们已经鼓腹餍足，但禁不住新奇食品的诱惑，不时地在一些饭馆前停下脚步来。有一种叫作"馕"（波斯语，面包的意思）的圆饼，由于经过特殊的烤制处理，可以存放很长时间。传说，唐僧取经穿越大沙漠时，就是带了许多馕作干粮的。这又引起了我们的浓烈兴趣，每人都买了几个，珍重地放进提包里，留作纪念。

这时，几个维吾尔族的男女青年在邻座开怀畅饮，忽然又站起来，围着圆桌翩翩起舞。有的两只手同时打着响亮的"榧子"助兴，其他人一齐击掌打拍，脚下踏地有声。颇像古籍《通典》中描述的情景："或踊或跃，乍动乍息，跷脚弹指，撼首弄目，情发于中，不能自止。"受到他们的感染，我们也欢快地拍手应和，同他们一起度过了快乐的秋宵。

六

北出市区十五里，我们寻访了古丝路上的铁门关。这是从焉耆盆地通向塔里木盆地的天然关口，从晋代设关开始，便成为历代兵家必争之地。现在，这里修起了一座水电站。登上高高的拦河坝，只见人工湖碧波激潋，浪花轻轻地吻着崖岸。开阔处，屋舍错落，恬静地袅起缕缕炊烟。云鳞在碧空中织成斑驳的图案。绿杨耸天，宛若一排排甲兵在护卫着村落，阻战着风魔。

这时，我忽然记起南宋词人姜夔咏叹合肥的名句："绿杨巷陌，秋风起，边城一片离索。""更衰草寒烟淡薄。似当时，将军部曲，迤逦度沙漠。"面对着枯索、惨淡的秋容，词人想到金兵压境，疆土日蹙，就连江淮沿岸的合肥也都作了边城，简直像黄沙大漠一般荒寂。凄苦之情跃然纸上。而今日的铁门关，这地处大漠深处的货真价实的天涯边防，却成了各兄弟民族的友谊关，流辉溢彩的电光城！在水电站接待处的留言簿上，我即兴题了两句唐诗："天涯静处无征战，兵气销为日月光。"

我总觉得南疆是一片神秘的土地。这里地处西陲，群山环阻，沙碛障路，"热海亘铁门，火山赫金方，百草磨天涯，湖沙莽茫茫"，可是，两千年来却成为中亚与华夏的陆上交通纽带，有过"驿骑如星流"，"使者相望于道"的商旅繁兴的岁月；这里酷旱高温，终年少雨，可是，却以盛产香梨、甜瓜、棉花名满天下；这里并不具备文化发达的土壤，可是，它却是中西优秀文化传流交汇，充满着疑真疑幻的神话传说的地方；这里给人的直观印象是荒凉、单调、枯索，可是，却富有诱惑力，显现着浓郁的民族风情和边疆特色……

当然，数日的短暂勾留，还谈不上对南疆有什么深知邃解。但匆匆一瞥，已经留下了铁铸刀刻般的印象，日后思量，尽足以向往于无穷了。

生命的承诺

一

在春与夏交接的时刻，我披着一身蒙蒙的雾雨，投入了张家界的怀抱，践了生命中的一个信约。

我不止一次地听人说过，不到张家界，休谈自然美。因此，下决心要在有生之年，实地验证一番这句话的准确程度。过去常常有这种情况：一些名山胜境，过蒙青盼，屡经品题，然而声名过实，留给人们的无非是失望，是怅惘；而芸芸众庶的旋风、潮水般的趋从与膜拜，更加剧了它们的俗浅。这自是胜地的悲哀。

号称"峰三千、水八百"的张家界，山川秀色确是极富个性魅力，般般美景都在我的经验与想象之外。可以说，任谁身临其境，都会目眩神摇，惊叹大自然天工开物，鬼斧神工。说"身在画中游"，绝无半点夸张，我就是把它当作一幅幅硕大无朋的泼墨的山水画来观赏。当然，我更看重的还是它的神韵。清新，清丽，清静，称得上是三清化境，却又不是一个"清"字所能了得。

蛛丝、断线般的细雨，飘飘洒洒，如雾如烟，给翠树青峦罩上一层梦幻似的影像。随着脚步的移动，眼前不断地展开米家父子笔下的霭霭的烟云。置身其间，有不知寄身何处，悠然意远之感。

绿是阳春烟景、大块文章的底色，四月的林峦更是绿得鲜活、秀媚，诗意盎然。叶片在雨雾中生光发亮，原本就绿得醉人，此刻，那青青翠色更逼近到人的心房里。一位同伴为他的奇异发现惊叫着："大家看哪，我们的须眉鬓发，怎么都是绿的了？"另一位朋友郑而重之地补充一句："我觉得，连你的欢声笑语都染上了一层新绿。"

万绿丛中，这里那里，时而露出游人的一把把花蕾、香蕈般的雨伞，衬着青枝翠叶，忽上忽下、忽左忽右地浮荡着，也称得上林中的一幅绝景。"一番过雨来幽径，无数新禽有喜声。"伴着林间的关关鸟语，清冽的山溪一路上弹奏着冰弦，流漾出几许清芬，又似带着淡淡的幽思和清怨，许是因为它眷恋这人间仙境，不愿趋赴那攘攘尘寰吧。

雨后的空气，清纯如酿，只要鼓动起双肺的小风箱，吐纳几口芳泽，就立刻觉得神清气旺。难怪美国著名作家梭罗要把瓦尔登湖畔的新鲜空气装进瓶子，卖给那些睡早觉的人。我真不能想象，久居这人间仙境，看惯了盈盈翠绿、秀水画山的张家界人，有朝一日，面对他乡某些地方童山濯濯的景色，将如何排遣他们心灵上的枯寂，安顿那无奈的情怀呢！

二

有些地方的山峦，往往隽美中透着几分矜持，又兼远哉遥遥，可望而不可即，不免有一种疏离感；而张家界的山总是凑在游人的眼前，像古人说的"即之也温"，显现出热切地渴望人知的恳恳，予人以亲切、温馨的愉悦。同时，游人也产生一种归属感，觉得自身已经成为它的组成部分，不禁从心底里认知"山川与予神遇而迹化"，油然漾出那几句稼轩词："我见青山多妩媚，料青山见我应如是。情与貌，略相似。"

徜徉于淡烟薄霭之中，和着风声林籁，与大自然在同一旋律里脉动，渊然脱却了种种俗嚣物欲，顿有潇洒出尘之感。宛如裸体的婴儿投入母亲的怀抱，充分体验到心魂的欢愉与自在。这也许正是庄子所营求的"乘物以游心"的销魂境界；或者，荷尔德林的诗中摹画的"人，诗意地居住在大地上"，庶几近之。

张家界的范围实在太大，没有十天半月工夫，是不可能饱览其秀美的全貌的。一般的游人只能从不同的路径切入，享受一点点自然之美，然后，带着"尝其一脔"，未尽其余的遗憾，怅然离去。这样也好，清人龚自珍有诗云："未济终焉心飘渺，百事翻从阙陷好。吟到夕阳山外山，古今难免余情绕。"踏不上的土地总是最迷人的，留下一种牵肠挂肚的朦胧追思，付诸余生遐想，胜似不留余地，一览无遗。

三

早就听说，湘西地区少数民族青年男女热情、大方，爱美，喜欢唱歌，可惜由于下雨，失去了一睹风采的机会。正怅憾中，突然，从前方隐约传来一串清脆的歌声，似天外飞来，悠扬悦耳。我们快步赶去，只见一块林间隙地上，两个苗族打扮的青年男女正在对歌，四周围着一些观光的游客。姑娘身着色彩艳丽的衫裤，袖口和裤脚都镶有别出心裁的刺绣，看上去十分漂亮。歌喉自然是顶尖儿。

原来，对歌并没有现成的歌词，都是即兴发挥，出口成章，合辙押韵，而且，切合当事人的情况。对歌过程中，彼此情意流转，表情丰富，映衬出生命的充盈润泽，予人以真的启迪和美的享受。

忽然，姑娘向观众扫了一眼，热情地招手，请一位小伙子出来。三分钟过后，又用自编的歌儿，谑而不虐地同他调侃，有两句是："看你美貌不寻常，奈何含羞口不张？"越说，小伙子越不好意思，竟飞红着脸，一转身钻回人群中去了。观众欢声雷动，纷纷用热烈的掌声对两位歌手表示鼓励和谢意。

大家十分惬意，交口称赞这种颇具湘西特色的人文风景线。东道主听了，自是高兴，但话语中仍流露着一种歉然："毕竟我们这里人文景观太少，显得文化氛围淡薄一些。"

四

文化，作为社会的遗产，个体心理在历史银幕上的映像，是与自然存在的事物相对而言的。一般风景名胜区，总是历代文化积淀深厚，骚人、名士留下许多屐痕、墨痕的所在。灿烂的华夏文明几乎为每一处名山胜境都注了册，打上了深深的人文烙印。因之，我们在赏鉴自然风物时，实际上也是在读诗读史，从一个个景点走入历史的沧桑。

而张家界恰恰缺少这一点。北魏著名地理学家郦道元足迹遍半个中国，写下了《水经注》，可惜，他没有到过这里。明代大旅行家徐霞客走的地方更多，却唯独漏掉了张家界。古代许多寄兴林泉、钟情山水的诗人，如谢灵运、李白、王维、孟浩然、陆游等，都和此地缘悭一面。不能不说是一种遗憾。

往者已矣，但来者可追。今天，张家界的朋友正在做有效的补偿工作。比如，他们在著名景点黄狮寨的最高处，修了一个六奇阁，凭栏远眺，可以纵览山、水、云、石、动物、植物之奇观，并请羊春秋教授撰联："名动全球到此真堪三击节，势拔五岳归来不用再看山。"隽景佳联，交相辉映。

"但肯寻诗便有诗"，美是到处都有的，对于我们的眼睛，不是缺少美，而是缺少发现。我很欣赏他们的这番话："在几千年的秦风汉雨中，我们的祖先错过了太阳，今天，我们再不要错过月亮与星辰。要在我们的手里，把张家界的山水文化推上一个新的层次。"

五

是的，同一切资源一样，文化资源颇有待于开发。我从他们提供的资料中，得知这里有张良墓，据道光三年修纂的县志记载，张良得黄石公授书后，从赤松子游，殁后归葬于此。听说，张家界的得名即与此有关。据我所知，陕西留坝县有祭祀张良的留侯祠，门旁竖有"留侯辟谷处"的石碑，里面还有回云亭，取功成身退，返回云山之意。这也同样是传说。似可两说并存，因为不大可能也没有必要，硬要去对它辨个虚实真伪。

张家界还流传着当年秦始皇驱山填海，把赶山鞭留在这里，化为金鞭岩的神话。此外，还有惟妙惟肖、石相天成的"儒士藏书""天书宝匣"等景观，都引起了四方游客的浓厚兴趣。

一时，我也发思古之幽情，即兴为上述两个石景题写了三首七绝：

> 祛老天书匣碧虚，山深未走始皇车。
> 可怜不得长生术，难免沙丘伴鲍鱼！

> 秦火虽严却也疏，深山犹自有天书。

当时若果张良见，肯向桥头纳履无？

千载攻书立险峰，今时犹见古儒生，
凭虚欲问经纶策，地哑天聋唤不应。

第一首，是讥刺秦始皇的。说，为了逃避秦始皇焚书坑儒，儒士们把书册藏匿在高耸云天的大山里，其中就包括秦始皇到处寻觅的传授祛老长生术的天书。只是由于他的征车没有到过张家界，结果，长生术未能到手，最终难免死于河北的沙丘。"伴鲍鱼"也是用典。秦始皇死后，丞相李斯恐怕诸公子及天下有变，乃秘不发丧，将尸首放在辒辌车里。当时正值暑夏，死尸腐烂发出了臭味。为了迷惑人，便把同样发臭的鲍鱼放在车上。这里有调侃的意味。

第二首，引用汉初名臣张良的故实。张良少时，曾在桥上为黄石公纳履，黄遂授以天书，说"读此则为帝王师"。后来，果然辅佐汉高帝刘邦得了天下。这里说，尽管经过一番"秦火"，深山里也还藏有天书。如果张良当时得以见到，那他就不必卑躬屈节地给黄石老人拾鞋纳履了吧？

我觉得，饱蘸历史的浓墨，在现实风景线的画布上着意点染与挥洒，使自然景观烙上强烈的社会、人文印迹，可以把游观者带进悠悠不尽的历史时空里，有助于他们从较深层面上，增强对现实风物、自然景观的鉴赏力和审美感。

六

当然，我也认为，即使没有任何社会人文景观，张家界也仍然有其独特的存在价值。那种原生状态、荒情野趣，未经人工雕饰的自然天籁，同样是美的极致，是"心物婚媾后所产生的婴儿"（朱光潜语）。问题的症结所在，是如何珍惜它，保护它，给子孙后代留下一方天造地设的美的净土——这世间最宝贵的物质财富与精神财富。

道理很简单，自然创造是一次性的，既没有副本，也不能复制。而且，自然美是易碎品，一旦毁坏了就万难补偿。而审美又是人类社会所独有的现象，没有人的欣赏，任何自然美都无从谈起。于是，就产生出一个悖论：发现了自然美，有时却意味着同它告别；欣赏的同时往往带来人为的践踏。就这个意义来说，张家界开发得晚，未始不是它的幸运。

在我的印象中，张家界是前所见到的管理得最好的风景区。可是，以后会怎么样呢？对此，我也表示了忧虑与担心。因为在其他很多地方，下述情况确实存在：人们向往于"诗意地居住"，但是，由于我们的行为并不那么"诗意"，"居住"的结果竟与初始的愿望相左。许多风景区都曾是最适合人类居住的地方，而一经住进，很快就变成不再适合人类居住的地方了。

临歧握别时，主人嘱咐我们放心，说："为保护好张家界的生态环境，我们已经做了生命的承诺。"

三江恋

人们习惯于把祖国的东北地区比喻为引吭高歌的雄鸡，那么，由松花江、黑龙江、乌苏里江三大水系冲积而成的三江平原，便是这只雄鸡的丰满的颈部和奇突的头部，而素有"东北第一镇"之誉的抚远市乌苏镇，就恰是美丽的鸡冠了。

这是一个神奇的所在。盛夏凌晨两点多钟，祖国的其他地方都还在夜幕笼罩下酣然沉睡，而这个小镇已经蓦然醒转过来。在东北方向天地交接之处，首先现出一条红色的亮带，顷刻，毫芒四射，光华耀眼，紧接着一轮红日像顽童似的一蹦一蹦地向上跳动。

记得那年也是这个季节，站在泰山日观峰上看日出，是四点三十分，大家都以为是绝早了，可是，比起这里还晚了两个多小时。此刻，我才憬然领悟：怪不得小镇边防哨所的战士将"我们最先把太阳迎入祖国"十一个大字写在墙上。占据着如此优越的地理条件，谁能不充满自豪感呢！

登上高耸云天的瞭望塔，凭栏远眺，但见奔腾北下的乌苏里江在这里与浩荡东流的黑龙江紧紧地拥抱在一起，浴着朝晖，闪着粼光，一同欢快地滚滚东奔，追赶那一轮红日。

云水苍茫中，乌苏里江上驶过来两艘运载杂货的机船，一幅绝妙的"清江晨泛图"呈现在眼前。遗憾的是，我没有嘹亮的歌喉，不然的话，一定要高歌一曲《乌苏里船歌》。

面对着接天盖地的茫茫翠海，我张大着渴望的双眸，尽力在绿到天边的莽原上，搜寻与辨识着豆畦、麦陇、稻海、粮原。但实践证明，这种努力是徒劳的。绿，这宇宙间最鲜活、艳丽的生命的原色，此刻，涵盖了一切，模糊了一切。

红日初临，碧空如洗，益发显得天色瓦蓝瓦蓝，以至于浮游的云朵轮廓异常清晰，宛如镶嵌在翠蓝的天幕上的白玉浮雕。一只雄鹰平展着双翅，悠闲地在碧空中滑翔。条条点点的清溪、水泊，像白练，像明镜，在下界静静地闪耀着光华。

我见过祖国无数的大小平原，也曾驻足大西北，骇叹过千里戈壁的辽阔，游目骋怀于北美加利福尼亚州的茫茫沃野。但是，从来没有见过如此修远、如此完整的弧形地平线。凭高远望，一时忽发奇想：展现在眼前的分明是一把奇大无比的打开的折扇嘛，黑龙江和乌苏里江恰似两个扇骨，地平线相当于扇面的边缘，而脚下的乌苏镇正处在两个扇骨的中轴。这把大折扇上画满了浓绿、淡绿、翠绿、嫩绿的风景。

以前无论在哪里，总嫌起伏的山峦、茂密的丛林、参差错落的建筑群，那些形形色色的障碍物遮蔽了眼界。这次在三江平原，才真正领略到望眼连天、极目千里的快感。此情此景，大约只有置身天空、海上，尚可得其仿佛。

我这次寻访三江平原，只是涉足它的腹地，还有相当大的一部分地区抛在视线之外，不免有遗珠之憾。但就是这些，已经使我梦绕神驰，流连忘返。

这里土壤肥沃，水质优良，日照、雨量充足，生态环境良好，交通方便，具备发展以绿色食品为主的生态农业和林、牧、渔业的优越条件。

这里有成批的国家一类口岸，有内河深水良港和内陆地区借江出海，经鞑靼海峡直达太平洋沿岸诸国的黄金水道，有正在兴建的北起同江、南至三亚的纵贯全国的高等级公路。

这里的"三花五罗"、鳇鲤、大马哈等特种鱼和雪兔、紫貂、丹顶鹤、白尾海雕等珍禽异兽，久负盛誉。一种能够捕获天鹅的猛禽海东青，自辽金时代即被列为贡品。

条件优越，而人烟稀少，区内人口密度仅为全国平均数的三分之一。其发展潜力是无与伦比的。作为国家重要的商品粮基地和世界少有的没有充分开发的亚次处女地，三江平原不仅为人们提供了丰盛的物质产品，而且，是北方理想的旅游胜地。

无论是秀绝神州的花开叶落、鸟啭虫吟、牛羊咩咩、流水潺潺的莽原朔野，还是独具塞北特色的森林公园、狩猎场、滑雪场，以及赫哲族民俗村、博物馆，都以其无穷生趣，吸引了中外游人。置身其间，仿佛投身母亲的怀抱，回到幼时的摇篮，顿觉远离尘俗，宠辱皆忘，神清气爽，返璞归真。纵有千般尘虑，万种忧思，也会淡然冰释。

三江平原是民族的大家庭，有近四十个民族在这里生养蕃息，和睦相处。这里又是北方少数民族生存发展的摇篮，数千年来，他们在耕渔采猎中濡染着风习，开创了文明。统治中国北方达一百二十年之久的女真族，就是从这里跨上了征鞍，创建了金国，最后跃马中原，灭辽蚀宋的。

全国人数最少的民族之一赫哲族世代聚居此地，独具特色的博物馆向我们昭示了这个民族的世系源流、经济生活、文化礼仪、风土人情。这个民族富有爱国情怀和抗暴精神。史载，公元 1643 年、1658 年，赫哲族与达斡尔族、满族、汉族民众一道，先后三次击溃沙俄的入侵。

当地传颂着一首《烈妇歌》，叙述 1860 年冬月赫哲族少妇抗拒沙俄暴徒凌辱，坚贞不屈的感人事迹："赫哲女子颜如花，夫出从猎妻守家。突来碧眼黄须虏，闯门入室难要遮。妄思鸩占饵以利，继乃威逼戈矛加。由来女子抱贞性，此身可碎心无他。""彼众我寡势不敌，至死不屈宁嗟呀。""遐方女子知大义。""肯将皎玉遭污瑕？"

承赫哲族聚居地街津口乡乡长告知，敌伪统治时期，惨遭日寇迫害，整个赫哲族只剩三百多人，现已增长了十倍。从穿鱼皮，住地窨子，乘狗爬犁，以捕获大马哈鱼次数计算年岁，到包括衣食住行在内的整个生活方式现代化，从单一捕鱼到多种经营，他们说："我们是一步一层天。"

值得大书特书的是，中华人民共和国成立后，国家组织了一批批转业官兵、地方干部、科技人员和知识青年，进军北大荒，开发建设三江平原。这里不须费更多笔墨，只要听听沿途的"建三江""换新天""红兴隆""大兴""创业""友谊""星火""前进"……这些农场的名字，就不难记起这支建设大军与万千拓荒者的煌煌盛绩。

为了开发、建设北大荒，他们献了青春献终身，献了终身献子孙，在漠漠荒原上，撒播了知识、爱情、友谊、信念的种子。就中有欢腾的乐曲，也有沉重的悲歌；有憧憬，有思考，也有忆念。

三江平原是一种诱惑，一种挑战，一方献身的祭坛，更是一处建功立业的疆场。有些人已埋骨荒原，他们和同伴一起经历了昨天，却不再拥有明天。也有相当数量的佼佼者，从这里起步，跨上了科学、文艺的殿堂。

他们带走了伴和着冷雪清霜的残夜断想，带走了半是甜蜜半是凄苦的难忘的岁月，带走了对黑土地魂牵梦绕的苦恋；而把用汗水血汁和青春的激情、理想的诗意书写的创业史，留给了江花边草，留给了粗犷的荒原，留给了子孙后代。

经过两代人四十年的艰苦奋斗，在十万平方公里的黑土地上，发展了佳木斯、鹤岗、双鸭山、七台河等城市，建设了一批大农场、大工厂、大林场、大煤矿为主体的新兴经济区。于今，北大荒成了名副其实的北大仓。改革开放以来，三江平原更跨上了飞驰的骏马，并开始走向世界。

夜深了，昂首疾驰的南下列车载着我踏上了归途。我依依不舍地望着车窗外的佳木斯的万家灯火，望着万籁无声的漫漫荒原。那绿色的晨风，仿佛仍在心上吹拂，富含健脑提神的负离子的清新气息，还存留在呼吸间。当下吟哦一首七绝：

船歌高亢牧歌甜，碧草如茵接远天。
我与三江期后约，流云逝水两茫然。

晓来谁染霜林醉

一

凉秋十月，水瘦山寒，霜清露冷，一般是没有多少绮思艳意了。可是，当面对丹枫满坞，绛雪千林，影醉夕阳，光炫远目的奇观丽景，又会觉得秋色撩人，不禁兴薄云霄，飘然神爽。你会带着哲人般的明悟，领略那烦嚣后的萧闲，清寂中的逸趣。

作为秋的时令神，红叶包容了春的妖娆，夏的热烈，也承受了风刀霜剑的峻厉，好似糅合着绚烂与平淡、顺畅和蹉跌的七色人生，体现了一种成熟、厚重与超越，是生命的第二个青春。

也许正是为此，古往今来，才有那么多的诗文咏赞它，流传下来许多凄清、隽美的"红叶题诗"的佳话。"莫嫌秋老山容淡，山到秋深红更多。"幽怀独抱，寄慨遥深。"乌桕平生老染工，错将铁皂作猩红。小枫一夜偷天酒，却倩孤松掩醉容。"以瑰奇的想象，咏天然的谐趣。同是写醉叶、溪流，"清溪曲逐枫林转，红叶无风落满船"，诗中有画，看了觉得意静神闲；而"劳歌一曲送行舟，红叶青山水急流"，美则美矣，却令人有别绪苍凉之感。

健全的人生，需要不断地发掘美、滋润美。而竞争激烈、变化急遽的现代社会生活，尤其不能离开审美的慰藉。人们已逐渐认识到，应该把技术的物质奇迹同生命的精神补偿统一起来，在更宽广的天地中展开我们民族的生命力。因此，每到九秋佳日，无论是北京的香山，南京的栖霞，还是杭州的西泠，长沙的岳麓，举凡观赏霜林醉叶的绝佳胜地，总是车似洪流，人如潮涌。

这原本是趣味高洁的雅事，可惜，由于人满为患，有时一番盛会过去，便加剧了生态环境的失衡，造成自然景观的人为践踏。目睹美的告别，参与对于美的酸楚的祭奠，这该是最令人痛心与伤情了。

其实，美是到处都有的，关键在善于发现。人情贵远而贱近，踏不上的泥土总认为是最甜美的，遥远的地方都存在着一种诱惑。至于说，熟悉的地方没有景色，则显然是认识上的一个误区。

对此，诗人刘大白意甚不平，感喟无限，有诗云："故乡多少佳山水，不似西湖浪得名！"这使人想起比利时剧作家梅特林克的童话剧《青鸟》的故事：两个孩子走遍了天涯海角，也没有找到象征着幸福的青鸟，最后失望地回到故乡，却意外地发现，青鸟原来就在自己家里。

二

回过头来还说红叶。

辽东山区有个宽甸，宽甸北部的天桥沟是个观赏红叶的好去处。就人文景观来说，较之前面列举的几处名山胜境，当然甘拜下风；但是，若单以观赏红叶而论，天桥沟则毫无逊色。

一曰壮美。整个景区面积达六万亩，真个是"万山红遍，层林尽染"。霜飞一夜，红透千林，赤叶灼灼，喷焰缀锦，确是最壮观最浓艳的秋色。无以名之，也许称为"醉美"，略能得其仿佛。

二曰清幽。跨进山门，就闯入了红枫世界，顿觉高邈的天穹和弥望的林峦全被烈焰烘着了，只把一带寒光留给了喧腾的溪涧。红枫潭里，倒影摇红，上面是赤叶烧天，下面有红潮涌动，煞是迷人。偶尔有一两片醉叶翩翩落下，顺着回环弯曲的山溪款款漂游，我们的神思似乎也随之悠然远引。

山坳里稀稀落落地点缀了几户人家，襟山带水，掩映在红云绛雾之间，在静如太古的苍茫中，织结出一幅如烟如梦的桃源仙境。小村的名字，方志中没有记载，地图上也找不到，可是，那种超渺的意境，在宋人、元人的画卷里却似乎领略过。

过去观赏红叶，常常是驰车路上，望中确也是霜红满眼；可是，当停车静睇时，却又往往不见了那种绚烂与辉煌，未免嗒然失望。原来，因为车速很快，入望的景色还没在视界中消失，前面的景色又重叠过来，我把这种反复重合的现象，杜撰为"虚幻的聚焦效应"。天桥沟不存在这个问题。漫山遍坞，塞谷堆崖，红叶触目皆是。无论是走着看，还是坐下瞧，效果都不会发生变化。

当然，最理想的还是拾阶登临四百米高的莲花峰。凭高四望，千林红树宛如火伞齐张，把暗壑晴峦都装点成了锦绣世界。在红雾弥漫中，独独凸显出俗称"四面佛"的四个石景：一个酷肖弥勒，一个状似菩萨，一个像孙悟空，一个像拱嘴、扛耙的猪八戒。这还不算蹊跷，出奇的是，悟空面向西方，表明西天取经矢志不移；而八戒脸朝东北，一心想回老家长安。神工鬼斧，石相天成，看后，令人拍掌叫绝。

还有值得缀上一笔的，是"天桥沟"这个名字的来历。承一位同志告知：这里雨过天晴之后，常常出现一条天桥般的彩虹，"桥身"架在南北两座山上，"桥背"顶着浩渺的青天，构成一种独特的景观。

三

说来也是一件憾事，这般"绝代佳人"，却幽藏深谷，无声无息地度过了无涯岁月。同行的一位政协委员说，怨只怨历代的诗人赋客足迹不到，所以，这里就没有留下《枫桥夜泊》《题西林壁》之类的千古名篇，也不见有《望岳》《登楼》的佳作。县委书记笑着接上了话茬儿："咱们这里虽然没有文豪光顾，却有过万古流芳的抗日名将。"他指的是著名抗日英雄杨靖宇将军。

1934 年到 1938 年间，杨靖宇率领东北人民革命军独立师和抗联一军转战东南满北部山区，曾以天桥沟为中心根据地，利用山深林密的有利地形条件，与日寇、伪军展开艰苦卓绝的斗争。并在山下的方家隈子，建立了东北早期的乡级红色政权——四平乡人民政府。中华人民共和国成立后，安东市政府在天桥沟树立了抗联遗址纪念碑。至今，深山里还保存着杨靖宇将军住过的岩洞（群众亲切地称之为"杨洞"），以及战士的密营和简易医院的遗迹。

如果红树青山是一排排回音壁和录像机，当会录下六十年前抗联战士伏击日军守备队的震耳枪声和少年营血战崔家大院的悲壮场面。

这里，现已成为爱国主义和革命传统教育的重要基地。古人有"景物因人成胜概"之说，于此，进一步得到了印证。

在天桥沟，听到一个引人深思的小插曲：前两年，林业局普查山林，两个青年职工历尽艰辛攀上一座峰峦，兴奋之余，自豪地说："我们是历史上第一个登上这座高峰的人。"话刚落音，转身瞥见一根已经锈蚀的步枪通条挂在一棵老树杈上。面对当年抗联战士的遗物，他们为自己对历史的无知而脸红了。

时间老人毕竟是峻厉无情的。人间万事，一经飘逝，便旧影无存，不问金戈铁马，还是碧血黄沙，转瞬间都成了背景式的记忆。结果，在许多后人看来，这里似乎什么也没有发生过，从来就是一片乐土。殊不知，中原血沃，劲草方肥；没有先烈们"用骨肉碰钝了锋刃，血液浇灭了烟焰"，又怎么会出现今朝的红荭硕果！

晓来谁染霜林醉？此刻，再看满山的红叶，我觉得对于四百多年前抗倭名将戚继光的诗句"繁霜尽是心头血，洒向千峰秋叶丹"，加深了一层理解。

冰城忆

望着窗外渐渐消融的冰雪，脑际蓦地浮现出秦观的"梅英疏淡，冰澌溶泄，东风暗换年华"的名句。不过，此刻萦绕念中的却不是洛下的金谷名园、铜驼巷陌，而是松花江畔的北国冰城。

已经过了"知命之年"，早就淡化了昔日的江湖情、壮游热，通常是不易动情的。但是，当我徜徉于哈尔滨的冰城，身入"琼宫"，目迷五色的时候，却难以抑制感情潮水的放纵奔流。至今，四十天过去了，那景观，那色彩，那刀刻斧削般的深刻印象，还依然浮现在眼前、心上……

一踏进由数百块坚冰垒成的仿古城门，眼前，便立刻呈现出一个洞府、仙乡般的水晶世界。游园如展手卷。如果把迎门处"三羊开泰"的冰雕造型比作这幅手卷的"引首"，那么，珠宫贝阙、琼楼玉宇般的冰雕建筑群就相当于"卷本"，而数百件炫奇斗艳、竞逐才思的各种冰灯、冰塑，无疑就是"拖尾"了。它们在镶嵌其中的五光十色的电灯照映下，益发显得神奇瑰丽，灿烂辉煌。仿佛置身于《一千零一夜》中的童话世界：随着"开门吧，胡麻胡麻"的呼唤，石门砉然而开，里面珍宝纷呈，令人目不暇接。

我们登上了用冰块垒砌的岳阳楼，眼前虽然没有见到"衔远山，吞长江，浩浩汤汤，横无际涯"的洞庭胜状，但"登斯楼也"，确也感到"心旷神怡，宠辱皆忘"，逸兴遄飞，"其喜洋洋者矣"。元代一位诗人登岳阳楼时的题诗，可谓先得我心：

> 乾坤好句唐工部，廊庙雄文宋范公。
> 秋晚登临正奇绝，只疑身在水晶宫。

杜陵叟的"昔闻洞庭水，今上岳阳楼"的名篇和"小范老子"的传世雄文，是早就读得烂熟的，可是，这座江南名楼却至今缘悭一面。岂料半生夙愿于此得偿，尽管属于模拟性质，也算是"慰情聊胜无"了。

那冰雕"玉"砌，雉堞参差，雄浑壮丽的山海关，更是美轮美奂，惟妙惟肖，再现了那座始建于六百多年前的"两京锁钥无双地，万里长城第一关"的雄姿。听说，登上后，要从陡峭的冰道上滑下，我们面面相觑，似有惧色，便只能望"关"兴叹了。

好在前面还有令人目眩神迷，金碧交辉，殿阁玲珑的布达拉宫在吸引着我们，也就不觉得怎么遗憾了。两年前，我在拉萨曾实地参谒过这座号称藏族古建筑艺术精华的宫堡式建筑群。想不到，今天夜晚竟在北国重逢，感到分外亲切。悠悠东流的雅鲁藏布江，依旧是澄波如鉴吧？被誉为藏族发祥地的贡布山，别来无恙乎？亲爱的两百万藏族同胞，你们好！

在"冰雕艺术作品展"中，中、俄、美、日、意、瑞士等国的冰雕爱好者，都有作品展出。风格迥异，各擅胜场。要言之，东方的显得典雅、素朴、深沉，而西方的则泼辣、热烈一些，富有象征性和梦幻特色。

那天，哈尔滨夜间的气温降至零下二十五摄氏度，但畅游冰城的人流仍是络绎不绝，一个个神采飞扬，毫无瑟缩之感。哈市人民素有迎风斗雪的良好习惯和"雪虐风饕愈凛然"的昂扬气概。

我听说人流中杂有许多冰雕艺师，他们喜欢不动声色地倾听着观众的评议。回去后，有的埋头灯下，有的闭目沉思，准备明天推出独轶群伦的新的冰雕作品。

据说，仙家日月过得很慢，而人们的感觉却是快的，所以有"洞中方七日，世上已千年"的诗句，和大梦沉酣，四十年出将入相，醒转来却黄粱未熟的故事。在瑰奇的冰城里，亦有同样感觉。

当时游览了许多景观，从水瘦山寒的塞外，到繁花似锦的江南，登上了世界屋脊，访问了江南名楼，欣赏了富有异国风情的冰雕作品和有着浓郁的民族特色的各式冰灯，实际上仅仅在兆麟公园转了一圈，时间不过一个多小时。当我们告别这琉璃世界，重新踏上街头时，确有离开幻境，返回了人间之感。当即口占一绝：

> 回首天边月半弯，琼楼玉宇在人间。
> 从今惯结仙乡梦，我自冰城一往还。

冰城之引人入胜，我想，不仅由于它是一个纯系冰雪构建的水晶世界，而且，因为这些冰雕都是颇为精美的艺术品，具有较高的艺术观赏价值。"天工人可代，人工天不如。"通过这些精美的冰雕，在人与自然之间，艺术美与自然美之间，架起了一座灵犀互通的桥梁。这是一种新奇而确有成效的尝试。更值得称颂的是，这些艺术品，并非出自久负盛誉的艺术大师和雕塑名家之手，它们的制作者绝大多数都是普普通通的群众。雕塑艺术，闯入"寻常百姓家"，这还不值得我们热情地赞颂吗！

这场冰城的游历，似远实近，似虚却实，它植根于现实世界，不像海市蜃楼那样可望不可即，瞬息消逝，也不像梦中仙境那样虚无缥缈，醒后踪影皆无。当然，它也有别于石林奇观、瑶琳仙境等风景点，它不能久历春秋，留存长远。即使在奇寒的北疆，三个月后，它也要幻化为流水、浮云，重返大地母亲的怀抱，流向滔滔江海。四时代序，冬去春来，这是自然的常道，我们无须为冰城的消解伤怀。应该说，它在人们的心版上，已经刻镂下深深的印象。

好去灯前施妙技，明年冰雪倍还人。一当寒风掠地，雪满松江，北国人民会适时托出一座新的冰城的。值得挂虑的倒是，年年垒建，岁岁雕冰，而世事长新，永无停日。冰城建设者、冰雕艺师们，将如何争奇斗巧，推陈出新，以满足人们无尽的追求呢？

西双版纳访书

北京的琉璃厂，上海的四马路中段，苏州的玄妙观、护龙街，杭州的留下，南京的状元境，都是旧时学人访书的理想去处。半日徜徉，归来满载，手之舞之，足之蹈之。

有的兴犹未尽，还发而为诗，畅叙访书之乐：

老去看书眼未花，断编残简是生涯。
城南片席琉璃厂，饱向东京阅梦华。

记得还看过一首闺秀的买书诗：

厂桥游趁上春初，囊有余钱尽买书。
归压轻舟应胜石，伴郎披读快何如！

同样写得雅趣盎然，颇饶韵致。

几十年来，我也是每到一处都要去书肆访书，把它当作平生一乐，确像古人所云"洛阳纸贵何暇计""每阅书摊不忆乡"。

这次在西双版纳，自然也不例外。只不过访求的书不是那些宋椠元刻，也不是什么殿版坊本，而是历经沧桑、闻名于世的"贝叶经"。

一般访书，往往是漫游坊肆、"信马由缰"，因为许多奇书、珍本是可遇而不可求的。而我这次寻访贝叶经，则是事先就定了明确目标。我知道贝叶经，始于读《聊斋志异·林四娘》，那里面有"日诵菩提千百句，闲看贝叶两三篇"的诗句。后来翻检《全唐诗》，读到骆宾王、柳宗元、皮日休等许多人吟咏贝叶经的诗句，才晓得早在一千年前，它就已经出现在我国诗人的笔下了。

原来，唐代是我国历史上经济、文化高度发展时期，也是佛教传播的繁盛期。当时，许多文人接受佛学的熏染，形成了习禅风气。写诗时往往自觉不自觉地发扬"禅意"，参悟"禅机"，而禅师们也经常喜欢借诗谈禅。中唐时期，虽然文人中有一派倡导儒学复古，力主排佛，但是，佛教特别是禅宗的影响，并没有就此衰歇下去。

　　李商隐写过一首《题僧壁》的七律，全诗堆砌佛典和佛经的词汇，"禅偈气"很重，就艺术价值来看，并没有太多可取之处；但结末两句还是有些味道的："若信贝多真实语，三生同听一楼钟。"大意是：如果笃信贝叶经上的经语，那么，也就可以勘破世情、彻悟三生了。

　　这里用了三个典故：据《酉阳杂俎》记载："贝多出摩伽陀国，长六七丈，经冬不凋。此树有三种……西域经书用此三种皮叶。"按：摩伽陀在印度北部。相传释迦牟尼圆寂后不久，他的弟子们就在摩伽陀国的首都王舍城集会，由几位上首弟子诵出释迦牟尼所述的"经藏"和"律藏"。摩伽陀国既然出产贝多树，那么，当时用它的叶片来刻写这些佛经是完全可能的。"真实语"是《金刚般若经》中"如来是真语者、实语者"的节缩。佛家把过去、未来和当今称为"三生"，语出《魏书·释老志》。

　　风光旖旎的西双版纳，花开四季，果结终年，引人入胜之处甚多。我却一直记着贝叶经，亟欲一读为快。因为这里聚居着全民普遍信奉佛教的傣族，从一些文献的记载看，利用贝叶刻经自印度传入我国傣族地区是较早的，以至于有人索性就把傣族文化称为"贝叶文化"。

　　在当地一位精通贝叶经的学者的帮助下，我的愿望终于实现了。他首先陪同我到景洪的佛寺浏览了庋藏贝叶经的盛况，然后又同去他家，检读了他们几代珍藏的贝叶经。

　　这些经卷的书页，呈淡青色，大约长六十厘米，宽十厘米左右；叶片靠边处有一穿孔，被细绳连缀起来，每五十页或一百页装成一册；每册叶片上的刻字为五行、六行、八行不等。

　　承主人见告，这种作为刻书材料的贝叶，一般是从八年以上树龄的贝多树上采下来的，经过剪截、蒸煮、搓洗、晾干、拉磨、压平等多道工序的特殊处理，使叶片更为柔韧、光洁，便可以用铁錾刻写文字了，而后，再涂以掺和烟炱的植物果油，叶面上的字迹就更为清晰。经过加工处理的贝叶，具有防潮、防腐、防蛀性能，可存放数百年完好无损。

关于贝叶，当地流传着一个"绿叶信"的传说——

古时候，一个傣族青年离开心爱的恋人，去太阳的家乡寻找光明与幸福的种子。他们相约每月通一次书信，以倾诉彼此的思念之情。别后，青年把情书刻写在芭蕉叶上，由一只鹦鹉传递，开始时倒也顺利，可是，后来他们相距越来越远，传递时间越来越长，没等鹦鹉飞到姑娘身边，芭蕉叶就已经枯萎、破损了。这样，被迫中断了联系。青年十分伤心。一天，忽然发现一只虫子在贝多树叶上爬过后，留下了清晰的痕迹，而且，叶片虽然干枯了，却没有破碎，痕迹也经久不消。于是，他就试验着用小刀在贝叶上刻写情书，然后交鹦鹉衔回。足足等了一年，鹦鹉才飞回到青年身边，并且衔来姑娘在贝叶信背面刻写的情诗。

故事的结局是：这位青年虽然没有走进太阳的家乡，却找到了光明与幸福的种子——作为文明象征的贝叶信。从此，傣族人民开始用贝叶记录史实、传递信息，青年男女则用它来刻写情书。这就是傣族民间叙事长诗中常常提到的"莱邦东（用树叶写信）时代"。

这位傣族学者告诉我们，贝叶刻经大约已有两千七百多年历史了，七百多年前，从印度经由泰国、缅甸传到了西双版纳。在傣族地区已知的几万部贝叶经中，除佛教经典外，举凡天文地理、阴阳历算、社会历史、哲学法律、谱牒世系、经济文书、文学艺术、医药体育、工程建筑、农田水利等，应有尽有，内容广泛。这些珍品不仅是傣族人民的精神财富，也是整个中华民族的文化瑰宝。

出于一种"爱屋及乌"和"因蜜寻花"的心理追求，读过贝叶经后，我又特意驱车赶到景洪县曼乱弄佛寺前看了贝多树。这是一种树身高大挺拔、叶片硕厚、树冠似一把巨伞集生于顶端的热带树种。据说，整个西双版纳现在只有二三十株，每株约能存活五六十年，傣族人民对它们怀有深厚的感情，视之为知识与智慧的象征。

我相信，在不久的将来，经过他们勤劳的双手，会有更多的贝多树扎根展叶、拔地而起的。

三道茶

写罢了"茶"字，忽然想起了鲁迅先生的一句话："有好茶喝，会喝好茶，一种清福。"

由于苏、浙、闽、皖都有一些文友，他们到时候总能捎来一些上好茶叶，因此，除了《红楼梦》中警幻仙子的产于放春山遣香洞、煎以仙花灵叶上的宿露的"千红一窟"不知何味以外，其他诸如龙井、毛尖、大红袍、铁观音、庐山云雾、金奖惠明、顾渚紫笋、莫干黄芽，等等，都曾领略过。看来，前半句"有好茶喝"倒也当得；只是，喝则喝矣，对于茶艺却素少研究，所以，后半句"会喝好茶"，就谈不到了。

我同意那种"酒为热闹的社交而设，茶则是为恬静的朋侣而设"的看法。因此，喝茶时喜欢寻觅一个幽静的去处，向往那种"临水卷书帷，隔竹支茶灶，幽绿一壶寒，添入诗人料"（吴苹香诗）的韵致。我曾自嘲：如果饮茶也要分型列派的话，我当属于散漫型、自由派。

一杯春露，两腋清风，畅怀适意，优哉游哉，尽半日之闲，涤积年尘腻，什么俗氛杂念，烦闷疲劳，都一股脑儿化解在清茶的色、形、香、味里。它不像欧洲人那样解渴式的匆匆忙忙、一饮而尽的鲸吸豪饮，也有别于日本式的拘于礼仪、程序繁复、讲究"敬和清寂"的茶道。那种超然气韵，大约只有钱起诗中描绘的"竹下忘言对紫茶，全胜羽客醉流霞，尘心洗尽兴难尽，一树蝉声片影斜"，可以略相仿佛。

这次在大理下关，当接到"白族三道茶晚会"的请柬时，起初并未引起太大的兴趣。我以为，这种表现民族风情的茶点，可能与藏族的酥油茶、蒙古族的咸奶茶、维吾尔族的奶子茶相似。既称为茶会，免不了要肩摩踵接，履舄交错，只有合尊促坐，吹弹侑客，不容意念回旋，从容品味。同时，我还把"三道茶"同所谓"三饮知真味"的三碗茶混同起来。我真怕三大碗茶下肚后，像苏东坡那样，"枯肠未易禁三碗，坐听荒城长短更"——整夜兴奋无眠了。

实践证明，我犯了个主观臆想的错误。

步入会场，便听得四壁风鸣，有一种波翻浪涌、身在浮舟的感觉。原来，下关这个地方，处在点苍山的风口，因此，"下关风"与"上关花、苍山雪、洱海月"齐名，同为大理绝景。这番狂吼的疾风，客观上显示了一种时代洪潮激荡、人生变幻不居的警世意味。

室内客桌作 U 形设置，有二三十人入座。开场前，扩音器里奏鸣着江南丝竹乐，与室外的风号林啸恰成鲜明的对照。给人一种干戈化为玉帛、铁马秋风转作杏花春雨的舒泰感，大家的心境随之也宁静下来。

主人简约致辞，略云：中国的饮茶艺术，一向注重情趣和韵味，追求一种悠然自得、回味无穷的心理境界。今天的晚会力求体现这个特点，愿它能够伴着各位嘉宾度过一个难忘的春宵。

说着，三个头戴艳丽的流苏，身着红裤褂，腰系花围裙的白族姑娘，已经端着第一道茶穿花蛱蝶般地走了过来。这些"五朵金花"的后代，一个个美秀天成，端丽大方，分三路向客人彬彬有礼地献茶。

面对此情此景，我想起了苏东坡的一则轶事：一个冬夜，他梦见一位韶秀的女郎，一边歌唱着，一边把用雪水烹煮的小团茶献给他喝；醒后，还觉得音容宛在，齿颊留芳，于是，写就了两首"回文诗"忆述其事。

此刻，我双手接过茶杯后，便仿效着古人的茶式，先闻茶香，再观茶汤色泽，然后，小口品尝，使茶汤从舌尖到两侧，再到舌根。

原来，这第一道茶是经过文火烹过的，苦涩无比。客人们一边慢慢地品味着清苦之茶，一边观赏着白族男女青年表演的民族歌舞。

第二道茶是甜茶，里面加了红糖、核桃仁等，喝上一口，甜中带香。根据事先摸底，漂亮的白族少女为各地客人分别演出了他们家乡的舞蹈，令人感到分外亲切。

第三道茶里，添有蜂蜜、花椒、芥末等佐料，使人记起苏辙"俚人茗饮无不有，盐酪椒姜夸满口"的诗句。略一沾唇，便觉麻辣酸涩一齐涌来，竟然辨别不清是什么滋味。可是，饮过几口之后，细加品啜，却又颇像咀嚼橄榄，大有回甘之效，故称之为回味茶。

三道茶饮罢，客人纷纷发表感想，我即兴吟了一首七绝：

> 未经世路千重境，且饮人生三道茶。
> 消受个中禅意味，蹉跌险阻漫诧讶！

据说，白族的三道茶会，原是为欢送子弟外出求学、习艺、经商的一种礼俗，后来，演进成现在这种富有生活情趣、饱蕴人生哲理的待客方式。它融娱乐、审美、教化作用于一炉，为人们在紧张、喧嚣、粗犷、变动的现代生活中提供一方宁静的憩园和几丝温馨的抚慰。

三道茶会，对于初出茅庐、乍涉世事的青少年，颇有教益。三杯酽茶入口，苦苦甜甜，回味无限，即使是粗心率意的钝根庸质，也总能从中得到启迪，有所感悟，减除几分稚气，增加些许成熟，不至于把原本复杂曲折的社会生活简单地看作笔直、平坦的"涅瓦大街人行道"。

回味茶，尤其宜于老年。人到了一定年龄之后，沧海惯经，风霜历尽，百般折磨过去，世事从头数来；绚烂归于平淡，浮躁化为沉静。丰富的阅历，多彩的生涯，翻过筋斗、勘透机锋的智慧与超拔，使他们如窖藏数十年的陈酿，味浓而香冽。经过几番回味，其间固然不乏颓唐、退馁者流，所谓"五欲已销诸念息，世间无境可勾牵"（白居易诗）；但更多的还是"老骥伏枥，志在千里"。有人说，幸福感是经过磨折之后一种高扬的澄静。果如是，则这些老人的心境笃定是甘甜的。

身处逆境者有必要啜饮三道茶。那种苦甜交汇、忧乐相乘的意蕴，有助于他们顿悟"艰难困苦，玉汝于成"的妙谛，相信"天将降大任于是人也，必先苦其心志，劳其筋骨，饿其体肤，空乏其身，行拂乱其所为，所以动心忍性，曾（增）益其所不能"的人生哲理，领略"谁谓荼苦，其甘如荠"的辩证关系，从而磨砺意志，振奋精神，立志做烈火中的纯钢，冻雪中的红梅，暴风雨中的雄鹰。

至于那些万事亨通，一无窒碍，志得意满的幸运儿，三道茶对他们也有所裨益。他们在横绝四海、睥睨万方的奋进中，喝上一杯苦茶，当可澄心静虑，少一些浮躁，多几分清醒，懂得危机感的不可或缺，忧患意识之可贵，增强经受挫折、战胜困境的应变能力。

健全的人生离不开真善美的发掘与弘扬。借鉴与吸收外间经验，无疑是极端必要的。但是，总不能脱离民族传统的土壤。而且，正如某些民俗学家所指出的，现在有些艺术实践活动，尽管比较科学、缜密，但总不如一些优秀的民族传统活动那样清新活泼，意趣盎然，贴近生活，那样使生活的艺术化与艺术的生活化浑然一体，因而不能形成足够的社会氛围和人文趋向，不易获得整体的社会性认同与契合。

单就这个意义来说，三道茶晚会也是极有价值的。

祁连雪

真是"一处不到一处迷"。千里河西走廊，在我身临其境之前，总以为那里是黄尘弥漫、阒寂荒凉的。显然，是受了古诗的浸染："千山空皓雪，万里尽黄沙""青海戍头空有月，黄沙碛里本无春"之类的诗句，已经在脑海里扎下了根基。这次实地一看，才了解到事物的真相。

原来，河西走廊竟是甘肃省最富庶的地区。这片铁马金戈的古战场，这条沟通古代中国与欧亚大陆的重要交通孔道，于今已被国家划定为重要的商品粮基地。当你驻足武威、张掖，一定会为那里的依依垂杨、森森苇帐、富饶的粮田、丰硕的果园所构成的江南秀色所倾倒。

当然也不是说，整个河西走廊尽是良畴沃野。它的精华所在，只是石羊河流域的武威、永昌平原，黑河、弱水流域的张掖、酒泉平原，疏勒河流域的玉门、敦煌平原。这片膏腴之地是仰仗着祁连山的冰川雪水来维系其绿色生命体系的。祁连雪以其丰美、清冽的乳汁，汇成了几十条大大小小的河流，灌溉着农田、牧场、果园、林带，哺育着河西走廊的子孙，一代又一代。

祁连山古称天山，西汉时匈奴人呼"天"为"祁连"，故又名祁连山。一过乌鞘岭，那静绝人世、复列天南的一脉层峦叠嶂，就投影在我们游骋的深眸里。映着淡青色的天光，云峰雪岭的素洁的脊线蜿蜒起伏，一直延伸到天际，一块块咬缺了完整的晴空。面对着这雪擎穹宇、云幻古今的高山丽景，领略着空际琼瑶的素影清氛，顿觉情愫高洁，凉生襟腋。它使人的内心境界，趋向于宁静、明朗、净化。

大自然的魅力固然使人动情，但平心而论，祁连山的驰名，确也沾了神话和历史的光。这里的难以计数的神话传闻和层层叠叠的历史积淀，压低了祁连山，涂饰了祁连山，丰富了祁连山。

在那看云做梦的少年时代，一部《穆天子传》曾使我如醉如痴，晓夜神驰于荒山瀚海，景慕周天子驾八骏马巡行西北三万五千里，也想望着要去西王母那里做客，醉饮酣歌。当时，我是把这一切都当成了信史的；真正知道它"恍惚无征，夸言寡实"，是后来的事。但祁连山、大西北的吸引力，并未因之而稍减，反而益发强化了。四十余年的渴慕，今朝终于得偿，其欢忭之情是难以形容的。

旅途中，我喜欢把记忆中的有关故实与眼前的自然景观加以复合、联想。车过山丹河（即古弱水）时，我想到了周穆王曾渡弱水会西王母于酒泉南山；《淮南子》里也有后羿过弱水向西王母"请不死之药"的记载。在张掖市西面的镇夷峡，当地群众还给我们讲了大禹治水的故事：

传说，禹王凿开了镇夷峡，导弱水入流沙河，玉帝闻讯后加以干预，命寒龙镇守祁连山，把河水全部冻结成冰雪，河西走廊从此变成了戈壁荒滩。后来，李老君骑青牛赶到，与山祇、土神计议，到寒龙那里偷水，就这样，从南山开下来一条黑河。山神牵牛引路，李老君扶犁耕田，土地爷撒播种子。寒龙发觉后，怒吼道："你们三个合伙做贼，我就叫这里每年三个月不得安生！"结果，黑河每到六七八月，就要暴发洪水，为害甚烈。

这里，本来就够惝恍迷离的了，偏偏沙市蜃楼又来凑趣、助兴。我们驰车戈壁滩上，突然，发现右前方有一片清波荡漾，烟水云岚中楼台掩映，绿树葱茏，渔村樵舍，倒影历历，不啻桃源仙境。但是，无论汽车怎样疾驰，却总也踏不上这片洞天福地。原来，这就是著名的戈壁蜃景。

据说，整个河西走廊，包括祁连山脉，上古时都是西海，与大洋相通，后来经过喜马拉雅造山运动，隔断了印度洋，南山拱出海面，其余地带留下了无量数的沙荒砾石。也许这沙洲蜃景，正是古海的精魂寄形于那些海底沉积物，仍在做着昔日的清波残梦吧？

人类史前时期相当长的一段，是在幻想和神话中度过的。作为丰富的人文遗产宝库，神话传说汇集着一个民族关于远古的一切记忆：它的历史性变迁，它的吉凶祸福、递嬗兴亡，它对于自然、社会、人生的独特认知和体验。我们可以通过这种思维、情感、体验以及行动的载体，深入地窥察一个民族以至人类史前的发展轨迹。

观山如读史。驰车河西走廊，眺望那笼罩南山的一派空蒙，仿佛能够谛听到自然、社会、历史的无声的倾诉。一种源远流长的历史的激动和沉甸甸的时间感、沧桑感被呼唤出来，觉得有许多世事已经倏然远逝，又有的无涯生命过客正向我们匆匆走来。

这时，祁连山上一团云雾渐渐逸去，露出来一个深陷的豁口，我猜想它就是历史上著名的大斗拔谷。两千一百年前，骠骑将军霍去病从这里穿越祁连山，进入河西走廊，以迅雷不及掩耳之势，攻占了匈奴的单于城，在焉支山前展开了一场震天撼地的大拼杀，终于赶走了匈奴，巩固了西汉王朝在河西的统治。霍去病死后，汉武帝为了纪念他的赫赫战功，特意在自己的陵墓旁为他堆起了一座象形祁连山的坟墓。

时光流逝了七百三十年，隋炀帝率兵西征，再次穿过大斗拔谷。不过，他没有碰上霍去病那样的好运气，当时"山路隘险，鱼贯而出，风雪晦冥，文武饥馁沾湿，夜久不逮前营，士卒冻死者大半"（见《资治通鉴》）。但是，由于他在张掖会见了西域二十七国君主，实际是举行了一次中原王朝与西域诸国的和平友好会议，也是一次首创的国际经贸洽谈、物资交流会，使此行毫无逊色地与骠骑将军的武功一同载入史册。

祁连山下，河西走廊，不仅有叱咤风云的过去，而且，有无比辉煌的现在与将来。勘探工作者的辛勤劳动，使祁连山更高地昂起了头颅：

——这里并不贫乏，而是一座矿藏极为丰富的百宝神山。继往昔的"金张掖、银武威"的盛名之后，今天又博得了"油玉门、镍金昌、钢酒泉"的美誉。

——始建于西汉时期的山丹军马场，现已发展成为亚洲第二大马场。

——祁连山继续向世界人民奉献着"葡萄美酒夜光杯"。

——驰名中外的敦煌莫高窟，这名副其实的艺术的圣殿、神话的王国，像一颗璀璨的明珠，在古丝路上散发着夺目的光彩。

——坐落于祁连主峰北面的我国建设最早、规模最大的卫星发射中心，创造了许多"中国的第一"：发射第一颗人造地球卫星，第一颗返回式卫星，第一枚"一箭三星"运载火箭，第一枚中程导弹，第一枚洲际弹道导弹……被誉为中国航天工业的摇篮，巍然屹立于世界先进科技之林。

正是这些风尘颂洞、异彩纷呈的历史人文之美，伴随着甘霖玉乳般的高山雪水所带来的丰饶、富庶，使千里祁连从蒙昧、原始的往昔跨进了繁昌、文明的今天。我们这些河西走廊的过客，与祁连雪岭朝夕相对，自然就把它当作了热门话题。

有人形容它像一位仪表堂堂、银发飘萧的将军，俯视着苍茫的大地，守护着千里沃野；有人说，祁连雪岭像一尊圣洁的神祇，壁立千寻，高悬天半，与羁旅劳人总是保持着一种难以逾越的距离，给人一种可望而不可即的隔膜感。可是，在我的心目中，它却是恋人、挚友般的亲切。千里长行，依依相伴，神之所游，意之所注，无往而不是灵山圣雪，目力虽穷而情脉不断。一种相通相化、相亲相契的温情，使造化与心源合一，客观的自然景物与主观的生命情调交融互渗，一切形象都化作了象征世界。

也许正是这种类似的情感使然，一百五十年前的秋日，爱国政治家林则徐充军西北，路过河西走廊时，曾与祁连雪岭风趣地调侃："我与山灵相对笑，满头晴雪共难消。"我的一位祁姓学友，西出阳关，竟和祁连山攀了同宗："西行莫道无朋侣，亘古名山也姓祁。"甘、青路上，我也即兴写了四首七绝，寄情于祁连雪：

断续长城断续情，蜃楼堪赏不堪凭。
依依只有祁连雪，千里相随照眼明。

邂逅河西似水萍，青衿白首共峥嵘，
相将且作同心侣，一段人天未了情。

皎皎天南烛客程，阳关分手尚萦情。
何期别去三千里，青海湖边又远迎！

轻车斜日下西宁，日断遥山一脉青。
我欲因之梦寥廓，寒云古雪不分明。

雅隆河，一首雄奇的史诗

一觉醒来，见窗外一片皎然，以为天已破晓，披衣起望，不料竟是一天朗月。在淡青色的天幕上，冰轮般的满月挂在西南方鞍形的山脊之上，幽辉粼粼，照得群山峡谷分外庄严神秘。大地正在熟睡，一切都显得苍凉，浩渺。

我以为，在祖国广袤无垠的大地上，西藏最具特殊的魅力。它的独特的社会历史、民族风情，神奇的自然环境和高原风光，为任何内地与其他边疆地区所无与伦比。传奇的史事，特异的风习，迷人的景色，随处都可以引发雄奇的意境和奋发的情思。现在，就从我所在的雅隆河流域写起吧。

雅隆河，这个名字尽管在藏汉古史和现代典籍中经常可以见到，但它实在太小了。从源头到注入雅鲁藏布江的河口，全长不过六十多公里。上游只是潺潺一线，但终古长流，永不涸竭；中下游一带稍宽，也只有十米左右。它的出名，是因为这里孕育了藏民族的祖先，是古代吐蕃王朝的兴亡故地，也是整个西藏文明历史的策源地。

它的水质非常好，佛典上说，秋天有八大优点，一甘，二凉，三软，四轻，五清，六不腐，七饮时不损喉，八喝下去不伤腹。出于好奇心，我饮下一满碗，倒也没见到什么神功奇效，但清冽净洁却是千真万确的，因为它纯系高山雪水融汇，没有任何污染。

此间气候温和，土地肥沃，物产丰饶，牛羊遍野，农牧业十分发达，号称西藏的粮仓。民族手工业有着悠久的历史，氆氇、围裙、木碗、石锅、竹器、藏被、地毯等传统手工艺品，以造型奇特、富有民族特色，名闻遐迩。这里只说一个事例，《红楼梦》第一百零五回，锦衣军从宁国府查抄的物品中有三十卷氆氇，据考证就是这里的贡品。这是一种手工织成的毛呢，结实耐用，可制作服装、鞋帽，也可做铺垫，相传已有两千余年的历史。

这里的藏族同胞，勤劳勇敢，朴实纯真，能歌善舞，热情好客。他们把生活在民族历史文化的源头引为荣幸。在地处雅隆河口的山南地区首府泽当镇，他们热情地导引我们观看了西藏四大神山之一的贡布山。山腰间有三个"仙洞"，传说是西藏人类始祖居住的地方，至今保存完好，一年四季香火不绝。这一带诞育了藏族文字的创始人，产生过藏族第一部诗集、第一部藏戏，建筑了西藏第一座寺庙。在附近一个陡峭的山头上，有一座始建于公元前228年的碉楼式高层建筑，名叫雍布拉康，是第一代藏王修建的西藏第一座宫殿。里面的壁画描绘了出现第一代藏王、修建第一座宫殿、开垦第一块耕地的故事，十分逼真。站在宫殿顶层下望，雅隆河谷的秀美风光一览无余，在藏族同胞的指点下，我们俯眺了传说中的藏族的第一个村落和第一块农田。

早在童年时代，我们就从课本上了解到松赞干布这位西藏历史以至整个中华民族历史上的英雄人物，但是我们并不知道他就出生在雅隆河谷。史书上称赞他"为人慷慨才雄""骁武绝人""多英略"，通达工艺、历算、武技及各种学问。他文武双全，先后兼并了毗邻诸部，建立了西藏第一个统一、强大的奴隶制的吐蕃王朝。他派遣大臣禄东赞去长安求婚，唐太宗许嫁文成公主，从此开创了汉族藏族民族友谊的先河。这在中国历史博物馆展出的唐代著名人物画家阎立本画的《步辇图》中有过生动的描绘。

在西藏，文成公主几乎与这位英王齐名。每到一处，都能听到人们对她的赞颂。她生长在皇家，聪颖秀慧，端丽多才，从小过的是豪华富贵的生活，未出过宫门一步。但是，为着发展汉藏友谊和祖国统一大业，这个年仅十六岁的少女，以其非凡的胆识和卓绝的献身精神，毅然离开温柔富贵之家，踏上了雪裹冰封、山高岭峻的险程，来到荒凉、落后、风习迥异、言语不通的西藏高原，充当促进经济、文化交流的伟大使者，致力于吐蕃王国的政治建设、民族发展与社会进步，实在是旷古未有，难能可贵的。

文成公主于公元641年进藏，680年去世，在西藏生活了四十年，松赞干布于650年去世，他们一起生活将近十年。尽管已经迁都拉萨，但许多时间都是在泽当的昌珠寺度过的。松赞干布为了不忘雅隆之本，把这里作为冬宫。寺内至今还保存着传说是文成公主用过的酒壶、陶盆、炊灶和亲手刺绣；寺庙周围的柳林，据说也是松赞干布和文成公主留下来的。

文成公主也十分喜爱雅隆河流域，认为这里土地平坦，花木繁茂，水碧山青，气候温润，景色与大唐长安相似，遂定居于泽当。公主带来的随从人员和工匠，向当地人民传授了平整土地、开挖畦沟、加筑田塍等耕作方法，以及安装水磨、造纸、缝纫等技术。至今这一带还流传着文成公主教授当地妇女刺绣、纺织的故事。公主死后，与松赞干布合墓，葬在雅隆河东岸。墓顶平台上建有祠庙，供奉着他们夫妇的画像。

西藏古代的历史，湮没在大量凄美动人的神话传说之中。其中，尤以雅隆河流域神话传说最为密集，最为丰赡，贯穿着整个历史长河，是这一带社会生活、风土人情、人文历史的多棱镜。人们头脑中贮藏着许多奇幻的传说和迷人的故事，好似汩汩心泉在胸中流淌，随时都会喷涌而出。

改革前，这里分布着许多大农奴主的庄园，广大农奴过着暗无天日的极端痛苦的生活。他们说，除了手中敬神用的转经筒，全村找不到一种能够转动的轮盘；除了领主老爷抽打的鞭痕，全身几乎一无所有。在这种中世纪式的愚昧，地狱般的黑暗的生活中，人们只有把美好的愿望寄托在奇幻的神话传说之中，用以代偿余生梦想。

于今，苦难岁月已经随着雅隆河的逝波卷入滔滔江海，一去不复返了。新世纪的朝暾终于以其灿烂的光华降临万里高原。恩格斯曾说过："世界史是最伟大的诗人。"现在，在雅隆河流域，在整个西藏，随地可见这"最伟大的诗人"的杰作。一首民歌对西藏一千三百余年的历史做了精辟的概括："文成公主来西藏，藏汉民族情谊长；金珠玛米进西藏，叛乱分子一扫光；五星红旗飘西藏，翻身农奴齐歌唱；改革开放新西藏，万里高原大变样。"

长岛诗踪

　　我酷爱古典诗词，也喜欢凭借着古典诗词的描述，对我未曾涉足、寓目的风物景观，作浪漫式的神游畅想。我以为，这对于素有烟霞痼疾、山水游癖而又难酬夙愿者，未始不是一种补偿与抚慰。

　　比如，我并未游览过武夷山九曲溪，但觉得对于它却很熟悉，原来是朱夫子的《九曲棹歌》帮了忙：

　　　　一曲溪边上钓船，幔亭峰影蘸晴川。
　　　　虹桥一断无消息，万壑千岩锁翠烟。

　　曲终人杳，余韵悠然，令人怀想无穷。而且，幔亭、虹桥均有实物或史迹可供按察，使人有身历其境之感。

　　同样，我对于分布在黄海海域中的长山群岛的最初印象，也是从两首诗中获得的。一首是郭沫若1948年初冬写的七绝：

　　　　貔子窝前舟暂停，阳光璀璨海波平。
　　　　汪洋万顷青于靛，小屿珊瑚列画屏。

　　寥寥二十八字，把海岛的晴明秀色写得清丽有致。另一首是胡鉴美的《獐子岛阻雨》：

　　　　飘然来海上，风雨共徘徊。
　　　　雪浪千堆起，云涛万顷开。
　　　　空蒙人宛在，寥廓梦难回。
　　　　幸有奇山水，诗成好寄怀。

一幅气势磅礴的《天风海雨图》，令人神驰无限，心向往之。

诗词语言高度凝练，而意境悠远、深邃，往往以有限的文字留给读者以无限的想象余地。也许正是这个缘故吧，长山群岛在我的脑海中，被赋予了一派飞动轻灵、苍凉空寂的情境。

按照我的经验，这里既然是"小屿珊瑚"，画屏环列，"云涛万顷"，烟雾迷蒙，那它一定是个景色绝佳而又荒寂、褊狭，与世隔绝的所在。而且，如同一切交通阻隔，开发较晚，经济社会发展相对滞后的地区那样，那里定然弥漫着一种朦胧、神秘的氛围，广泛流传着各种神话传说，它们作为远古的梦痕、文化的根蒂，以原始思维和幻想形式，由一代代渔民口头传承下来。我企盼着能有机缘亲临列岛，去采撷和欣赏这民间艺术的丰富宝藏。

游历长山群岛，我的运气不及郭老，没有赶上"阳光璀璨海波平"的上好天气，却也胜似胡先生，未因风雨停舟。我们在霏微的细雨中登上了海军快艇，迎着五级海风和滔滔白浪，向海天深处驶去，转瞬间，就溶入了黄海海面的烟雨溟蒙之中。

我不顾剧烈的颠簸，屹立在甲板上，尽目力之所及，按图索骥般地辨识着四周的列岛。像刘玄德三顾茅庐途中误把司马徽、崔州平、石广元、孟公威、诸葛均、黄承彦认作孔明一样，我也曾把迎来又送走的几个岛屿猜想成我们此行的目的地——大长山岛。眼看着又一个面积很大的海岛擦船而过了，却见快艇绕过山头急转身来向北驶去，在一个呈钳形对峙的码头停泊了。

这里是包括一百二十个岛屿的长海县的县府所在地，是长山群岛经济、政治、文化和社会生活的中心。像是蓦然面对神交已久却缘悭一面的老朋友，我亲切而又陌生地细细地打量着它。那一排排矗立着的现代感很强的整齐的楼群，那整洁、开阔、平坦，覆盖着绿树浓荫的柏油马路，那环绕着碧绿的海湾，满布着不同肤色、不同服饰的游人的环海公园，仿佛一齐在向我诘问：这就是你想象中的海岛吗？不必深入访查，单凭上岸后的直观感受，我也要重新构写我的"长岛诗踪"了。

在这里，优美的自然景观、深厚的历史积存与现代文明有机地融合在一起。承主人告知，早在六千年前，远古先民就在这里劳动、生息了。新石器时代、青铜时代、战国时期的贝丘遗址，汉代的屯兵营，辽代的烽火台，清代的石城，近代的北洋水师军港遗迹，至今还般般俱在，可以一一指认。但是，渔民的英雄后代并没有满足于他们先辈的功业，在改革开放的新时代，他们筑起了中国第一座县级民用飞机场；架设了贯穿全县各个乡镇，与国家电网接通，总长达二百多公里的海底电缆，使长山群岛成为名副其实的海上明珠；修建了设备比较先进的科教文卫设施。

长海人惯开顶风船，生就一副搏击风浪、勇争上游的铁臂膀。过去，他们的船队落后，通过艰苦奋斗，自力更生，硬是建起了抗风、续航、应变能力都很强的大型船队，雄踞神州海域。就连只有三十几个人的县文工团，也敢于去争全国的头排座。他们自编自演的《海蓬花》，竟在全国歌剧观摩演出中夺得了剧目奖和优秀导演奖、优秀演员奖，弄得那些声名煊赫的大型剧院瞠目结舌。

此行破除了我的孤陋寡闻，修正了对于这个驰誉全国的海岛县的一些不符合实际的想象，收获是巨大的。唯一感到缺憾的是，两日的勾留，竟然没有搜集到一则神话传说，这也是出乎意料的。有人把神话传说称作史前艺术的折射镜和显像板，因为透过它可以窥见远古先民的精神世界，捕捉到史前的民俗民风和社会影像。

当然，社会历史毕竟是突飞猛进的。争上游，向前看，又是长海人的特质。解放四十余年，尤其是改革开放十余年来，这里发生了翻天覆地的变化。人民创造了一切。他们已经不再相信什么"超人的神力"。正如马克思所说的：

> 任何神话都是用想象和借助想象以征服自然力，支配自然力，把自然力加以形象化；因而，随着这些自然力之实际上被支配，神话也就消失了。

由于生产力发展而神话失踪了，好事一桩，何憾之有？

情满菊花岛

菊花岛不大，方圆不足十四平方公里。可是，在地方史志中诗文载记颇多，足见其不同凡响。

辽金时代，这里是佛门圣境；到了明清之际，由于它临近兵家必争之地辽西走廊，又成为一处军事战略要地。然而，我最初注意到它的名字，却源于一则新闻报道：二十世纪五十年代初，在菊花岛的海滩上，搁浅了一条巨大无比的鲸鱼。具体有多么重、多么长、多么高，报道中没有交代，只是说，当地渔民把它宰杀之后，纷纷去割肉，这边站满了人，那边什么也看不到。人们还找出一根长长的扁担，用来支撑鲸鱼的大嘴，以便钻进肚子里去刮油。好奇心驱使着我，恨不能立刻就跑到那里看个究竟；可是，实际走近它，却已是四十多年之后了。

菊花岛古称觉华岛、觉花岛，距离兴城海岸九公里。旧籍上说它"望之咫尺，而杭无一苇，淼若蓬瀛"。意思是说，看着不算太远，可是，由于缺少舟楫之便，欲登无路，只好对着"山在虚无缥缈间"，望洋兴叹。现代条件就不同了，乘上汽艇，"突—突—突"，几分钟工夫就上了岸。不过，快捷倒是快捷，却也失去了那种惝恍迷离的神秘感，也解构了几十年酿就的期待心理，这也是很遗憾的。

菊花岛所在的葫芦岛市，有一处天然良港，是上了孙中山先生《建国大纲》的。那天，我们乘船转了一圈儿，都说："怪不得名叫葫芦岛，还真的像个大葫芦哩！"主人告诉我们，要说像葫芦，最惟妙惟肖的还是菊花岛——两头粗，中间细，斜卧在海面上。实地一看，果然如此。大葫芦旁边摆放着一个小葫芦，很有意思。

自古以来，菊花岛就以景色佳丽著称。金代著名诗人王寂誉之为"人间佳绝处""凡道经海上，未尝不驻鞍极望，久不能去"。在其即兴抒怀的七言古诗中，有"平生点检江山好，我自龙宫觉花岛"之句，可知当时岛上风光之壮美。他在《辽东行部志》中还曾记载，辽代的"司空大师"郎思孝，早年举进士，后因厌弃尘俗，到觉花岛为僧，"行业超绝，名动天下。辽兴宗时，尊崇佛教，自国主以下，亲王贵主皆师事之"。原来，九百年前，这里寺院兴隆，僧人云集。辽代名僧圆融大师醵资修建大龙宫寺，斗拱飞檐，雕梁画栋，规模十分宏大。佛寺后来毁于元代兵燹。现在，岛上仍然残存许多处遗迹。

　　明代晚期，抗击后金军队的进击，把这里作为存粮积草之地。现在，岛西北隅尚有囤粮城遗址。明天启六年（1626 年）正月，努尔哈赤率军十三万围攻宁远城，守将袁崇焕召集军民，刺血为书，激励将士"与城共存亡"，发射"红夷"大炮轰击，后金军队伤亡惨重。努尔哈赤也身负重伤，在决计退兵之际，发现菊花岛乃明军屯粮之所，遂派武格纳率八旗蒙古兵强攻，岛上居民全被捕杀，粮草和船只悉成灰烬。

　　尔后，在宁远、锦州一线，袁崇焕又多次击败皇太极率领的后金军队，取得了历史上有名的"宁锦大捷"。天启七年（1627 年）秋，袁崇焕在战斗的间隙，曾率员视察了菊花岛，并凭栏赋诗，抒怀寄志：

> 战守逶迤不自由，偏因胜地重深愁。
> 荣华我已知庄梦，忠愤人将谓杞忧。
> 边衅久开终是定，室戈方操几时休？
> 片云孤月应肠断，椿树凋零又一秋！

　　诗句格调凄苦、低沉，从中丝毫看不到胜利后的慰藉与欣喜之情，相反地倒是溢满了临深履薄、忧谗畏讥的悲愤情怀。

　　作为一员前线的主将，他缺乏足够的指挥若定的自主权。战固不易，守亦艰难，处于一种国弱主疑、进退维谷的颠危境地。这样，当身临佳胜之地，自然会触景伤怀，倍加感到情怀悒郁，愁肠百结。就主观上讲，自己早已看破了世情，像庄周梦蝶那样，知道功名富贵无非是镜花水月；所不能去怀的，唯有无尽的忠诚、无穷的忧愤。可是，朝野上下又有谁真正能够理解这一苦衷呢？一些醉生梦死之徒，反而笑他"杞人忧天"——"天下本无事,庸人自扰之。"从客观上看,外有"边衅久开",强敌深入;而在朝廷内部,魏阉擅权,党争激烈,互相倾轧,内讧不断,更是大大斫伤了国家的元气。"片云孤月""椿树凋零",极写晚明王朝的风雨飘摇之势。

历史证明,袁崇焕的种种殷忧都不是无谓而发,不到十七个年头,大明江山已尽归敌手;而他本人,未出三年,便在皇太极的反间计下,成了崇祯皇帝的刀下之鬼。

今天,菊花岛已经被开辟为旅游胜地,游船队队,往来于市区、海岛之间。岛上林木葱茏,空气清新,淡水资源丰富,气候宜人,春天雨量丰沛,夏季凉爽,秋暖霜迟,冬无酷寒。沿环岛公路驰行,处处有青林、碧海相伴,波光帆影,娱我情怀。

滩涂开阔,坡势和缓,有的怪石嶙峋,黝黑似墨,有的平沙如坻,细浪堆银。碧水一湾,晴波万顷,"隔断红尘三十里,白云黄叶两悠悠"。很适合建筑高级别墅和旅游度假村。岛上十分重视生态环境的保护,有的企业看中了这个地点,想在这里建厂;但是,经过村民讨论,认为生产过程会带来环境的污染,就给予否决了。

这里的村民质朴好客,古道热肠。见我们的游船不易靠岸,便主动划来小艇摆渡。这里民风淳厚,各家饲养的牲畜夜间都散放在岛上,住户门不加栓。居民间很少发生吵架斗殴,唯嗜酒如命。看到外间社会秩序不好,一些老年人担心发展旅游业,扩大与陆地上的交往,会失去往昔的安宁和淳朴的民风。

市、县领导人说,这种担心提醒我们,在扩大开放的同时应该注重精神文明建设。当然也应该看到,岛上目前这种文明状态,是在封闭条件下、低层次的物质生活水平上维持的,迟早会受到外界的冲击;而长期停留在耕田而食、凿井而饮的田园生活状态,是无法进入小康境域,赶上现代化的时代步伐的。

在新的社会环境中,物质文明的发展,对于新的道德观念、社会风气的形成,会起着重要的推动作用。正如马克思所说的:"通过生产而发展和改造着自身,造成新的力量和新的观念,造成新的生活方式、新的需要和新的语言。"

午饭后,大家又乘船登上旁边另一个小岛——羊山子。这里处于一种完全与世隔绝的状态。草深没腰，往年的枯草还未芟除，今年的新草又蓬茸而起，里面根本没有路。由于腐殖土层极厚，地面软似毛毡，有很大的弹性。野花自开自落，白云闲去闲来，耳边到处鸣啭着啁啁啾啾的鸟声。步履所及，不时惊起一只只苍鸟白鹭。

此时正值野鸭产卵季节，主人告诉我们，只要细心一点，随时都能碰上一窝窝的鸟蛋。这可真是一个富有诱惑力的景象呀！回想童年时代，常常是整天在芦苇丛里钻进钻出，却很难找到几窝雀蛋，不免怅怅而回。眼前，倒是碰上了补偿的机遇，但我却再也不想往前拔步了。我不愿意面对那一窝窝光洁诱人的鸟蛋，更绝对不能因为一己之欲而给鸟类带来覆巢灭门之灾。

地球是人类的家园，也是各种生物包括可爱的鸟类的家园。鸟是人类的近邻和亲密的朋友。在我们的耳边，如果没有百鸟啁啾，莺声呖呖，那该是何等的单调与寂寥！劝君莫拾三春卵，待看凫雏掠地飞。此刻我欣喜地发现，同行的每位朋友，包括菊花岛上的三位村民，全都是"妙手空空"，一无所获。他们都把目光扫向万里云空，苍茫的大海。

时代毕竟是进步了。我进而联想到那条硕大无比的鲸鱼的命运——如果它不是在四十几年前，而是在今天搁浅在菊花岛海域的浅滩上，村民们当会想方设法送它游回大海，而不致惨遭无情宰杀了。

黄山三人行

一

历代文人多得江山之助。北宋文学家苏辙说过："太史公行天下，周览四海名山大川。与燕赵豪杰交游，故其文疏宕，颇有奇气。"清代学者顾亭林也有"行万里路，读万卷书"的主张。到了诗人黄景仁那里，就说得更直接也更明确了："自怜诗少幽燕气，故向冰天跃马行。"

同样，为了开拓诗文境界，全国作协也经常组织一些作家登山临水，探美采风。这样，我和诗人C君、小说家S君便结伴上了黄山。

黄山七十二峰，有莲花、天都、光明顶三大主峰，海拔都在一千八百米以上，其中最著名、最险峻的是天都峰。古人在游记中曾把它描绘成天上的都市。有的惊赞："任他五岳归来客，一见天都也叫奇。"有的形容说，天都突出云表，如旭阳出海，星月爝火一时无光；又如庙堂朝会，天子升御，那些平素为兆民所瞻拜的公卿将相，都屏息俯伏。

清代大诗人钱谦益甚至发出过"不上天都死不休"的壮语，足见其倾慕之至，可是，说来遗憾，这种誓言并未兑现。当他看到天都峰壁立如屏，鸟道如线，"无縆受手，无凹受足，樵苏绝迹，猿鸟悚栗"，就再也没有勇气攀登了。但他并不死心，望着层峦叠嶂，恋恋地说："吾将买山桃源，朝夕浴于汤池，炼形度世。"然后，结伴山灵，复理游屐，乘飙轮，驾云车，直抵峰巅——为着登上天都，竟幻想要羽化成仙了。

难道天都峰就真的攀登不得吗？我们决心闯它一下。

二

清晨起身，冒雨进发。开始时，登山路还比较平缓，小说家悠闲地吐着烟圈，走在前面。诗人紧紧相随，听得见一对二两装的"双沟佳酿"在背篓里咣啷啷地响着。我照例揣着一本书，此外身无长物。想是为了破除攀山的寂闷吧，诗人扯开了话题：

"你们说，谁是黄山文学的开山祖师呢？"

我有意开他的玩笑，说："那一定是个诗人了！"

"对，"诗人非常认真地说，"正是李白最先写了赞诗：'黄山四千仞，三十二莲峰，丹崖夹石柱，菡萏金芙蓉……'"以后，再没有下文了，原来，前面到了笔陡的石蹬，吟哦的兴致已经消逝，只有"呼呼"地喘大气了。

越往上爬，石级越陡，每上升一步都要手足并用，动作稍不协调，前面人的脚就会碰到后面人的头顶。有时遇到垂直九十度的绝壁，免不了要膝盖贴腮，鼻头碰壁。仰首翘望攀登顶峰的路线，远哉遥遥，势如悬瀑，不禁心旌震怖，两腿发虚。特别是山树鹰在枝头一声声的鸣叫，听来很像"回——回去"，更平添了三分退意，确像古人说的有点"望峰息心"的味道。

可是，当想到三百七十年前，徐霞客抓着树枝、野藤，将肚皮贴在山上，蜿蜒向上爬行，终于登上天都峰的情景，又觉得眼前的难度和险度，正在大大减小——起码我们有石头凿出的台阶可登吧？

当然，险峻终究是事实。眼前，就到了险上加险的"鲫鱼背"地段。十几米长、溜平光滑的石脊，宽度只有六七十厘米，两边悬崖万丈，深不见底，人走在上面像站在薄薄的刀背上，遇有流云疾风，更是随时都有滑下去的危险。我们总算胜利地度过了。

到达天都峰顶，放眼四望，顿觉天空野阔，心旷神怡。诗人掏出小酒瓶，慢慢地呷了一口酒，高声朗吟着："只有天在上，更无山与齐。举头红日近，回首白云低。"小说家也不顾风高背凉，接连抽了两支烟，兴奋地发着议论：登山最有趣的是在上下、进退之中。比如，我们本来应该步步向上，可是，突然有一小段却蜿蜒向下，使人产生了迷惑，走过这段，山路又步步向上了。这叫高潮跌宕，错落有致。再比如，走到文殊台前，迎面石壁高耸，刻着"不可阶"三个大字，心想，这回可是"山重水复疑无路"了。

正在焦急中，忽然看到石壁下部钻出两个人来，原来，那里有石洞可通，这不是"柳暗花明又一村"吗？这种跌宕、悬疑，很像戏剧冲突、小说情节。生活中最能引发人们关心的，往往是那种矛盾接近顶点，将要解决但尚未解决的事物。

我一面听着他们的高吟妙喻，一面欣赏着远山近壑、奇石怪松的瑰丽景色，快然于心，真也要手舞足蹈起来。我想起了宋人吴古梅在《黄山纪游》中讲述的：暮秋之日，他同鲍鲁斋、宋足庵登上丹崖万仞之巅，"古梅谈玄，鲁斋论史，足庵歌游仙、招隐之章，少焉，吹铁笛，赋新诗，飘然有遗世独立之兴"。相对于他们而言，我们可说是现代的"黄山三人行"了。

正在我们纵情谈笑时，倏忽浓雾弥漫，烟云泛起，似乎滚滚波涛正向脚下涌来，甚至听到了"刷刷"的流响。苍茫四顾，迷蒙一片，一种梦幻般的感觉陡然袭上心头，我们急步离开了顶巅。

三

走到玉屏楼，迎面见到石壁上刻有"观止"二字。我们议论说，黄山多壮美之景，恐怕到过天都峰、玉屏楼，也就算"观止"了。不料，这番话马上遭到身后几位同志的驳斥。这是来自内蒙古的游客。

他们说，黄山之美，险只是一个方面，更主要的还在于奇，不到西海、北海，就谈黄山之美，实在为时过早。他们已经来了三天，今晚要爬上黄山另一个主峰——光明顶，晚间宿在那里，以便翌晨观赏云海、日出。于是，我们便尾随着他们开始了新的探索。

黄山有很多地方，可以看到云海，就中以光明顶为最佳的景点。泰山的云海是壮观的，但孤峰特立，风吹云涌，为时短暂，常常感到不满足。飞机上可以居高临下，广览云海奇观，可是，置身万米高空之上，终有可望而不可即的隔膜之感。而光明顶的云海，层层叠叠，汁漫无涯，仿佛就在脚下。

这天，我们起得很早，登高四望，但见山峰的前后左右，到处都是烟云缭绕，浮浮荡荡，如帛如絮，如缕如带，有的像轻纱薄雾，有的如怒潮奔马。眼前只有莲花、天都、玉屏诸峰，如盆景，如螺髻，错出其间，其余的峰峦、峡壑统统淹没在云海里。此刻，才真正体会到清人咏黄山云海的诗句："白云倒海忽平铺，三十六峰遭吞屠。风帆烟艇虽不见，点点螺髻时有无。"确实是状景传神，惟妙惟肖。

忽然，东边的云脚慢慢移动，露出了一线曙光，逐渐由银灰色幻化为浅红色，形成一条宽阔的彩带。渐渐地在天地交接处，冒出来一个红色的光点，随之金光四射，光点很快变成了弧形的光盘，并且逐渐地增大，不断地扩展，霎时，一轮闪着金光的旭日跳跃着钻了出来。

几乎在同一时刻，分别在玉屏楼、北海宾馆、排云楼、白鹅岭等处观赏日出的游人，都一齐欢呼起来。套用一句唐诗，叫作："海上生红日，天涯共此时！"在朝暾普照下，云海闪动着万顷金波，整个光明顶罩上一层耀眼的光华。这时我才醒悟，"光明顶"的名字，原来就是根据这个起的。

四

吃过了早饭，我们向西海、北海进发，深入到黄山风景区的腹地。一幅神奇的画卷逐步在我们眼前摊开。奇峰千叠，尽态极妍；怪石纷呈，琳琅满目。千百年来，人们根据它们的形态，起出了达摩面壁、仙女鼓琴、文王拉车、武松打虎、仙人指路、老翁钓鱼、喜鹊登梅、金龟探海、雄鸡叫天门、孔雀戏莲花等各种名字。

作为大自然的另一杰作，黄山松更是独具一格，颇富创造性。它打破了一般树木对称与平衡的常规，枝条侧向一方，产生一种特殊的魅力。它冠平如掌，枝伸似臂，以低矮坚实的躯干，迎击着雷霆、暴风的挑战。靠着无坚不摧的钻劲，哪怕是生在笋尖、剑芒、莲蕊般的方寸之地，也要觅出一点缝隙，扎根成长。特别是作为黄山标志的高寿千秋的"迎客松"，站在玉屏楼前，朝朝暮暮，平伸出手臂，彬彬有礼、仪态从容地迎接着来往行人，给人一种亲切、凝重的感觉，成为中国人民热情好客的象征。

黄山，确如人们所赞誉的，是巧云的家乡，奇石的陈列馆，怪松的博览会。而且，诸多景观，错落有致，具备整体上的美感。我想，黄宾虹老人之所以九上黄山，刘海粟先生八十六岁高龄还要策杖登临，定是因为它达到了美的极致。可惜黑格尔老人缺乏这个眼福，不然，也许他对自然美就不会那么轻蔑了。

小说家议论说："看过一些以黄山为题材的美术作品，觉得多数都没能表达出它的姿态。我倒以为，画黄山应该细针密缕做女儿绣，搞一些须眉毕现的工笔画，不然，恐怕画不出它的丰姿俊采来。"诗人对此颇不以为然。笑着说："'论画以形似，见与儿童邻'。古人的这种审美观点，于黄山也同样适用。"

对于小说家的论画，我也持不同看法。记得一本书上讲过，古希腊画家阿贝列斯曾把自己的画作放在街头，然后躲在后面听取行人的意见。旁边一个鞋匠，批评人物的鞋子画得不对，画家马上按照他的意见改了过来。鞋匠受到了鼓舞，又滔滔不绝地评论起其他的部位来，实在都没有道理，画家听了，忍耐不住，便从画的后面闪出来，说："你还是只谈鞋子吧。"我们的小说家讲起小说、戏剧的矛盾冲突来，头头是道，可是，对于绘画一事，则不见得内行。

"看！"诗人忽然发现了新的景观。顺着他的指向，我们看到散花坞前有一块挺拔的巨石矗立在松海之间，上面长着一棵古松，望去酷似一枝饱蘸着浓墨的毛笔。这就是著名的"梦笔生花"。

传说，李白少时梦见所用之笔头上生花，后遂"天才赡远，名闻天下"。现在，我们正苦于"眼前有景道不得"，如果也能笔上生花，一定首先用来描绘黄山，同时，为那些历险犯难，探索黄山风景区奥秘的先行者，为洒血挥汗、给千百奇峰铺设石阶、巧架天梯的英雄石工，写一首壮丽的赞歌。

溪　韵

　　记得俞曲园在《春在堂随笔》中说过："九溪十八涧乃西湖最胜处。"特别是他那首描写九溪十八涧的诗：

　　　重重叠叠山，曲曲环环路，
　　　丁丁东东泉，高高下下树。

更给人留下了深刻的印象。所以，这次来到杭州，行囊甫解，我们就寻访了九溪十八涧。

　　看地图，九溪十八涧位于西湖西边的鸡冠垄下，地形像个"丫"字。上端一方起自风光秀丽的龙井，一方连接著名的烟霞三洞；下端与钱塘江贯通，全长十数华里。

　　明人张岱盛赞"其地径路崎岖，草木蔚秀""别有天地，自非人间"，同时强调指出：那里"人烟旷绝，幽阒静悄""老于西湖者各胜地寻访无遗，问及九溪十八涧，皆茫然不能置对"。三百年过去了，现在，这里也还是"幽阒静悄"，人迹稀少。一路上，我们问过许多人，有的"茫然不能置对"，有的表现了善意的诧愕，意思是：到杭州来，不去游湖赏景，偏要到那个僻塞地方去，怪哉！只是他们很客气，没有明说出来。

　　走出龙井之后，就踏上了九溪十八涧的"崎岖径路"。迎面遇到一个青年，主动告诉我们："我来杭州十几天了，西湖游过了多少遍，以为九溪一带肯定好玩，谁知一点意思也没有，走到半路就折回来了。"我们一听，心里也凉了半截。但是，总觉得"名下无虚"，古人不会无故说瞎话的。于是，便硬着头皮径直地走下去。

　　山回路转，前面果然出现了幽邃的胜境，两旁竹木葱郁，绿荫四合，苍茫中颇有佳致。中间清流一线，纤曲弯环，琮琮琤琤，声若鸣琴。有时，同我们捉迷藏，隐身丛林峡谷之中，只留下一片清脆的流响；有时，又大大方方地流过我们脚下，露出明亮的姿容；有时，调皮似的横在我们面前，从左边跳向右边，一会儿又从右边奔向左边，拖累得我们经常要履石穿流而过。

这里的地形也十分奇特，四面山峦环抱，每架山峦多呈馒头形。放眼四望，酷似绿色的巨大花环，行人被围在中间的"井"里。眼望着前面的去路已断，可是，循着溪流走去，又转游出来了。谁知，刚刚转出了这个"井"，很快又迈进了另一口"井"。怪不得清代的随园老人说："我爱九溪十八涧，把人引去又勾留。"我们就这样，转呀转，勾留在一个个"葫芦峪"里。愈转山色愈深，愈转溪流愈阔。虽然已是暮秋，但山中气温还比较高。鸣蝉在树，山鸟啁啾，此刻，真正体会到了"蝉噪林愈静，鸟鸣山更幽"这两句古诗的妙谛。

同行的诗人 C 君说道：看到这里的景物，我想起了泰戈尔的一段论述：诗像一条小溪，紧束在两岸之间，岸边丛林、村落，景色万般。诗歌格律很像小溪的两岸，使它流得曲折，流得绚美。散文则像涨大水时的沼泽，汪洋一片，散漫不羁。所以，写诗是一种快乐，而写散文则是痛苦。高尔基也认为，散文比诗更难写。

我说，泰翁讲的自有他的道理。其实，会写诗的一般都擅长散文创作。就说泰翁这番话吧，还不是一篇绝妙的散文！……

突然，一串银铃般的笑声打断了我们的谈话。原来，一对青年男女正在前面溪石上照相。女青年对着清澈的溪流梳理着秀发，一不小心踏在水里，却并不急着走出，只是大声嚷道："哎，怎么水还发温呢？"男青年放下照相机，将女郎拉到自己身边，伏身一试，说："真的，说不定哪一条溪就是温泉。你闻闻，还有硫黄气味呢！"

我们继续在"葫芦峪"里穿行着。小说家 S 君半认真半开玩笑地说："舍弃六桥三竺，肯到这个深谷幽涧中漫游，我想，大概只有两种人：一种是情人，谈情说爱，是最喜欢幽静的。古人游西湖，有诗云：'人自乞晴侬乞雨，要它微雨散行人。'说的正是这种情况。再一种就是诗人，揽胜寻幽，更饶诗兴。这两种人还有一个共同特点，就是不避艰险，不惮劳苦。哪怕炎阳流火，或者风雪载途，也不说半个

'难'字，照样坚持着，忍受着，甘之如饴。都有一种'衣带渐宽终不悔，为伊消得人憔悴'的献身精神。"说罢，小说家自己也不禁笑了起来。

"而且，"我补充说，"这两样都是事必躬亲，再苦再累再险再难，也不能烦请他人代劳。不然，爱神维纳斯就不会光临，诗神缪斯也见不到踪影了。设想，当日李白如果不'流落楚汉''仗剑去蜀'，《蜀道难》这千古名篇就无从问世；同样，徐霞客只有历经三十年，走遍大半个中国，才留下那部被称为'世间真文字、大文字、奇文字'的两百万言的皇皇巨著。"

说话间，我们已经到了"溪中溪"，这是九溪十八洞的最佳处。往前再走一段，就将告别九溪，踏上大路了。照通常心理，离开了崎岖小路，走上通衢坦途，一定会欣然色喜的。可是，我却有些怅然。后悔前段路走得太匆忙了，没有仔细浏览溪山胜境。赏景好似读书，"读书切忌太匆忙，涵泳工夫意味长"，囫囵吞枣，收获不大。无奈，天已向晚，没有可能再回去重温胜迹了。

小说家谈到有一年他在苏州，住在人民桥附近，每天上街都要绕过一段很长的路。离开苏州这天早晨，他突然发现一条捷径，但也只能走这么一次。当时，他颇有感慨地想：小路啊小路，发现了你，也离开了你。事物常常是这样的。

几句简单的话，引起了我一路沉思。

因蜜寻花

高尔基有一句名言："艺术家创造艺术的真实，像蜜蜂酿蜜一样；蜜蜂是从各种花里一点一滴地采集最必要的成分的。"

典型化的东西，无疑比生活原型更集中、更完美、更动人，但是，"美物者贵依其本"——人们在欣赏文学作品的同时，往往对其据以产生的生活原型也特别感兴趣，正如人们不仅食蜜还要赏花一样。看过《红楼梦》之后，读者都还愿意了解一下曹雪芹的身世及其有关传说；山东阳谷县的狮子楼、景阳冈等遗迹，并没有因为有了《水浒传》而无人问津，相反地，地以文传，它们倒是变得更有吸引力了。

正是这个道理，使我怀着浓烈的兴趣，在绍兴寻访了鲁迅先生笔下的风物人情。因为先生一生中三分之一以上时间是在绍兴度过的，许多小说、散文都以这里为背景。

过了轩亭口，走进东昌坊口的都亭桥、覆盆桥一带，有一种似曾相识的感觉。那颇具地方特色的河网、拱桥、黑漆门、石板道，遍布街头巷尾的酒家、茶肆、寺庙庵堂，穿梭般往来的乌篷船、白篷船，以及圆顶、卷边、别具一格的黑毡帽和生动有趣的方言、"炼话"，耳目所及，都觉得十分熟悉，十分亲切，尽管我到这里来还是第一次。

穿过两扇黑漆石库门，走进了一座江南特有的那种深宅大院，眼前现出一幢中式的二层楼房，石板台阶，白色花格门窗，前后都有石板铺就的天井。1881 年 9 月 25 日，鲁迅先生就诞生在这里。岁月奄忽，时移世异，于今，从深邃的庭院中已经难以看出这位旷代哲人成长的足迹，但是，我还是久久地驻足其间，情怀依依，流连忘返。

庭院后面，有一个约为两三亩的菜园，便是先生称之为"儿时乐园"的百草园。现在，"碧绿的菜畦，光滑的石井栏，高大的皂荚树"还在，那堵先生小时候常去捕捉蟋蟀的泥土短墙也大致保持着当年的旧貌。我凝神摹想着——

夏日，那个机灵、好动，被称为"胡羊尾巴"的少年鲁迅，怎样攀上爬下，摘取紫红的桑椹和覆盆子，哪一处的土墙因为拔取何首乌而坍毁下来。

大雪天，他如何同闰土一起，扫开一块雪地，支起大竹筛子捕鸟，怎样从筛子下面把白脸颊的张飞鸟抓出来，装进麻布口袋里。

长得又矮又胖的长妈妈，坐在哪个地方给他讲述太平军的故事，那条很大的赤练蛇，还有美女蛇，是从哪个方向"沙沙沙"地爬过来的，那蓬乱的草丛还会不会藏有老和尚的飞蜈蚣……

一切都默然了。带着无从索解的遗憾，我在百草园中往复徘徊。

在《朝花夕拾》中，鲁迅先生以中年怀抱追忆了童年的般般往事，再现了当年生动逼真的生活图景，使我们看清了在接受传统文化的陶冶的同时，儿童生命固有的活力，任情适性的纯真，以及人的生命的本性，如何在成文的教本和不成文的风俗的包围之下，遭到肆意的摧残。

离开百草园，向东走出三百多步，穿过一道南北跨河的石桥，从一扇朝北的黑漆竹丝门，进入了"三味书屋"。这个"三味"，有人引述宋人李淑的《邯郸书目》"诗书，味之太羹，史为折俎，子为醯醢，是为书三味"，加以解释，并以书屋里挂着的对联"至乐无声唯孝悌，太羹有味是诗书"为证；也有人认为，"味"即吟咏玩味，"三味"就是反复寻绎的意思。我也没有去细加研索，只是细心地看那幅代替中堂的《松鹿图》，还有先生用过的刻着"早"字的书桌，和后来在文章中提到过的已有百余年寿命的蜡梅树。

出东昌坊口北行不远，便是坐西朝东的长庆寺。这里的当家和尚龙祖，曾给少年鲁迅留下了极为深刻的印象。直到生命的最后一年，先生还写了一篇题为《我的第一个师父》的散文，热情地赞扬了这个"瘦长的身子，瘦长的脸，高颧细眼"，不守清规的龙师父，生动地描绘了他的叛逆性格和生活情状，有力地揭穿了那些"佛门弟子""道学先生"的虚伪本质。

土谷祠在长庆寺的斜对面。这里，过去除了农历四月十四土地神生日领受一些香火外，平时总是冷冷清清的，于是，便成了一些无家可归的游民、乞丐的栖身之地。据导游介绍，当时有个叫"谢阿桂"的，原本住在戴家的一间房子里，由于名声不好，被房主赶了出去，只好住进了土谷祠。他经常在外面打短工，帮人家推磨、舂米。却又不好好干活，沾染了一些流氓习气，后来变成了半工半偷、游手好闲的人。谢阿桂也做些旧货生意，有时还替一些破落户子弟代卖几件古董。一天晚上，他悄悄地来到鲁迅家里偷东西，被人发现了，由于在这里做过短工，门径熟悉，翻墙跑掉了。

谢阿桂有个邻居，名叫戴阿贞，住在土谷祠隔壁的穆神庙里。原以打更为业，后因吸食鸦片成瘾，穷困潦倒，也干些偷窃勾当。两人可说是"难兄难弟"。中华人民共和国成立前夕，许广平先生来土谷祠参观，听了人们的介绍，无限感慨地说，似乎在这里"更亲切地找到了阿Q的所在，仿佛此中有人，呼之欲出"。我现时的感觉，也正是这样。

中午，我们特意安排在鲁迅小说《孔乙己》中描写过的颇具古风的咸亨酒店用饭。酒店坐落在东昌坊口西首路北，至今还保持着一百多年前的旧格局：两间门面，屋檐下悬挂着一块写有店号的牌匾，柜台的青龙牌上直书"太白遗风"四个大字，店堂内挂一幅醉后狂吟的李太白的画像，曲尺形的大柜台，朴拙的陶制酒坛，铁皮制作的温酒爨筒……这一切，使我忆起了孔乙己及其所处的时代。

据说，这类小酒店的主顾，当时多是锡箔工人、搬运工人、船工、车夫一类"短衣帮"，穿长衫的读书人是很少光顾的，只有"三味书屋"的塾师寿镜吾先生例外。但是，他也总要避着学生，一进店门，伙计们便主动招呼："二老爷，里面坐。"马上给他温好半斤老酒，放在桌上，他便随手摸出八个铜板偿付，再买一个铜板的茴香豆。

听着导游的讲解，我急着问道："那么，孔乙己的生活原型究竟有没有呢？"

"有的。鲁迅有个邻居，人称'孟夫子'，很喜欢喝酒。早年在周氏私塾中帮助抄写文牍，后来穷途末路，衣食无着。一次，溜到书房里去偷书，被人抓获打残了腿，只能用蒲包垫着，坐在地上，靠两手支撑着身子向前挪动。他常对人说：'窃书不能算偷。'鲁迅就是以他为模特儿，并杂取多种人的特征，塑造了孔乙己这个艺术形象。"

我们也学着绍兴人的习惯，在曲尺形的柜台旁，买了一爨筒绍兴老酒，外加一盘茴香豆、一盘豆腐干，坐下来慢慢地吃着，谈着。绍兴老酒为全国八大名酒之一，已有两千多年历史了，从唐代起，就被列为贡品。当地朋友介绍，这种酒色、香、味俱佳，而且，有特殊的滋补功能。它不怕放，越陈越红，越陈越香，越陈越醇。陆游诗中"莫笑农家腊酒浑""一杯放手已醺然"，说的都是这种绍兴老酒。

　　这就更增添了我的兴致，尽管平时滴酒不沾唇，此刻，我也喝了小半碗。带着微醺，乜着双眼，注意观察店内的其他顾客。许多人都戴着黑毡帽，和鲁迅笔下的"紫红的圆脸，头戴一顶小毡帽"的农民外形相似，但闰土、阿Q那种打短工的，恐怕难以见到了。

　　这时，邻桌一个中年汉子，见我们四下张望，以为要买东西，便主动过来搭话。原来，他是到市外贸公司联系"绍兴腐乳"出口生意的。说着，便送过来几块红色和淡黄色的"绍兴腐乳"，请我们品尝。我尝了一块，说："早就听说过这种绍兴特产，果真是醇香可口。"他听了更加得意，眼里闪着亮光，口若悬河地滔滔不绝地讲了起来："这种腐乳是用清澄甘洌、含有矿物质的鉴湖水，以绍兴老酒作辅料做成的。当年曾经在巴拿马赛会上夺得奖章。现在，除了畅销国内市场，还销往东南亚、日本和美国。"俨然以大老板的身份出现。

　　我想象不出来，如果鲁迅生活在今天，那么，活在他笔下的又将是一些什么角色呢?

大禹陵与宋六陵

为神奇丰富的古代传说和色彩斑斓的历史画卷所吸引,我在来到"文物之邦"绍兴的第二天,就专程探访了大禹陵和南宋诸陵。

禹陵在会稽山下。一条青石铺就的长长甬道,把游客引向一座建于明代嘉靖年间的碑亭,石碑上镌刻着"大禹陵"三个雄浑壮美的大字。碑亭右侧就是禹陵,古称禹穴。据《越绝书》记载,禹的墓地"穿圹深七尺,上无泄泄,下无邸水,坛高三尺,土阶三等,周方一亩"。今天看到的情况,与古籍所载,十分接近。

想那"汤汤洪水方割,荡荡怀山襄陵,浩浩滔天"的远古洪荒时代,这位伟大的治水英雄,栉风沐雨,茹苦含辛,日夜奔波于田野之间,"三过家门而不入",率领民众通山川,疏江河,历经十三年的艰苦奋斗,终于制伏了水害,理出了可供群黎居住的九州。然后,聚会诸侯于会稽山下,总结经验,计功行赏。由于多年辛苦,积劳成疾,庆功表彰大会刚告结束,这位治水英雄就长眠不起了,以其震古烁今、惊天动地的英雄业绩和"鞠躬尽瘁,死而后已"的献身精神,为中华民族留下了宝贵的精神财富。望着那神奇、迷茫的古穴和高耸的碑亭,一种肃然起敬的情怀,蓦然在心头涌起。

禹庙紧靠着禹陵,是一组规模宏大、气象巍峨的建筑群,始建于南朝梁大同年间。现存的主体结构保持着清代早期的建筑风格。从西辕门进庙,迎面就是那座赫赫有名的岣嵝碑,亦称禹碑。原在湖南衡山云密峰,早已佚失,这里的碑文实系摹刻。传为夏禹所写,也属后世伪托。但字形确是非常奇特,类似古篆,又似符录。唐代大文学家韩愈形容它:"科斗拳身薤倒披,鸾飘凤泊拿虎螭。"明代学者杨慎对碑文做过考释,认为是颂扬大禹治水业绩的。

向北穿行,登上百步金梯,进入拜厅,这是历代帝王将相祭祀大禹的场所。左右两庑立着许多歌颂大禹的历代刻石。过了拜厅，便是金碧辉煌、重檐飞角的大殿。屋脊上塑有背插利剑的逆龙的造型，当是象征这位治水英雄治平水土的功业的。

殿堂正中，矗立着六米高的大禹塑像。古书上说："禹之王天下也，身执耒锸以为民先，股无完肤，胫不生毛，虽臣虏之劳，不苦于此矣。"所以，在我的想象中，大禹应是一个道地的体力劳动者形象。可是，眼前出现的却是身着华衮、手捧玉圭、头戴冕旒的龙凤之姿，不免有些诧异。据说，这是根据著名学者章太炎的考证而设计的。

孔老夫子论述大禹时讲过这样的话："恶衣服而致美于黻冕，卑宫室而尽力乎沟洫。"就是说，平常劳动穿粗糙的衣服，上朝、祭祀则着华美的衣冠，因为他毕竟是君临天下的帝王。太炎先生设计的塑像，取其朝会时的装束。这样一想，觉得自有一定道理。不过，"卑宫室"还是事实。可以肯定，大禹生前也会像帝尧一样住着"茅茨土阶"，绝不能像后代的君王那样，征集万千民夫为其兴修宫殿、营造陵寝。至于现在的禹庙、禹陵如此之华丽，不过是后世人民用以寄托怀念与崇敬之情而已。

千百年来，无数英雄豪杰、文人学者、黎民百姓，只要来到绍兴，总不肯放过参谒禹陵、瞻仰禹庙的机会，因而，留下了无数的诗文轶话。鲁迅先生曾来过多次，特意写了以大禹治水为题材的小说《理水》。1939年春，肩负着民族解放斗争重任的周恩来，在百对战疆、戎马倥偬之际，也曾拜谒过禹陵、禹庙，一幅珍贵的照片，向我们揭示了这个信息。我们前来，正值黄叶飘飞的暮秋时节，参谒的游客从早到晚络绎不绝。为了满足人们景仰先贤、摄影留念的要求，摄影师竟忙得汗流满面，应接不暇。

辞别了禹陵，我们乘车来到城东南四十里外的攒宫山下。史书记载，南宋偏安临安后，先后有高宗、孝宗、光宗、宁宗、理宗、度宗六个皇帝的陵寝建在这里。远远望去，群山拱抱，古树苍苍，地势沉雄，环境幽雅，确有一种庄严肃穆的气氛。只是过分荒凉了，不用说游客，连过往行人也少得可怜。等了好长时间，才遇到一个戴毡帽的中年农民，但当问到六陵位置时，他竟茫然不晓。最后，还是一位七十多岁的老人，指了指赵家岙的几个坟包，淡淡地说："陵墓早就废了，听老辈人说，每座坟包里都有一个昏庸无道的皇帝。可是，已经尸骨无存了，只是葬了几堆猪羊骨头。"

人民群众骂这六个皇帝昏庸无道，是有事实根据的。越州一带紧靠临安，这里还曾做过南宋的临时首都，连"绍兴"二字都是高宗赵构改的。"纸墨之寿，永于金石。"史书上煌煌记载着：高宗"恬堕猥懦，偷安忍耻""信任权奸，残害忠良"；光宗乃"万世之罪人"；理宗"嗜欲怠政，权移奸臣"；度宗"荒于酒色，拱手权奸，丧权失地，天怒人怨"。他们统治的一百五十年，可说是历史上最黑暗的时期之一。

至于说帝王陵寝里葬了几堆猪羊骨头，也并非"齐东野语"。原来，元世祖至元年间，西藏恶僧、江南释教总头目杨琏真珈，为了掠夺珍珠财宝，经过朝廷特许，盗发了绍兴、钱塘一带南宋皇帝、后妃、大臣坟墓一百多座。在挖掘六陵前，消息传到了一些南宋遗民耳朵里。他们便事先潜入陵寝，用猪羊骨头把帝王遗骸换出，迁葬于绍兴城西南的兰渚山天章寺前。但因理宗头骨特大，怕调换后被发觉惹出大乱子，就没敢动。结果，杨琏真珈盗墓之后，把理宗的颅骨锯开，作为酒器，玩耍取乐。明太祖灭元后，下诏将理宗头骨归葬旧陵，其余五陵也迁回攒宫山，再兴土木，重树碑石。

但是，时间仅仅过去了六百多年，巍巍六陵于今已荡然无存。而四千年前的禹陵、禹穴，却安然无恙；禹王的光辉形象和伟绩丰功，已经永远植根于后世人民的心中。

时间公正，历史无情。在大禹陵和南宋诸陵那里，我们看到了历史的抉择。

梦雨潇潇沈氏园

陆放翁诗名千古震烁。从童蒙时起，我就知道他是一位豪情似火、壮怀激烈的爱国诗人。他那"楼船夜雪瓜洲渡，铁马秋风大散关"，"横戈上马嗟心在，穿堑环城笑虏孱"等战斗号角般的诗句，那"脍鲸东海，刺虎南山""裂眦嚼齿，愤切慨慷"的豪情壮举，刀刻斧削般地深深印在我的脑海里，铸就一个热血丹心、刚肠铁骨的英迈形象。恰如钱锺书先生所说，爱国情绪饱和在陆游的整个生命里，看到一幅马画，碰见几朵鲜花，听了一声雁唳，喝几杯酒，写几行草书，他都会惹起报国仇、雪国耻的心事，这股热潮有时甚至泛滥到梦境里去。他确实无愧于"亘古男儿一放翁"（梁启超语）的美誉。

及至通读了《剑南诗稿》八十五卷，特别是看了后人吴梅霜编的《陆务观寄怨钗凤词》和京剧《钗头凤》，进一步了解到，豪情无已，悲愤激昂，只是他的一个方面；他的胸中还饱蕴着似水柔情和绵绵愁绪，因而常常从另一侧面抒写其丰富的感情生活，这方面同样是绚丽多彩，千古卓绝的。只有把这似乎对立的两个方面联系起来加以考究，才能看到一个有血有肉的完整的诗翁形象。

正是抱着了解诗翁全貌的热切愿望，这次借杭绍之行，我特意瞻望了那游荡着旷代诗魂，留下了千秋佳话的沈园的风采。流传下来的《沈园图》告诉我们，这座宋代名园曾经历过楼阁参差、林亭掩映、小桥流水、花影重重的峥嵘岁月。而今，昔年情影已涣然冰消，只残存一个葫芦形水池算是"鲁殿灵光"，硕果仅存了。

二十世纪六十年代初，郭沫若先生游沈园时，有"宫墙柳，今乌有。沈园蜕变怀诗叟。秋风袅，晨光好，满畦蔬菜，一池萍藻。草，草，草"的词句。三十多年过去了，今天大体还是这般风色。我来时，恰好也在秋天，金风送爽，细雨霏微，正是"道是无晴却有晴"

的天气。进得园来，假山当门，上有小亭翼然，为全园制高点。山下水池窄狭处横架着石桥，看去宛如系在葫芦颈上的一条绢带。池畔柳榭成行，照影清浅。这里那里点缀着一簇簇黄花瘦朵，衬着静水闲云，却也不乏野趣。

越中毕竟明眼人多，他们没有在昔日名园周遭摆上座座华堂广厦，而是保持一种雅淡、萧疏的韵致，不使它为"都市文化"所熏染。假如为了招徕游人，追求洋化，硬是在荒园内外布下种种现代设施，那就无异于给白发老翁套上蝙蝠衫、牛仔裤，弄得不伦不类，令人意兴索然。

今日沈园虽然仅是昔日的一角，可供游观的景点不多，但因具有丰富的历史内涵，自有其存在价值。何况荒疏之美，堪入画本；天然平淡，容我低回、盘桓，暂时抛却那些世务酬答，享受一番"城市山林"的逸趣。

古城绍兴号称"山清水秀之乡，历史文物之邦，名人荟萃之地"，名胜古迹颇多。但萧疏的沈园却偏偏吸引着大量的游客。这些他乡游子操着种种南腔北调，纷谈发生在这里的一幕凄绝千古的爱情悲剧。足见陆游的情操、诗品感人至深。

据史料记载，陆游二十岁时娶才女唐婉为妻。夫妇琴瑟和谐，情深意笃，以白头偕老相期。谁知陆游的母亲偏不喜欢这个儿媳，视作眼钉肉刺，终于下了一道"慈命"，强迫儿子违心地休弃了妻子。一对真诚相爱的情侣，在吃人的封建礼教压力下，就这样生生地被拆散了。唐婉后来改嫁同郡宗子赵士程，陆游也奉父母之命另娶了王氏。

陆游情场失意，仕途也十分坎坷。他在进士科考中，因名列秦桧的孙子秦埙之前，秦桧重责主司；翌年赴礼部试，主司复置陆游于前，竟遭黜免。此后，便回到故乡山阴闲居一段时间。家忧国难，集于一身，其情怀之悒郁可想而知。在他三十一岁这年，一次春游时在沈园与唐婉偶然相遇。当时赵士程在场，二人无从互通情愫，心情十分痛苦。唐婉回去后，派仆人给陆游送过来一席酒肴。陆游含泪饮着闷酒，想到人世间彩云易散，离聚匆匆，不禁百感交集，顺手在粉墙上题下了凄婉动人的《钗头凤》词：

红酥手，黄縢酒，满城春色宫墙柳。东风恶，欢情薄。一怀愁绪，几年离索。错！错！错！　春如旧，人空瘦，泪痕红浥鲛绡透。桃花落，闲池阁。山盟虽在，锦书难托。莫！莫！莫！

　　上阕忆述美满姻缘的破坏经过；下阕写春光依旧而人事已非，昔日温存仅留梦忆。相传，唐婉看到这首词后，不胜伤感，并暗自和了一首，不久便悒郁而死。

　　世情薄，人情恶，雨送黄昏花易落。晓风干，泪痕残，欲笺心事，独语斜阑。难！难！难！　人成各，今非昨，病魂常似秋千索。角声寒，夜阑珊，怕人寻问，咽喙伴欢，瞒！瞒！瞒！

清代诗人舒位就这场爱情悲剧写过一首七绝：

　　谁遣鸳鸯化杜鹃？伤心姑恶五禽言！
　　重来欲唱《钗头凤》，梦雨潇潇沈氏园。

　　寥寥四句，下笔如刀，无情地鞭挞着以"恶姑"为代表的封建宗法势力，揭露了造成这场人为悲剧的社会原因。

　　雨滴稀稀落落地在漫空飘洒，葫芦池上泛起轻轻的涟漪。但游人的兴致并未因之稍减。一对对情侣或林亭对坐，或池畔勾留，或站在后人补写的《钗头凤》题词前摄影留念。偶尔也有二三男女青年踏着芳草闲花笑闹嬉游。时代不同了，他们可以不受外在压力干预，自由地选择着自己的感情客体，因而也无从尝到旧时封建婚姻的凄苦况味。他们哪里想到，就是迈出这么"普通的一步"，前人足足走了几千年时间。

　　纯真的爱，作为人类一种自愿的发自内心的行为，作为自由意志的必然表现，是不能加以强制命令的。外力再大，无法强人产生情爱；同样，已经产生的情爱也不会因为外在压力的强大而被迫消失。陆游，这个生当理学昌盛时期的封建知识分子，没有、也不可能以足够的觉悟和勇气，去奋力抗击以母亲为代表的封建宗法势力，但在他的内心世界，却始终不停地翻腾着感情的潮水，而且，一有机会就冲破封建礼法的约束，作直接、率真的宣泄。诚如他自己说的"放翁老去未忘情"。他年复一年地从鉴湖的三山来到城南的沈园，在愁痕恨缕般的柳丝下，在一抹斜阳的返照中，愁肠百结，踽踽独行。旧事填膺，思之凄哽，触景伤情，发而为诗。这种情怀，愈到老年愈是强烈。

陆游六十八岁这年深秋，重游沈园，看到蛛网尘封中，当年的题词尚在，而伊人已杳。林园易主，流风消歇，不禁怅然久之。于是写下一首感旧怀人的七律：

> 枫叶初丹槲叶黄，河阳愁鬓怯新霜。
> 林亭感旧空回首，泉路凭谁说断肠？
> 坏壁醉题尘漠漠，断云幽梦事茫茫。
> 年来妄念消除尽，回向禅龛一炷香。

"河阳"一词，借潘岳悼亡比喻对唐婉的怀念。最后说，如今人天永隔，无缘重见，只能心香一炷，遥遥默祷了。七年后，又一次去游沈园，怀着更沉痛的感情，写下了两首七绝：

> 城上斜阳画角哀，沈园非复旧池台。
> 伤心桥下春波绿，曾是惊鸿照影来。

> 梦断香消四十年，沈园柳老不飞绵。
> 此身行作稽山土，犹吊遗踪一泫然。

诗人感叹韶光难再，四十载倏忽飞逝，回思既往，益增唏嘘。八十一岁这年，他梦游沈园，醒后又写了两首七绝：

> 路近城南已怕行，沈家园里倍伤情。
> 香穿客袖梅花在，绿蘸寺桥春水生。

> 城南小陌又逢春，只见梅花不见人。

玉骨久成泉下土，墨痕仍锁壁间尘。

如诗如画，亦梦亦真。此时，陆游已届风烛残年，知道自己亦将不久于人世。但老怀难忘，仍然钟情于这位无辜被弃、郁郁早逝的妻子。对于美好的事物，人们总是无限追恋的。当残酷的现实扯碎了希望之网时，痛苦的回忆便成了最好的慰藉。第二年秋天，他又写了一首七绝：

城南亭榭锁闲房，孤鹤归飞只自伤。
尘渍苔侵数行墨，尔来谁为拂颓墙？

直到八十四岁高龄，他在《春游》诗中还写道：

沈家园里花如锦，半是当年识放翁。
也信美人终作土，不堪幽梦太匆匆。

"幽梦匆匆"，追叹他们夫妇美满生活的短暂；"美人作土"是说唐婉已经死去 50 余年。不久，诗翁也辞别了人世。

犹如春蚕作茧，千丝万丈游丝全都环绕着一个主体；犹如峡谷飞泉，千年万年永不停歇地向外喷流。爱情竟有如此巨大的魅力，历数十年不变，着实令人感动。就一定意义来说，爱情同人生一样，也是一次性的。人的真诚的爱恋行为一旦发生，就会在心灵深处永存痕迹。这种唯一性的爱的破坏，很可能使尔后多次的爱恋相应地贬值。在这里，"一"大于"多"。对这种现象，我们应该提到爱的哲学高度加以反思，而不应用封建伦理观念进行解释。

陆游与唐婉的爱情生活，在吃人的礼教和封建宗法制度下，最终的结局注定是悲剧性的。因为爱情栖身的社会首先是一种现实，然后才是理想。在残酷的现实面前，他们无力摆脱失败的命运。但是，陆游与唐婉的感人诗章和美好的形象，却将永远活在人们的心里。

金牛山上古今情

如果说，遍布着红果、白棉、黄粱、绿树的辽南大地像一幅硕大无朋的五彩斑驳的地毯，那么，这座以旧石器时代文化遗址闻名遐迩的金牛山，就恰似孑然峭立在大地毯上的一盘古色古香的天然盆景。二十世纪八十年代初，这里曾发掘出距今二十八万年以上的一具比较完整的远古人类遗骸化石。从此，这座地处大石桥市永安镇的僻陋的小小孤山，便引起了举世的瞩目。

这年中秋节刚过，我们便由省博物馆的考古专家导引，循着盘山小径来到了金牛山东南角一处"洞穴堆积"旁边。专家介绍说，这座山由石灰岩、大理岩和菱镁矿组成。由于雨水中的二氧化碳渗入山体，顺着岩层的缝隙流动，对石灰岩产生溶蚀作用，慢慢地形成一些大小不等的岩洞。经过地壳运动，地下形成的洞穴，便随着山峦的隆起，被抬升到地表上面。

跟在考古专家的后面，我们走近了一个穹窿形的岩洞。它颇似一只卧伏着的猛虎，此刻正张着门洞似的巨口，威严地等待着我们。

"就在这个岩洞里，"专家指给我们说，"发掘之前，那具成年男性的遗骸化石，处在岩洞正中的位置。"

"它的下面会不会还有堆积物呢？"针对有人提出的问题，专家回答："现已测出，洞穴堆积物厚达十五六米，越往下年代越久远，甚至可以追溯到百万年以上。它的发现，填补了祖国东北地区远古文化史的空白，也彻底否定了'东北没有古人类'的错误结论，为我们提供了中华民族多源多种的一个最生动的佐证。"

凝视着这座非同凡响的洞穴，想到自己的脚下，几十万年前竟是我们的先民繁衍生息、劳动奋斗的地方，心头蓦然涌起一种超迈时空、遥接万代的感情。一时神驰远古，幻象丛生，仿佛置身于人类历史黎明时期的洪荒世界——

　　眼前，原始丛林茂密，河渠、湖泊纵横，许多平生未曾寓目、而今多已灭绝的动物：披毛犀、三门马、变种狼、剑齿虎等，蹿跃其间。这里，气候温暖湿润，雨量充沛，大自然焕发出勃勃生机。透过一处处灌木丛，看到榛莽纷披的荒原上，野牛、鬃马、羚羊、狡兔在往复驰逐，或者安详地低头嚼食青草。

　　大群毛发浓密、前额低平、眉骨粗大、目光迷惘、口吻突出、腿部弯曲的"金牛山人"，在晴和的阳光下，正利用自己打制的石器或者挥舞着木棒，咿唔呼啸着追逐野兽；有的在集体采集野果，挖掘植物块根。山洞附近，一堆篝火劈劈啪啪地燃烧着……

　　"人猿相揖别，只几个石头磨过，小儿时节。"我们的考古专家忽然高声朗诵起毛泽东的《咏史》词。莫非他此刻也像我一样，鼓振玄想的羽翼，穿透历史的帷幕，看到了远古的图像，因而思潮涌荡，触景生情？

　　我却憬然惊寤了。心头的意念一收，时间的潮水，哗—哗—哗，一下子回到了二十世纪九十年代。

　　但是，熊熊燃烧着的篝火分明还在视网膜上存留，以致看到脚下发掘出的黝黑的远古烬余，竟然情不自禁地弯下身子，伸出手去，想要探试一下是否还存蓄着往昔的余温。

　　我们上下巡视了整个山峦。原来，它实在是小得不能再小了，周长不过一千二百四十米，海拔七十米左右。而且，就年岁而言，专家说，也算是年轻的。如果把地球上已经形成了两千万年的山峦比作老寿星的话，那么，金牛山只能算是总角儿童。但是，它毕竟是几十万年前人类刚刚脱离动物境界的黎明时期的直接见证者。单凭着这一点，也就足可以举世骄矜了。

　　古语说："山不在高，有仙则名。""仙"者也，超越凡品之人与事也。作为一座经历过几十万年风雨沧桑的历史课堂，金牛山使我们超越时空的界限，听到人类远古的足音，披阅那洪荒初辟的皇皇简册，难道还算不上一座名副其实的"仙山"吗！

　　毋庸讳言，把原始人的创造成果放在现代科学技术的背景上来考察，不啻是沧海中的一粟。比起那些遨游太空的数百吨的飞行器，每秒钟运算多少亿次的计算机，以及把人类观测宇宙的范围拓展到百亿光年的射电望远镜和天文卫星，这些原始时代的石刀石斧，简直窳陋得不值一提。但是，它们却是人类进行真正劳动的标志。这极度简陋、极为原始的工具，如同万里长江源头的纤纤一脉，正是后来的铁器、蒸汽、电气时代以至原子能、空间技术、电子计算机时代的整个机械洪流的滥觞。

我们伟大的先民凭借着粗笨的双手和简陋的石器，为人类文明的大厦奠定下最初的基石，宣告了一个划时代的开始。透过它们，我们看到，彩陶、铜鼎在闪光，指南针、地动仪在运转，金字塔、万里长城高耸云天，敦煌艺术、唐诗、《红楼梦》，以及拉斐尔的绘画、托尔瓦德森的雕刻和帕格尼尼的音乐等等文化瑰宝，争奇斗艳。

劳动创造了世界，劳动也创造了人类自身。正如诗人郭小川所咏叹的：

> 尽管
> 人们的灵智高出猿人很远，
> 但若没有猿人坚韧的奋斗，
> 人们至今还是遍体长毛，
> 跟野兽做伴。

想到远古先民"坚韧的奋斗"，我的眼前顿时闪现出两个伟岸的英雄形象：一位是希腊神话中的普罗米修斯，他因为从天上盗取火种给人间，触怒了主神宙斯，被锁在高加索山崖，每日惨遭神鹰啄食肝脏，受尽了万般苦楚，但他坚毅不屈，为了造福人类，完全把个人的安危苦乐置之度外。另一位是中国神话传说中的神农氏，为了拯救生民，疗疾祛病，冒着生命危险，遍尝百草，"一日而遇七十毒"。

虽然这些神化了的传说"古史无征"，但它作为人类发展进程中的远古的梦和文化的根，毕竟在很大程度上反映了当时的现实环境；特别是两位英雄人物的献身精神和高尚志趣，更是万古长新，永垂懿范的。

为着生存和发展，我们的祖先在极度艰难险恶的情况下，勇往直前地开辟着人类的生活之路。在那"宇宙洪荒"的创世纪，绝对的愚昧伴随着生产力的绝对低下。科学文化知识无从谈起，赖以生存的物质条件，且不论质，即以量计，也是微不足道的。所以，尽管我们以万分崇敬的心情缅怀人类远祖的丰功伟绩，面对着原始巨人的文化遗迹充满了自豪感，但是，却绝不想退回到蛮荒时代，重新经历那凄苦、愚昧的生活。

实际上，亿万斯年，先民们几曾止息过对富裕、文明生活的渴望和对美好未来的憧憬？当地一位小学教师给我们讲了一个关于金牛山的民间传说：

> 很久很久以前，这一带还处在蛮荒时代，周围环境异常萧条沉寂。许多人从这里走过，都不想停顿脚步，定居下来。这一天，有一位老汉挑着担子疲惫地经过这里，实在迈不动步了，就坐在路边上打了个盹儿。一眨眼，突然发现山中毫光四射，一头翘着尾巴、金光闪闪的神牛钻进山洞里去。他想，这里肯定是一块"红花宝地"，于是，便带领家人就地搭起窝棚住了下来。他们天天到山洞去探视，想望着金牛能够钻出洞穴，降福人间。可是，父而子，子而孙，年复一年，望穿了枯眼，痴想—追求—幻灭，金牛却始终杳无踪影。

"鸣——"山下汽笛长鸣，中长路上一列火车风驰电掣般呼啸而来，飞逝的车窗像一幕幕历史的荧光屏倏然闪过，山头回荡着隆隆的声响。我的思绪也随之而逸向远方。

柳荫絮语

在市政协举行的茶话会上，一位去春从台湾归来的老先生告诉我，离开营口已经半个世纪了，踏上二十里长街一看，样样都感到熟悉、亲切，又样样觉得生疏、新鲜，触目兴怀，真有隔世之感。

我问他："故乡风物，哪一样最使您动情呢？"

老先生不假思索地回答："街道两旁的绿柳。"

听了这话我先是一怔，继而有所领悟：先生当日含泪辞别乡关的时候，这座日伪统治下的半殖民地城市，兵连祸结，疮痍满目，漫空卷着黄尘，遍地泛着白碱，萧索破败得很。而今头白归来，登车入市，首先映入眼帘的便是饱绽着春意的青青垂柳。它们像亲人般笑立在东风里，轻摇着翠发，漫闪着青睐，频频招手致意。又好似无数绿色甲兵，排成长长的仪仗队，等候着远道归来的主人的检阅。五代诗人孙光宪就写过这样的咏柳佳句："恰似有人长检点，着行排立向春风。"它们隽美的风姿，给游子以归乡的慰藉，给劳人以亲切的慰安，给远方来客以清新的美感和多方面的联想。这一切，自然要使老人心旌摇荡，欣然色喜了。

其实，不要说一别五十寒暑的天涯倦客，即使一直生活在市区内的人，当看到那满城新绿时，又何尝不为之动情呢？

提起城市的路树，人们自然会想起福州的如云似盖，根须垂挂的古榕，伊宁的直耸云天，葱葱郁郁的白杨，羊城的红花似锦的英雄树，上海的枝叶扶疏的法国梧桐……这些无疑都是颇饶韵致，多彩多姿的。但是，正如一首民歌中讲的："天是故乡的蓝，水是故乡的甜，山是故乡的青，月是故乡的圆。"我总觉得，美化、绿化了辽滨之城的行行路柳，是更值得大书而特书的。

一排排的垂柳，清荫翳日，翠带牵风，着实给熙熙攘攘的闹市创造了一种清新秀雅的气氛。特别是营口街头，由于靠海低洼，盐碱度高，莫说参天的林木，就是铺地的绿草，也一向很少。近年随着城市建设事业的发展，市区主要街道两旁全部栽植了翠柳，背后映衬着整齐的楼房，也称得上是"风景如画"。"杨柳非花树，依楼自觉春。"梁元帝萧绎的这两句诗，用在这里倒也贴切。

柳是报春的使者。当寒威退却、冰雪消融的时节，痴情浓重的春风朝朝暮暮奏着催绿的曲子，鼓动得万里郊原生意葱茏。花丛草簇从酣睡中醒来，急忙抽芽吐叶，点染春光，顿时大地现出了层层新绿。然而，这一切与高楼栉比、车辆穿梭的城内是不相干的。那么，是谁最先把"春之消息"报告给十丈红尘中奔走道途之人的？正是街头的翠柳。

溽暑炎蒸，骄阳喷火，行行路柳为过往行人撑起遮天绿伞，清凉凉的略带咸味的海风扑到脸上，你会感到燥气潜消，无异人清凉国。清晨起来，你尽可以沿着柳林穿行，过了这棵迎来那棵，满路清荫，伴着几声清脆的鸟鸣，偶尔会有一两滴露珠滚落下来，凉生颈际，于恬适、惬意中不觉走出了很远很远。

秋宵漫步，清爽宜人。在城市住房尚较紧张，许多人家还是三世同堂的情况下，这长长的林荫路便成了翩翩情侣的"爱的长廊"。许多热恋中的青年男女，挽手并肩，徜徉其间，悄声地交流着浓情蜜意，一任多事的柳丝在鬓发间撩来荡去。有人调侃地把它比作欧洲的谈情胜地——"维也纳森林"，这当然是过分的夸张。

即使是在寒风凛冽、滴水成冰的严冬，家家紧闭着门窗，地面上满铺着积雪，这行行垂柳也不显衰颓、沮丧之态，依旧温存地摆荡着枝条，似向行人问候，使人们记起往日撩人的春色，憧憬着充满希望的未来。

柳在森林王国中平凡得很，登不上名贵树种的殿堂。但以其特有的风姿和功用，一向受人青睐。柳树是个大家族，世界各地约有五百多种，仅我国就拥有一百九十多个品种。举凡垂柳、龙爪柳、观音柳、馒头柳、长叶柳、小叶柳、白柳、紫柳、旱柳、水柳、沙柳、杞柳等，都是比较好的绿化品种。它们适应性强，生命力旺盛，容易栽植，生长快，寿命长。其优胜之处，白乐天在《东涧种柳》一诗中描述得清清楚楚："长短既不一，高下随所宜。倚岸埋大干，临流插小枝。松柏不可待，楩楠固难移。不如种此树，此树易荣滋。无根亦可活，成阴况非迟。三年未离郡，可以见依依。"

柳是生机的象征。相传黄巢起义时，曾规定戴柳为号，就是取其生机旺盛，易得成功的寓意。古时清明节民间有头上簪柳的习俗。"清明不戴柳，红颜成皓首。"头上插柳意味着严冬遁去，春天来临。柳与苍松、古槐不同，给人的印象是清丽、活泼的。本来，营口就是个比较年轻的城市，街市的形成不过百余年历史。市区绝大多数楼房又都是在1975年强烈地震后新建的，年轻的城市衬上这活泼、清丽的夹道垂柳，就更显得生气勃勃，欣欣向荣了。

在一般人心目中，夭桃艳李自是佳丽无比的春色。可是，那位写过《陋室铭》的很有些辩证思想的刘禹锡，却说："城中桃李须臾尽，争似垂杨无尽时！"在诗人的笔下，柳色是十分秀美的。陆放翁说："杨柳春风绿万条，凭鞍一望已魂销。"孙鲂说："春来绿树遍天涯，未见垂杨未可夸。"足见其推崇之至。

也许是这些原因吧，自古以来，从皇家到民户，从军营到田庄，灞桥、梁苑、隋堤、沈园，到处都喜欢栽植柳树。文成公主远嫁西藏，临行时还珍重地带上一株长安的翠柳，栽在大昭寺内，繁衍至今，许多去拉萨观光的人，都愿意一瞻"唐柳"的风采。清末爱国将领左宗棠率部西征，"新栽杨柳三千里，引得春风度玉关"，后人记着他的"遗爱"，亲昵地称之为"左公柳"。

当然，就营口人来说，酷爱街头绿柳，不仅仅是珍惜春光，珍惜绿荫，也是珍视自己的茧花汗水，劳动果实。如果说，在其他地方，是"此树易荣滋，无根亦可活""无心插柳柳成荫"的话，那么，在这盐碱低洼的辽滨之城，栽活养大一株翠柳却绝非易事。这满城路柳的荣滋，不知要费去几载光阴，消耗多少人、财、物力。单是每年从外地运进城里来的植树用土，即当以数万吨计。换土、栽培之后，还要细心培护——缠裹草绳，围上木障，或护以石栏，定期灌水、喷药，认真照管。

去年秋天，我曾亲眼看到这样一个场景：黄昏时分，一个六七岁的男孩举着浸过煤油的火把，烧烤窗前路柳的枝干。年轻的爸爸在楼上看到了，慌忙地跑下来，将火把夺过去踩灭，并厉声斥责着："再不许你糟蹋树!"小男孩一面委屈地辩解着,一面用脚踩杀熏烤下来的毛虫。爸爸低头一看,知道错怪了孩子,不好意思地重新点燃起火把,和儿子一道继续捕烧其他树干上的害虫。

我还听人们讲述过两个青年教师结婚植树的故事:

> 在新婚蜜月里,小两口商定在院里栽几棵柳树作为纪念。丈夫喜爱陶诗,仰慕"五柳先生",提议栽五株垂柳;妻子是现代史教员,主张栽植六棵,理由是:当年贺龙同志趁战争空隙,在晋西北蔡家崖建立过"六柳亭"。正当这对小夫妻含笑争执时,老祖母出来打了"圆场",说:"也别吵五,也别喝六,我说栽它九棵。九柳——'久留',取个吉利。"就这样,九株新柳绿化了整个庭院,一时传为美谈。

面对着鹅黄嫩绿、老紫娇红的千般花木,人们总喜欢把它们人格化,赋予一定的主观意念。其实,花木本身何尝有什么自觉的抱负、理想,无非是物竞天择的生存规律使然。但是,由于它们独具的形象、素质,确确实实容易引起人们的联想和寄托。苍松使人想起坚贞不屈的志士,古榕使人想起胸前飘着长髯的智慧老人,芭蕉使人想起浓妆艳抹的姝丽,而辽滨之城的翠柳,则使人想起具有高尚情怀和献身精神,"吃的是草,挤出的是奶"的"孺子牛"。

辽滨翠柳,植根于贫瘠的盐渍土壤,自从绽出第一片嫩叶,便开始吸吮着苦咸的乳汁,应该说,生计是艰难的。但它们自甘清苦,乐观向上,带着强烈的自豪感,尽心竭力装点着大地母亲,把满路清荫托献给过往行人。

由于工作的关系,我常常同一些教师、医生、作家、记者打交道,了解他们的生活,也熟悉他们的属性。不知为什么,每当我看到一片片一行行从异地移来,在辽滨之城成活长大的绿柳,都情不自禁地联想起身旁这些可敬可爱的知识分子。他们中有许多人来自"海、北、天、南",告别了繁华、绮丽的家乡,扎根在这座生活、工作条件都比较差,暂时还有许多困难的中小城市,为四化建设倾洒着汗水,所取者少,所予者多。这种风格,不正像那些辽滨翠柳吗!

淹城纪闻

一

最早知道淹城的信息，源于《文汇报》的一则简要的报道。报载，在素有"八邑名都"之誉的常州市南九公里的武进区湖塘乡，有一处重要文物古迹，是大约三千年前的商朝淹国都城遗址，三城三河，环环相绕，为我国以至世界所独有，而且在现存的地面城池中，最古老，保存得也最完整。

关于淹城的文字记载，最早见于东汉袁康的《越绝书·吴地传》："毗陵（常州古称）县南故城，古淹君地也。东南大冢，淹君子女冢也，去县十八里，吴所葬。"这一带，春秋时期称为延陵，为吴王寿梦第四子季札的封邑。《公羊传》有"季子去之延陵"的记载。《史记·吴泰伯世家》云："季札封于延陵，故号曰延陵季子。"古代类书之祖、三国魏时编辑的《皇览》记载："延陵季子冢在毗陵县暨阳乡，至今吏民皆祀之。"正是依据上述古代典籍，史学界对于淹城遗址的来历，做出如下两方面的推测：

一说，淹城曾是商末周初奄国的国都。商周时期，在今山东曲阜、泗水一带曾有一个诸侯国奄国。商周递嬗，它曾联合徐、淮和东方其他邦国进行抵抗。《越绝书》中提到的淹君，乃是奄国被平服之后流窜东南的残部的首领。他们凿河为堑，堆土作城，仍然沿用"奄"字为其国名。古代"淹""奄"二字通用（甲骨文中，有"弇"而无"淹""奄"二字），其临时国都遂以"淹城"名之。

二说，春秋时期，吴国公子季札三让王位，被吴王诸樊封于延陵（即今常州），吴语中"延""淹"谐音，因而认定淹君即季札公子，淹城为季札所筑。也有的说，公子季札因不满阖闾刺杀王僚攫取王位，遂毅然脱离他的统治，于封地延陵筑垒修城，以示淹留之决心。"淹城"之名本此。

上述两种推测，我认为各有所据，都说得通，一时难于判断其是非。实际上，还有一种说法，它来自当地的民间传说。作为远古记忆的口头传承，我觉得其可信度同样很高，不应忽视。

二

关于淹城遗址的第三说，我是在实地访察武进区湖塘乡时直接听到的。

诗文中有神游、卧游之说，我就是身尚未到淹城，心却早已向它敞开了。脑子里带着一大堆问题，驱车前往。正是收获时节。武（进）宜（兴）公路两旁，稻海连天，推涌着起伏的金浪，展现出锦绣江南的丰年胜景。向导小章是一位健谈而博雅的姑娘，沿途做着有关故实的解说。过了湖塘桥，在西向拐弯处，小章指着一个村落说："这里距淹城五里，是古代留城的遗址。"接着，她讲述了一个有趣的古老的传说：

商朝末年，淹、留都是诸侯小国。邻国相望，鸡犬之声相闻，两国君主常相过从，还成了儿女亲家。后来，留君听说淹君得到两只白色灵龟，属于稀世之珍，便一而再再而三地要借回去与妃嫔传观，但始终未获准诺，于是起了并吞淹国之心。察知了留君的用心，淹君一怒之下，把归家省亲的女儿扣住，不许她再返留城。同时筑设三城三河，严加防守。城外烽墩罗列，用以登高瞭望和升烟报警。城墙外侧种满倒钩、蒺藜、唐球、弯角毛树等带刺的灌木丛，形成了防御敌军偷袭的天然屏障。留军几次强攻，都没有得手。

说话间，淹城到了。轿车开进了外城，停在三座高墩前面的广场上。由小章导引，我们顺着传说是淹君的跑马岗往里走去。原来，城凡三重，均为泥土堆砌。外城略呈圆形，周长五里，城郭约为七里；内城呈方形，周长三里。恰和《孟子》中"三里之城，七里之郭"的说法相符。宫城，俗称紫罗城，周长一里。每道城只开一门，外城门朝西北，内城门向西南，宫城门对正南，这也符合中国古代统治者对自己权力的传统表示方式。

三城外侧均有护城河，宽五六十米不等，互不通流。宫城河已湮为农田，内河、外河静水无波，作蛙绿色。宫城地势高耸，内城、外城渐低，远望之形似旋螺。城墙虽已倾圮，但基址仍高出水面十米左右。

小章念了一首民谣，基本上勾勒出淹城当日的胜概："里罗城，外罗城，中间方形紫罗城，三套环河四套城；内高墩，外高墩，周围林立百高墩，城中兀立王女墩；内河坝，外河坝，通道唯有河西坝，独木舟渡古无坝。"现在，除墩台有所减少外，余者大体如是。

《武进县志》记载了明代诗人陈常道的两首淹城纪游诗。其一曰："谁叱冯夷去巨兵，凿开湖埠壮南营？山藏孤岛围千嶂，堑挟重汤控一坪。盘谷蛇形森踞虎，昆池叠影浩翻鲸。可怜王气今蒿莽，落日群鸥空自盟。"于兹可见，在数百年前，虽然城池早已笼罩在荒烟蔓草之间，但气魄还是十分壮伟的。

三

我们踏看了城墙上下，共同赞叹古昔工程的浩巨。遥想淹国当年，深沟高垒，凭险固守。三道城门不在一个方向，该是考虑了城堡防御的要求；而唯独东面无门，又似乎标示出当时主要敌人的方位。

"但是，偏偏没有守住。"说着，小章续讲了前面剩下的半截故事：

且说留国的军队围困淹城近一个月，也没有攻下。正在无计可施之时，留国的军师给太子出了个主意，让他以过去惯用的"飞箭传书"的方式，与年轻貌美的妻子（淹君之女）相约在城外会面，面诉两地相思、缠绵悱恻之情，说明照此死守下去，夫妻永无团圆之日；进而诱使她提供破城之策。太子甚以为是，遂依计而行。

淹君女对父王早有腹诽，认为不值得为了两只小小的白龟而斩断亲情，刀兵相见；此刻，为了一己的情爱，便将社稷存亡置诸脑后，当即答复了丈夫的请求，在城外会面中偷偷泄漏了淹国的机密。她说：

"冬令祭腊之时，父亲将带兵出巡，城里兵力空虚。届时可在城外放火，烧掉墙上的棘刺，然后，你们偷偷地架桥设梯，攀上城头，我在里面按时接应。"

届时，留君太子一一照行不误。结果，五百精兵一夜之间尽数拥进宫城，劫走了白龟和大量财宝。淹君归来，知是女儿里通外国，勾引敌兵所致，未容分说，便手挥青铜剑将女儿碎尸三段，分别埋葬三处，上筑高墩，一则让她永世不得翻身，一则用以警戒臣民。后人称它们为头墩、肚墩、脚墩。

尽管这只是传说，未必实有其事，但经当地民众世世代代的口耳相传，淹君女便成了不见诸史传的千古罪人。

"揖让征伐几废兴，陈年史影费猜评。"隔着历史的重重帷幕，有些史疑一时很难廓清，还是请历史学家去论证吧。我想的是这个古老的传说留给后人的深刻教训。

中国古代城堡的形制，多数比较简单。沪南奉贤区的柘林古城，不过是个土围子。即使春秋战国时期的郑、韩故城和赵邯郸、齐临淄等古代名城，也只有两重方城，有的部分还互相重合。像淹城这样内外三层，层层相套，高达数丈，实属少见。但因隐患未除，"变生肘腋"，堡垒被从内部攻破，高垒深池，统归于尘土。

归途上，感谢小章为我上了一堂生动的教育课。小章却摇了摇头，嫣然一笑说："功不在我。历史本身就是一部生活的教科书。"

后来，我陆续看到报道，这里先后出土了独木舟和多种青铜器具、原始青瓷和几何印纹陶器。被称为"开天辟地第一舟"的独木船，全国现今只发现十几只，而淹城一处就出土了五只。最大的长十一米，口宽零点九米，系用整段楠木刳空而成。科学鉴定证明，这只船公元前一千多年即已投入使用，现陈列于中国历史博物馆。而淹城遗址已经被列入国家级文物保护单位。

青灯有味忆儿时

一

谈到我的经历，有些朋友常常不解：二十世纪四十年代初期，不管是乡村、城市，早都办起了学校，为什么却读了那么多年私塾？我的答复很简单：环境、条件使然。

我的故乡在辽西的医巫闾山东面一个名叫"大荒"的村落里。当时的环境，是兵荒马乱，土匪横行，日本"皇军"和伪保安队不敢露面，那里便成了一处"化外"荒原，学校不要说兴办，当地人见都没有见过。说到条件，就要提到我的一位外号"魔怔"的族叔。他很有学问，但由于性格骨鲠，不行于时；靠着家里的一些资产，刚到四十岁便过上了乡下隐居的生活。他有一个男孩，小名唤作"嘎子"，生性顽皮、好动，三天两头招惹是非。魔怔叔自己没有耐心管教，便想延聘一位学究来加以培养、造就。于是，就请到了有"关东才子"之誉的刘璧亭先生。他是"魔怔"叔早年的朋友，国学功底深厚，做过府里的督学和县志的总纂。只因不愿仰承日本人的鼻息，便提前告老还家了。由于对我有好感，魔怔叔同时说服我的父亲，把我也送进了私塾。

这样，我们这两个无拘无管、疯淘疯炸的顽童，便从"百草园"来到了"三味书屋"。其时为 1941 年春，当时我刚满六岁，嘎子哥大我一岁。学生最多时增至八人，但随进随出，坚持到底的只有我们两个。

私塾设在魔怔叔家的东厢房。这天，我们早早就赶到了，嘎子哥穿了一条红长衫，我穿的是绿长衫，见面后他就要用墨笔给我画"关老爷"脸谱，理由是画上的关公穿绿袍。拗他不过，只好听从摆布。幸好，魔怔叔陪着老先生进屋了。一照面，首先我就吓了一跳：我的妈呀，这个老先生怎么这么黑呀！黑脸庞，黑胡须，黑棉袍，高高的个子，简直就是一座黑塔。

魔怔叔引我洗净了脸盘，便开始举行"拜师仪式"。程序很简单，首先向北墙上的至圣先师像行三鞠躬礼，然后拜见先生，把魔怔叔事先为我们准备好的礼物（《红楼梦》里称之为"赞见礼"）双手奉上，最后两个门生拱手互拜，便算了事。接着，是先生给我们"开笔"。听说我们在家都曾练习过字，他点了点头，随手在一张红纸上工工整整地写下了"文章得失不由天"七个大字，然后，两个学生各自在一张纸上摹写一遍。这样做的意义，我想，是为了掌握学生写字的基础情况，便于以后"按头制帽"，有的放矢。

先生见我们每人都认得许多字，而且，在家都背诵过《三字经》《百家姓》，便从《千字文》开讲。他说，《三字经》中"宋齐继，梁陈承"，讲了南朝的四个朝代，《千字文》就是这个梁朝的周兴嗣作的。梁武帝找人从晋代"书圣"王羲之的字帖中选出一千个不重样的字，然后，让文学侍从周兴嗣把它们组合起来，四字一句，合辙押韵，构成一篇完整的文章。一个通宵过去，《千字文》出来了，周兴嗣却累得须发皆白。先生说，可不要小看这一千个字，它从天文、地理讲到人情世事，读懂了它，会对中国传统文化有个基本的概念。

当时，外面的学堂都要诵读伪满康德皇帝的《即位诏书》《回銮训民诏书》和《国民训》，刘老先生却不去理会这一套。两个月过后，接着给我们讲授"四书"。书都是线装的，文中没有标点符号。先生事前用蘸了朱砂的毛笔，在我们两人的书上圈点一过，每一断句都画个"圈"，有的则在下面加个"点"。先生告诉我们，这种在经书上断句的工作，古人称作"离经"，就是离析经理，使章句断绝。也就是《三字经》里说的"明句读（'读'音为'豆'）"。"句读"相当于现代的标点符号。古人写文章是不用标点符号的，他们认为，文章一经圈点，文气就断了，文意就僵了，文章就死了。但在读解时，又必须"明句读"，不然就无法理解文章的内容。有时一个标点点错了，意思就完全反了。先生说，断句的基本原则，可用八个字来概括：

"语绝为句,语顿为读。"语气结束了,算作"句",用圈(句号)来标记;语气没有结束,但需要顿一下,叫作"读",用点(逗号)来标记。

先生面相严肃,令人望而生畏,人们就根据说书场上听来的,送给他一个"刘黑塔"(实际应为"刘黑闼")的绰号。其实,他为人正直、豪爽,古道热肠,而且,饶有风趣。他喜欢通过一些笑话、故事,向学生讲述道理。当我们读到《大学》的"知止而后有定,定而后能静,静而后能安,安而后能虑,虑而后能得"的时候,他给我们讲了一个两位教书先生"找得"的故事——

一位先生把这段书读成"知止而后有定定,而后能静静,而后能安安,而后能虑虑,而后能得",发觉少了一个"得"字。一天,他去拜访另一位塾师,发现书桌上放着一张纸块,上面写个"得"字。忙问:"此字何来?"那位塾师说,从《大学》书上剪下来的。原来,他把这段书读成了"知止而后有,定定而后能,静静而后能,安安而后能,虑虑而后能",末了多了一个"得"字,就把它剪了下来,放在桌上。来访的塾师听了十分高兴,说,原来我遍寻不得的那个"得"字跑到了这里。说着,就把字块带走,回去后,贴在《大学》的那段书上。两人各有所获,皆大欢喜。

书中奥义无穷无尽,尽管经过先生讲解,也还是不懂的居多,我就一句句地请教。比如读到《论语》,我问:夫子说的"四十而不惑"应该怎么理解?他说,人到了四十岁就会洞明世事,也能够认清自己了,何事做得何事做不得,何事办得到何事办不到,都能心中有数;再过一些年就是"五十而知天命",便又进入一个新的境域。但有时问到了,他却说,不妨先背下来,现在不懂的,随着世事渐明,阅历转深,会逐渐理解的。

读书生活十分紧张,不仅白天上课,晚上还要安排自习,温习当天的课业,以增强理解,巩固记忆。那时家里都点豆油灯,魔怔叔特意买来一盏汽灯挂在课室,十分明亮。没有时钟,便燃香作记。一般复习三炷香的功课,大约等于两个小时。散学后,家家都已熄了灯火,偶尔有一两声犬吠,显得格外瘆人,我一溜烟地往回跑着,直到看见母亲的身影,叫上一声"妈妈",然后扑在她的温暖的怀里。

早饭后上课，第一件事，便是背诵头一天布置的课业，然后讲授新书。私塾的读书程序，与现今的学习方法不尽相同，它不是在理解的基础上把它记牢，而是先大致地讲解一遍，然后背诵，在背诵的基础上，反复玩味，进而加深理解。魔怔叔说得很形象："这种做法和窃贼偷东西类似，先把偷到的财物一股脑儿抱回家去，然后，待到消停下来，再打开包袱一一细看。"魔怔叔后来还对我说过，传道解惑和知识技能的传授，有不同的方法：比如，学数学，要一步步地来，不能跨越，初等的没学习，中等、高等的就接受不了；学珠算，也要先学加减，后学乘除，一个台阶一个台阶地上。而一些人情道理，经史诗文，是可以随着年龄、阅历的增长逐步加深理解的。

　　记得魔怔叔说过这样一个例子：《千字文》里有"易輶攸畏，属耳垣墙"这句话。他从小就会背，但不知什么意思。后来，读《诗经·小雅》遇见了"君子无易由言，耳属于垣"这句话，还是不懂得。直到出外做事了，一位好心的上司针对他说话随便，出言无忌，劝诫他要多加小心，当时还引用了《千字文》中这句话。这时，他才明白了其中含义：说话轻率是可怕的，须知隔墙有耳呀！"輶"是古时的一种轻车，"易輶"就是轻易的意思。后来，我也逐渐体会到，这种反复背诵的功夫十分有益。只要深深地印进脑子里去，日后总会渐渐理解的；一当遇到待人接物、立身行事的具体问题，那些话语就会突然蹦出来，为你提供认识的参照系。这种背诵功夫，旧称"童子功"，必须从小养成，长大以后再做就很难了。

　　说到童子功，有一句古语叫"熟读成诵"。说的是，一句一句、一遍一遍地把诗文吞进口腔里，然后再拖着一种腔调大声地背诵出来。拙笨的方法常能带来神奇的效果，渐渐领悟，终身受用。不过，这一关并不好过。到时候，先生端坐在炕上，学生背对着他站在地下，听到一声"起诵"，便左右摇晃着身子，朗声地背诵起来。遇有错讹，先生就用手拍一下桌面，简要地提示两个字，意思是从这里开始重背。背过一遍之后，还要打乱书中的次序，随意挑出几段来背。若是不做到烂熟于心，这种场面是难以应付的。

　　我很喜欢背诵《诗经》，重章叠句，反复咏唱，朗朗上口，颇富节奏感和音乐感。诵读本身就是一种欣赏，一种享受。可是，也最容易"串笼子"，要做到"倒背如流"，准确无误，就须下笨功夫反复诵读，拼力硬记。好在木版的《诗经》字大，每次背诵三页左右，倒也觉得负担不重，可以照玩不误；后来，增加到五页、八页；特别是因为我淘气，先生为了用课业压住我，竟用订书的细锥子来扎，一次带起多少页来就背诵多少页。这可苦了我也，心中暗暗抱怨不止。

我原以为，只有这位"黑先生"（平常称他"刘先生"，赌气以后就改口叫他"黑先生"，但也止于背后去叫）才会这样整治生徒；后来，读了国学大师钱穆的《八十忆双亲》的文章，方知"天下塾师一般黑"。钱先生是这样记述的："翌日上学，日读生字二十，忽增为三十。余幸能强记不忘，又增为四十。如是递增，日读生字至七八十，皆勉强记之。"塾师到底还有办法，增加课业压不住，就以钱穆离座小便为由，"重击手心十掌"。"自是，不敢离座小便，溺裤中尽湿。"

我的手心也挨过打，但不是用手掌，而是板子，榆木制作，不甚厚，一尺多长。听人说，木板经尿液浸过，再用热炕猛烙，便会变得酥碎。我和嘎子哥就趁先生外出，如法炮制，可是，效果并不明显。

二

塾斋的窗前有一棵三丈多高的大树，柔软的枝条上缀满了纷披的叶片，平展展地对生着，到了傍晚，每对叶片都封合起来。六月前后，满树绽出粉红色的鲜花，毛茸茸的，像翩飞的蝶阵，飘动的云霞，映红了半边天宇，把清寂的塾斋装点得浓郁中不乏雅致。深秋以后，叶片便全部脱落，花蒂处结成了黄褐色的荚角。在我的想象中，那一只只荚角就是接引花仙回归梦境的金船，看着它们临风荡漾，心中总是涌动着几分追念，几分怅惘。魔怔叔说，这种树的学名叫作"合欢"，由于开的花像马铃上的红缨，所以，人们又称它为马缨花。

马缨花树上没有挂着马铃，塾斋房檐下却摆动着一串风铃。在马缨花的掩映中，微风拂动，风铃便发出叮叮咚咚的清脆的声响，日日夜夜，伴和着琅琅书声，令人悠然意远。栖迟在落花片片、黄叶纷纷之上的春色、秋光，也就在这种叮叮咚咚声中，迭相变换，去去来来。

先生是一位造诣很深的书法家。他很重视书法教学，从第二年开始，隔上三五天，就安排一次。记得他曾经讲过，学书不仅有实用价值，而且，也是对艺术的欣赏。这两方面不能截然分开，比如，接到一封字体秀美、渊雅的书信，在了解信中内容的同时，也往往为它的优美的书艺所陶醉。

学写楷书，本来应该严格按照摹书与临书的次序进行。就是，先要把"仿影"铺在薄纸下面，一笔一笔地描红，熟练了之后，再进入临帖阶段。由于我们都具备了一定的书写基础，先生就从临帖教起。事先，他给我们写好了两张楷书的范字，记得是这样几句古文："幼怀贞敏，早悟三空之心，长契神情，先苞四忍之性。""江山之外，第见风帆沙鸟、烟云竹树而已。"嘱咐我们，不要忙着动笔，先要用心琢磨，反复审视（他把这称作"读帖"），待到谙熟于心，再比照着范字，在旁边一一去临写。他说，临帖与摹帖不同，摹帖是简单的模仿，临帖是在借鉴的基础上进行自我创作，必须做到眼摹、心悟、手追。练习书法的诀窍在于心悟，读帖是实现心悟的必由之路。

我们在临帖上下过很大功夫。先是"对临"，就是对着字帖临写。对临以形为主，先生强调掌握运笔技巧，注意用笔的起止、转折、顿挫，以及章法、结构。然后实行"背临"，就是脱离字帖，根据自己的记忆和理解去临写。背临以意为主，届时尽力追忆读帖时留下的印象，加上自己的理解与领悟。尔后，他又从书局为我们选购了一些古人的碑帖范本，供我们临摹、欣赏。他说，先一后众，博观约取，学书、学诗、作文都应该这样。

老先生有个说法："只读不作，终身郁塞。"他不同意王筠《教童子法》中的观点，认为王筠讲的儿童不宜很早作文，才高者可从十六岁开始，鲁钝者二十岁也不晚，是"冬烘之言"。老先生说，作文就是表达情意，说话也是在作文，它是先于读的。儿童如果一味地读书、背书，头脑里的古书越积越多，就会食古不化，把思路堵塞得死死的。许多饱学的秀才写不出好文章，和这有直接关系。小孩子也是有思路的，应该及时引导他们通过作文进行表达情意、思索问题的训练。

为此，在"四书"结业后，讲授《诗经》《左传》《庄子》《纲鉴易知录》之前，首先讲授了《古文观止》和《古唐诗合解》，强调要把其中的名篇一一背诵下来，尔后就练习作文和写诗。他很重视对句，说对句最能显示中国诗文的特点，有助于分别平仄声、虚实字，丰富语藏，扩展思路，这是诗文写作的基本功。他找出来明末清初李渔的《笠翁对韵》和康熙年间车万育的《声律启蒙》，反复进行比较，最后确定讲授李氏的《对韵》。这样，书窗里就不时地传出"天对地，雨对风，大陆对长空……"的诵读声。

他还给我们讲，对句讲究虚字、实字。按传统说法，名词算实字，一部分动词、形容词也可以算是实字，其余的就算虚字。这种界限往往不是很分明的。一句诗里多用实字，显得凝重，但过多则流于沉闷；多用虚字，显得飘逸，过多则流于浮滑。唐代诗人在这方面处理得最好。

先生还常常从古诗中找出一个成句，让我们给配对。一次，正值外面下雪，他便出了个"急雪舞回风"的下联，让我们对出上联。我面对窗前场景，想了一句"衰桐摇败叶"，先生看了说，也还可以，顺手翻开《杜诗镜铨》，指着《对雪》这首五律让我看，原句是："乱云低薄暮。"先生说，古人作诗，讲究层次，先写黄昏时的乱云浮动，次写回旋的风中飞转的急雪，暗示诗人怀着一腔愁绪，已经独坐斗室，对雪多时了。后来，又这样对过多次。觉得通过对比中的学习，更容易领略诗中三昧和看到自己的差距。

秋初，一个响晴天，先生领我们到草场野游，回来后，让以《巧云》为题，写一篇五百字的短文。我把卷子交上去，就注意观察先生的表情。他细细地看了一遍，摆手让我退下。第二天，正值旧历八月初一，民间有"抢秋膘"的习俗，父亲请先生和魔怔叔吃饭。坐定后，先生便拿出我的作文让他们看，我也凑过去，看到文中画满了圈圈，父亲现出欣慰的神色。

原来，塾师批改作文，都用墨笔勾勒，一般句子每句一圈，较好的每句双圈，更好的全句连圈，特好的圈上套圈。对欠妥的句子，勾掉或者改写，凡文理不通、文不对题的都用墨笔抹去。所以，卷子发还，只要看圈圈多少和有无涂抹，就知道作文成绩如何了。

三

先生年轻时就吸鸦片烟，久吸成瘾，每到烟瘾上来之后，茶饭无心，精神颓靡，甚至涕泗交流，只好躺下来点上烟灯，赶紧吸上几口，才能振作起精神来。后来，鸦片烟也觉得不够劲了，便换上由鸦片里提炼出来的吗啡，吸了两年，又觉得不过瘾了，只好注射吗啡的醋酸基衍生物——海洛因（俗称"白面"），每天一次。先生写得一手漂亮的行草，凡是前来求他写字的，都带上几支"白面"作为贽礼。只要扎上一针，立刻神采飞扬，连着写上十张八张，也没有问题，而且，笔酣墨饱，力透纸背。

由于资金有限，他每次只能买回四支、五支，这样，隔上几天，就得去一次高升镇。"阎王不在，小鬼翻天。"他一出门，我们就可以放胆地闹学了，这真是快活无比的日子。这天，我眼见着先生夹个包袱走出去了，便急急忙忙把我和嘎子哥的书桌摞在一起，然后爬到上面去，算是登上了皇位，让嘎子哥给我叩头请安，山呼万岁。他便跪拜如仪，喊着"谢主隆恩"。我也洋洋自得地一挥手，刚说出"爱卿平身"，就见老先生风风火火地走了进来。这是我绝对没有料到的。原来，他忘记了带钱，走出二里地才忽然想起。往屋一进，正赶上我"大闹天宫"，据说，当时他也只是说了一句："嚯！小日子又起来了。"可是，却吓得我冷汗淋淋，后来，足足病倒了三个多月。

病好了以后，略通医道的魔怔叔说我脸色苍白，还没有恢复元气。嘎子哥听了，便悄悄地带我去"滋补"，要烧小鸡给我吃。他家后院有块韭菜地，几只小鸡正低着头在里面找虫子吃。他从后面走过去，冷不防腾起一脚，小鸡就糊里糊涂地命归了西天。弄到几只以后，拿到一个壕沟里，逐个糊上黄泥，再捡一些干树枝来烧烤。熟了之后摔掉泥巴，外焦里嫩的小烧鸡就成了我们丰盛的美餐。

这类事干了几次，终于被看青的"大个子"叔叔（实际是个矬子）发觉了，告诉了魔怔叔，为此嘎子哥遭到了一通毒打。这样一来，我们便和"大个子"结下了冤仇，决心实行严厉的报复。那天，我们趁老先生上街，两人跑到村外一个烂泥塘边，脱光了衣裳，滚进泥坑里，把脸上、身上连同带去的棍棒通通涂满了黑泥，然后，一头钻进青纱帐，拣"大个子"必经的毛毛道，两个黑孩拄着黝黑的棍棒分左右两边站定。只见他漫不经心地低头走了过来，嘴里还哼着小曲。我们突然大吼一声："站住！拿出买路钱！"竟把他吓得打了个大趔趄。

与这类带有报复性质的恶作剧不同，有时候儿童淘气，纯粹出于顽皮的天性，可以说，没有任何前因后果。住在我家西邻的伯母，平时待我们很好，桃子熟了，常常往我们小手里塞上一两个。我们对她的唯一不满，就是她一天不住嘴，老是"嘞嘞嘞"，一件事叨咕起来没完，怪烦人的。

这天，我发现她家的南瓜蔓爬到了我们这面墙上，上面结了一个小盆大的南瓜，便和嘎子哥一起给它动了"手术"：先在上面切一个四四方方的开口，然后用匙子把里面的瓜瓤掏出来，填充进去一些大粪，再用那个四方块把窟窿堵上。经过我们观察，认为"刀口"已经长好了，便把它翻墙送过伯母那面去。隔上一些天，我们就要找个事由过去望一望，发现它已经长到脸盆一般大了，颜色也由青翠转作深黑，知道过不了多久，伯母就会用它炖鱼吃了。

一天，见到伯母拎了几条河鱼进了院子，随后，又把南瓜摘了下来，搬回屋里。估摸着将要动刀切了，我和嘎子哥立刻赶到现场去看"好戏"。结果，一刀下去，粪汤"哗哗"地流满了灶台，还散发着臭味。伯母一赌气，就把整个南瓜扔到了猪圈里。院里院外骂个不停，从正午一直骂到日头栽西。我们却早已蹦着跳着，"得胜还朝"了。

在外面跑饿了，我和嘎子哥就回到他家菜园子里啃茄子吃。我们不是站在地上，把茄子摘下来一个一个吃掉，而是平身仰卧在垄沟里，一点点地往前移动，用嘴从茄秧下面去咬那最甜最嫩的小茄苞儿。面对着茄秧上那些半截的小茄子，魔怔叔和园工竟猜不出这是受了什么灾害。直到半个月以后，我们在那里故伎重演，当场被园工抓住，才揭开了谜底。告到魔怔叔那里，罚我们把半截茄子全部摘下来，然后一个一个吃掉，直弄得我们肠胃胀痛，下巴酸疼，暗中发誓以后再也不干这类"蚀本生意"了。

但是，正如一位心理学家所说，顽童是没有记忆的。没过多久，我们又"作祸"了,而且,情节更为恶劣。那天,我的书包里装了一把炒熟的黄豆,放学后忘记带回家去,第二天发现书包被老鼠咬个大窟窿。这是妈妈花了两天工夫精心缝制的,我心疼得流出了眼泪。嘎子哥说,别哭别哭,看我怎样收拾它们。

他的本事也真大,不知道怎么弄来的,一只大老鼠已经被关进小箱子里。晚上自习结束,他引我到马棚里,就着风灯的亮光,用一块麻布罩住老鼠的脑袋,让我用手掐住,他把事先准备好的半把生黄豆一粒粒塞进老鼠的肛门里,再用针线缝死,然后放出门外。当夜,院子里发生了一场群鼠大战。原来,那个老鼠因腹中黄豆膨胀而感到干渴,就拼命喝水,水喝得越多就越是膨胀,憋得实在忍受不住了,便发疯似的追咬它的同类,结果,当场就有三只老鼠送了命。

四

私塾不放寒假,理由是"心似平原野马,易放难收"。但进了腊月门之后,课业安排相对地宽松一些。因为这段时间没有背诵,晚自习也取消了,我便天天晚上去逛灯会,看高跷。但有时,先生还要拉我们命题作诗,或者临机对句,也是很难应付的。

古制:"嘉平封篆后即设灯官,至开篆日止。"意思是,官府衙门到了腊月(嘉平月)二十前后便要封存印信,停止办公,临时设置灯官,由民众中产生,俗称"灯笼太守",管理民事。到了正月下旬,官府衙门印信启封,灯官即自行解职。乡村结合本地的实际,对这种习俗做了变通处理。灯官的差使尽管能够增加一些收入,但旧时有个说法"当了灯官的要倒霉三年",因此,一般的都不愿意干。村上只好说服动员那种平时懒惰、生活无着的"二混子"来担任,帮助他们解决一些生计中的困难。

到了旧历除夕,在秧歌队的簇拥下,灯官身着知府戏装,头戴乌纱亮翅,端坐于八抬大轿之中,前有健夫摇旗喝道,两旁有青红皂隶护卫,闹闹嚷嚷地到全村各地巡察。遇有哪家灯笼不明、道路不平,或者随地倒置垃圾,"大老爷"便走出官轿,当众训斥、罚款;街头实在找不着岔子,就要走进院子,故意在冰雪上滑溜一下,然后,就以"闪了老爷的腰"为名罚一笔款。

这笔钱，一般用来支付春节期间各项活动开支，同时给予灯官这类特困户以适当的补助。被罚的对象多为殷实富户，农村所谓"土财主"者，往往都是事先物色好了对象，到时候找个名堂，走走过场。这样，既解决了一些实际困难，又带有鲜明的娱乐性质，颇受民众欢迎。

每当灯官出巡，人们都前呼后拥，几乎是全村出动。这天晚上，刘先生也拄着拐杖出来，随着队伍观看。第二天，就叫我们以此为题，写一篇记叙文和一首即事诗。嘎子哥写了什么，忘记了；我写的散文，名曰《"灯笼太守"记》，诗是一首七绝：

> 声威赫赫势如狂，查夜巡更太守忙。
> 毕竟可怜官运短，到头富贵等黄粱！

先生看过文章，在题目旁边写了"清顺可读"四个字；对这首七绝，好像也说了点什么，记不清楚了。散学时，先生把这两篇文字交还给我，让带回家去，给父亲看。

记得还有一次，那天是元宵节，我坐在塾斋里温习功课，忽听外面锣鼓声越来越近，知道是高跷队（俗称"高脚子"）过来了。见老先生已经回到卧室休息，我便悄悄地溜出门外。不料，到底还是把他惊动了。只听得一声喝令："过来！"我只好硬着头皮走进卧室，见他正与魔怔叔共枕一条三尺长的枕头，凑在烟灯底下，面对面地吸着鸦片烟。由于零工不在，唤我来给他们沏茶。我因急于去看高跷，忙中出错，过门时把茶壶嘴撞破了，一时吓得呆若木鸡。先生并未加以斥责，只是说了一句："放下吧。"

这时，外面锣鼓响得更欢，想是已经进了院里。我刚要抽身溜走，却听见先生喊我"对句"。我便规规矩矩地站在地下。他随口说出上联：

> 歌鼓喧阗，窗外脚高高脚脚；

让我也用眼前情事对出下联。我正愁着找不出恰当的对句，憋得额头渗出了汗津，忽然见到魔怔叔把脑袋往枕头边上挪了挪，便灵机一动，对出了下句：

云烟吐纳，灯前头枕枕头头。

魔怔叔与塾师齐声赞道："对得好，对得好！"且不说当时那种得意劲儿，真是笔墨难以形容，只讲这种临时应答的对句训练，使我后来从事诗词创作获益颇深。

我从六岁到十三岁，像顽猿箍锁、野鸟关笼一般，在私塾里整整度过了八个春秋，情状难以一一缕述。但是，经过数十载的岁月冲蚀、风霜染洗，当时的那种凄清与苦闷，于今已在记忆中消融净尽，沉淀下来的倒是青灯有味、书卷多情了。而两位老师帮我造就的好学不倦与迷恋自然的情结，则久而益坚，弥足珍视。

"少年子弟江湖老。"半个世纪过去了，无论我走到哪里，那繁英满树的马缨花，那屋檐下空灵、清脆的风铃声，仿佛时时飘动在眼前，回响在耳边。马缨—风铃，风铃—马缨，永远守候着我的童心。

人过中年

一

何为"人过中年"？进入老境之谓也。

域外的诗翁耆宿心态如何，知之甚少；反正中国旧时的文人上了一定年纪之后，是常常把"老"作为热门话题的。我印象最深的，一是南宋的陆游，一是清代的袁枚。当然，他们的格调不同。

陆游是"老骥伏枥，志在千里；烈士暮年，壮心不已"，用他自己的话说，属于"老不能闲真自苦"的类型，因而不时地咏叹"壮士凄凉闲处老""骨朽成尘志未休"。梁启超赞之以"亘古男儿一放翁"，非虚誉也。

而袁枚谈老，却是常常以诙谐出之。比如他写老态："作字灯前点画粗，登楼渐渐要人扶。残牙好似聊城将，独守空城队已无。"还有一首《夜坐》："斗鼠窥梁蝙蝠惊，衰年犹是读书声。可怜忘却双眸暗，只说年来烛不明。"都是充满情趣的，否则，就不成其为性灵派的旗手了。

他们或庄或谐，作为寿登耄耋之翁，确都充分具备谈老的资格，不像杜甫、苏轼，张口"野老"，闭口"老夫"，其实，彼时他们都不过四十上下，拿今日的眼光来看，还都处于风华正茂、血气方刚的青年阶段。韩愈也曾说："吾年未四十，而视茫茫，而发苍苍，而齿牙动摇。"当然，他这里说的属于实情。

大抵旧时文人骚客失意者居多，却又耽于幻想，不切实际，劳生有限而想望无穷，一旦与现实发生冲突，便不免感慨兴怀，嗟卑叹老。又兼呕心作赋，面壁穷经，"焚膏油以继晷，恒兀兀以穷年"，自然心神劳损，未老先衰。这一切，都是不难理解的。

人们一般谈老，主要是依据年岁而言。古籍《文献通考》上说，晋朝以六十六岁为老，隋朝以六十岁为老，唐朝以五十五岁为老，到后来甚至以年过四十为老。似此每况愈下，说不清楚是什么原因。

有的论者认为，上古之人清心寡欲，与世无争，环境清洁，生活简素，许多人的寿命是长过今人的。并引据古籍为证，神农在位一百二十年，黄帝、少昊都在位一百年，帝喾、帝尧、帝舜分别享年一百零五岁、一百十八岁、一百一十岁。最后得出结论，认为杜甫所言"人生七十古来稀"，是不确切的。这里说的当然都是生理年龄。

其实，即便专就年岁而论，由于每个人健康情况的不同，身体素质、心理素质、生活质量等各方面的差异，也是非常之大的。古人有云："松柏之姿，隆冬转茂；蒲柳之姿，望秋而落。"如果按照所谓"心理年龄"来讲，那就更有云泥之别了。身老，常常源于心老。一个人精神状态好，可以延缓衰老；而精神颓废，意志消沉，则必然导致未老先衰。

孔夫子虽然也曾对于生命易逝，流光不再，发出过"逝者如斯夫，不舍昼夜"的深沉浩叹，但他毕竟是达观、进取的。他曾这样描述自己："其为人也，发愤忘食，乐以忘忧，不知老之将至云尔。"我大约就属于那种"不知老之将至"的类型。过目诗书犹忆诵，上楼腰脚未衰疲，这也助长了几分"元龙豪气"、壮烈情怀，难免有意无意地忽略了面上日渐深密的皱纹和鬓边潜滋暗长的华发。

有一句俗语：人过中年万事休。孔老夫子自己奉行"不知老之将至""知其不可而为之"的人生哲学，反过来却也说："四十、五十而无闻焉，斯亦不足畏也矣。"这番话是对照"后生可畏"来讲的。

其实，大器晚成，也是一种带有规律性的现象，神童毕竟是少见的。中年过后仍然大有可为，甚至可以说，有些事业恰是刚刚开始。这里一个核心问题，是如何充分利用这无限宝贵却又十分有限的时间。

二

无限的期求与有限的生涯，这是摆在人类面前任何人也无法回避的悲剧性命运。中国古代的哲人庄子曾经企望达到一种"大知"境界。但他分明知道,这种"大知"目标的实现,绝非个体生命所能完成,只能寄托在薪尽火传的生命发展历程之中。他有一句名言:"吾生也有涯,而知也无涯。以有涯随无涯,殆已!"

人生是一次单程之旅,对生命的有限性和不可重复性的领悟,原是人生的一大苦楚。它包括在佛禅提出的"人生八苦"之中,属于"求不得"的范围。

由于时间是与人的生命过程紧相联结的,一切作为都要在这个串系事件的链条中进行,所以,古往今来,人们对于时间问题总是特别敏感,加倍关注。古人说:"恨不得挂长绳于青天,系此西飞之白日。"还幻想有一位鲁阳公挥戈驻日,使将落的夕阳回升九十里。凡是智者、哲人,无不对于时间倍加珍惜。自然,也可以反过来说,珍视生命,惜时如金,正是一切成功者的不二法门。

随着年龄的增长,这种珍惜时间的情结会越来越加重。特别是文人,对于流年似水、韶光易逝更是加倍敏感。可是,时间又是一匹生性怪诞的奔马,在那些对它视有若无、弃之如敝屣的人面前,它偏偏悠闲款段,缓步轻移,令人感觉着走得很慢很慢;而你越是珍惜它,缰绳扯得紧紧的,唯恐它溜走了,它却越是在你面前飞驰而过,一眨眼就逃逸得无影无踪。

尤其是过了中年,"岁月疾于下坂轮"。弹指一挥间,繁霜染鬓,"廉颇老矣"。米兰·昆德拉说得很形象:一个人的一生有如人类的历史,最初是静止般的缓慢状态,然后渐渐加快速度。五十岁是岁月开始加速的时日。

在与时间老人的博弈中,从来都没有赢家。人们唯一的选择是抓紧当下这一段或长或短的时间。清代诗人孙啸壑有一首七绝:"有灯相对好吟诗,准拟今宵睡更迟。不道兴长油已没,从今打点未干时!""从今打点未干时",这是过来人的沉痛的顿悟之言。过去已化云烟,再不能为我所用;将来尚未来到,也无法供人驱使;唯有现在,真正属于自己。

当然也可以说,手中握得的现在,其实也是空空如也,因为时间并没有停留过片刻,转瞬间现在已成过去。但这样,未免迹近虚无,所以还是要讲，与其哀叹青春早逝，流光不驻，不如从现在做起，珍惜这正在不断遗失的分分秒秒。"东隅已逝，桑榆非晚。""失晨之鸡，思补更鸣。"

有些年轻人见到一些上了年纪的人仍然分秒必争，寸阴是竞，觉得不能理解。这也不奇怪，如同百万富翁体味不到穷光蛋"阮囊羞涩"的困境一样。世间许多宝贵的东西，拥有它的时候，人们往往并不知道珍惜，甚至忽视它的存在；只有失去了，才会感到它的可贵，懂得它的价值。

也有好心的朋友，见我朝乾夕惕，孜孜以求，便引用清人项莲生的话："不为无益之事，何以遣有涯之生？"加以规劝。我的答复是，如果这里指的是辛勤劳作之余的必要调解与消遣，那是完全必要的，不能称之为"无益"。可是，项氏讲的"无益之事"，指的是填词，这原是一句反语。前人评他的《忆云词》"荡气回肠，一波三折""殆欲前无古人"。哪里真是无益！而且，他在短暂的三十八年生命历程中，一直惜时如金，未曾有一刻闲抛虚掷过。"华年浑似流水，还怕啼鹃催老"，这凄苦的辞章道出了他的奋发不已的心声。

三

人们的理想、追求差异很大，同样，兴趣、快活之类的体验，也往往是"如鱼饮水，冷暖自知"，他人难为轩轾，更无法整齐划一。所谓"趣味无争辩"，就正是这个意思。有些老年人把含饴弄孙、庭前笑聚视为暮年极乐；也有许多人，或投身"方城之战"，或加盟胜地之游，或垂竿湖畔，或蹁跹舞场，或终日与"方脸大明星"——电视机照面。

我则异于是，总想找个清静地方，排除各种干扰，澄心涤虑地做学问、搞创作，把这看作余生最大的乐趣。总觉得，过去，肩承重任，夙夜在公，无暇旁骛；现在，由于年龄关系，工作担子相对减轻了，正可"华发回头认本根"，作"遂初之赋"，实现多年的夙愿。因此，每天除去把"三餐一梦"和一两个钟头的散步作为必保项目外，其余时间就都用于读书、创作，有时参加一些必要的公务活动和友朋交往，或者去高校讲课、外出考察。

我习惯于把读书、创作、治学、游历紧密地结合在一起。以创作、治学为经，以脚下游踪与心头感悟为纬，围绕着所要考察、研究、撰述的课题，有系统、有计划地阅读一些文史哲书籍。

前两年，结合访问河北、河南、安徽、云南、黑龙江、山西等地的一些名城胜迹，研读了有关先秦、魏晋、唐宋、辽金、明初的历史，以及庄周、严光、李白、苏轼、陆游和赵匡胤兄弟、朱元璋祖孙、文成公主夫妇的传记，生发出许多人生感悟。

于是，便在现实风景线的"画布"上，饱蘸历史的浓墨，纵情挥洒，以一条心丝穿透千百年时光，使活跃的情思获得一个当下时空的定位，使自然景观烙上强烈的社会、人文印迹，透过"人文化"了的现实风景，去解读那灼热的人生，鲜活的情事，同时也从中寻找、发现着自己。

这样，为香港大公报《大公园》副刊写了三十几篇随笔。还应一家出版社约稿，历时百天，编写了一部古代哲理诗选释。从唐至清代浩如烟海的诗歌总集、别集、选本中，选辑三百余首富有哲思、理趣的五、七言绝句，一一加以注释，并作内容讲解和艺术赏析，同样体现了读书、治学、创作的结合。

创作切忌雷同，艺术的生命力在于不断创新。如果千头一面，那么天地间又何贵乎有我这个人；如果千篇一律，那么，文坛上又何贵乎有我这些文字！因此，在散文创作中，我苦苦追求自己的特有风格。我重视吸收、借鉴他人的长处，但耻于依傍，也忌讳模仿。如果听到有人说我的什么文章与某某人的相像，我便设法另起炉灶，改弦更张。"和尚在此，我却何往？"这总是很难堪的。

当然，形成自己的风格，固属不易，但是，更为难能可贵的还在于如何不断地超越自己，取得新的突破。一个作家最大的前进障碍，正是他自己营造的樊篱。他必须时时努力，跳出自己现成的窠臼。

我不懂得"百无聊赖"是一种什么滋味，每天都过得异常充实，"忙"是生活的主调。书籍越积越多，苦于没有时间细读；走了许多国家，足迹遍布九州，随手记下许多随感，苦于没有时间加工整理成文章；各地报刊约稿信雪片般飞来，欠下了无数笔文债；许多优秀影视作品，朋友们再三推荐，却抽不出时间去看；长函、短简箧满桌盈，未能作复的为数不少。

前人说："不好诣人贪客过，惯迟作答爱书来。"四项中我能对上三项，唯有"贪客过"没有做到，因为舍不得这点时间。朋友们也都理解，有要紧事必须找我，总是说，知道你忙，只打搅五分钟。我散步时总是踽踽独行，并非由于生性孤独，只是为了便于一边走路，一边进行创作思考。甚至睡前洗脚，双足插进水盆中，两手也要捧着书卷浏览，家人戏称之为"立体交叉工程"。

这样一来，生活是否过于清苦、单调，缺乏应有的乐趣呢？每当听到朋友们的这类询问，我总是会心一笑，戏用庄子的语式以问作答：子非我，安知我不以此为乐耶？明代的归终居士有句十分警辟的话："要得闲适，还当在一'劳'字上下功夫。盖能劳者，方体味得闲适。"

从前对这句话缺乏理解，现在体会到，劳作与闲适是相反相成的。闲适是一种心境，这种心境的产生有赖于充实与满足。无所事事的结果是身闲而心不适。情有所寄，才能顺心适意。读书、创作，本身就是一种寄托，实际上也是一种转化，化尘劳俗务为兴味盎然的创造性劳动，化喧嚣为宁静，化空虚为充实，化烦恼为菩提。

前些年曾经大病一场，几乎和死神接了吻。那时想的是，一切一切，都没有时间、没有条件做了，死逼无奈，只好同缪斯女神斩断情缘——也好，撒手尘寰，一了百了。不料，重新拥有了健康之后，竟全然忘记了当日的决绝，依旧痴情眷恋，难解难分！看来是不可救药了。

收拾雄心归淡泊

一

莎士比亚在喜剧《皆大欢喜》中，借杰奎斯之口说，世界是个大舞台，所有的男男女女不过是一些演员。一个人在一生中扮演着多种角色，可以分为七个时期：最初是在保姆怀中啼哭、呕吐的婴儿，然后是满脸红光、背着书包、很不情愿地走进课堂的学童，然后是"像炉灶一样叹着气"、咏着恋歌的情人，然后是爱惜名誉、好勇斗狠的军人，第五个时期变为满嘴都是格言和老生常谈的法官，第六个时期成了鼻子上架着眼镜、腰边悬着钱袋、形体精瘦的龙钟老叟，最后一场是孩提时代的再现，全然的遗忘，没有牙齿，没有眼睛，没有一切。把整个人生描绘得形象、深刻，惟妙惟肖，十分耐人寻味。

但我觉得，如果从中国的文化传统背景出发，按照习惯说法，把人生的童年、青年、中年、老年四个阶段分别比喻为一年的春、夏、秋、冬四个季节，倒是很贴切的。

阳春烟景，万物昭苏，充满了生机，饱绽着活力，颇像一个人的少年时代。但初春发育的幼芽，毕竟未曾饱经风雨，没有受过磨折，还不免有些娇嫩、稚拙。待到炎阳播火的夏日，滚滚鸣雷赶着一阵阵的疾雨，"绿遍郊原白满川"，正是谷物茁壮成长的时节，有如人生处于青壮之年。大时代的弓弦呼唤着年轻的臂力，风帆鼓满，豪气冲天。

秋天是成熟的季节，收获的季节，人到中年正是如此。经验丰富，阅历深广，情怀由浪漫、激烈而至于深沉、阔大，处事由粗犷、焦灼变为成熟、稳健，像封存日久的佳酿、品味甘醇的水果一般。如果说，青年生活于未来，老年生活于过去，那么，中年则生活于现在，更加注重实际了。

在人的一生中，老年虽为收敛时期，是生命的黄昏，却也意义充盈，丰富多彩，像一年四季中的冬天一样。冬天是透明的，蓝天澄明高爽，白云浅淡悠闲，"落木千山天远大，澄江一线月分明"。冬天可以使人透视宇宙万般，冬天使人清醒。由于它接受了春的绚烂、夏的蓬勃、秋的成熟，因此，冬天也是充实的。

与此相似，作为命运交响曲的第四乐章，老年包容了生命之旅中的欢欣和烦恼、期待与失望、颂赞与非议、慰藉和苍凉，领悟着哲学意义上的宁静与超然，称得上是人生的冠冕。在七色斑斓的黄昏丽色中，继续演奏着生命真实的凯歌。最后，生命火花闪灭，树高千丈，落叶归根，一切都返回大地母亲的怀抱，消溶于苍茫无尽之中。

在一年四季中，我最喜爱的是明艳的秋天。我爱它的丰盛、充实、成熟、圆满。林园漫步，处处光华耀眼，硕果盈枝，或丹红、或金黄、或绛紫，沐浴着艳美的秋阳，清香四溢，供人们恣意赏玩，尽情撷采。我爱秋天的清凉明澈，深沉淡泊，这远远胜过春天的喧嚣、浮躁，夏日的热烈、张狂。

唐代诗人刘禹锡有一首寓有深刻哲理的《秋词》：

> 山明水净夜来霜，数树深红出浅黄。
> 试上高楼清入骨，岂如春色嗾人狂！

他说，面对苍凉萧瑟的秋光，人们会觉得思想沉静，心境澄明，清爽入骨，精神振奋，而那千娇百媚、浓艳繁华的春色，却会挑动人沉酣迷乱，浮躁轻狂。秋天由炎炎夏日的繁华、激越转入宁静、安详，使人思想深邃，头脑清醒，有助于沉静地思考一些问题。比如，每当我面对白云、黄叶、雁阵、澄潭的无边秋色时，都联想到，人过中年也应该像秋天那样，"收拾雄心归淡泊""绚烂至极归于平淡"。

二

淡泊，是一种人生哲学，一种生存方式，也是一种审美文化。它的内涵十分丰富，大体上涵盖了平淡、冲淡、素淡和散淡等多方面的意蕴，反映出一个人内在的襟怀与外在的风貌，但集中地表现为一种人生境界，精神涵养。

"少年心事当拏云。"人在年轻时节，雄心勃勃，豪情四溢，充满了奇思、狂想，敢于藐视权威，勇于冲锋冒险，不主故常，不怕失败；在青年心目中，无事不可为，无事不能为。这是最为难能可贵的。当然，有时也会闯出一点"乱子"，撞下几处伤疤；由于虚荣心作怪，或者经验不足，有的也难免逞强、使气、显示、卖弄。

"春行秋令"，要求青年人都像老年人那样宁静与淡泊，是不现实的，也是不应该的。及至他们饱经世事的磨炼，"阅尽人间春色"，历遍世路艰辛，"淡妆平步入中年"，那时，便会显得成熟与历练，不再担心失去或者错过什么，也不肯茫然地赶冲某种喧腾的热浪，便会觉得天高地阔，极目悠然。

这种宁静与淡泊，会使人们显示智慧的灵光、超拔的感悟，以"过来人"的清醒与冷静，对客观事物作静观默察，持超拔心态。平淡不是消沉，乃是修养已深，思想和见解均已成熟，返于纯粹自然，而无丝毫做作。因为是自然的表现，不能包装，也无法模拟。

如果拿文学来比拟，这种人生境界，有如陶渊明的诗文，看起来平淡质朴，却是无从学起；李太白、苏东坡的作品也是这样，纯粹自然，近于天籁，后人也有刻意模仿的，但总是学不到家。平淡是诗文中的一种很高的境界，苏东坡就有"寄至味于淡泊"的说法。

平淡不是气象萧索，不是淡而无味。苏东坡说："大凡为文，当使气象峥嵘，五色绚烂，渐老渐熟，乃造平淡。"看来，平淡正是臻于成熟的表现。诗文如此，人生何独不然。

正是由于淡泊是一种人生境界，在人的心理素质上，首先要求能够看得开和放得下。看得开事物的发展规律，对于名利、权势等身外之物不可看得过重。庄子讲过，外物偶然到来，只是寄存于此，寄存的东西，来时不能阻挡，去时不能挽留。有些人在对身外之物的追逐中常常迷失了自我，这实在是一种缺憾。

而且，"万物都有待尽之日，岂有吾人可得长生不死之理"（朱熹语），只要看开了"生命无常"这个自然法则，懂得一身是随着"大化"而存灭的，能在精神上超越死生的拘牵，那样，自然也就会放得下对于世间利害、得失和人事升沉、荣辱的执著，养成悠然的心境、达观的意识了。

曹聚仁先生在《浮过了生命海》一书中讲过这样一个故事：

> 相传波斯王即位时，要他的臣下编一部完整的世界史。几年过后书编成了，是一部六千卷的皇皇巨著，可是国王已到了中年，由于国事忙碌，抽不出时间来看。于是，他要臣下把书缩短一些；及至缩编成功，国王已经年老了，连那缩本的世界史也没精力看了，他便要臣下把它再缩短一些。直到他垂死时，终于没有读成那部世界史，深以为憾。这时，一位年老的史学家赶到病床前，把这部长达六千卷的世界史缩减成一句很短的话，说给国王听："他们生了，受了苦，死了。"

人类的历史画卷卷帙浩繁，纷纭万端，然而要以最简捷的话来概括，确也不过如此。

淡泊萧然的暮年心性是精神层面上的。本来，溪水无心地流淌着，不涉人情，无关世事，可是，原本积极入世的孔老夫子溪旁闲步，看在眼里，却蓦然兴起岁月迁流、"逝者如斯"的慨叹。秋风萧飒，如波涛夜惊，风雨骤至，草木无情，有时飘零，而"方夜读书"的欧阳子，却为生命无常，人生易老，"渥然丹者为槁木，黟然黑者为星星"，凄然愀然。

在寒暑迭更、四季分明的北方住久了的人，乍到终年皆夏的南方往往不太习惯。我曾去过南亚一些国家，尽管那里不乏绿草红花、明楼翠阁的人间佳景，尤其是净洁如洗的澄空、葱茏蓊郁的雨林、通体透明的碧海，令人叹为观止；但是，由于一年四季都是溽暑炎蒸，节候的概念十分模糊，觉察不到一年四季的变化，置身其间，总有一种景物单调、时间凝滞、生活混沌的感觉。

人生犹如登山。年轻时节体力充盈，心高气盛，又满怀着好奇心，不知艰难险阻为何物，谈笑风生，奔突跳跃，攀上了一个又一个制高点。最后立足顶巅，凭栏四望，但见江天寥廓，大野苍茫，不禁快然自足，心神为之一爽。但是，"却顾所来径，苍苍横翠微"，特别是望中并没有想象中的奇观胜景，也解释不清楚攀登中那样风风火火、沸沸扬扬的心理基因，于是兴奋中又夹杂着几丝迷惘。

这种心态颇似中年过后情景。下山时的步履总是平缓、悠闲的，时时以一种"过来人"的淡泊情怀，扫视着那些也是风风火火、沸沸扬扬的登山热客，对他们的磅礴气概和热切心情，似乎领略了一些却又并不真正理解。

三

"暮年心事一枝筇。"在古人眼里，一根朝夕相伴的竹杖能够最鲜明地参透与映衬那老去的情怀。因此，又可以说，淡泊无求的心性也植根于生理的实际。此无他，存在决定意识也。

"不知筋力衰多少，但觉新来懒上楼。"在这里，疲惫的双腿向稼轩先生提示着老之已至。而彻夜难眠、辗转反侧，则使随园老人深谙衰年的苦楚："老去神昏夜不眠，更筹数尽五更天。"由少壮而老迈，由劲健而衰颓，"芳林新叶催陈叶，流水前波让后波"。新陈代谢，生老病死，这原是铁一般的自然规律。

威尼斯商人安东尼奥的朋友葛莱西安诺曾经发问："谁在席终人散以后，还能保持初入座时那么强烈的食欲？哪一匹马在漫长的归途上能像起程时那么长驱疾驰？"这是不答而自明的。

而他的喟然叹惋，也是极富哲理性与真实感的：

> 一艘新下水的船只扬帆出港的当儿，多么像一个矫健的少年，给那轻狂的风儿爱抚拥抱。可是等到它回来的时候，船身已遭风日的侵蚀，船帆也变成了百结的破衲，它又多么像一个落魄的龙钟浪叟，被那轻狂的风儿肆意欺凌！

当然，对于这类一般性的自然规律，人们的认识、想法也并不一致。一首老年的述志诗，是这样写的：

路遥，正是测马力的时候。
自命老骥就不该伏枥。
问我的马力几何？
且附过耳来，
听我胸中的烈火，
听雪峰之下内燃着火山，
听低啸的内燃机运转不息！

看了着实令人五内升温，感发奋起。

是的，每个人都只有一次人生，而不同的人完全可能让生命呈现出不同的相对长度。如何设法使生命永远成为一团烈火，一股清泉，燃烧着理想，流注着憧憬，让生命的每一天都向着各种新的可能性敞开，永不封闭，永不凝滞，这确是一个富有意义而且引人深思的话题。

但是，生无所息，奋力拼搏，毕竟不能止于励志，而首先是一种实践，这就不能不受到体力与智力的制约。

古代的桓温看到他当年亲手种下的柳树，"皆已十围，慨然曰：'木犹如此，人何以堪！'攀枝执条，泫然流泪"。薛平贵"一马离了西凉界"，兴冲冲地回到阔别一十八载的武家坡，想不到发妻王三姐竟觌面不识，诧异地说："儿夫哪有五绺髯？"薛平贵及时地提醒她：你也是同样，"不是当年彩楼前"了。寒窑里找不到菱花镜，且到水缸上照容颜。不照还好，一照，王三姐哭了起来："呀，老了！"

过去说，人生七十古来稀，今天，寿登耄耋，也属常事。所以，对于身体状况，许多人常常自我感觉良好，我就总是不愿意承认老之已至。年少时觉得四五十岁就很老了，及至自己到了这个年龄，又觉得六七十岁才算老迈；而到了六十岁，又觉得自己头脑依旧清楚，腰腿还算灵快，离衰老尚有一段路程。

这种不断地把老年起点向后推移的心理现象，表明了老当益壮的勃然之气，有积极的一面；但终竟不那么切合实际。专从顺生养性角度来看，也值得深长思之。人的年龄大了，不要说经受不起持续、紧张的劳累，连剧烈的心理矛盾也担承不了。卸去沉重的工作担子，保持平和、恬淡的心境，实现一种良好生命状态的恒常化，无疑有利于强身祛病，益寿延年。

这和所谓"老有所为"，并不相悖。应该从自身的实际情况出发，有所为有所不为。老树十围，亭亭如车盖，浓荫匝地，是柔枝幼干所代替不了的，但是，开花吐蕊，却非千年古木的事。

人到晚年，远离了工作岗位，并不等于无所事事，只能隔着窗子闲看飘飞的雪花，或者拄着拐杖漫踏阶前的黄叶，需要做而且能够做的事情很多很多。古人早就有"老马识途""乡有三老，万般皆好"和"落红不是无情物，化作春泥更护花"的说法，表明了老年人无可代替的特殊作用。

而老有所为也应坚持量力行事。孔老夫子有一段关于"君子有三戒"的论述，末了说："及其老也，血气既衰，戒之在得"。意思是，人到年老了，气血已经衰弱，便要警戒自己，不要脱离实际，贪求无厌，莫知止足。

这里有一个分寸、尺度的问题，假如掌握失当，也会造成一些不良后果。因此，古人要说"不在其位，不谋其政""宿将还山不论兵"。非不负责，有所避忌也。

闲翻今人文集，见到这样一首七绝：

> 丹青不知老将至，富贵于我如浮云。
> 总是夕阳无限好，管它近不近黄昏！

作者翻用了唐人杜甫和李商隐的两首名诗，既表述了中年过后的淡泊心性，又不现丝毫衰飒之气，可谓善作文章者。

从容品味

　　辞典上说，从容，是一种举动，一种举止状态、行为方式。其实，也是一种境界，一种心态，在很大程度上反映着一个人的境遇、情致和襟怀、修养。处于紧张、波动、喧嚣、浮躁的现代生活漩涡中的人们，很不容易做到悠闲舒缓，沉静安详，静观默察，细心玩味，也很少有这样的机会。

　　近日，在北京饭店参加国际红楼梦学术研讨会，友人邀我到对面一家老店去吃羊肉泡馍。不经意间获得了一次从容品味的机会。

　　原来，为了能饱吸汤汁，甘软适口，那特制的白面馍馍要食客自己一点一点地掰开，以细碎、匀整为佳，这就要耗上一段时间。我们便卸却尘樊，脱略形骸，以悠闲的心态，从容操作，款诉衷肠，从七情、八苦说到多彩人生，昵昵尔汝语，娓娓话桑麻。尽管并没有跳出"三界"，远离人海，但因心境宁帖，生发一种重返自然、回归乡园的感觉，也就达到陶渊明所说的"心远地自偏"了。

　　我们一边说着话，一面把视线扫向窗外车如流水、人似潮奔的都市风景线，类似江浙人说的"看野眼"。发现在交叉路口的红灯下面，不同走向的人群的心理状态表现出明显的差异；而同一去向的行人，神态也各式各样，有的舒徐，有的急迫，有的躁动不宁，有的沉静闲雅，你可以尽情地从中猜测他们的身份、阅历、文化水准，甚至想象背后隐藏着的情节、故事。

　　过去，每天都和街上的人流打交道，却从来没有仔细地观察过哪一个面孔，感知的只是一片模糊，一色蒙眬，一条由车尘轮迹、衣香鬓影织成的前不见头、后不见尾的流水线。此刻才注意到，原来这里竟是时装的荟萃，发型的博览，妙曼的或雍肿的身段的大汇展。单是这一点，也尽可以供人们从容品味了。

我们就这样聊着天，观着景，欣赏着，品鉴着，直到一大碗泡馍煮好了，端上来，再优哉游哉地填进肚子。人生有味是清欢。羊肉泡馍是甘美的，那种悠闲的心态，散漫的清谈，无拘无束的身心的放松，同样是甘美的，令人历久难忘。

在北京、开封、南京、洛阳这些古都做客，我喜欢晨兴闲步，沿着幽深静谧的胡同踽踽独行。那里滤除了嚣尘，充溢着宁馨，残留着经过历史风雨汰洗的斑驳的色彩，是一幅幅萧疏淡雅的风情画。那一条条迂回折曲，仿佛没有尽头的古城路，到处都昭示着岁月的悠长，世事的沧桑。似乎每一条窄巷里都沉淀着感人的故事，荡逸着凄清的韵味，展现着古城的意蕴与魅力。

在这些现代的"乌衣巷"里，每户人家都有各自的沉浮录、兴衰史。通过从容品味，可以在软尘十丈中独得一份清新，在震耳聒噪中保持几分恬淡。这本身就是一种惬意的享受。

无分古代现代，人们都是喜欢游览的。所不同者，古人心境悠闲，无论是孔子的游学、论政，柳宗元、苏东坡的登山临水，还是徐霞客的地理考察，都是悠然自得。为事功也罢，为学术也罢，为饱享山水之乐也罢，反正都是宁心静虑，沉潜其中，必有所得。

相比之下，现代人们外出旅游就总是显得过于匆忙，过于迫促，为旅游而旅游，似乎只要看完所有的景点，跑遍全城的胜迹，就算达到了目的，完成了任务。不肯按迹寻踪，叩问一个究竟，更谈不到沉潜涵泳，宛转低回，从中捕捉一些灵感，实现某些妙悟了。只是习惯于遇到一个景观，就按动快门，"咔嚓咔嚓"，再遇到一个景观，还是按动快门，"咔嚓咔嚓"，于是大功告成，带回一大叠照片就算了事。

特别是现今交通发达，出游方便，到处都以汽车、游艇代步，纵然不像孙悟空那样，翻一个筋斗云就越过十万八千里，也总是云烟缥缈，过眼匆匆，来不及细细赏玩，从容品味。实在有负于那些名园胜地，美景奇观。

人们常常揶揄《儒林外史》中的马二先生，嗤笑他不懂得从容品鉴西湖的烟柳画桥、情山媚水，"三秋桂子，十里荷花"，只是匆匆地过雷峰塔，进净慈寺，穿六桥，上吴山，看红男绿女，吃美味佳肴。说句不太客气的话，我们自己有时就恰恰当了一回现代的"马二先生"。

　　自然风物、人文景观是不同于一般商品的。商品的特点是消耗、是占有，价值在于实用，买到手就算了事；而自然、人文景观的价值在于欣赏，可以久存、共享，耐人反复寻味，只是"咔嚓咔嚓"，浮光掠影，是无济于事的。游览的妙处在于得趣、尽兴，在于随缘随机发现物我之间的妙谛，在于暂避尘嚣、纷扰，从"空山无人，水流花开"的境界中作缥缈烟霞之想。

　　日本学者鹤见佑辅说过，旅游是解放，是求自由的人间性的奔腾；是把拘谨的世故中秘藏胸底的浪漫情怀尽情发露开来。因此，善游者往往不去那种名扬九州、人海沸腾的景点，而要寻觅一个很幽静、有情趣、耐玩索的去处，像袁中郎说的，"逍遥林莽，欹枕岩壑"，意在荡涤胸襟，品玩逸趣。

　　人们来去匆匆，常常是为了奔赴一个又一个遥远的目标。不能设想，一个人在生活中没有目标、理想、追求，因为人生的道路原本是由目标铺成的。但这并不等于说，过程可有可无，无关紧要。德国著名文学家莱辛甚至说："我重视寻求真理的过程，甚于重视真理本身。"爱因斯坦把这句话作为终身的座右铭，从中汲取美感，寻求慰藉。

　　人们都有这样的体会：钓鱼的乐趣并不体现于最后的吃鱼，它在持续的等待、观察、期望、追求中获得心理上的充实、满足，体验情致上的悠闲、恬适。如果放弃了从容品味，过程自然枯燥不堪，目的也就化为乌有了。

　　一次，我在旧金山观光，游览了闻名于世的九曲花街。这是一条从小山岗以四十度坡向下倾斜的街道。市政厅要求，街道两旁住户遍植鲜花，花圃可以伸入街心，但必须犬牙交错。这样，当汽车向下行驶时，就要弯弯拐拐，作锯齿状下旋，既缓解了坡度，又增加了情趣。可惜我们坐在车上，个个提心吊胆，冷汗涔涔，根本无心赏玩两旁的鲜花丽景。唯恐司机稍有疏忽，或者汽车出现故障，造成人仰车翻。所以，虽然置身花团锦簇之中，却什么也无心赏玩。直到汽车走到尽头，停在平地之上，人们才放下惴惴不宁的心，回头细看那壁立的花街，久久不肯离去。

我想，这和七色人生有些相似：年轻力壮之时，因为要匆匆赶赴征程，身旁纵有千般旖旎，万种奇观，也不能从容玩赏。及至走下工作岗位，有了闲暇余裕，那似锦年华，如花盛景，却已逝者如斯，成了明日黄花，统统付与了淡淡的追怀。

从中我也悟出，要从容品味，必须具有悠闲的心境。而这种悠闲、从容的心境，常常产生于经过文学熏陶、哲学感悟的文化气质。悠闲，既标志着心灵的平静与解脱，也显示出一个人的生存状态与心理倾向的细腻、复杂与深沉。

就一定意义来说，文化艺术本质上又是悠闲的产物。悠闲的背后，有内涵，有背景，有文化积淀，否则，单是悠闲自身是留不下东西的。在中国，它以强大的内在吸附力，在琴棋书画、花鸟虫鱼以及武功、戏曲、音乐、饮食等各种传统文化中沉淀下来。

至今，我们打太极拳，还讲求圆融、轻灵、舒缓、柔婉之中寓托着凝重，体现中国文化的尚和贵柔与从容、悠闲的心态。煎中药，讲究文火、武火兼用，而以文火为主。因为只有慢火细煎，才能充分地汲取药力。

闽粤一带喜欢喝功夫茶，顾名思义，需要破出功夫来慢慢地品啜。二三知己对坐，端起又浅又小的茶杯，一小口一小口地细细地品味茶茗，自如自在地神聊海侃。最有代表性的要算听京剧啦，唱腔缠绵回荡，节奏婉转悠扬，那类"西皮流水"的慢节拍常令许多人闭目晃头，沉醅坐忘。这一切，都凭借着悠然自得的心境，体现了一种审美文化、精神涵养和人生境界。

本来，广摄博览，从容品味，是人类应当充分享用的一份"特权"。自从开始直立行走，人类就拓宽了视野，调整了视角，既能俯瞰大地，统察品类之盛，又可流眄天穹，仰观宇宙之大。这是其他生物所不具备的。而且，这种"万物之灵"的每双眼睛都面对着两个世界，即围绕着视觉而构筑起来的知觉体系，属于现象世界；和围绕着记忆而凝结起来的经验体系，属于本体世界。一为感觉，一为想象；一为设景，一为达情。双方面结合起来，才有创造，才有艺术，才有诗文。

这里，怕的是反应迟钝，感情粗糙，来不得半点浮躁，半点遄遽，半点造作。需要的是沉潜涵泳，全身心地浸淫其间，使主体与客体，眼前光景和心中的经验与回忆，交织成一种形象，或者一种感悟。

天涯遍地皆芳草，何处楼台无月明。美是到处都有的。对于我们的眼睛，不是缺少美，而是缺少发现。关键是培养一个易感的心境和悠闲的心态，多一些从容，少一些悒惶，多一些安详，少一些喧嚣，多一些沉思，少一些浮躁。

母亲的心思

矗立在我的眼前的，是坐落于渤海之滨熊岳城的望儿山。

在巨钟般的峻峭如削的山体的顶端，有一座高约四五米的砖塔，远远望去，活脱脱地是一位披襟当风、翘首远望的老妈妈。远航归来的游子，只要抬眼望去，就会被这动人的形象牢牢地吸引住，油然生发出一种感慰之情，顿觉海上的风波、旅途的劳累消减了大半。他们晓得，老妈妈站在那里，是在远望着久出未归的儿子。"朝朝鹄立彩云间，石化千秋望子还。"

清代诗人魏燮均路过此地时，曾写诗咏叹：

山下行人去不返，
山上顽石心不转。
天涯客须早还乡，
莫使倚闾肠空断。

寥寥数语，令人怵心伤情，感怀无限。立刻，我想起了自己的母亲。

在我的心目中，母亲就是家，家就是母亲。母亲、故乡、童年紧紧地联系在一起。正如一位大作家讲的，人即使到了七十岁、八十岁，只要老母亲还在，便可以多少还有点孩子气。一个人，若是失去了母亲，便像鲜花插在瓶子里，虽然还有色有香，却已经失去了根底。

在母亲永远离开我的时节，当时的感觉，就是花儿离开了泥土，鸟儿无家可归，一天到晚，忽忽悠悠，心神不宁，像辞柯的黄叶，飘飘摇摇，像懒散的白云，浮漫无根。

那天我正在北京出差，突然接到家里传来的母亲病故的电报，立刻，脑袋就轰地一下，感到一阵晕眩。尽管老母亲已过耄耋之年，平常身体也不怎么好，但这个噩耗毕竟还是来得过于突然，一时我竟哽咽得说不出一句话来，两腿像瘫痪了一样，好一阵子站立不起来。我的眼前，模模糊糊地映现出老母亲伛偻的身影，可是，瞬息间便消失了。我马上意识到，从此，便和母亲人天永隔，再见面只能在魂梦中了。

乘坐火车赶回去奔丧，心里乱成了一团，分辨不出快慢来，忘记了昏晓，也失去了饥渴的感觉，觉得整个身心特别疲倦，却又片刻也睡不着，整个意念都沉浸在无边的悲戚和痛苦的回忆里。

二

父亲去世之后，母亲情怀抑郁，倍感孤寂，我护送她到三姨家里暂住一个时期。那是一个紧靠着辽河边的小村落，离县城大约有十华里。我们母子下了火车，来到县城。当时正处在"文革"初期，县里和农村都没有人管正事，群众临时在大堤上开辟一条道路，凸凹不平，还没有通公共汽车。我只好从朋友家里借了一辆自行车，让母亲坐在鞍座上，我在前面推着。

可是，她从来没有这样坐过，生怕跌下来，便紧紧地搂抱住我的腰。我一面要推车前进，一面还要回头照看母亲，非常费力，汗水湿透了棉衣，呼呼地喘着大气。母亲怜惜我，多次让我停下来休息一会儿。我说，天气太冷，还是快一点赶路吧，不然，容易把老人家冻感冒了。这一段原本不算太长的路程，我们足足走了两个半小时。

吃过了晚饭，三姨就把我安顿在滚热的炕头上早早躺下。这一天我确实很累，但是，心里却最踏实，最舒坦——我终于帮助母亲做一点事。可惜，对我来说，这类机会实在是太少了。

从我出生到母亲辞世，前后四十八年，可是，我在母亲身边不足二十年；剩下来的时间，就是母亲终朝每日的挂念、想念、忆念，为了我，母亲可说是耗尽了心血。到了晚年，老人家对我还没有照看完，又开始把她衰迈的精力投放到下一代身上。婚后，我们有了女儿，母亲爱怜备至。晚上搂在身旁，早晨起来，耐心地给她梳着小辫儿，扎着蝴蝶结、鸳鸯结、葫芦结，每天都变换一个花样。白天，像当年拉扯着我那样，领着小孙女从后园子转到前院，又从前院爬坡到沙岗上，到处转悠着，讲各种各样的传说、故事，只是再也抱不动了。

看着老母亲苍苍的白发和伛偻的身躯，我想，她把整个一生都献给了儿孙。真个是："谁言寸草心，报得三春晖！"

母亲为我、为孩子们操劳了一辈子，而我常年在外，没有为老人尽过更多的孝心。即使我再苦再累，直到碎骨粉身，也难以酬报深恩大德于万一。

跟随我们进城之后，母亲没有地方同人唠嗑儿，加倍地感到孤独，时时想念着故里的乡亲。她经常催着小孙女给老家的亲朋故旧写信，每次都要在信尾捎上她的几句话。逢着有人自故乡来，她总是不知疲倦、不厌其烦地问长问短，从东邻的二婶、西院的三叔到屋后的枣树、门前的沙岗，都一一问遍。她说，最割舍不得的，是喝了几十年的门前那口井的甜水，从今以后，再也喝不到了。

老家来人的那几天，是她最快活、最精神的日子，白天也唠，晚上也唠，有时半夜醒来，还要接着唠个不停。几天过去，乡亲要回去了，她总要三番五次地挽留，舍不得放他们走开。

那时，家里还没有电视机，为了破除母亲的寂闷，我在工余之暇，常常到文化艺术馆去借一些母亲早年喜欢听的鼓词唱本，带回家去讲给她听。听着听着，她就抿着嘴乐了，脸上露出一种少见的笑容。

一次，听了我讲述《白蛇传》的故事之后，她高兴地插上了几句"子弟书"的唱词："千错万错都是卑人的错，望娘子海量且容宽，从今再不信和尚的话，白头相守永无嫌。"——这些都是从前听我父亲吟唱时记下来的。

有时，看我太忙腾不出工夫来，她就让我的上了小学的女儿给她念，但小孙女毕竟识字有限，每当遇到一些陌生、难认的名字，像秦琼、哪吒、貂蝉、窦娥等就蒙住了，还要由老祖母在一旁提词儿。老人家却乐得这样，总是兴致勃勃地听过一遍，再听一遍；同时，不住声地夸赞小孙女能够"识文断字"了。

三

母亲去世前一年，我奉调到省城工作，这是和家人团聚几年之后，又一次远离家门。老人家当时身体已经很衰弱了，打心眼里不情愿我走，但是，她知道我是"公家人"，一身不能由己，最后还是忍痛放行了。告别时，久久地拉着我的手不放，一再地嘱咐："往后是见一次少一次了。只要能抽出身，就回来看我一眼。"听了，我的心都有些发颤，唰地眼泪就流了下来。后来听妻子说，我走后还不到一星期，母亲就问小孙女儿："你爸爸已经走一两个月了，怎么还不回来看看？"

每当听到人们唱《烛光里的妈妈》，我总是想，母亲所体现的正是一种红烛精神。为了子女，她不惜把自己的一切都化作烛光，直到燃尽最后一滴蜡泪。她慷慨无私，心甘情愿地承受着百般劳苦，不为名不为利，也不需要任何报偿。她唯一的希望，就是年迈之后，儿子、媳妇、孙儿、孙女，不要把她遗忘了。

她对个人生活的要求，十分简单，非常有限，什么锦衣玉食、华堂广厦，对她来说，并没有实际价值；她只是渴望，有机会多和儿孙们在一起谈谈心，唠唠家常，以排遣晚年难耐的无边寂寞。特别是喜欢回忆晚辈的一些儿时旧事，因为老年人整天都生活在忆念与盼望之中。

无分贵贱贫富，应该说，这是十分廉价、极易达到的要求。可是，十有八九，我们做儿女的却没能给予满足。我就是这样。那时节，整天都在奔波忙碌之中，没有足够地理解母亲的心思、重视母亲的真正需要，对于母亲晚年的孤寂情怀体察得不深，缺乏感同身受的体验，没能抽出时间多回家看看，忽略了要和老母亲聊聊天，更谈不到给予终生茹苦含辛的母亲以生命的补偿了。

结果，老人常常深深陷于一种莫名的寂闷之中。这种寂闷，在痛苦的思念中发酵，在热切的期待中膨胀，在无边的失望中弥漫，致使老人家逐渐逐渐地变得沉默寡言，神情木然，丧失了生命的活力。

三十年过去了，有时看到桌上的电话，心里还一阵阵地觉着难过。现在，即使远在千里万里之外，只要拨个电话，就可以随便和家人欢谈。可是，那时家里却没有这种条件。记得到省城工作后，赶上过端午节，我想到应该给老母亲捎个话，问候问候，告诉她我一切都好，不要挂念。于是，就往我原来所在的机关拨个电话，请为转告。听说，老母亲欣慰之余，又不无遗憾地对那位传话的同志说，她实在走动不了啦，不然，一定跟他到机关去，在电话里听听我的声音，亲自同我交谈几句。

在漫长的岁月里，老人家为儿女们的成长、升腾，一步步地搭设台阶，架桥铺路。可是，她可曾料到：路就桥成之日，恰是儿女高飞远骛之时，最后，只剩她一个人"茕茕孑立，形影相吊"了。

《光明日报》曾开辟"永久的悔"专栏，如果说，我也有永久的悔，那就是在母亲的有生之日，特别是晚年，我同她交流得太少了，我在她的身边为时过于短暂了。"树欲静而风不止，子欲养而亲不待。"现在，只能抱憾于无穷，锥心刺骨也好，呼天抢地也好，一切一切，都无济于事了。

生命还乡的欣慰

　　每当我徜徉于大自然赐予的这一片敞开的大地上，总有一种生命还乡的欣慰与生命谢恩的热望。我把这种感觉写下来，于是，便留下了笔底心音。它是我在这自然的怀抱中居停的宣言书和身份证，是我探寻真源的心灵印迹和设法走出有限的深深的感悟。

　　"人诗意地栖居在大地上"，荷尔德林这句诗因海德格尔的阐发而在世界上广为流传。悠悠万物，生息繁衍，无始无终，作为个体的人却不过是匆匆的过客。而要使这短暂的居停超越瞬间走向永恒，就理应把存在审美化，使之与自然和谐地融为一体，用海德格尔的话讲，就是"通过原一，大地与天空、神圣者与短暂者，四者统一于一"。由此，便产生了原根意义上的诗性。

　　世界上没有哪个民族能与中华民族对于自然美的虔敬和敏锐的审美感受力相比。从庄子、屈原到谢朓、王维、李白、杜甫、苏轼，诗人们一直行进在寻求存在的诗化和诗的存在化的漫漫长路上。这些诗哲留给我们的绝不仅仅是一幅幅风景画，它是一种人与自然和谐的情绪，即海德格尔所说的，它是人"诗意地栖居"的情怀，是对自然的审美观照。

　　当我面对山川胜景时，前人对于自然的盛赞之情便从心中沛然涌出。这些美的诗文往往导引我走向那些人与自然互相融合的审美境地，从古老的文明中寻求必然，探索内在的超越之路。于是，我"因蜜寻花"，或如庄子所言，乘美以游心，脚踏在自在的敞开的大地上，一任尘封在记忆中的诗文涌动起来，同那些曾经驻足其间的诗人对话。心中流淌着时间的溪流，在溟蒙无际的空间的一个点上，感受着一束束性灵之光。

　　仁者乐山，智者乐水。在山水间，大自然与那一个个易感的心灵，共同构成了洞穿历史长河的审美生命、艺术生命，"天地精神"与现实人生结合，超越与"此在"沟通。大自然，成为人们的生命之根、艺术之源。

当我沿着历史的长河漫溯，极目望去，也常常会感受到生命之重，前思古人，后望来者，天地悠悠，心潮喷涌。作为地球上的暂住者，我习惯于饱蘸历史的浓墨，在现实风景线的长长的画布上去着意点染与挥洒，使自然景观烙上强烈的社会、人文色彩，尽力反映出历史、时代所固有的纵深感、凝重感、沧桑感。

站在大自然的一座座时空立交桥上，任心中波涛滚滚翻腾，那种凿穿了生命隧道的欢愉，那种超拔的渴望，飞腾的觉悟，走向自由、自在的轻松，又使我渐渐地有了对于儒、释、道以不同方式界说的"天人合一"的深悟。

当我仰望星空，俯瞰大地，目既往还，心亦吐纳，许多人生感慨就会从胸中涌荡出来。宣泄心灵深处的欢乐与悲哀、沉重与轻松，物我双会，见物见心，还一个真实的完整的生命，这实在是一个召唤，一个诱惑。

正是从这里出发，我读懂了许多作家，也读进了自己。青天云霞，让我看尽了女作家萧红的风景线，也隐约展现了自己内心的风景。绍兴沈园，梦雨潇潇，写下陆游一生"爱别离""求不得"的苦痛，半个多世纪的爱之梦和沈园那雅淡、萧疏的韵致，一起走到我的心灵深处，触发着我的情思。七夕牛郎织女鹊桥会凄绝千古的动人传说和"巫山云雨"恍兮惚兮的爱情神话，同样是在自然中倾注心声，也使我情动于中，思与境偕。

当我行进在连天朔漠、茫茫瀚海之中，这些时间上悠远、空间上浩瀚的景物，往往成为可以与之直接对话的生命之灵，使你切实感悟到生命有涯而大道无涯。苍茫的大地托着浩渺的天穹，显得格外开阔，至此，才真正有了百年一瞬，万古如斯的感慨，才在灵魂深处与千百年前的那个声音共鸣：哀吾生之须臾，羡宇宙之无穷。

我也喜欢那些未经开发的、原始粗犷的自然景观，那里往往蕴藏着一种野性力量，一种蓬勃的生机，一种旺盛的生命活力。而当面对九寨沟的造化神工，又会忘情于清风白水般的自然天籁、荒情野趣。

那淙淙飞瀑，飒飒松风，关关鸟语，唧唧虫鸣，那宛如娇羞不语、情窦初开的少女的笑靥的杜鹃花萼，那隐现在水雾氤氲的瀑面上，酷似七彩神龙夭矫天半的虹彩，那悬挂在枝头的一丝丝、一缕缕，随风飘荡，如新娘头上轻柔的婚纱的长松萝，那五角枫、高山栎、黄栌木、青榨槭的如霞似火、燃遍天际的醉叶，那充盈着质朴的美、粗犷的美、宁静的美的梦之谷、画之廊，都在人类感情的琴弦上奏起美妙的和声，不期然而然地淹入了你的性灵。置身其间，真如裸体婴孩扑入母亲的怀抱，生发出一种重葆童真，宠辱皆忘，挣脱小我牢笼，返回精神家园，与壮美清新的自然融为一体的感觉。

保护、珍惜大自然的这些恩赐，是我们"诗意地居住"的前提，是我们以性灵之光驱逐黑暗，让大地不再被遮蔽的路径。然而，作为自然之子的人类，却往往忽视和忘却了大地母亲的恩泽，疯狂地掠夺它，野蛮地践踏它。有朝一日，当大自然失去了青春、活力和平衡时，它会痛苦而愤怒地实行报复，从而使人类陷入难以摆脱的困境。

我曾经对破坏大自然的行为表示愤怒，为那些戕害大地母亲也贬低自己的人感到耻辱。有时，我甚至想，假如工业文明的物欲满足是以破坏生态平衡为代价，那么，宁愿让自然美景再沉睡百年，千年，直到人类的"居住"真正成为"诗意的居住"。

无论如何，山川万物总是与我们同在。诗人何为？诗人使人达到诗意的存在。此刻，似乎读懂了庄子，又似乎与荷尔德林长谈，吟着他的诗句："我们每人走向和到达/我们所能到达的地方。"

节假光阴诗卷里

宋代诗人陈与义有两句诗"客子光阴诗卷里，杏花消息雨声中"，千古脍炙人口。据说，当时就曾受到南渡后偏安一隅的宋高宗的激赏，以至作者被拔擢为参知政事。

此事深为清代文人张佩纶所诟病，他在《涧于日记》里写道：即此，足"以见其用人之轻。此何时，而以诗拔人耶！"，批评得十分剀切。

不过，平心而论，这两句诗，景而带情，洵为上品。因为喜爱它，我把"客子"二字易为"节假"，用来描述我的读书生活。

这里的"节假"属于泛指，既包括节假日、星期天，也包括课余、工余时间。每逢节假，一些青年朋友挈妇（夫）将雏，到两方父母家欢聚，以尽人子之情，叙天伦之乐；如果风日晴和，有些朋友则与亲友一道，赶赴名园胜地，共尽游观之兴；或者趁雨天雪夜，聚三五朋侪，垒方城，跳伴舞，畅一日之欢。

我以为，节假期间无论省亲、访友、游玩、聚餐，都是正常生活的组成部分，纯属个人自由，无须他人置喙。

当然，这里有一个摆放在何等位置，支配出几许时间去安排它的问题。业余时间如何利用，绝非细事。爱因斯坦甚至说，人的差异就在于业余时间。业余时间可以造就人，也能够毁灭人。

古人以"三余"（冬者岁之余、夜者日之余、风雨者时之余）之时读书。毛泽东生前经常告诫身旁的青年：要让学习占领工作以外的时间。而且，他是身体力行的。可见，"节假光阴诗卷里"，以此作为人生一大乐趣的也大有人在。

"十年动乱"中，"读书无用论"颇为盛行，一度在社会上产生很大影响。近年来，"厌学"之风又有滋长，社会上讲究实惠的人增多了。用俄国十九世纪民粹派的说法，"一双皮靴顶一个莎士比亚"。走笔至此，我记起了清代诗人朱彝尊针对重饮食轻读书的时尚而写的一首诗：

> 槛边花外尽重湖，到处杯箸兴不孤。
> 安得家家寻画手，溪堂遍写读书图！

马克思说："我最喜欢做蛀书虫！"这道出了我的心声。我从六岁开始接触书籍，先是"三、百、千"启蒙，而后读四书五经、诗古文辞，到了"志于学"的年龄，在中学第一次走进了图书馆，一整天伏在里面不出来，从此，与书卷结下了不解之缘。

我的老师里没有叶圣陶、朱自清那样的名家，但是，他们自有其高明之处，就是从来不肯用繁杂的作业把孩子们的课余时间全部占满，而是有意无意地纵容、放任我们阅读课外书籍。我的父母也从不因为我在节假日埋头读书、不理家务而横加申斥。这大大地培植了我读书的兴趣，以后，便一发而不可收，像王羲之爱字、刘伶好酒、谢灵运酷嗜山水那样，与生命相始终，从来没有厌倦的时候。

但兴趣与自觉性还不是一码事。我的切身体会是，读书自觉性的形成，首先来自迫切的需要。我并不相信"书中自有黄金屋""颜如玉""千钟粟"之类的"神"话，但我相信培根说的"知识就是力量"，相信理论是行动的指南。我曾下过很大功夫埋头钻研马克思和黑格尔的著作，每读一次，都被其中强大的思想魅力所吸引，都有新的收获。

我也曾相信苏东坡所说的："学如富贵在博收，仰取俯拾无遗筹。"因此，举凡左史庄骚、汉魏文章、唐宋诗词、明清杂俎，以及西方近现代的一些代表性学术著作，都综罗博览。后来懂得，书犹三江五湖，汇而成海，浩无际涯，而个体生命却是很短暂的，"任凭弱水三千，我只取一瓢饮"。所以，必须有所选择。

古诗中说：

> 人生七十古来少，前除幼年后除老。

中间只有不多时，又有炎霜与烦恼。

特别是人过中年，时间仿佛过得更快，"岁月疾如下坂轮"，光阴自当以分秒计，正所谓："时间常恨少，苦战连昏晓。"无论节假日、早午晚，一切工余之暇，我都攫取过来用于学习。即使每天凌晨几十分钟的散步，也是一边走路一边构思、凝想；甚至晚间睡前洗脚，双足插在水盆中，两手也要捧着书卷浏览，友人戏称之为"立体交叉工程"。

1988 年 8 月，东北三省宣传部部长雅集长春市，东道主举办舞会，盛情邀请客人出场。我因疏于舞艺，再三推辞，大家终不放过，最后只好即兴口占七律一首，才算"蒙混过关"，但诗中所述都属实情：

晚雨迎凉送暑天，未谙歌舞愧华筵。
非关左旧轻时尚，为恋诗书断雅缘。
盛会岂堪人寂寞，良朋空羡影翩跹。
吟诗且作他年约，重聚春城再比肩。

确确实实，是"为恋诗书"断了一切"雅缘"。
1990 年 9 月，我还写过六首七绝：《读书纪感》。

其 一
绮章妙语费寻思，天海诗情任骋驰。
绿浪红尘浑不觉，书丛埋首日斜时。

其 三
伏尽炎消夜气清，百虫声里梦难成。
书城弗下心如沸，鏖战频年未解兵。

其 四
学海深探为得珠，清宵苦读一灯孤。

书中果有颜如玉，戏问山妻妒也无？

其　五

如饮醇醪信不诬，朝朝埋首勉如初。

情怀老大无稍减，沧海扬尘或忘书。

都是心路历程和苦读生涯的真实写照。

也许有人要问：这样埋头苦读，摒绝了各种娱乐活动，为什么不感到枯寂呢？

道理简单得很，凡事着迷、成癖以后，就到了"非此不乐"的程度，不仅没有厌倦情绪，有时甚至甘愿为此作出牺牲。柳永词中说的"衣带渐宽终不悔，为伊消得人憔悴"，正是这种境界。

看过《聊斋志异·娇娜》的，当会记得这样一个情节：娇娜给孔生割除胸间痈疽，"紫血流溢，沾染床席，而贪近娇姿，不惟不觉其苦，且恐速竣割事，俄傍不久"。

读书固然是苦差事，但苦中有乐，乐在其中。林语堂有个很幽默的说法：读书要能产生浓厚兴趣，必须在书境中找到情人，"一旦找到文学上的情人，必胸中感情万分痛快，而灵魂上发生猛烈影响。如春雷一鸣，蚕卵孵出，得一新生命，入一新世界"。

说得很神秘，我至今尚无这样的体验，说明还不到火候。但书卷的吸引力是极大的，确是事实。

据笔记小说记载，明人屠本畯平生好读书，至老尚手不释卷。有人问他："老矣，何必自讨苦吃？"他的答复是："我于书，饥以为食，渴以为饮，欠伸以当枕席，愁寂以当鼓吹，未尝苦也。"虽然没有说"生活中当情人"，但迷恋之情并无稍异。

孔夫子当年读《易》，"发愤忘食，乐以忘忧，不知老之将至"，不也是一种痴情迷恋吗！所不同的是，生活中的恋人贵在用情专一，具有排他性，而书境中的恋人则多多益善，而且，这种恋情可以与众分享，绝不会招致麻烦，产生嫉妒。

我以为，林语堂说的在书境中寻找"情人"，也可以作为读书当求会心，读书是一种精神享受来理解。陶渊明就曾说过："好读书，不求甚解，每有会意，便欣然忘食。"他在读过一些古籍之后，曾写了这样一首诗：

> 泛览周王传，流观山海图，
> 俯仰终宇宙，不乐复何如！

他觉得读了《穆天子传》和《山海经》，仿佛神游于几千年的历史长河和广袤无垠的宇宙空间，俯仰之间即可穷究宇宙的奥秘，真是欢快之极。

叩其所以然，或许是由于这两部书中所记述的神话传说，在一定程度上显现了我们种族的原始意象，积淀了我们祖先无数次的欢乐与愁苦，饱含着人类命运和远古生涯的残迹与奥秘。其中的黄帝、夸父、精卫、西王母、三青鸟、三危山等，都作为一座座路标，引导人们返回辽远的精神家园和熟悉却又陌生的人类童年，因而，令人产生一种快感。

古人有"书卷多情似故人""亡书久似失良朋"的说法，都是以书喻友，说明读书犹如会友。朋友中有畏友、净友，也有昵友、腻友。书籍何尝不是如此。

陆游赞赏王深甫的作品，说："此书朝夕观之，使人若居严师畏友之间，不敢萌一毫不善意。"同样，书中也有直面人生、直言规过、不留情面的净友和"昵昵儿女语，恩怨相尔汝"，亲热狎玩的昵友、腻友。

每当面对高大的书橱，我总觉得：那些已经熟读过多次的书籍，颇似积年稔熟的老朋友，属于深交、挚友。古人诗句"旧书读似客中归"，说的正是那种老友重逢、联床话旧的亲切之感。有些书只是略加翻检，粗粗浏览一过，比之于朋友，好似初交乍见，不过点头之识。还有很多书罗列案边却未尝展读，这就像闻名未曾见面的友人，素昧平生，觌面不识。对它们冷落地挤在书架中，未得"周郎一顾"，我往往感到由衷的歉疚。

还可以说，读书是交友的延伸。交友受共时性限制，必须是同时代人才有交往的可能，而从书卷中则可以广交异代与异地的朋友，能够神游域外，上下千年，不受时空限制。也是陶渊明说的：

愚生三季后，慨然念黄虞。
得知千载外，正赖古人书。

这位老先生慨叹他出生在夏、商、周三代之后，虽然向往黄帝与虞舜的德政，却因"萧条异代不同时"，无缘得见；只有借助披览古代典籍，才能知晓千载以上的往事。

就是说，经由书卷这个门径，可以进入更深更广的领域，获得无穷无尽的知识宝藏。确如盲姑娘海伦·凯勒所言："一本书就像一艘船，带领我们从狭隘的地方驶向广阔的生活海洋。"高尔基也说过："似乎每一本书都在我的面前打开了一扇窗户，让我看见一个不可思议的新世界。"

列宁早在我出世十多年前就去世了。进一步说，即使我提早出生三十年，与列宁生活在同一时代，大概也无缘见到他。但是，书籍却给了我熟悉、接触这位伟大人物的机会。我读过许多描写列宁的书籍，其中尤以高尔基的回忆录《列宁》留给我的印象为最深刻。高尔基与列宁有着深厚的友谊，他倾注了全部的爱，以其敏锐的洞察力和卓越的表现力，为我们再现了这位伟大的人物。列宁夫人看过回忆录后，赞许说"整个列宁是栩栩如生的""写得好极了"。我们在高尔基的笔下，不仅看到了列宁的特异的丰姿，而且了解了他的精神世界，仿佛活生生的列宁就站在我们面前。

最令人难忘的是列宁的一段话。高尔基回忆说：一次，列宁用一种特别轻巧、温柔的手势抚摸着孩子，说："这些孩子将来一定会比我们生活得好些；我们生活中遭遇过的很多东西，他们是不会经历了。"沉思一会儿，他接着说，"可是，我毕竟不羡慕他们，我们这一代已经完成了一桩在历史上有惊人意义的事业。"前一时期，我曾回味过列宁这些感人肺腑的话。列宁当年抚摸过的孩子，如今也都进入了耄耋之年，他们可还记得这些掷地有声的时代强音吗？

数千年来，我国无数文人、骚客、旅行家，凭着他们对山水自然的特殊的感受力，丰富的审美情怀和高超的艺术手法，写下了汗牛充栋的诗歌、散文，为祖国的山川胜迹塑造出画一般精美、梦一样空灵的形象。一篇在手，可以心游象外，悠然神往，把心理境界、生活情趣和艺术创造的第二自然作为三个同心圆联叠一起，不啻身临其境，而又能免却鞍马劳顿，解除风尘之苦。

我曾在一年秋天游览了杭州西湖，有幸看到了"三秋桂子"，却无缘观赏"十里荷花"；而且，由于来去匆匆，许多名胜都失之交臂，深感怅惘。回来后，翻出明人袁宏道、史鉴、张岱等人的西湖游记，未出斗室，而极四时之娱，揽八方之胜，算是补上了这种缺憾。

当然，我这样说，绝没有以读书代替实践的意思。实践是认识的基础。"纸上得来终觉浅，绝知此事要躬行。"所以，我们既要读有字之书，又要到社会实践中去读无字之书。单就旅游来说，卧游、神游、梦游、醉游，无论怎样空灵浪漫，富有诗意，也都代替不了实地考察，亲身经历。

不过，话又说回来，即使身临其境，也需要从容玩味，细心涵泳。如果像《儒林外史》中马二先生那样漫游西湖，只是吃熟牛肉，喝大碗茶，瞧贵妇人进香，看阔人家请客，于湖光山色全无会心，所得也就微乎其微了。

两个爱情神话

夏历七月初七又到了。

小时候，每到这一天，老祖母都要拄着拐杖到外面仰望云空，察看喜鹊、燕子的踪迹。当上上下下确实见不到它们的影子时，便喃喃地自言自语："去了，都去了！"如果谁若是问上一句："去哪里了？"她会惊讶地看上你半晌，意思是：连给牛郎织女银河会架桥的事都不知道，也太不懂事了。

这一天，最好是阴雨天，因为这证明了牛女双星已经在鹊桥上洒泪相见。于是，老祖母和母亲也都出现黯然神伤的样子。

在中国古代神话中，牛郎织女的传说，大概是最牵动人心，最具有群众性的了。据我所知，汉族祖先构思的星象神话流传下来的很少，这是其中之一，所以，弥足珍贵。

正是由于老祖母的启蒙，后来，入私塾读到《诗经·大东》篇中"跂彼织女，终日七襄。虽则七襄，不成报章"的时候，感到分外亲切，对这位独处天庭的女郎因终日相思而无心织布的情怀，似乎也理解了许多；特别是当吟诵《古诗十九首·迢迢牵牛星》时，还曾洒下过一掬同情之泪：

> 迢迢牵牛星，皎皎河汉女，
> 纤纤擢素手，札札弄机杼。
> 终日不成章，泣涕零如雨。
> 河汉清且浅，相去复几许？
> 盈盈一水间，脉脉不得语。

后来，读书渐多，发现有的诗人力辟牛女传说之妄。比如，杜甫就曾写过：

> 牵牛出河西，织女处其东。
> 万古永相望，七夕谁见同。
> 神光一难候，此事终蒙胧。
> 飒然精灵合，何必秋遂逢。

诗意是说，从古以来，人们只见到牛女双星各据银河一畔，有谁见到他们曾经聚合到一起？就算是架桥相会的说法能够存在，作为天上的星宿，神通无限广大，精灵飒然即合，又何必偏偏等到七夕才能相见！诘问得可说是凿凿有据，蛮有道理。只是，由于美丽的传说已经先入为主，就人们的意愿来讲，还是宁肯信其有，不愿信其无的。这样一来，倒觉得这位杜陵叟有些"刻舟求剑"，大煞风景了。

事实上，中国历代诗人、词客总是出自美好的愿望，驰骋其丰富的想象力，为牛女双星写下了许许多多感人的诗章。有祝愿他们长相聚、不分离的："愿天上人间，占得欢娱，年年今夜。"（柳永《二郎神》）"惟愿年年此夜，人月双清。"（高则诚《琵琶记》）也有为他们鸣不平的，欧阳修在《渔家傲》词中说："一别终年今始见，新欢往恨知何限？天上佳期贪眷恋，良宵短，人间不合催银箭！"认为牛女终年长别，只有七夕才能会面，而且良宵苦短，应该让他们尽兴欢娱，而不要银箭频催，过早地惊破他们的甜梦。

当一切美好的祝愿在冷酷的现实面前归于破灭，"乍见还别"的处境无法改变的时候，诗人们又从一个新的角度来抒写情怀，歌颂他们的爱情忠贞不渝，万古长新，不像人世间爱海波澜，翻云覆雨。苏轼在《菩萨蛮》一词中这样写道："相逢虽草草，长共天难老。终不羡人间，人间日似年。"这真是绝妙的立意，而且，未曾经人道语。诗人提出一个耐人寻味的富有哲理性的课题：怎样看待爱情与幸福？什么样的爱情才算幸福？

在这方面，写得最出色的，要算"苏门四学士"之一秦观的那首《鹊桥仙》了：

纤云弄巧，飞星传恨，银汉迢迢暗度。金风玉露一相逢，便胜却人间无数。柔情似水，佳期如梦，忍顾鹊桥归路。两情若是久长时，又岂在朝朝暮暮！

词人从七夕仰望星空的角度，次第地写出了所见、所感。全词可分四层理解。第一层，写词人眼中的七夕银河畔的美丽：纤薄、绵邈的秋云在不断地变换着繁巧的花样；牛女双星不停地闪烁，似乎四目含情，蕴蓄着无限的离愁别恨。看，他们渐渐地踏上鹊桥，渡过银河，开始一年一度的会合了。

第二层，即景抒情，歌颂他们爱情的坚贞不渝。"金风玉露"点出相会的季节；"便胜却人间无数"，寄寓了关于爱情与幸福的深刻哲理，体现了少与多、暂与久的辩证关系。"今日斗酒会，明日沟水头，蹀躞御沟上，沟水东西流。"（卓文君《白头吟》）"玉颜盛有时，秀色随年衰，常恐新间旧，变故兴细微。"（傅玄《明月篇》）这类诗歌在古诗中屡见不鲜，反映出人间无数薄情郎爱情不专，反复多变，色衰爱弛，见异思迁的实际情况。对比之下，牛女双星虽然一别经年，离多会少，但爱情专一，坚贞不渝，万古长新，永恒不变，确实是令人艳羡不已的。早在唐代，就曾有人吟咏：

乌鹊桥头双扇开，年年一度过河来。
莫嫌天上稀相见，犹胜人间去不回。

第三层，词人想象双星鹊桥相会的情态。他们满怀深情，无限依恋，情切切，意绵绵，倾诉着长别的衷曲，相互间都不忍心看那只身归去的离别之路。一幅"儿女恋情图"跃然纸上。

最后一层，补足第二层的哲理思考，并以此相互劝慰，也表达了作者对爱情与幸福的结论性意见：理想的伴侣应是两情久长，坚如金石，而不在乎朝夕厮守的枕席之爱。俄国著名诗人普希金与冈察罗娃，法国著名古典主义作家莫里哀与亚尔玛特，都曾是朝夕相伴，形影不离的爱侣，充满了甜情蜜意，有时竟达到狂热的程度。然而，曾几何时，由于相互间在志趣、追求、道德修养方面存在着根本的差异，导致忌恨、猜疑，同床异梦，造成终生的痛苦，甚至葬送掉宝贵的生命。可见，"朝朝暮暮"厮守不离，并不即等于爱情的幸福。

当然，爱情幸福中应该包含长相聚、不分离的内容。古往今来，人们也一向把这作为爱情追求的良好愿望。《长恨歌》中就做过这样的倾诉："七月七日长生殿，夜半无人私语时：'在天愿作比翼鸟，在地愿为连理枝。'"不过，这在实际生活中是难以实现的。"多情自古伤离别"，这在任何时代都难以避免。而"两情若是久长时，又岂在朝朝暮暮"的千秋隽句，恰好给人世间饱谙离别之苦的夫妻、情侣，带来了无边的慰藉和有力的支持。

除了牛郎织女《天河配》，在我国古代汉族的爱情神话中，还有巫山神女的故事也久为人们传诵。它最早见于战国时代宋玉的《高唐赋》：

> 楚襄王与宋玉游于云梦之台。望高之观，其上独有云气，崪兮直上，忽兮改容，须臾之间，变化无穷。王问玉曰："此何气也？"玉对曰："所谓朝云者也。"王曰："何谓朝云？"玉曰："昔者先王，尝游高唐，怠而昼寝，梦见一妇人，曰：'妾巫山之女也，为高唐之客，闻君游高唐，愿荐枕席。'王因幸之。去而辞曰：'妾在巫山之阳，高丘之阻，旦为朝云，暮为行雨。朝朝暮暮，阳台之下。'旦朝视之，如言，故为立庙，号曰朝云。"

对于出自古代文人笔下的这个"巫山云雨"的故事，唐代以来，许多诗人都曾提出过质疑。像刘禹锡在《巫山神女庙》诗中就直接地进行诘问：

> 巫峰十二郁苍苍，片石亭亭号女郎。
> 晓雾乍开疑卷幔，山花欲谢似残妆。
> 星河好夜闻清佩，云雨归时带异香。
> 何事神仙九天上，人间来就楚襄王？

也有对楚襄王加以讥讽的，李商隐在《过楚王宫》一诗中写道：

305

巫峡迢迢旧楚宫，至今云雨暗丹枫。

微生尽恋人间乐，只有襄王忆梦中。

诗中说，地位卑微的下民都懂得留恋人间的男欢女爱，只有愚不可及的楚襄王，才迷恋梦境里的虚无缥缈的神女。王安石更喜欢作翻案文字，他在《巫峡》诗中指出：

神女音容讵可求？青山回抱楚宫楼。

朝朝暮暮空云雨，不尽襄王万古愁。

"空云雨""万古愁"，这里讲得更直截了当了。

如果说，牛郎织女的神话揭示了爱情与幸福的"久与暂"的辩证关系；那么，巫山神女的传说，实际上提出了一个爱情的"虚与实"问题。

在男女恋情问题上，西方有所谓"柏拉图式的精神恋爱"说。古希腊哲学家柏拉图认为，爱情是从人世间美的形体窥见了美的本质以后引起的爱慕，人经过这种爱情而达到永恒的理念之爱。这种爱情排斥一切肉体上的欲望，恋人只停留在纯粹的精神世界之中，在纯精神享受的云空中畅游，嘴唇永久不能接触，双臂只能拥抱理想的空间云雾。这种"精神恋爱说"虽然有别于通俗禁欲主义，而且，具有反对庸俗爱情的意义，但因是一种有节制的带有绅士气味的苦行主义，所以，本质上是柏拉图的唯心主义体系的一部分。

与这种超脱尘世的幻想相区别，古今中外绝大多数学者所持的则是现实主义的恋爱观。十九世纪德国著名诗人海涅说得十分直白：男人不可能娶米洛的维纳斯雕像为妻，女人也不会嫁给普拉克希特利的赫尔麦斯雕像。人应该从幻想回到现实中来，把注意力转向现实世界。中国南宋女诗人朱淑真和晚清学者黄遵宪也都在爱情方面发出过现实主义的呼喊："但愿暂成人缱绻，不妨长任月朦胧。""人人要结后生缘，侬只今生结目前。"当代年轻女诗人舒婷对流传了几千年的神女峰的虚无缥缈的爱情神话，写下了与传统决裂的热情、勇敢的诗章：

沿着江岸，
金光菊和女贞子的洪流，
正煽动新的背叛：
与其在悬崖上展览千年，
不如在爱人肩头痛哭一晚。

另一位诗人则借此题目，提出了幸福、实在的爱情要靠自己去争取的见解：

情也绵绵，恨也绵绵，
爱化作了一块冰冷的石头，
我们读了百年、千年。
幸福怎能靠默默地坐等？
不如去学精卫吧，
用行动表达你的信念！

这里鲜明地体现了两种爱的追求。

我们说，爱情不是来去无踪的神秘天使，也不是随手可拾的寻常草棍，而是发生于两性之间的符合人伦道德的爱慕之情。它是感情与理性、自发与自觉、本能冲动与道德文明、直观与愿望、现实与理想的对立统一。

爱情永远是动人的回忆和美好的期待。

心中的倩影

到了南京，第一个念头便是去寻访秦淮河。

《桃花扇》《板桥杂记》《儒林外史》等许多古籍对秦淮河的描写，确实给我留下了特深的印象。

> 桃花似雪草如烟，春在秦淮两岸边。
> 一带妆楼临水盖，家家粉影照婵娟。

这是明清之际的秦淮春景。"秦淮灯船之盛，天下所无，两岸河房，雕栏画槛，绮窗丝障，十里珠帘。""城里几十条大街、几百条小巷都是人烟凑集，金粉楼台。水满的时候，画船箫鼓，昼夜不绝。"这是十里秦淮的繁华胜概。

如果说，清代文人孔尚任、余澹心、吴敬梓笔下的秦淮是靓娘的浓抹；那么，朱自清先生眼中的"晃荡着蔷薇色的历史的秦淮河"，河水碧阴阴的，如茵陈酒，厚而不腻，一眼望去，疏疏的林，淡淡的月，衬着蓝蓝的天，颇像荒江野渡光景，便是西子的淡妆，更是别具一番风情。

由于古文化的熏陶、积淀，秦淮河早已活在一代代人的心里，每个人的脑海中都闪现着它的玫瑰色的丽影。而在我的心目中，它是一首璀璨的诗，一幅绮丽的画，一片如烟如梦的旧时月色。

可是没料到，当听说我要去寻访秦淮河时，市文联的同志却苦笑着摇头。他们告诉我，早在清末民初，秦淮一带便已萧条破败了，河道淤塞，河床狭窄，河水浑浊。实际上，朱自清先生看到的秦淮河已非旧貌，只不过在朦胧的月色、眩晕的灯光下看不分明而已；或许诗人已经分明看出它的陋貌衰颜，但不肯去揭那玄色的面纱，做大煞风景的文字，也未可知。总之，今日的秦淮河再也找不出多少诗情画意，那个白舫青帘、桨声灯影里的秦淮河，已经像梦一样地消逝了。

看到我充满失望的神色，朋友们半是劝慰半是憧憬地述说，南京市政府已经把彻底整治秦淮河列为市政建设的一项重点工程，将采取一系列人工措施，清除污泥，运走垃圾，沿河恢复一些有特色的古建筑，建成富有特色的秦淮河风景带，涤除她的斑斑锈迹，恢复其天然姿色。

我终于打了退堂鼓，决定在秦淮河恢复秀丽的姿容之前暂不去探访，尽管为她魂牵梦绕了几十年，尽管重来南京不知何日。我不想让那如诗如画如烟如梦的旧时月色倏忽消失，我愿在记忆中永存她的倩影。

回来后，我把这些想法讲给几位朋友听，多数人都不以为然。有的说我"痴情可哂"，有的笑我"书生气十足""理想主义"，我却至今不悔。特别是读到文洁若的散文《梦之谷中的奇遇》，对作家萧乾的举措，更是赞其通脱，引为同调。

1928 年，十八岁的萧乾在汕头角石中学任教时，结识一位名叫萧曙雯的女学生。二人心心相印，灵犀互通，诚挚地爱恋着。不料，校长从中插足，声言如果曙雯拒婚，就要对萧乾狠下毒手。姑娘断然斥绝了这个恶棍，同时劝说萧乾赶紧离开，以免遭到暗算。本来，她是准备同萧乾一道乘船逃离的；可是，当发现码头上有歹徒持枪环伺，她只好改变主意，悄悄地溜回。她知道，若是萧乾只身出逃，他们会高兴地放他走开；如果二人同行，萧乾就会死在这伙恶棍手中。

尘海翻腾日月长，一别音容两渺茫。这对情人南北分飞，无缘重见，各自在布满荆棘的坎坷路上建立了家庭。八年后，作家萧乾以此为题材，写了一部长篇小说《梦之谷》。他是多么盼望有朝一日能够再见一面当年的恋人——书中的女主人公盈姑娘啊！

六十年过去了，他终于有机会旧地重游，回到了汕头的"梦之谷"，并且，得知萧曙雯仍然健在。这对于千里离人来说，尽管不无苦涩，却也毕竟是一种抚慰。可是，经过一番斟酌，他毅然决然放弃了这个此生难再的机缘。他不愿让记忆中的清亮如水的双眸，堆云耸黛的青丝，轻盈如燕、玉立亭亭的少女丰姿，在一瞬间，被了无神采的干枯老眼、霜雪般的鬓华和伛偻着的龙钟身影抹掉,他要把那已经活在心目中六十年的美好影像永远保存下来。萧乾说:"这不光是考虑自己,也是为了让曙雯记忆中的我永远是个天真活泼的小伙子,所以,还是不见为好。"

留恋少时的风华,珍视美好的印象,是无分境遇,人同此心的。随着岁月的流逝,这种感情会日益浓重。世间许多宝贵的事物,拥有它的时候常常并不知道珍惜,甚至忽视它的存在;而一旦失去了它,到了"求之不得,寤寐思服"的时候,才会真正认识它的价值,懂得它的可贵。韶华就是这一类的东西。

人生是不可逆的,"长江一去无回浪",古今中外永远不会有时间的收藏家。我们仿佛看到雪莱的诗剧《被解放了的普罗米修斯》中的时间的精灵——神色仓皇的御者,正赶着一匹匹肋生彩翼的飞马,拖着一辆辆雕花镂彩的神车,踏着香风彩云向前飞奔。自从远古以来,无数智者就从哲学、科学的角度,努力探求无限的时空,最后,总是在奔流不息的时间长河面前惊愕不已;诗人则力图通过无穷的想象力和有限的艺术形象,去追求和把握浩渺的时空,在想象中让时间冻结、压延、超越和倒流,但是,结果只是一连串的浩叹:

恨无壮士挽斗柄,坐令东指催年华。
今朝零落已可惜,明日重寻更无迹。

那年春天,一位著名表演艺术家应邀来营口市讲学。闲谈中,已经离休的市文化局局长,提到六十年代初期这位艺术家首次来营口访问演出时的情景。"您那时真是风华正茂,光彩照人,我手里还保存着当时我们的合影呢!"老局长说着,把一张已经泛黄的黑白照片递过去。这位表演艺术家眼睛唰地一亮,说:"太宝贵了,赠给我吧。我在'文化大革命'前的所有留影,全都在这场浩劫中损失了。"她坐在镜子前面,静默良久,看着三十多年前流溢着青春气息的秀影,充满了对昔日风华和峥嵘岁月的忆念。

我即兴题赠一首七绝:

卅年回首感千重，妙艺人人赞化工。

且莫伤怀悲老大，青春犹在画图中。

她看了苦笑着，说："您这诗看似慰语，实际上正是憾词。"

当然，在特定条件下，也还有红颜长驻的情况。记得台湾作家林清玄在一篇文章中讲过这样一个故事：一对热恋中的情人同登喜马拉雅山，不幸遇上了雪崩。男青年被雪堆埋得不见踪影，女的却活着逃了出来。她无限地怀念着情人，年年此日，都要去当日的出事地点，寻找恋人的踪迹，终于在第二十个年头，在雪堆的一角，找到了情人的尸体，仍是当年那样年轻、俊俏，朱颜秀发；而自己却早已失去了往日的风韵，垂垂老矣。这虽然也是一种驻颜之术，无奈说来实在是太惨苦了。

人们也许会问：那位女士苦苦奔波二十年，她究竟要寻觅什么？只是为了要见上一面情人的年轻、俊秀的情影吗？这在她的记忆之窗上，本是永远抹不掉的，而且，会久而弥新。那么，除此之外，又是要追求什么呢？或许是要重温昔日的恋情，寻觅那一经失去便再也不会重现的、无比珍贵的纯真诚挚的情愫。

由此可以联想到，留给亲人、朋友一个美好的形象固然重要，但是，它所附丽的却是珍贵百倍的真情诚意。如果有朝一日，那位女士发现日夜思念的意中人竟是一个骗子，那么，再美好的形象也会随之而化为丑陋了。

追　求

　　悬念与追求会产生一种美的境界。有的美学家认为，哲学、艺术的真谛，都在于不断地追求真善美，而不是占有它们。实际上，美是不能被占有的。由此，我联想到《世说新语》中的一则故实：

　　王子猷任性放达，弃官东归后，在山阴闲居。一天夜里，大雪纷飞，弥天盖地。他一觉醒来，开门叫僮仆备酒。饮酌中，临窗四望，但见处处银装素裹，净洁无尘，蓦然忆起了住在剡溪的好友戴安道，便连夜乘船前往寻访。足足走了一宿，方始到达友人门前，可是，却悄然返回了。人们问他：这么远冒雪赶来，为什么不进去与友人见上一面？他的答复是："我本乘兴而来，兴尽而返，何必见戴？"

　　也许王子猷只是追求一种美的境界，走近，却并不占有，留下一块永恒的绿地，供日后悬想与追思。在他看来，这种美的境界就在事物的过程之中，所以，"山阴泛访戴之舟，到门不入"。这里，也显示了晋人追求心灵超越的唯美主义品格。

　　十八世纪德国著名思想家、文学家莱辛说过："我重视寻求真理的过程，胜于重视真理本身。"爱因斯坦十分喜欢这句话，曾把它作为座右铭，意在从中汲取美感，寻求慰藉。在日常生活中，我们也有这样的体会。钓鱼兴趣很浓，但目的往往并不在于吃鱼，只是为了从持续的等待、期望、追求中，获得一种心理上的充实和满足，寻求健康、悠闲的情趣。

　　几年前，读过美国作家托马斯·沃尔夫的一篇小说，内容梗概是：

　　靠近小镇有一条铁路，每天下午两点多钟总有一列区间特别快车驶过。二十多年来，每当这列火车开过来，司机总要拉响汽笛，这时，就有一个女人站在小屋后面向他挥手。开始时，她身旁依偎着一个小女孩，后来，女孩渐渐地长成了大姑娘，司机也繁霜染鬓，一天天地步入了老境。

他忠于职守，勇敢机智，多次在危急中紧急制动，使一些儿童、老人、流浪汉幸免于难。他感到，无论多么艰苦、劳累，只要一看见这座小屋和天天向他挥手的母女，就体验到一种从未有过的幸福与温馨。他曾在上千种光线、上百种异样天气中见过她们，以为自己已经完全了解她们，尽管未曾交过一言，但彼此似乎已经心心相印，融为一体了。

他想，将来退休以后，一定要去寻访她们，坐在一起畅谈一番。这一天终于来到了，老司机卸了任。他第一次从这里踏上月台，怀着无限期待、无比幸福的心情，来到了母女俩居住的小镇。他走着走着，逐渐产生一种陌生感，涌现出困惑、茫然的心情。幸好，过去见过上万次的母女俩，此刻正站在路边，上下打量着他这个陌生人。母亲面容消瘦，神情冷漠，目光中反映出猜疑、惊恐和不信任的情绪。

这一切，把他从她们的招手中所感受到的那种亲热劲儿、乡园感，驱逐得无影无踪。他试图解释几句，但当看到两个女人呆滞、拘谨的神情，便默然离开了。他后悔此行勘破了那一场充满着希望与追求的美梦。

这篇哲理性很强的小说，恰恰应和了陈独秀先生1909年《本事诗》中所写的：

相逢不及相思好，万境妍于未到时。

应该说，它是这两句名诗的最佳的诠释。

从中，我们也悟解出，追求比占有更使人感到快慰，感到幸福；充满希望的追求，总是比实际到达目的地更有吸引力。有些人占有欲很强，但未必就能得到真正的幸福。世间能够到手的东西毕竟有限，而占有欲却会无限地膨胀。以有限逐无限，必然经常处于失望、苦恼之中。正如宋代文学家苏轼所言："物之所以累人者，以我有之也。'人之所欲无穷，而物之可以足吾欲者有尽。美丑之辨战乎中，而去取之择交乎前，则可乐者常少，而可悲者常多，是谓求祸而辞福。"

苏轼还说过："君子可以寓意于物，而不可留意于物。寓意于物，虽微物足以为乐，虽尤物不足以为病；留意于物，虽微物足以为病，虽尤物不足以为乐。"所谓"寓意"，就是借客观事物以寄托人们的思想感情，在这种情况下，人与物之间不会产生占有关系的欲念，人的精神摆脱了物与人之间的实际利害关系的束缚，处于自在自如状态；而"留意"，则是出于自身利害关系所产生的对客观事物的占有欲望。

西方美学也很重视对这个问题的研究。他们把这种审美心理与个人功利观念之间的距离，称为"审美的心理距离"。

企求人格完美的精神超越，是人类特有的崇高的审美追求。美感，不是功名利禄、饮食男女的物欲满足，而是一种精神上的充实与愉悦。尽管人的生命延续和美的追求离不开物质生产活动，但是，如果仅仅以世俗的功利欲望的占有为满足，那就无从获得精神上的愉悦，甚至使人沦为物的奴隶。

人生代代无穷已。社会发展，人类进步，都有赖于不断的追求。人类的精神世界，正是伴随着不断追求与探索而一步步地丰富、拓展开来的。当代著名学者王向峰有诗云：

> 人生等次在追求，志向鸿猷竟不休。
> 放眼游心天地外，登高更上一层楼。

其实，幸福的实质就在于不断地追求。"哀莫大于心死。"人只要活着，就一天也不能没有追求和希望。难怪有人说，人生的道路是由一个个目标铺成的。目标，理想，追求，向往，这是催人上进的强大的内驱力，犹如大海的洪潮，万古如斯，一刻也不停息它那澎湃的律动。

我从小就很喜欢俄国作家柯罗连科的散文诗《灯光》，至今还能够背诵出来：

> 很久以前，一个秋天的昏暗的傍晚，我乘着小船在西伯利亚一条阴沉的河上漂流。忽然，在河的拐弯处，我看见前面昏黑的山影之下，有灯光在闪烁。很强，很亮，而且看上去非常近，似乎只消再划两三桨，路程就可以结束……我在墨水似的河上又漂

流了很长时间，而灯光还是在前面……我现在经常回想起为两岸山峦的阴影覆盖着的这条昏黑的河，回想起这飘忽的灯光。在这以前和以后，有许多灯光以其距离之近迷惑过不止我一个人。可是，生活还是在这阴沉的河岸之间漂流，而灯光还很遥远，还得使劲划桨……不过，在前面毕竟有着——灯光！

这首散文诗，以其优美的意境、形象的语言，描绘了一种永无穷尽的追求的美。它象征性地反映了人们对于美好未来的执著追求和坚定信念。看了令人深受鼓舞，同时也得到启迪：理想之光是迷人的，但不可能一蹴而就。在理想与现实之间还有一段似近实远的途程。要想到达目的地，就须驾上奋斗之舟，不懈地划桨。

昙花，昙花

因为我写过《因蜜寻花》《天涯芳信》之类的散文，有些朋友便以为我精于花道，向我请教何为传统名花、现代名花者有之，特邀我出席一些赏花盛会的亦有之。殊不知我的写花，多是避实就虚，借题寓意，别有寄托的。而且，大凡赏花的里手，都兼具丰富的情趣和必要的逸豫。于此二者，我很难称为富足。当然，爱好还是有一些的。

大约是中秋节前两天吧，我从外地出差归来。因为在火车上已经用过了晚餐，便径直到办公室去翻阅积压的报刊，同时，打开半导体收音机，听一曲悠扬悦耳的广东音乐。顿时，觉得旅途的劳顿渐渐融释，全副身心都沉浸在诗一般的优美、和谐的意境里。突然，电话铃声大作，是妻子打来的，说是家里的昙花已经绽蕾，马上就将开放，催我急速赶回去观赏。

这是一个月白风清、沁凉如水的秋夜。空气像新鲜的牛奶一样清净，吸上几口，凉爽而恬适。但是，因为"昙花一现"这句成语萦结在心头，我不敢作片刻留连，只好三步并作两步，匆匆忙忙地追踵芳踪。

推开了屋门，只见雪亮的灯光下，妻子正全神贯注地观察着那盆平素很不引人注意的昙花。在扁平的叶状新枝的边缘，翠玉般的花蕾，无风自荡，颤颤摇摇，似乎不胜负载；过了一会儿，竟和电影特写镜头里的一模一样，逐渐地，逐渐地张开了，中心涌射出一簇黄澄澄金灿灿的花蕊，每一茎都像纤细的金丝，又像粉蝶的触须，在微微地颤动。四围的层层花瓣上的每根筋络，还在拼力地向外舒展，仿佛要把积聚了多年的气力和心血，尽情地倾泻无遗，要把全部的美和爱，一股脑儿奉献给培育它的主人。

花冠大似碗口，晶莹如玉，洁白胜雪，透出浓郁的幽香，沁人心脾。那空灵俊逸的神韵，轻轻摇曳的身姿，使人联想到葱葱郁郁的树冠上的一朵飘忽的白云。我连大气也不敢嘘出，唯恐一不小心将它吹荡开去。

按照我们中华民族以雅致为核心的审美观，这艳而不亵、冶而不娇的昙花，堪称花中圣品。无论是"竞夸天下无双艳，独立人间第一香"的牡丹仙子，"开处自堪夸绝世，落时谁不羡倾城"的西府海棠，还是"水上轻盈步微月"的水仙，"烂红如火雪中开"的山茶，都无可比拟。

有人嫌它花时太短，惊鸿一瞥，稍纵即逝。其实，这是过苛的挑剔。长短总是相对而言的；而且，决定事物价值的，往往是质而不是量。生命无论短长，关键是看它有无亮色；没有亮色的生命，再长也不过是一片虚空。何况，人生七十古来稀，即使寿登期颐，放在无始无终、万古如斯的时间长河里，也只是短暂的"一现"。只要能在这"一现"之中，像一颗陨星冲入大气层之后，能在剧烈的摩擦中发出耀目的光华，自尔神采高骞，同样称得上星云灿烂。

为着追求唐诗中"昨夜月明浑似水，入门唯觉一庭香"的意境，我顺手关掉了电灯，使昙花在皓月清辉中显现其空灵淡雅的芳姿。妻子认为，这样美好的景色，只是两个人欣赏，未免辜负了它的一片芳心。她提议招呼一些亲邻好友来共同赏花。古人说：独乐乐，不若与人乐乐。在一般情况下，这无疑是真理。但此刻我却认为，还是保持一种静穆的气氛为好。

在这一片光雾迷离之中，只容意念回旋，不宜有过多的人物点缀。那种"歌鼓喧阗，笙簧齐奏"的聒噪，与夫"千门如昼，嬉笑冶游"的粗俗，对于昙花来说，都是很不适宜的。史载，南宋画家、词人张镃当牡丹开放时，招邀好友举行赏花盛会，宾客齐集后，吩咐开帘通气，立刻满座皆香，然后伴以歌姬舞女，檀板清樽，喧腾彻夜。这种"厚爱"施之于昙花，大概是难以忍受的。

据说，昙花原属热带植物，为了避开日间的燥热，便躲在深夜里开花。它并不计较条件的优劣、土壤的肥瘠，淡泊自甘，多予少取；勘破了名利关头，不愿取悦于人，招蜂引蝶。它同"出污泥而不染"的莲花，笑傲秋霜、幽香独抱的菊花，实可并列而为"花国三清"。

此时，和平恬静的空间完全为奔走不停的秒摆所占据。"当、当、当"，时钟敲了十二下。妻子回到寝室去睡了。我默坐一旁，仔细地端详着掩映在清冷的月华下的隽秀的幽姿。超逸，雅静，妙相庄严，通体明亮。这哪里是花？分明是一颗怦怦跳动着的心！此刻，我的胸臆里既满怀着兴奋，也夹杂着一种带有苦涩味的酸楚与歉疚。真个是：舌兼五味，百感交集，不觉慢慢地沉浸在如烟往事的回忆里。

三年前，暮春时节。一位朋友赠给我一段昙花的叶状嫩枝。抱着试试看的心情，我顺手将它插在一个幼苗尚小的菊花盆里。十几天后，它竟扎下根须，渐渐长大起来。我于养花一道，纯属外行，如何给水施肥，全然不懂。有时看盆里发干，就随手将一大杯凉茶倒进去。赠花的朋友发现后，嗔怪我硬拉着李逵去跟张顺泅水。原来菊花耐湿，而昙花喜干，我这么"一锅煮"，岂不苦了它也！此后，我就把它移进另一个小花盆里。转眼间，一千个昼夜过去了，它由一段扁平的叶片，繁衍成几茎柱状青枝，于今已绿叶婆娑，高达数尺了。

劳人草草。每天我都怀着一颗忙碌的心，匆匆来去，早出晚归。回到家里，只觉得身心两乏，倒头便睡，几乎把培育昙花一事完全忘诸脑后，既没有按照植株大小换土更盆，也从未根据生长需要为它追施任何肥料，偶尔心血来潮，"咕嘟嘟——"灌上半盆清水，谈不上及时，更未必合理。可是，它，这株昙花却全不在乎待遇的菲薄和条件的艰苦，凭着高度的使命感和顽强的生命力，经过长时间的蕴蓄元气，硬是"拼命三郎"似的，在寂静的秋夜里悄然开放。唯一的追求就是把心灵中最美好的东西和盘托出，给人们以爱的温馨和美的享受。

冰心老人写过这样的诗句：

> 成功的花。
> 人们只惊慕她现时的明艳！
> 然而当初她的芽儿，
> 浸透了奋斗的泪泉，
> 洒遍了牺牲的血雨。

想到这些，我益发觉察到心中留下的缺憾。我筹划着，明春一定买个大花盆，满装上肥沃、松软的腐殖土，早早地把它移植过来，殷勤、合理地加以培护。

月亮下去了，屋里一片黯淡。我开亮了灯。呀！昙花巨大的花冠已经垂了下来，花瓣全部闭合了。再看那青葱的枝叶，似乎也渐形枯萎。这该是长期疏于管理，养分匮乏所致。昙花，昙花！为着绽放一朵奇葩，竟然使尽浑身解数，最后力尽而竭！做人果能如此，也就很够标准了。

记得《随园诗话》中记载过这样一个故事：一个叫陈浦的老寒士，带着自己的诗稿，请求当时的诗坛巨擘袁枚评点。袁枚日夕游宴于权贵、诗翁、才女之中，对这个寒士的诗稿并未引起重视，随手放在一边。几年之后，想起这件事来，取出诗稿细细品玩一遍，发现作者原是一个才分很高、颇有造诣的诗人，诗稿中不乏一些传世之作。他便忙着打听其人下落。不料，这位老寒士早已在贫病交攻之下黯然故去。袁枚满怀深情地录下已故诗人的七绝《醉后题壁》：

> 贫归故里生无计，病卧他乡死亦难。
> 放眼古今多少恨，可怜身后识方干！

然后，凄然地在《诗话》里写道："呜呼！余亦识方干于死后，能无有愧其言哉！"

这里说的方干，是唐代的诗人，很有才识，科场失意后，息形山林，郁郁以终。后来，朝廷发现并承认了他的才干，追认他进士及第。但逝者已矣，已经于事无补了。历史上许多奇才俊逸之士，没身草泽，不为朝廷与社会重视，直到显露了才华，做出了贡献之后，人们才赏鉴其才识，但因贫病摧残，心身交瘁，往往为时已晚。这种情况，今天也时有出现。报纸上不是时常介绍一些生前未被重视，死后才予以赞美、宣扬的人才吗！

自然界的花卉自有其生长的规律，本与人事无关。但事有可鉴，理有可通，有时一些物象也能给人以深刻的启示。

人过中年，久经世事，已经淡化了昔日豪情似火的衷怀。但在名花零落、深情悼惜之余，总觉得有一股激情在胸中喷涌。遂步寒士陈浦的七绝原韵，题诗一首，作为本文的结尾：

一枝素艳惜凋残，旋现旋消补过难。

顾理失时成大错，花中我亦负方干！

黄　昏

　　黄昏、夕照，景象是迷人的。自从人类把自然风物作为自己的审美对象，宇宙间的各种景观有了独立的美学意义之后，便有无数诗文咏赞它，描绘它。

　　南北朝诗人谢朓的"余霞散成绮，澄江静如练"，成了传诵千古的吟咏江南春晚的华章；而唐代画家兼诗人王维的"大漠孤烟直，长河落日圆"，则是一幅典型的北方风景画。

　　在现代作家的笔下，夕照、黄昏更是多彩多姿，它具有美的形象。泰戈尔说："黄昏时候的天空好像穿上了一件红袍，那沿河丛生的小树，看起来更像是镶在红袍上的黑色花边。"

　　它又是富有音乐感的。高尔基说，当太阳走到大地里面之后许久，"天空中还轻轻地奏着晚霞的色彩绚烂的音乐"。

　　而且，还有性格，有情感。在莫泊桑笔下，"那是一个温和而软化的黄昏，一个使人灵肉两方面都觉得舒服的黄昏"。凡尔纳写道："太阳在向西边的地平线下沉之前，还利用云层忽然开朗的机会射出它最后的光芒。""这仿佛是对人们行着一个匆匆的敬礼。"

　　赫尔岑写得更是富有良知，"这美丽的黄昏，过一个钟头便会消失了。因此，更其值得留恋。它为了保护自己的声誉，在别人还没有厌倦之前叫他们珍惜自己，便在恰当的时候转变成黑夜"。

　　原来，黄昏竟是这样的充满情趣，难怪夏洛蒂·勃朗特称许它是"二十四小时中最可爱的一个小时"。

　　也许是因为从小就接受了这些教养与熏陶，所以，几十年来，我对于夕照、黄昏，一直保持着浓厚的兴趣。小时候，每年夏天都跟随父亲去牧场割草，那炎炎烈日烤得草原在呼呼地喘气，简直到了燎肌炙肤的程度，但我却百去不厌。一是为了到河沟旁掏洞捉蟹；再就是傍晚时分欣赏草原落日的奇景——

滚圆的夕阳酷似过年时檐头挂着的红灯笼，看去似近实远，似静实动。下面衬托着绿绒毯一样的芊芊茂草，成就一幅天造地设的风景画。晚霞像彩带一样横亘天际，风沉淀下来，草浪平息了，荒原寂静无声。牧归的羊群从远方游来，一团团，一片片，简直分辨不清是翠绿的"魔毯"收敛了白云、彩带，还是白云、彩带飘落在草地上。

我也曾沉醉于海上的黄昏。在水天相接处，耀眼的夕阳像正在爆发的火山一样，喷射出万道光焰，把天际烧得通红。海面上，滚滚惊涛犹如万马奔腾，比赛着向落日驰去，闯进那红宝石和炉火般的蒸腾滚动的霞辉里。

然而，最使我难忘的还是在万米高空之上看到的天上黄昏的景观。

那是在上海飞往北京的客机上。飞机起飞后，我习惯地透过舷窗玻璃向远方眺望。呀！一幅绚美的图画简直使我惊呆了。在苍茫的天地交接处，映现出类似日光七色的横亘西天的宽阔彩带。紧贴黛青色天穹的是翠蓝和绀紫，下面是一层碧绿，再下面是一色的橘黄，再下面呈淡金、橙红色，靠近地平线的是一抹丹红，彩带下面是暗黑的大地。

过去在茫茫的戈壁滩和一千八百米高程的黄山光明顶，在号称黄昏景色之最的"日本第一斜阳"——北海道留萌市海滨，我都欣赏过黄昏景色，但像这样瑰奇伟丽，还是第一次看到。

宇宙实在太广袤了，尽管波音客机以九百公里的时速飞行，但视线内的景观几乎没有什么变化。二十分钟以后，天空开始变暗，七色不甚分明，而后，红色逐渐转暗，彩带全呈暗黄色。最后，与大地融合在一起。看去像薄暮中大片成熟的谷物，这使我想起了那句"如果说朝阳是一种创造，那么，黄昏便是一种丰收与成熟"的名言。

我陷入了沉思。

面对着如此壮美的黄昏景色，为什么古代诗人竟会吟出"日暮秋风起，萧萧枫树林""夕阳西下，断肠人在天涯"一类充满萧瑟、悲凉之感的诗句呢？我想，也许与他们所处的社会环境有关。在按门阀取士、靠恩荫选官、凭年资进阶的制度下，无数被褐怀玉之士难以酬其夙志，加上临风落泪、对月伤怀的旧知识分子特有的情感，于是，逢着友朋离别、世路艰辛、流离颠沛等复杂感情宣泄的机会，自然就要迁景于情，产生悲凉之感了。

北宋词人晁无咎说得直白："夕阳芳草本无恨，才子佳人空自悲。"也可以说，这种悲凉意绪是旧时代读书人普遍而深刻的失落心态的折射，反映了理想与现实不可调和的深层矛盾。

当然，也不应一概而论。同是古代诗人，旷达、乐观的刘禹锡，就吟出"莫道桑榆晚，为霞尚满天"的充满豪情的丽句。归根结蒂，与本人的精神境界或者说世界观紧密联系着。朱自清先生在五十一岁那年，特意反李商隐的诗意而用之，铸就一副励志奋进的中堂对："但得夕阳无限好，何须惆怅近黄昏！"

陈老总的诗句"花信迟迟春有脚，夕阳满眼是桃红"，反映了伟大革命家在艰险环境中的革命乐观主义精神。叶帅"老夫喜作黄昏颂，满目青山夕照明"的佳什，更是振古励今，令人感发奋起。

夕阳也好，黄昏也好，在革命者眼中，原是同朝阳、晨曦一样清新可爱的。卢森堡的《狱中书简》告诉我们，这位伟大的革命家当透过铁窗玻璃看到玫瑰色的夕晖返照时，竟然"如释重负地长呼了一口气，不由自主地把双手伸向这幅富有魅力的图画"。认为："有了这样的颜色，这样的形象，然后生活才美妙，才有价值。""不论我到哪儿，只要我活着，天空、霞彩和生命的美便会跟我同在。""书简"通篇透出思想的开拓和胸襟的博大，哪里有半点衰飒气氛！

捷克斯洛伐克革命者、著名作家伏契克被德国法西斯关进集中营。为了摧毁他的意志，秘密警察将他带到郊外去看夏日黄昏、红日西沉的景色，意在诱使他逐渐颓丧、沉沦下去。结果，这种阴险的居心遭到了伏契克的痛斥，他的斗争意志更加坚定了。

社会因素在这里固然起主导作用，但是，同时还有个对自然界事物的认识问题。在古代人眼里，日出日落，像人由少而壮、由壮而老一样，或者和花开花落相似。实际上，太阳除了自转而外，并未曾移动半步，倒是人们"坐地日行八万里"，跟随着地球以每秒四百六十五米的速度，由西向东不停地自转。人们每天傍晚，都同那位"兀坐不动"的太阳爷告别一次，到了第二天清早又见面了。日出、日落的概念，如同我们坐在疾驰的列车上，看铁路两旁的村庄、树木似乎在一齐后退一样，不过是一种错觉。认清这一点，再去看落日、黄昏，也就不会产生迟暮、萧瑟之感了。

　　科学地说，旭日东升与夕阳西下，原是同一事物的两种景象，只是观察的角度不同而已。记得一位著名作家在一篇散文中，叙述飞机上看日出的情景：当飞机起飞时，下面还是黑沉沉的浓夜，上空却已呈现微明，看去像一条暗红色长带。红带上面露出清冷的淡蓝色晨曦，逐渐变为磁蓝色，再上面簇拥着成堆的墨蓝色云霞，通体看去，有如七色日光那样绚丽。这种日出前的景象，竟与日落后的景观非常相似，证明了二者原本是同一的。

　　我常想，如果没有那次万米高空上的游目骋怀，我对于黄昏、夕照的印象，大概不会超出草原与海上的所见，自然也就不会产生上述新的认识。看来，人类要想不断认识更新更美的事物，就须不断地扩展自己的视野，开拓新的境界，进行新的探索。

　　今后，随着科学技术的飞速进步，人和自然的关系也将不断地发展。据说，当科学工作者观察微观世界时，无不为原子世界绝妙的排列而惊叹。在登上月球的宇航员的眼中，表面温度高达六千度的烈焰蒸腾的太阳，竟像金盘一样美丽，柔和，光亮。

　　但不知月球上的黄昏、夕照是怎样的景观。

安步当车

有人问我：工余之暇有些什么爱好：打麻将？下象棋？莳花？养鸟？看电视？聊闲天？我一一摇头。细想一下，要谈业余爱好，除了读书，便是散步了。

住在一个人口六七百万的大城市里，车辆鱼贯、穿梭，多得如"过江之鲫"，没有事愿意遛大街的人，恐怕不是很多的。我呢，倒不是喜欢上街，商店三五个月不去光顾一回；我的出行，意在散步。只要时间允许，无论是办事情，参加会，看节目，我都喜欢徒步而行，不想坐车。

至于晚饭后，信步徜徉于林荫路上，湖畔河边，花木扶疏的庭园曲径，风俗画面一样的僻巷街头，默默地走，平静地走，轻松地走，尽兴地走，无意其他，无顾其他，半个小时，一个小时，更是早已成为习惯了。有时，夜间读书、写作，感到头昏目眩，就寝之前，也要到院子里走上几圈。回来后，带着几分凉意钻进被窝，很快便悠然入睡。

适量喝酒，到底好不好？吃红烧肉，是否健脑强身？可说是言人人殊，莫衷一是。但是，生命在于运动，散步有益身心，却是古今中外从无异议。我国流传已久的《十叟长寿歌》中就有"饭后百步走""安步当车久"的经验。古希腊哲人也曾讲过：你要健壮吗？走路吧！俄国大文豪果戈理说，走路永远是祛病疗疾的良药。也许是这个缘故吧？据说，欧洲有的城市一直保持着这样一种习俗：不论贫富、老幼，入城都必须步行；外地客人驾车来访，也要停车郊外，而后徒步进城。

我的切身体会是：散步不仅能消耗掉多余的热量，增强身体的素质，而且，可以使心胸获得扩展，神志得到超脱，精神上进入一种新的境界。无论是精力高度集中造成的疲劳，案牍劳形沉积下的闷倦，还是"不虞之誉""求全之毁",以及错综复杂的矛盾、无法摆脱的干扰所带来的重重烦恼,都可以借助缓步徐行,抛诸脑后,排遣无遗。苏东坡就有过这种体验,他写道:"莫听穿林打叶声,何妨吟啸且徐行。竹杖芒鞋轻胜马,谁怕?一蓑烟雨任平生。"

古今中外,许多作家、学者都有散步的习惯。从某种意义上说,散步是他们特有的精神活动方式。古代的大思想家庄子,好像整天都在散步,濠间、濮上、郊野、田园,到处都有他的身影。诗人陆放翁更是随时随地策杖闲游,翻开《剑南诗稿》,触目皆是:"信步闲行遍四邻,拥篱老稚看纶巾。""端闲何以永今朝,拄得筇枝度野桥。""不识如何唤作愁,东阡南陌且闲游。""旅饭风埃小市傍,却呼拄杖踏斜阳。"当代著名作家巴金先生数十年如一日坚持散步,每当写不下去或者需要深入思索的时候,他都要出去走走,实际上,散步已成了他创作生活的一个组成部分。

在外国,也有类似情况。亚里士多德的学派就唤作"散步学派"。列夫·托尔斯泰经常穿一件肥大的外衫,在查谢卡林区,顺着一些不引人注意的幽径、溪谷,走到他从未到过的地方。正是在这个时候,他回思着过去,审视着现在,憧憬着未来,品味着人生三昧,为自己的创作探寻种种新的路径。车尔尼雪夫斯基在长达二十五年的流放、苦役生涯中,只要健康允许,就坚持户外散步,从未间断过。他觉得,走路时的回忆是最温馨可人的。卢梭认为,散步促进了他对问题的思考。歌德老人甚至说,他的最宝贵的思维及其最好的表达方式,都是在散步时出现的。

这种认识和感觉,有一定的科学根据。因为散步时心肌收缩加强,血液流动变快,供给大脑的氧气和营养物质增多,使处于紧张状态的大脑皮层逐渐松弛,思维自然随之而重新活跃起来。人在散步中会产生一种美妙的情思。近代女诗人林蕴林暮春时节在济宁郊外闲步,得句云:"老树深深俯碧泉,隔林依约起炊烟。再添一个黄鹂语,便是江南二月天。"诗人因心造境,化虚为实,构建一个诗意盎然的鲜活的新境界。

据我亲身感受,散步也确能益智怡情,提高思维能力。多年来,我习惯在业余时间,把所见所闻所思所感写成散文、随笔之类的作品,总共也有几百篇了。回顾它们诞生的历程，大部分都是在散步中完成构思的。现在，竟至出现这种情况：真要我静坐桌旁，凝神结想，或者在品茗衔杯之际梳理文思，倒没门儿了。即使是夜静更深，绝无半点扰攘，有时也会出现文思迟滞的情况，不肯像平日那样泉流、潮水般地涌来，这时，我便立即起身，出外散步，伴着风声林籁，月色星光，展开点点、丝丝、片片、层层的遐想。此刻的散步，看似悠闲自在，散漫无羁，实则脑子里进行着紧张的活动。思维空前活跃，注意力集中在某个兴奋点上，上下古今，云山万里，联翩浮想，绵邈无穷。

当然，也不能认为，"踏遍青山人未老"，只是革命家的豪情，"步随流水赴前溪"，仅是诗人的雅兴。今天，无论走在哪里，无论是普通公务员，还是各级负责干部，安步当车，随处可见。可以说，散步现已成为日常生活中一种十分普遍的活动形式。但是，在旧时代的官场，出外办事，却必须乘车、坐轿，步行走路是不可想象的。唐代的李贺弱冠能诗，才名卓著，都官员外郎韩愈和侍御皇甫湜听说后，想亲自考察、了解一番，便坐着车子到家去看他，李贺当场作诗，题目就叫《高轩过》。所谓"高轩"，就是高车，"轩"是古代一种前顶较高而有帷幕的车子，专供大夫以上官职的人乘坐。后来，诗人刘迎吟咏这件盛事，有句云："正以高轩肯相过，免教书客感飘蓬。"

在封建时代，为着"谨出入之防，严尊卑之分"，读书士子一经入仕，便与徒步绝缘。《聊斋·夜叉国》中有个形象的描述："问：何以为官？曰：出则舆马，入则高堂，上一呼而下百诺，见者侧目视，侧足立。"真是威风了得！据古籍诠释，官者，管也，牧也，为民父母也。旧时代把长官治理下民看成牧人看管牛羊一样，典型地反映出封建制度下处于对立状态的官民关系。清末一首《京都竹枝词》就是这样描写的：

> 一双蔗棍轿前催，曲巷回过喊若雷。
> 更有双鞭前叱咤，威风扬起满城灰。

对于这种腐朽的官场习气，在旧社会是不易摆脱的，包括杜甫那样"恫瘝在抱"、体恤民瘼的伟大诗人在内。他曾在朝做过一任微官，入了仕自然就与普通士子不同了。在一首名为《逼侧行赠毕四曜》的诗中，他是这样写的：

> 逼侧何逼侧，我居巷南子巷北。
> 可怜邻里间，十日不一见颜色。
> 自从官马送还官，行路难行涩如棘。
> 我贫无乘非无足，昔者相过今不得。
> 不是爱微躯，非关足无力。
> 徒步翻愁官长怒，此心炯炯君应识。

过去还可以街头徒步，常相过从，但做了微官之后就不能了，尽管住得非常的近。"不是爱微躯，非关足无力"，只是因为徒步上街有碍官家体面，那要惹官长生气的。

其实，这种当了官就不能步行的规矩，早在两千多年前就已经形成了。据《论语》记载，孔子的高足颜渊死了，其父颜路请求孔子卖掉车子为颜渊置办外椁。孔子说："我儿子孔鲤死时，也只有内棺，没有外椁。我不能卖掉车子来替他买外椁，因为我也曾做过大夫，是不可以步行的。"

记得老作家曹靖华过去曾经写过一篇散文《忆当年，穿着细事且莫等闲看》。嗟呼，艰难岂止穿着事，行路当年未等闲！

我的四代书橱

古有惠施"腹载五车"，边韶"腹便便，五经笥"的佳话。《明史·文苑传》记载：周玄"尝挟书数千卷，止高楝家，读十年，辞去，尽弃其书，曰：'在吾腹笥矣。'"。腹笥繁富，自是令人艳羡，但其人终属奇才异秉，而平凡如吾辈者流，大概是无法企及的。因此，自幼便渴望有个专门藏书的书橱。

这个愿望，在六十年代之初终于实现了。书橱样式，即在当时也谈不上新颖，但十分宽大、坚固。抬将过来，居然有二三同道称羡不已。他们帮我把二十年来积聚起来的书籍一一细心地存放进去。其中，中华人民共和国成立后出版的新书居多，也有我在童蒙时期读过的"四书五经"《纲鉴易知录》《古唐诗合解》《昭明文选》等旧书数十种。

"书卷多情似故人，晨昏忧乐每相亲。"它们原来挤压在几个木箱里，随我出故里、入县城、进都市，历尽流离转徙之苦。于今，看到这些"故人"终于有了安身立命之所，心中颇觉畅然，甚至有一种"向平愿了"之感。

当时书价低廉，但薪俸也少，去掉必要的开支，已经所余无几。每当走进书店，总是贪馋地望着琳琅满架的新书，不想移步，无奈阮囊羞涩，只能咽下唾涎，空饱一番眼福，无异于"过屠门而大嚼"。尽管如此，几年过去，书橱里竟也座无虚席。工余归来，即使再累再乏，只要启开橱门，浏览一番书卷，顿觉神怡目爽，倦意全消。

不料胜景不常，"文革"浩劫到了，"破四旧"的狂飙席卷全城。自忖橱中书籍十之八九当在横扫之列。为了安全渡过劫波，只好将它们再度塞回木箱，放置楼顶天花板上。尽管有些过意不去，但形势所逼，也只好屈尊了。转眼间三年过去，我从劳动锻炼的工厂归来，进门第一件事，便是从楼顶上搬下木箱，拂去蛛网尘灰，将书籍重新摆上书橱。"故友"重逢，恍如梦寐，相对唏嘘久之。

70年代后期，大批新书上市，许多旧版书也陆续重印。冷落已久的书店，又是熙熙攘攘，门庭若市了。我呢，由于十年间物资匮乏，开销不大，手头略有些许积蓄。这样，几乎每次从书店出来，都要带回几本新书。加之，在"海、北、天、南"等大都市工作的朋友，知我嗜书如命，也都纷纷为我代购。一时间，床头、桌下，卷帙山积，竟然"书满为患"。于是，我又添置了两个新的书橱，是为第二代。

80年代中期，散文集《柳荫絮语》出版后，我开始了随笔集《人才诗话》的创作。当时，做了两方面的准备：一是购置与借阅上百种历代诗词别、总群集，从中选出三百余首与人才问题有关的诗词；二是搜集、研读各种人才学论著，以及古今中外关于人才问题的故实、逸闻、佳话。在此基础上，兼顾"人才诗"（这是我杜撰的一个名词）的内容与人才现象、人才思想、选才制度、成才规律等各方面课题，拟定近百个题目，边准备，边构思，边创作，以文学的形式、史论的笔法，把情与理、诗与史熔于一炉，每月可得五六篇。其中有些篇章，曾在《人民日报·海外版》"望海楼随笔"专栏中刊载过。通过这部书的写作，使我有机会研究了大量诗文典籍，也积聚了相当数量的书籍。为此，我又新置了两个书橱，是为第三代。

进入90年代之后，新书出得更多，但书价之高昂，令人瞠目咋舌。这个期间，虽然我又出版了三本散文集、一本旧体诗词，但稿费无多。好在"天无绝人之路"，因工作之便，可以定期收到省内各出版社的样书。日积月累，数量也颇为可观。我还利用业余时间，从事美学与清前史的研究，相应地置备一些有关学术著作。适应这些方面的需要，我添置两个高与梁齐、装上有机玻璃拉门与铝材滑道的现代化书橱。后来居上，这第四代可称是"佼佼者"了。

多年来，书籍随进随放，见缝插针，有些杂乱无章。最近，我运用宏观调控手段，对它们进行一次综合治理，实行分级管理，分类陈放。藏书中，以散文与诗词为多，我让它们进驻第四代书橱；史书与理论、学术著作，由第三代书橱安置；第二代书橱中，一个用于存放诗词、散文以外的文学著作，一个用于存放各类社会科学杂著，三教九流，百家诸子。

与上述三代书橱相比，制作于六十年代的第一代书橱，未免有些寒酸、陈旧，有的朋友劝我改作他用，另置新橱，我却敝帚自珍，割舍不得。算来，它已经与我同甘共苦三十年了，伴我由青春年少到绿鬓消磨，渐入老境，彼此结下了深厚的情谊。"贫贱之交不可忘"，我为它派下了特殊用场，专门陈放各地文友签名、惠赠的书籍，现已达到几百种了。

四代书橱，比肩而立，占去了我的卧室与客厅的半壁江山，使原本就不宽敞的居室显得更为褊窄。但环堵琳琅，确也蔚为壮观。纵然谈不上桂馥兰馨，书香盈室，但，"四壁图书中有我"，毕竟不失雅人深致。尽可以志得意满，顾盼自雄，说上一句："丈夫拥书万卷，何假南面百城！"

清夜无眠，念及众多古圣先贤、硕学鸿儒、骚人墨客，各以其佳篇名著，竞技闲庭，顿觉蓬荜生辉，萧斋增色。惭愧的是，橱中只有部分书籍我曾认真读过，余则只是匆匆过眼。我当在有生之年，焚膏继晷，夕惕朝乾，加倍地黾勉向学，以不负诸贤的青睐。

永存的微笑

　　每当看到那些繁霜侵鬓，蔼然可亲，献毕生精力于教育事业的辛勤园丁时，我总会忆起一位缘悭一面但印象很深的可钦可敬的老大姐。

　　事情发生在多年以前。记得是春节刚过，我收到一封由《散文》月刊编辑部转来的信件。寄信人为南方某城市师范学校的一位教师。信，原是写给编辑同志的：

　　　　……我有一件私事，烦请你们帮忙。1937年秋我的胞兄同家人失散，四十多年杳无踪影。昨日阅读贵刊，发现一篇散文的作者署名，竟然与我哥哥的姓名完全相同（这个名字曾被人们认为是极少见的），真是令人喜出望外。不知你们可否将这位名叫"王充闾"的作者的通讯地址见告？

　　　　如果方便的话，也可以把这封信直接转递给他，顺便问一下：他是不是昆明籍贯？可还记得有个名叫"冠华"的妹妹？……

　　热切的企望，真挚的感情，使我深深为之感动。我仿佛看到一位年过半百的老教师，在掠着花白头发，满怀期望地伫立窗前，急切地等待着"绿衣使者"送来亲人的信息。但她哪里知道，这却是一场误会。

　　我出生在辽河岸边，1937年尚在襁褓之中。我并没有胞妹，却曾有过一个姐姐，在我幼年时期，即因屡遭丧乱，贫病交攻，过早地弃世。姐夫哀恸欲绝，在一个风雨凄凄的夜晚，鸿飞冥冥，一去便无下落。我是深谙乱离之苦和失去亲人的哀痛的。尽管和这位大姐相隔万里，但悠悠此情，彼此相通。我觉得应该立即作复，以释远念。可是，拿起笔来却又有些踌躇——信到之日，即彼失望之时，我不忍心过早地唤醒她的甜梦。

但是，我无论如何也按捺不住，到了第三天，便按照信址寄了回信。信中，除了说明有关情况，还劝慰她要放开襟怀，切莫悲观失望。我写道，"田园寥落干戈后，骨肉流离道路中"，这在祸深寇急的邦国颠危之时，又何止是你我两家的遭遇！所幸今天阴霾荡尽，四海承平，这类悲剧再也不会重演了。我劝她不要灰心丧气，"虽然没有找到失散多年的哥哥，但是，在异地他乡总还结识一个深为同情和关怀你的弟弟。愿我们今后常通音讯，互勉互励"。

很快就收到了她的复信，略谓：从信中深切体味到了同志间的温暖，真是四海之内皆兄弟，祖国到处有亲人。

我还没有来得及回复，紧接着，又收到了王冠华写给我的第二封信。原来，她的丈夫有个胞弟，中华人民共和国成立后一直在沈阳工作，兄弟间书信频传，互通情愫，这对于万里暌隔的亲人来说，确实是很大的慰藉。可是，在"十年动乱"期间，彼此的处境都十分艰难，自顾不暇，音信便完全隔绝。来信委托我代为探询他们弟弟的消息。

我按照信中提供的名字和线索，多方查访，了无结果。后来在一次闲谈中，偶然提及此事，凑巧一位朋友熟悉此人，他们在"文化大革命"中，曾一道被遣送到辽西山区"下放改造"，其人现已调入某单位任秘书长。真是"踏破铁鞋无觅处，得来全不费工夫"！

原来，他前些年改了姓名，以致费了许多周折方才找到。我满怀着喜悦的心情，马上与他取得联系，并请他看了来信。刚刚读过数行，他便激动地紧紧握住了我的手，说："感谢你的帮忙，真是'家书抵万金'哪！"

回信，自然无须我代劳了。过后老大姐专函致谢，她以欢快的笔调告诉我："这些天，我们全家沉浸在欢乐的气氛之中。虽然我没有找到哥哥，但我们老两口却相继找到了各自的弟弟。"也许是因为做了一件有益于人的事情吧，我也深深感到快慰。

驹光如驶，转眼间我离开省城已经一年多了。一次，去沈阳开会，与那位秘书长重逢，顺便问及令嫂的近况。他那原本开朗的笑靥，顿时沉黯下来，凄然地说："她已经在去年十月份故去，太可惜了！"从谈话中得知，这位老大姐"文化大革命"中遭受到严重迫害，党的十一届三中全会以后，得到了彻底平反，并重新回到了教学岗位，连续几年被评为市优秀教师和"三八红旗手"。她对工作认真负责，尽心竭力。近年虽然肝区时时作痛，但从未声张，更不肯扔开教学去医院就诊，后来竟至不起，经诊断为晚期肝癌。

对于她的猝然谢世，我是深为痛惜的。同时，也为有这样一位具备"红烛精神"和"春蚕品格"的好大姐而感到自豪。

后来，收到逝者的女儿（她也是教师）寄来的母亲遗照。这是一副鬓发花白、蔼然可亲的典型的"园丁"形象。从大姐生前那带着微笑的面容，看得出她对教育的春天的到来和自己晚年的执教生涯是眷恋而惬意的。

小楼一夜听春雨

想是夜间读书过于疲劳，一卷未终，便伏几而寐。醒转来，壁上的时钟已经敲过了十二下。

不知从何时开始，楼外下起了雨，衬着路灯的辉映，雨丝闪着一道道耀眼的毫光，透出一种朦胧、含蓄的美蕴。推开窗户，细雨扑上脸颊，痒丝丝的，了无寒意。夜风轻吻着头发，流荡着沁人心脾的清新气息。

这初春的第一场喜雨，不待鸣雷的呼唤和闪电的指引，蕴蓄着满腔的爱意，悄悄地降临人间。确实是"好雨知时节，当春乃发生"啊！

连日来，听到许多关于农村苦旱的讯息，到处都在翘盼着时雨。却不知，辽南果园中此刻是否同样普降了甘霖。我仿佛看到，春雨洒处，姹紫嫣红开遍，片片果林堆着满头香雪，有的如玉屑冰花，白里泛绿；有的如彩云漫拢，一抹轻红。

春雨，唤醒了万物的生机，催动着人们丰收的热望。古往今来，咏赞春雨的诗章连篇累牍。"杏花雨——仓里米。"人们总是把三春灵雨同花繁果富紧密地联结起来——

许多无名诗人早在两千年前就吟咏着："芃芃黍苗，阴雨膏之。""既沾既足，生我百谷。"至于后来的诗篇，诸如"小楼一夜听春雨，深巷明朝卖杏花""一百五日寒食雨，二十四番花信风""山边夜半一犁雨，田父高歌待收获""土膏欲动雨频催，万草千花一晌开"，等等，可说是俯拾即是。

雨催花发，昨天还是蓓蕾，今天便绽放出鲜花，几天以后就将结出小小的果实。久旱逢甘雨，是人间的乐事之一。"五风十雨升平世"，更是古代人民的理想境界。苏东坡在《喜雨亭记》中讴歌春雨，兴会淋漓："使天而雨珠，寒者不得以为襦；使天而雨玉，饥者不得以为粟。"一雨三日，"官吏相与庆于庭，商贾相与歌于市，农夫相与忭于野，忧者以喜，病者以愈"。

出外旅游，逢着落雨，总有些大煞风景吧？也不见得。古人早已说过："水光潋滟晴方好，山色空蒙雨亦奇。""雨里登山且莫嫌，却缘山色雨中添。"极目青郊，烟雨中的杨柳、禾稼，显得分外朗润清新。有一次，我在苏州逢着下雨，那黑瓦白墙的楼舍，典雅工丽的园林，五颜六色的雨伞下疾徐不一的行人，都因为霏微的春雨更饶韵致。不然，恐怕是无法领略"雨中春树万人家"这句诗的妙处的。

落雨，是挑人思绪、引人遐思的时刻。雨能使人从躁动归于沉静，从感情进到理智。面对着垂天雨幕，耳听着潇潇暮雨，人们会萌动着种种饶有兴味的思绪——

诗圣杜甫在长夜苦湿、风雨凄凄中，发出了"安得广厦千万间，大庇天下寒士俱欢颜，风雨不动安如山"的浩叹，体恤民艰之情，跃然纸上。

宋代的诗人曾几，午夜梦回，听得雨声淅沥，认为是最佳音响，从甘霖普降想到稻香千里，大有丰年：

> 一夕骄阳转作霖，梦回凉冷润衣襟，
> 不愁屋漏床床湿，且喜溪流岸岸深。
> 千里稻花应秀色，五更桐叶最佳音。
> 无田似我犹欣舞，何况田间望岁心！

而他的门生，那个被誉为"亘古男儿"的陆放翁，则是"忽闻雨掠篷窗过，犹作当时铁马看"。因为听到雨声，他那饱满的爱国激情，竟然冲出白天清醒生活的境界，泛溢到梦境中去：

> 僵卧孤村不自哀，尚思为国戍轮台。
> 夜阑卧听风吹雨，铁马冰河入梦来。

当然，落雨引发的思绪，也并不都是奋发向上的，也有人从点点滴滴，淅淅沥沥，飒飒潇潇的雨声中，领悟到一种前尘如梦、人生易老的悲凉意绪。最典型的要算宋末词人蒋捷了。他在一首《听雨》词中，通过追怀生涯中的三段里程，着力渲染凄苦冷寂的意境，以暗托其深沉的故国之思：

少年听雨歌楼上，红烛昏罗帐。壮年听雨客舟中，江阔云低，断雁叫西风。而今听雨僧庐下，鬓已星星也。悲欢离合总无情，一任阶前，点滴到天明。

雨，本来是没有灵性和知觉的。无情抑或有情，都在于人的感受。正如唐代大诗人白居易所说的：

峡猿亦无意，陇水复何情。
为入愁人耳，皆为断肠声。

不知是什么原因，我对雨向来抱有好感。童年时代，每逢落雨，我都跣着双脚，跑到街头玩耍、嬉戏。有一次，因为在雨中贪玩、摸鱼，竟然忘记吃饭，误了上课，塾师带着愠色，让我背诵《千家诗》中咏雨的诗篇。当我吟过“天街小雨润如酥，草色遥看近却无”“绿遍山原白满川，子规声里雨如烟”等令人赏心悦目的清丽诗章之后，老师轻轻点了一句：“朱淑真的诗，你可记得？”我猜想是指那首“连理枝头花正开，妒花风雨便相摧。愿教青帝常为主，莫遣纷纷点翠苔”的，因为觉得有些败兴，便摇了摇头。老师也不勉强，只是轻叹一声：“还是一片童真啊，待你到了我这个年纪，就会懂得人生了。”

当晚，听父亲说，十年前的一个雨夜，在警察署长家里充任家庭教师的先生的爱侣被东家奸污了，第二天，便含愤跳进了辽河。

先生以戊子年五月生，授徒当时不过五十几岁。如今，我已超过了这个年龄。但是，时移世易，历史揭开了新的篇章，他那样的遭遇再不会重演了。所以，我对雨终无恶感。

…………

思绪，像一个扯不尽的线团萦绕着，楼外，淅淅沥沥，雨还在下。

捕蟹者说

"一年容易又秋风"。望着阶前悦目的黄花，我想起那句"对菊持螯"的古话，蓦然触动了乡思。

西晋文学家张翰，因见秋风起而兴"莼鲈之思"，想起了家乡吴中的菰菜、莼羹和鲈鱼脍，遂命驾东归。鲈鱼脍，常见于古代诗文，名气很大，该是上好的佳肴，但菰菜却没有什么味道，莼羹也未见得怎样的鲜美。我想，无论如何它们也比不上我的故乡那肉嫩膏肥、风味绝佳的蟹鲜。

河蟹咸水里生，淡水里长，一生两度洄游于河海之间。我的家乡地近海口，处于九河下梢，向来是河蟹生长的理想地带。那里流传着许多关于蟹的传说，有个红罗女的故事，凄楚动人。

据说很早很早以前，河口有一个蟹王。背壳赛过大笸箩，螯上夹钳像农户用的木杈，目光灼灼如炬。每当星月不明的暗夜，便耀武扬威地出来伤人，成了乡间一害。这年秋天，村头来了一个身披红袍、手持双剑的卖艺女郎。说是能降魔伏怪。于是，便和蟹王斗起法来，鏖战了三天三夜，女郎终因体力不支，被蟹王吞掉。但事情并没有完结。此后，连续数日，大雾弥天。天晴后，人们发现蟹王死在岸边，从此，妖怪就平息了。

这当然是神话传说，但据群众讲，至今螃蟹还很怕大雾，却是事实。老辈人口耳相传，道光年间中秋节过后，一个浓雾弥漫的晚上，突然，河里"唰唰唰"响成一片，螃蟹成群结队急急下海，顿时，河面上黑压压一片铺开，有的小渔船都被撞翻了。

螃蟹雅号"无肠公子"，又称"铁甲将军"，千百年来，一直活跃在诗人词客的笔下。有对它进行嘲骂的（当然是借物讽人）："眼前道路无经纬，皮里春秋空黑黄。""常将冷眼观螃蟹，看你横行到几时。"

也有加以赞美的："未游沧海早知名，有骨还从肉上生。莫道无心畏雷电，海龙王处也横行。"有些诗感喟身世，寄慨遥深："怒目横行与虎争，寒沙奔火祸胎成。虽为天上三辰次，未免人间五鼎烹。""勃窣蹩跚尜涉波，草泥出没尚横戈。也知觳觫元无罪，奈此尊前风味何。"有人把黄庭坚这两首诗比作《史记·项羽本纪》，实属过誉；但指出诗人意在咏叹叱咤风云的悲剧人物，也似有些道理。

还有些诗借题发挥，咏怀抒愤。吾乡近代诗人于天墀，出于对横行乡里，鱼肉人民的高俅式的恶棍的痛恨，乘着酒兴，写下了一首《捕蟹》七绝："爬沙响处费工程，隔岸遥闻下籪声。毕竟世间无辣手，江湖多少尚横行。"人们从不同角度咏蟹寄怀，见仁见智，独具只眼。

但是，"口之于味，有同嗜焉"。对于蟹味的鲜美，古往今来，认识却是一致的。在现代国内外市场上，河蟹与海参、鲍鱼平起平坐，被誉为"水产三珍"。其实，早在一千年前，人们就很抬高它的位置。东晋时期的毕茂世，经常左手持螯，右手把酒，说是"真堪乐此一生"。

后世还有个叫冯梦桢的，敬事紫柏大师，潜心奉佛。一天，两人同赴筵席。冯因贪食蟹鲜，痛遭师尊的棒喝，但终竟不改其馋。据他在日记中记载："午后复病，盖疟也。不知而啖鱼蟹，益为病魔之助矣。"即此，亦足证蟹味之鲜美。大诗人李白是很喜欢吃蟹的。他写过"蟹螯即金液，糟丘是蓬莱，且须饮美酒，乘月醉高台"的诗句。在曹雪芹笔下，连那个温文尔雅的苏州姑娘林黛玉，也还啧啧称赞"螯封嫩玉双双满，壳凸红脂块块香"哩！

不过，就我体察，蟹味美则美矣，但随着情况的不同，人们的感觉也时有差异——

半个多世纪以来，我曾实践过多种多样的捕蟹办法：比较轻巧，并且凭借某种智力支持，或者带有一点诗性特征的，是编插苇帘，设"迷魂阵"，诱蟹就范；拦河挂索，迫蟹上岸；在秋粮黄熟的田埂，提灯照捕；驾一叶扁舟，设饵垂钓。

而方式比较原始，操作起来却需冒一点风险的，是在临河大堤边上掏洞捉蟹。原以为洞中捉蟹，手到擒来，谁知这绝非易事。我刚把手探进去，就被双钳夹住，越躁动夹得越紧，疼得我叫了起来。父亲告诫我：悄悄地挺着，别动。果然，慢慢地蟹钳松开了，但食指已被夹破。父亲过来从洞中把螃蟹捉出，并做了示范：用拇指和中指紧紧掐住蟹壳后部，这样，双螯就无所施其伎了。吃法也有些特殊，父亲把捉来的大蟹一个个用黄泥糊住，架在干柴枝上猛烧，然后，摔掉泥壳，就露出一只只青里透红的肥蟹。吃起来鲜美极了。

我想，未必河堤边的螃蟹就风味独佳，恐怕还是主观上的感觉在起作用：得之易者其味淡，得之难者其味鲜。王安石说过："世之奇伟、瑰怪，非常之观，常在于险远。"把这番道理推演一下，是不是也可以说：甘食美味，往往出现在艰辛劳动之后啊。

月明人在天涯

日本富山县的冰见市，是一个美丽而恬静的小型滨海古城。

此间气温很高，六月中旬就达到了二十七摄氏度。而东道主的隆情盛意，简直比炎阳烈暑还要炽热。市长亲自陪同我们来到下榻的永芳阁。这家经政府登录的国际观光旅馆，是一座高耸在石崖上的古色古香的五层建筑，凭栏俯眺，美丽的富山湾像一面幕天席地的晶莹宝镜，被镶嵌在浅绿深苍的崖岸之中。

同行的日本友人广濑先生，指着正前方一座仿佛碧玉雕琢的小岛告诉我，古时候岛上有一座寺庙，名叫光禅寺。关于它，还有一个著名的传说：当地一个虔诚信仰佛禅的名士，梦见一位中国高僧前来此地传经说法，醒后，他立即赶往现场参拜，却什么人也没有见到，只是岛上突兀地现出一座中国式的佛教建筑，门额上书有"光禅寺"三个大字。从此，人们就口耳相传，这座光禅寺是经海上漂流，由中国赠送过来的。因而，亲切地把这座岛屿称作"唐岛"。

我们所住的房间，分别冠以龟、鹤、松、桐、羽衣、淑园等或吉祥、或娴雅的名字。每间客房都兼有和式、西式两种陈设，中间以拉门隔断，壁上挂着小巧精美的装饰画，清新雅素，别有一番情致。

中午，东道主在和式宴会厅举行欢迎会。客厅地面铺着"榻榻米"，四壁饰以黄杨镂花木板，上面挂着唐代诗僧寒山、拾得的画像。寒山着芒鞋，曳竹杖，傍古松而立，广袖宽裾，丰神潇洒；拾得手拄扫帚，嬉开笑口，作远望状。

宾主席地而坐，每人各据一桌；膳设和食，至为丰盛。主人致过简短的欢迎词之后，便率先满怀激情地唱起了《阳关三叠》。王维的这首名诗，早在少年时代，我就已耳熟能详了；但是，此刻在异国他乡听到，却似邂逅故知，感到亲切逾常，便也按照拍节，引吭相和，反复咏唱，直到宾主都激动得闪现出晶莹的泪花。这时，大家共同将杯中的清酒一饮而尽。

原来，冰见所在的能登半岛，在地形上很像一只长长的靴子伸进了日本海。特殊的地理环境和相对孤立的状态，使这一带至今仍然保留着较多的传统习俗。在这里，深厚的历史文化积淀，同强烈的市场观念、现代的物质生活相互剧烈地荡激着，在一些上了年纪的人身上，随处都可以感受到一种略带感伤的苍凉意蕴和淡淡的怀旧情绪。

几名歌舞伎兼侍者，表演了精彩的民间舞蹈，手姿、步态、目语、眉情，温柔中略带几分忧郁，轻松里透露着一种矜持，特别娴熟、优美。一望可知，都是阅历深广、成熟历练、养之有素的。歌舞结束，女侍者分别到宾主桌前跪坐侑酒。在溽暑高温之下，她们都严妆盛服，意态端肃。看去年龄均在半百以上。据说，她们都精于茶道、棋艺，具有较高的文化水平，而且，能歌善舞，酒量雄豪。一张张布满皱纹的脸庞和一双双枯涩的眼窝里，饱蕴着人生的艰苦和世事的沧桑。

作为主宾，我被主人安排了一位更为年长些的老年侍者。她主动自我介绍，说是自从永芳阁落成之日，她就前来为各国嘉宾服务，已经几十年过去了，前两天，同伴们为她祝贺过六十二岁生日。与外间的其他场合不同，这里的服务人员，不太要求年轻、俏丽，而是特别看重气质、风度，强调一种书卷气；讲究意态从容、举止凝重、谈吐高雅，重视文化层次和内在的修养。

这种独树一帜、迥异寻常的服务方式，无疑有它的道理。但从客人的角度，看到较自己还要年长的侍者跪伏在面前，端茶奉酒，笑舞酣歌，总觉得有些过意不去，甚至有一种酸楚的感觉。我忽然记起了唐代诗僧寒山的几句诗：

> 朝朝无闲时，年年不觉老。
> 总为求衣食，令心生烦恼。

人当"耳顺"之年，本应庭前憩坐，含饴弄孙，尽享天伦之乐；可是，这些老年侍者为了谋求衣食，还要滞留海隅，吹弹侑客，歌舞承欢。她们也许有生以来从未被爱神丘比特的箭矢射中过，却时时要通过歌音舞态，表演着一些想象中的爱情的圆满幸福。想到这些，我觉得口中的清酒似乎也带有几分苦涩味了。

半日的紧张会谈，宾主都感到有些疲倦，便说，晚饭后早些休息。可是，我因为贪看富山湾的海滨胜景，却仍然痴坐在瞭望台上，观赏着红日渐渐西沉的黄昏美色：灿烂的夕阳悬在金光闪烁的海面上，万顷烟波接着远天，晚潮有节奏地律动着。每一叠浪花打到岸边，细软的沙滩便立刻绣出一溜银白色的花纹。斜晖映照下，几叶渔舟轻盈地向岸边移动。蓦然，触动了我的乡思——我忆起了儿时在故乡见惯的"日之夕矣，牛羊下来"的牧归小景；耳畔仿佛响起《离骚》中的名句：

> 朝发轫于苍梧兮，夕余至乎县圃。
> 欲少留此灵琐兮，日忽忽其将暮。
> 吾令羲和弭节兮，望崦嵫而勿迫。

夏日黄昏，过得迟缓；可是，又变幻得十分敏捷，一个不留神，夕阳的猩唇就吻了碧海。湛蓝的天空与茫茫的浪波，分别从头顶和脚下同时向天际驰去，渐渐地汇合在一起，任凭你怎样睁大眼睛，也难以分清它的界限。

我想象着，那迢遥的翠微淡成袅袅的烟霭所在，便是可爱的海棠叶形的祖国大陆。我仿佛看到了那雄伟的长城，巍峨的泰岳和高耸云天的人民英雄纪念碑。当然，不是借助视觉，而是靠着心思。

记得加拿大籍华裔学者叶嘉莹教授曾说过，她羁身海外时，每当吟诵杜甫的《秋兴》，都油然兴起故国之思；甚至傍晚看到飞鸟还巢，也会涌起缕缕乡情。她写了一首七绝：

> 向晚郊原独自巡，枝头落日有余金。
> 渐看飞鸟归巢尽，谁与安排去住心？

粉碎"四人帮"后，她的访华申请获得批准，于是，即兴吟哦：

劫后书来感不禁，谁知散木有乡根。

书生报国成何计，难忘诗骚屈杜魂。

这种感情，久居国内的人是难以体会到的。于今，机轮飞速，天涯咫尺。"但使主人能醉客，不知何处是他乡。"但这指的是国内。置身海外，情况便迥然不同了。一位去国离乡的朋友从芝加哥寄信给我，说："世人都说出国好，个中苦楚谁知晓？当你踏上陌生的土地，远离多年熟悉的社会环境，接触的是完全生疏的异国文明，语言不通，风习各异，立刻就会产生一种失落感、孤独感与飘零感。在祖国，失败了或者遭受挫折，可以随时随地向亲人、朋友诉说，而在国外，却只能自己舔净伤痕上的污血，独自吞咽那苦果、涩果，振作精神去迎接新的一天，继续承受巨大的压力，进行紧张的拼搏。生活在国外，最难耐的是那种失去依托的空虚和塞天溢地的寂寞，是'乡梦不曾休，惹甚闲愁'！思念家乡、思念亲友、思念祖国的实质，是在寻找依托，寻觅失去的支柱。"这种种感受，自非亲历者所不能道语。

…………

此刻，市声已寂，只有满地虫鸣奏着万古如斯的神秘之歌。天涯云树，完全笼罩在梦一般的境界里。但是，我依然可以凭着想象，以目力和听觉来体察四周的诸般色相——伴着轰响的机声，夜班工人正撑持着疲软的腰肢在紧张地操作；而隔巷，耀眼的灯光下，舞厅人影乱，麻雀战方酣。正是这迥隔人天的苦乐悲欢，组成了光怪陆离的大千世界。

"明月如霜，好风似水，清景无限。"突然，我把昨宵在金泽市的筵席上听到的谋杀案新闻和这迷人的月色联系起来。因为据美国人韦伯发现，人体内的水分，由于受月亮的引潮力影响而发生变化，导致情绪波动，甚至引起神经错乱。可是，经有关专家研究证明，这种联系事实上并不存在。因为月球的引潮力和磁场对于人的干扰，微小到几乎难以计算；而且，韦伯的"三五月明之夜，发案率高"的论断，在古朴、闭塞的乡村，也难以得到证实。

社会现象，竟要到自然领域里寻根溯源，结果，广寒宫中也出现了冤案。我不禁哑然失笑了。

绿净不可唾

唐代文学家韩愈，"以文为诗"，奇崛险怪，饱受后人讥评。其实，韩诗中并不乏清新平易、流丽天然之作。有些诗境界独开，色彩瑰异，表现了鲜明的艺术特色。像《题合江亭寄刺史邹君》一诗中的"瞰临眇空阔，绿净不可唾""长绠汲沧浪，幽蹊下坎坷"，就把清潭远涨，绿波凝净的景色写得清丽动人，而且刻画出一种自觉形成的审美心态，看了令人拍案叫绝。

这次游览浑江水库，我就实际体验了一次这种心态。

水库在浑江中游亡牛哨峡谷中，是国家于六十年代兴建的大型蓄水工程。此间，清代以来曾被列为封禁地区，四围天然林木茂密，植被良好，而且，地处辽东山区腹部，基本没有工厂、矿山，因此，水质绝少污染。船行其间，澄波泛碧，微动涟漪，仿佛置身于潇洒、澄明的清凉世界，产生一种与大自然交融互渗、浑然合一的感觉。

当年，朱自清先生写到梅雨潭的绿，说：

> 我的心随潭水的绿而摇荡。那醉人的绿呀！仿佛一张极大极大的荷叶铺着，满是奇异的绿呀。我想张开两臂抱住她，但这是怎样一个妄想呀。——站在水边，望到那面，居然觉得有些远呢！

这段充满诗情画意的美文，印在我的脑子里已经半个世纪了，直到今天才算得到了印证。（当然，不是在江南温州的梅雨潭，而是在辽东山区的浑江水库）心里有着说不出的欢欣与慰藉。只是，面对一条瀑布形成的梅雨潭，朱先生尚且愁着没法张开两臂来拥抱，那么，水面达六万亩的浑浩无涯的大水库，望眼连天，别说拥抱，连看我都看不到边哩！

由于雨量充沛，水质清洁，这里成为辽宁最大的淡水养鱼场。波光潋滟中，到处翻跳着游鱼的身影。游船停泊在岸边浅滩处，俯身环视，仿佛置身于柳宗元笔下的"小石潭"，再现了鱼"若空游无所依，日光下澈，影布石上""往来翕忽，似与游者相乐"的情景。尤其喜人的是，从春末到秋初，各种野生禽鸟齐集库区，生息繁衍，我们这次就见到了成群的野鹤栖聚林间、上下翻飞的景象。

这种鸢飞鱼跃的活泼生机，令人记起了西班牙诗人希梅内斯的诗篇：

> 上面是鸟的歌声，
> 下面是水的歌声，
> 从上到下
> 打开了我的心灵。
>
> 水摇曳着花朵，
> 鸟摇曳着星星，
> 从下到上
> 拨动着我的心灵。

处于这种绿波凝净的佳境，心中自然而然地升腾起一种爱美保洁的环境意识。真像昌黎先生说的，绝不忍心往水中吐上一口唾沫，更不要说乱抛垃圾、脏物了。

当时我想，如果有谁也像在大观园里那样题联设匾，我倒为浑江水库想出了一副对联：

> 波心泛碧诗无字；
> 林影摇青画有声。

匾额可以题为"三清化境"。

清新、清丽、清静，是浑江水库的神韵。

赏心悦目的优美环境，不仅可以引发人们精神上的愉悦，产生一种美感，而且如同黑格尔老人所说，有力量从人的心灵深处唤起种种反应和回响。

我们应该重视这种客观环境对于主观心理的影响作用。行为主义心理学之所以把环境归并到行为之列，就是着眼于审美情感的发生、发展及其内容、强度，在很大程度上，都反映了客观对象对于主体的影响。这种影响，此刻集中表现为"绿净不可唾"的心理制约作用。它建立在自觉的基础之上，无须仰赖纪律的督查，法制的约束。它有助于人们养成良好的习惯，维持爱美保洁的环境秩序。

当然，环境也是可以改变的。我们说环境对于人的心理有着影响作用，并不意味着人们只能消极地坐待环境的优化。萧伯纳说得好：

> 人们通常将自己的一切归咎于环境，而我却不迷信环境的作用。在这个世界上，有所作为的人总是有力寻求他们所需要的环境；如果他们未能找到这种环境，他们也会自己创造出来。

要净化环境，首先，必须净化人的心灵。爱美保洁，应该成为每个现代人的道德修养和行为规范，而且，要从小做起。可以说，培养良好的习惯是人们在其神经系统中存放的道德资本，这种资本日后会不断地增值，在整个生命历程中享用着它的利息。

船上，东道主告诉我，浑江水库的水量和水质都位列全省第一，省里准备实施"东水西调"工程，解决中部城市群居民饮用水不足的问题。话语中，流露出了强烈的自豪感。而自豪总是与责任同在的，因此，我也觉察到，他们深感担子的沉重。他们说，要像防止心灵的污染一样，每时每刻都要关注着这个生命的源流。

五岳还留一岳思

一

　　有一回，我们游览医巫闾山风景区，在感到十分餍足的同时，却又产生一种意兴阑珊的味道。我分析，这可能与那种沿着东路、中路、南路、北路、"按图索骥"，一览无遗的游观方法有关。

　　那年游扬州瘦西湖也是这么走的：经绿杨村、红园，过大虹桥，至徐园、小金山，到钓鱼台、五亭桥，北折上蜀岗，登平山堂、观音山，犹如展观一幅秀丽的山水画卷，逢景必驻，巨细无遗。当时也曾感到很充实，甚至叹为"观止"；但是，待我们登上瓜州渡开往镇江的客轮，一位诗友却略带倦意地吟了两句唐诗："北畔是山南畔海，只堪图画不堪行。"是不是他也觉得这种"满堂灌"的游法，实在是又累又乏味呢？

　　反过来，对于绍兴的鉴湖，我们却是挂肚牵肠，时萦梦寐。那年，我们游了禹陵、沈园、东湖和兰亭，因为时间有限，"烟波一棹镜湖湾"的愿望落了空，只是远远地望了一下，既没有实地观察到"人在镜中，舟行画里"的丽景，也未曾领略到"鉴湖水如月""鉴湖五月凉"的妙境，实在有负于李白、杜甫这两位诗仙、诗圣，留下了一个很大的空白，等着后日去填补。按说，鉴湖的景观是无法与瘦西湖相比的，可是，它却能挑起"何日更重游"的绵绵思绪。我觉得，这里有一种心理作用，主要是它留下了悬念。

　　有的哲学家说："充满希望的旅游比到达目的地好。"人们对于已经占有、已经实现的事物，不及对于正在追求、若明若暗、可然可否的事物那样关心。张恨水的两句诗："凡所难求皆绝好，及至如愿又平常"，反映了这种心态。往古来今，有谁未曾从不断的追求中获得快慰呢！

清初"四明四子"之一的郑南奚，写过一部《纪游集》，为自己起了个"五岳游人"的雅号。实际上，他只游了泰、华、恒、嵩四岳，有意识地留下南岳衡山未去。"我不尽游者，"他说，"留此一岳付之余生梦想耳。"我们那次游黄山，就是受了这位郑老先生的点化，在海拔均达一千八百米以上的三大主峰中，只登了天都峰、光明顶，留下莲花峰作为"余生梦想"。这样，至今我对黄山还抱有一种朦胧的追求，总想找个机会重游一次。

二

同旅游一样，为文作画也应该讲究留有余地，不可太满太露。记得过去看过一幅题为《我的手最干净》的艺术摄影。作者意在表现儿童们爱整洁、讲文明的崭新风貌，但他没有去拍摄一群天真活泼的儿童如何洗手洗脸，讲究卫生，甚至画面上连一张娃娃的笑脸也没展现；而是别具匠心地摄下一双双高高举起的令人喜爱的白胖小手，正在雀跃地接受卫生值班员的检查。简单的画面包含着丰富的意蕴，留给人们广阔的想象余地。在这里，读者想到的要比看到的多得多。

同样，白石老人的画虾，也表现了这位艺术大师的无比高明。他并没有像一些平庸的画匠那样，纤悉无遗地将大虾腹下的节足——描出。从外表上看，似乎形体不全，朦胧不显。可是，虾的动态、虾的神韵却栩栩如生地展现出来。我们看到的不仅仅是画面上的生物景象，而且还感受到一种亲切、开朗的，使人感发奋起的愉悦情绪，一种春天般的，对生活充满肯定与热爱的心态。

这使我想到中国艺术传统那么讲究、那么强调的所谓"象外之旨""弦外之音""言外之意"。其中奥秘，我觉得就在于以不全求全，以少少许胜多多许，其要旨，仍然是要给读者留下更多的想象余地。

在这方面，唐代的张彦远说得十分透彻："夫画物，特忌形象彩章历历具足，甚谨甚细，而外露巧密。所以，不患不了，而患于了。"后人把这种"了"与"不了"的辩证法奉为绘事秘宝。元代的饶自然在《绘宗十二忌》中，更把满幅填塞，不给欣赏者以想象余地的画法列为首忌。

为文也是一样，切忌过直过露，过粘过满。清代剧论家李渔说："大约即不如离，近不如远，和盘托出，不若使人想象于无穷耳。"美国现代作家海明威说得更加形象、生动。他把文学创作比作漂浮在大洋上的冰山，形诸文字的，好似冰山露出水面部分，不过八分之一；而作品中的蕴含，如同冰山没在水下部分，要达到八分之七，这要靠读者通过自己的想象和思考去加以补充。作家的本事就在于实现艺术形象的有限性与艺术内容的无限广阔性的完美统一。

写到这里，我想起了一篇古代的著名短文。晋代"竹林七贤"之一的向秀，深情怀念惨遭杀害的亡友嵇康、吕安。一次，路过嵇康旧庐，"于时日薄虞渊，寒冰凄然。邻人有吹笛者，发声嘹亮。追思曩昔游宴之好，感音而叹"，于是，写成了《思旧赋》。文字非常含蓄、简练，除了小序，正文只有十二句。鲁迅先生在纪念被反动势力杀害的柔石、白莽等五位作家时曾谈道："年轻时读向子期《思旧赋》，很怪他为什么只有寥寥的几行，刚开头却又煞了尾。然而，现在我懂得了。"鲁迅的这段文字也写得非常含蓄、简练。它们都令人反复思索，回味无穷。我想，假如当日向子期或者鲁迅先生，临文嗟悼，哓哓不休，不仅无助于感染力的增强，反而会冲淡那怀人愤世的浓烈的感情色彩。

三

这里，确实有个实际效果问题。美国大作家马克·吐温讲过这样一个例子："有个礼拜天，我到礼拜堂去，适逢一位传教士，在那里用令人哀怜的语言，讲述非洲传教士的苦难生活。当他说了五分钟后，我马上决定对这件有意义的事情捐助五十元；当他接着讲了十分钟后，我决定把捐助数目减至二十五元；当他继续滔滔不绝地讲了半个小时，我又在心里减至五元。最后，当他又讲了一个小时，拿起钵子向听众求助，我已经不想捐助，甚至要从钵子里拿走两块钱。"

五分钟的讲述，留给作家大量的想象余地，这里面自然要加上作家平日所听到的关于非洲传教士的凄苦生活的感受，所以，立刻得到了深切的同情；而在超过了一两个小时后，作家的想象余地早已排除净尽，剩下的唯有对于他们"宣传""敛财"的反感。这使我联想到古人说的"大成若缺""过犹不及"的至理名言。凡事都要讲度，超过了这个"度"就会走向反面。我们通常讲的艺术与技能的熟练，无非是说恰到好处，能纵能收，善于控制。

德国艺术理论家、剧作家莱辛认为，造型艺术家对待人物的表情的描绘要有控制，不宜"选取情节发展中的顶点"，要"避免描绘激情顶点的顷刻"。这自然仅是从审美需要考虑的。但是，这种"不到顶点"的主张，也揭示了艺术的普遍规律。

正如莱辛所言："到了顶点就到了止境，眼睛就不能朝更远的地方看，想象就被捆住了翅膀。"对于这段论述，我国著名美学家王朝闻有一段透辟的解说："作为艺术创作的自然形态——任何事物发展过程本身，都不能没有一定意义的顶点（高潮）。然而它对人们在感受上的反应，最富于魅力的，经得起挑剔的，不是矛盾解决，而是矛盾接近解决的那一环节。为了避免观众感到意味索然的一览无余，艺术家不作兴选取和突出这样经不起反复欣赏的环节。"

与这个道理相通，我国古代诗人也提出："美酒饮教微醉后，好花看到半开时。"盛开的鲜花意味着飘零衰败，熟透的果实面临着腐烂发酵，月盈则亏，水满则溢，登上泰山极顶后再往前走就是下坡路了。世间万事万物，无不在一定条件下向自己的对立方面转化。

当然，莱辛讲的"到了顶点就到了止境，眼睛就不能朝更远的地方看"，也和一个人的胸襟、器度有直接关系。从前，抚顶高尔山的一座凉亭上有这样一副楹联：

> 到此已穷千里目，
> 何须更上一层楼。

满足现状，不思进取，眼睛自然也不想看得更远。而清代的鄂容安的对联则是：

到此已穷千里目，
　　谁知才上一层楼。

　　换了三个字，境界全新。同样是登上顶端，但由于把它看作是新的里程的开始，眼界与追求便迥然有异。

　　古人说："天道忌满，人道忌全。"原来，这里有很深的学问。

记事珠

辞典上说，薏苡俗称药玉米、回回米，是一种草本植物，颖果卵形，淡褐色，有营养，可供食用与入药。但我从前未曾见过，最先接触这两个字，是读了杜甫的诗句。他在感叹李白的际遇颠折、屡遭谤毁时，曾哀吟过："稻粱求未足，薏苡谤何频！"

这又涉及一千九百多年前的一桩有名的冤案。东汉时，伏波将军马援南征交趾，中了瘴疠。听当地的人说，服用薏苡仁可以疗治。马援吃了，果真见效。班师北还时，就买了很多个大粒饱满的薏苡装车载回。引起了一些人的注意。但在位时，都不作声；等他死了，就有人向皇帝告发，说他载了明珠、文犀等稀世珍宝回来，结果，害得他爵位被革，名誉受损，连灵柩都不能很好地安葬。后人把这称作"薏苡之谤"。许多诗人，像唐代的陈子昂，宋代的苏轼、陆游，清代的郑板桥、朱彝尊等，都曾写诗，为之愤愤不平。

这都是过往的事情了，只是作为一种谈资，顺便提起来，至于本文所说的"悲喜剧"，则与此毫无关联。

一

记得是 1994 年的春节前，我收到了一个寄自辽西某农村的一个邮件。是用硬纸盒包装的，大约有三四斤重。解开塑料绳，撕破密封的纸口，赫然露出分装在六个纸袋里的薏苡粒。纸袋旁边还夹着一封信，开头是这样写的：

> 时间过得真快，转眼间，你离开我们村子已经三十六个年头了。当年的一个个毛丫头、愣小子，于今都已坐五望六了。人的

年岁一大，就免不了要怀旧。我们六个人碰到一块，常常念叨起你。（另外几个，有的过世了，有的远嫁他乡，有的搬迁到外地。）

尽管分手以后，咱们再没见过面，但是，大家对于你的情况还是有所了解。对你的成长、进步，我们共同感到高兴，首先，在这里表示祝贺！

春节快到了，我们商量着给你送点"礼"——就是纸袋里的东西。城里人，一般的怕是叫不出它的名字来；可是，你，我们相信，不仅对它十分熟悉，而且，会感到异常亲切，看到它，你会联想起来许许多多的往事。

这些年，我们村的药玉米已经大面积铺开，并连续获得丰收。除了大部分按照合同交付医药公司以外，家家都贮藏不少，熬粥炖饭，健体强身。念记着当年你为引进这个"劳什子"费过一番苦心，念记着咱们的友谊，秋收后，我们这几个当年的共青团员，一致提议给你寄去一点点，表达我们各家的心意。

……

我怀着激动的心情，忙着翻看信尾的落款。"赵书琴、佟心宇……"恰好是六个名字，都是我所熟悉的。

简短的一番话，把我带回到往昔的岁月里。

二

那是 1958 年年初。县委决定，对一些没有经过实践考验的年轻的"三门干部"（出了家门进校门又入机关门的知识分子），下放到农村锻炼，通过参加体力劳动，"脱胎换骨，改造思想"。我就是这样来到辽河岸边一个叫作"秃尾沟"的小村落的。

我和另外一位同志被安排住在生产队长家的一间空房里，吃饭是到老贫农刘大伯家入伙，干活是参加青年突击队，当时主要是往耕地里挑黑土，改良土壤。晚间，在夜校里教男女青年识字。村里原有十名团员，加上我，组成一个团支部，选我为支部书记。

这天，农业社的管委会主任到队里来，听说我教过中学，当过报社记者，来到队里很快就和群众打成了一片，当众鼓励了一番；然后，又领着我在村里村外转转，帮助我熟悉一下周围的环境。我知道，这是在向我进行热爱乡土、献身农村的实际教育。

望着大堤外黑黝黝、油汪汪的河滩地，我被深深地迷住了，当下情不自禁地甩了两句学生腔：

"多么肥沃的宝地啊！真是插进一根锄杠也能长出庄稼来的！"

管委会主任却说："地是没比的，只是年年受涝，除了一茬麦子，再没有其他收成了。"

"下茬种豆子不行吗?"我问。

"这里，年年夏天涨大水，二三十天下不去，什么样的豆子也挺不住哇！"他面带忧郁地说。

此后，我和队里那些年轻人依旧是天天到堤外挑黑土，心里却总是记挂着管委会主任所忧虑的事。

一天晚上，在队部看到《人民日报》第二版上登载一则消息，介绍河南省商水县农村种植一种富有营养、又能治多种疾病的药玉米。它的最大特点是抗涝，水中浸泡三四十天，仍有较好收成。回到住处，我连夜给商水县县长写了一封信，并寄去五元钱，请他帮助购置一些药玉米种子。这事是悄悄干的，没有告诉年轻的伙伴。因为我知道"一县之长"工作很忙，未必能去过问一个外地青年的微不足道的请托。

大约过了半个多月，接到一个邮件通知单，我以为是家里寄来什么物品，便委托去镇上赶集的刘大伯代我取出来。带回来的是两个枕头般大小的包裹。打开一看，正是我日夜盼望的药玉米种子。捧在手里，粒粒珍珠一般，椭圆形，淡褐色，有光泽，共有十斤左右。包裹里还夹了个便笺，简单地介绍了播种日期和它的喜肥、喜水的习性。

我在连夜召开的团支部紧急会议上，当众宣布了这一秘密。然后，大家一起研究、拟定了为期两年要使全社滩田受益的"宏伟规划"。一张张极度兴奋的青春面孔，在煤油灯的照映下，看上去像涂上了一层油彩。

三

清早起来第一件事，便是去找管委会主任，请他批准划拨一块肥腴的腹地作为栽培药玉米的青年试验田。老主任听了我和回乡高中生赵书琴描述的神话般的远景，乐得合不拢嘴。马上就答应下来。

第二件事，便是挨户到团员、积极分子家里收集上好的农家肥。大家记着商水县县长复信中讲的"喜肥"二字，决心把这个"大地的骄子"喂养得壮壮的。

经过一天一夜的紧张动员，试验田的旁边矗立起一座小山似的肥堆。

转眼到了播种时期。我们起早睡晚经营着这块腹地，地整得炕面一样平，土细碎得像用竹笋筛过一般。然后，套上一副牛犁杖，开了沟，起了垄，把上万斤的鸡、鸭、猪粪一股脑儿倾撒进去。

我们觉察到了，帮助干活的两个老庄稼把式——我的"饭庄"的刘大伯和书琴的父亲赵大叔有不同看法，但他们憋着不说，只是一个劲儿抽着老旱烟。也许是为这些孩子们的冲天热劲所感动，尽管有不同意见，也不忍心泼冷水。但是，回到家里以后，赵大叔按捺不住了，申斥女儿说："我看你们是瞎胡闹！什么事情都要有个限度。巴掌大一块地方，下了那么多的肥，将来还不得长疯了！"女儿——这个坚定的"跃进派"，嘴上不说，心里想的却是：老脑筋，老保守，到秋天放个"高产卫星"给你看！

下种的第三天正赶上一场透雨，真是天遂人愿。此后，几乎每天早上，我们都要跑到地头，伏下身子，察看萌芽的踪迹。药玉米终于齐刷刷地钻出了地面，它们摇摆着两片娇嫩的小耳朵，向主人微笑着。一个星期过后，我们又浇了一遍蒙头水。同伴们互相揶揄着，说是以后结了婚、生了孩子，也未必能像这样嘘寒问暖，关怀备至。

几十个难忘的日日夜夜过去了，药玉米已经蔚然成林，手指般粗细的茎秆上，枝分叶布，绿影婆娑，最后，竟繁密得连鸡鸭都钻不进去。为了按时灌水，佟心宇从家里扛来一根竹椽，一破两半，剜去节档，将一头顺进垄沟里，另一头支起来，连清水带粪汤一齐倾泻进去。

趁着雨季尚未到来，我们又一次踏勘河滩地，计算着明年大体需要多少药玉米种子。当时，想到了尽量节省用量，以便拨出一些来支援兄弟社。此刻，这伙年轻人确是有些"提刀却立，四顾踌躇"的志得意满之态。

但没过多久，这种乐观的情绪便为沉重的焦虑所取代了。大家注意到，那么葱茏蓊郁的药玉米秸秆上，竟没有几串花序，更很少见到颖果。随着时间的推移，连那几个最活泼、最乐观的女青年也把头耷拉下来。有的分析认为，是异地种植水土不服所致，还引证了"橘逾淮而北为枳"的古训。多数人不同意，理由是：河南的小麦、湖北的棉花到这里落户，不都生长得很好吗？最后，我跑了三十里路，请来乡农业技术推广站的技术员，他的诊断是："营养过剩，造成贪青徒长。"啊，真的"长疯了"！赵大叔的预言竟不幸而成为现实。结局自然是"一幕悲剧"——割倒后装满两大车，拉到村东头五保户家做了烧柴。

四

回想起来，当时我们都在二十岁上下，本来就缺乏辩证观点，易走极端。又兼当时的气氛，头脑更是发热膨胀。所以，尽管过后也曾懊悔几天，有的甚至痛心地流下了热泪；但是，很快就在"人有多大胆，地有多高产"的喧嚣声浪中淡忘了。亏得秋后我被调回县委机关，不然，在尔后的普遍深翻、高产密植中，还会闹出更多的违反科学规律的笑话。

回来后，参加过几次比较尊重实际的农村调查，头脑变得清醒一些。我曾想以《薏苡的悲喜剧》为题写一篇文章，总结自己因违反辩证法而干了蠢事的沉痛教训，后因患急性肝炎进了医院而搁置下来。当然，即使写出来，肯定也是很肤浅的。限于当时的历史条件和认识能力，我还不可能站在历史的高度，俯瞰过去那段岁月的真貌。

当时由于走得匆忙，我未曾与同伴们交谈过这方面的意见。因此，一种歉疚之情时常在头脑中涌起：我应该坦诚地承认，在这件事上我是负有重要责任的。

想到这些，我重新展开同伴的来信，接着看下去：

> 如你所知，对咱们的蛮干，一些老年人是持反对态度的。书琴的父亲担心这一锤子会敲得"片种无存，全军覆没"，便在播种那天偷偷留下一些种子，打算第二年种在园子里。不料，转过年来他老人家竟一病不起。后来，书琴整理旧物发现了它，细心地种在地头上，没想到秋天居然收了三四斤。于是，她又分散给同伴们做种子，慢慢地便在全村扩展开了。现在，整个河滩都成了薏苡生产基地。
>
> ……
>
> 岁月如流。而今，孩子们都已超过了咱们那时的年龄。闲谈中，我们也曾将那些忽明忽暗的记忆碎片连缀起来，讲给他们听，因为这毕竟是一面镜子，既回振着自己的心声，也折射着往日的光谱。但他们听后，往往只是漫不经心地付之一笑。其实也难怪，时代前进了，认识发展了，他们毕竟比我们那时要聪明一些。
>
> 知道你重任在肩，异常忙碌。对这类"陈谷子、烂芝麻"，怕是早已忘得一干二净了。但我们觉得，闲暇时节，偶尔想上一想这些往事，也许还有一些益处，特别是对于你们这样担负领导工作的同志。

也难怪伏波将军身旁那些人，怀疑他从南方带回了珍珠财宝；我望着眼前这些光润、圆莹的薏苡粒，也竟觉得它们很像珍珠。古代传说中有一种记事珠，"或有阙忘之事，以手持弄此珠，便觉心神开悟，焕然明晓"。我想，若是把这些薏苡粒串缀起来，悬置座前，不也同样是一种"记事珠"吗！

逝者如斯

一

听"老航海"讲，从前的海上行旅，有两样异乎寻常的感觉：一个是寂寞，因而对于凌波鸥鸟和远岸遥灯分外感到亲切，因为除此以外，再没有其他的伴侣了；再就是颠簸，人们都说，海上无风三尺浪。那么，有风呢？"老航海"说，任凭你去猜想，怎么剧烈也不为过。我看过英国作家狄更斯的长篇小说《大卫·科波菲尔》，那里面是这样描述的：矗立的狂涛像一堵墙似的排闼而来，简直要吞没那面的整个城镇。当它轰然一声向后退去时，又像要在海滨挖成深深的岩洞。

待到我实际踏上甲板，出海航行，却又觉得并不像说的那样。微风飒飒地吹着，船头犁起雪白的浪花，平稳得像在冰面上滑行。当然，我是幸运儿，第一次出海就赶上了一个绝好的天气。

站在甲板上，我向海天深处瞭望。只见万道金鳞在浩渺的沧波上熠熠闪耀，千朵万朵银光灿烂的笑涡向着蔚蓝的天空嬉笑。透明的、碧蓝的、细软的波纹，一道接着一道从对面滚来，多么像故乡那茫茫无际的草原啊！

大概长时间观看同一事物容易发生疲倦的感觉，我渐渐觉得有重重睡意从四面袭来，于是，返回舱里卧下。此刻，才切实感到波浪的起伏——大海的呼吸。飘飘摇摇，很快就跌进了梦乡。蓝天，远树。故乡的原野。少年时代。我骑着家里那匹四蹄雪白的大红马，蹄声嘚嘚，飞驰在青葱万顷的草原上。突然又跨上了黄沙古道，上岗下坡，左颠右簸，有几次险些从马背上跌落下来。不知是为了搔痒，还是蓄意要将我甩掉，大红马偏偏向一棵歪脖子柳树钻去，幸亏我眼疾手快，弯臂抱住了树干，才没有被刮落下去。惊吓得猛吼一声，我醒转来了。

睁眼四望，轮船依旧平稳地前行，微微地发出耕涛犁浪的"唰唰"声响。我贪恋地重温梦境里的少年生活。忽忽追思，渺如隔世。"流光容易把人抛"。而今，也不知它把我抛到哪里了。

二

古往今来，人们都习惯于把时间比作长河。"子在川上曰：逝者如斯夫，不舍昼夜！"黑格尔也说，时间"犹如流逝的江河，一切都被置于其中，席卷而去"。尽管时间是客观存在，总是以其固有的节律运行着；但人到中老年之后，往往对时间的流逝变得特别敏感。刚参加工作时，很少听到有谁发出光阴荏苒、老大无成的慨叹；可是，当熬过"十年浩劫"以后，却是"相逢各问年，尽道流光速"了。许多至今仍以"小"字相称的同志，其实早已跨过"知命之年"，坐五望六了。称其"小"者，习惯而已。

为了拖住时间老人的步伐，让昔日的风华、青春的靓丽在眼前留下更深的影像，起码是使其多留给人们一些余裕，古人曾有过"恨不得挂长绳于青天，系此西飞之白日"的幻想。时至今日，这类甜蜜而痴迷的"惜余春"的愿望也未曾断绝，日常生活中还会以种种不同的方式偶然显现。

那年，我在福建泉州看过一场木偶戏。有一个节目名为《青春梦未还》。悠扬而低沉的乐曲把观众带进一种耽于遐思与回忆的境界。灯光亮处，在技艺娴熟的妙龄女郎的操纵下，一个披着满头白发的老妇人踉跄出场，老态龙钟，蹒跚而行。但她的心并没有沉寂，面对着青春焕发的提线少女流露出艳羡的神色，她仰头顾盼，俯首沉思，想象着自己也能够重返青春年少。突然，一个转身，白发头套甩掉了，变成了半老徐娘，一下年轻了二十岁，她脸上泛溢着光彩，扬起了舞袖，闪动着腰肢，前后左右地往复穿行。过不多时，她又再度陷入了沉思，想望着能够像操线人那么年轻，那么漂亮。忽然全身上下颠倒，兜头翻了个筋斗，一个唇红齿白，"美目盼兮"的如花少女赫然出现在观众眼前。腰肢曼妙，舞步轻盈，顾影自怜，袅娜作态，时而旋转如风，时而飘然若仙。她为自已重返青春感到无比的自豪，无边的快慰，似乎忘记了这不过是一场梦幻。

我想，就剧情发展来说，最后应该安排她恢复原态，显示这种变化原是一番梦想。但表演者告诉我：观众不喜欢那么做，认为是有煞风景。

其实，与其慨叹青春的早逝，做意念中徒劳的"无效功"，莫如珍惜现有的时间，紧紧勒住"今天"这匹骏马的缰绳，从当下做起，迎头赶上去。过去已化成云烟，再不能为我所用，将来尚未来到，也无法供人驱使，唯有现在属于自己。正所谓"东隅已逝，桑榆非晚""失晨之鸡，思补更鸣"。

三

时间，是现实的又是历史的概念。"日出而作，日入而息，凿井而饮，耕田而食"，这首传说中的唐尧时代的《击壤歌》，反映了古代先民对时间的最初认识。那时是以日出日落，也即以"天"为单位来计算时间的。随着科学的进步和生产力的发展，时、分、秒的概念产生了。古人说"寸阴是竞"，现代语言叫"争分夺秒"。俄国历史学家雷巴柯夫有言："时间是个常数，但对勤奋者来说，是个'变数'，用'分'来计算时间的人，比用'小时'来计算时间的人，时间多出五十九倍。"其实，在田径运动角逐等有些场合，分、秒也不适应了，往往要以十分之一或百分之一秒的差异来确定谁是新纪录的创造者。

时间与财富紧密联系在一起。人们说，时间就是金钱，时间就是效益。这话固然很有道理，但同一切比喻一样，也有它蹩脚的地方。金钱、财富，可以储藏起来，可以留给子孙或支助他人，丢失了可以找回，花掉了还能重新积聚。而世上绝没有储存时间的库藏，时间多的不能施舍，时间少的无从乞贷；一经流逝，便再也无处寻觅，像滔滔流水一样。金钱的浪费是有形的，数量可以计算，时间的浪费却是无形的，无人能够估量。

此刻，睡意已经完全消失。我在航船的往复颠簸中，忽然记起了一个有趣的域外传说：埃及金字塔的人面狮身像，是一个名叫斯芬克

361

斯的怪物，她张着翅膀，每天向过往行人考问一道谜语："早晨四只脚走路，中午两只脚走路，傍晚三只脚走路。——这是什么?"有人猜中了，说是"人"。生命的早晨——幼年，不会走路，手足并用，在炕上爬；生命的中午——壮年，迈开双脚，走南闯北；生命的傍晚——老年，拄着拐杖，好似三只脚走路。

现在，身旁的大部分同志正处在"生命的中午"时期，既具备青少年阶段思维发达、勇于进取的优势，又有着见多识广，分析、判断能力日渐增强的有利条件，如同孙中山先生所说的："以有为之人，据有为之地，而遇有为之时者也。"那又有什么理由颓唐、叹息呢!

茶余漫话

一不会抽烟，二不爱喝酒，每当读书、写作过分疲劳时，为了寻求一点淡淡的刺激，常常泡上一杯清茶，提神助兴。但喝则喝了，对于茶道我却向无研究。早年看过陆羽的《茶经》，诸多记述，通通忘记了；只是他曾品定天下之水为二十种，以无锡惠山泉为第二，这个故实我还记得。又兼瞎子阿炳《二泉映月》的名曲时萦耳际，印象颇深，所以，去无锡参观时，特意到锡惠公园看了素有"龙津螭唾"之誉的"天下第二泉"。

泉分上中下三池。上池水质最好，秀色澄明，清冽可口；中池水质稍差；下池泉水自螭口流出，叮咚有声。从前听人讲过，"惠泉品茗"乃江南一大雅趣，汲上一壶上池的泉水，放在特制的竹炉上煮沸，注入放了阳羡茶的宜兴紫砂壶，一杯在手，逸兴悠然，简直是仙家境界。本来附近可供游观的去处很多，诸如御碑亭、云起楼、泰伯殿、春申涧、忍草庵、听松石床……可以开列一个大单子，无奈，一时慕名心切，硬是要到二泉亭上啜茗品泉，学一学那古代的茶圣陆羽，其他就只好割爱了。

但是，看景不如听景，声名过实，常常令人感到失望。有时，读了前人的记述，神驰胜境，妙绪千端；可是实地踏寻一番，不过尔尔，未免徒增怅惘。据张岱《陶庵梦忆》记载，他的祖父在绍兴家中专以惠山泉水煮茶待客。而一位叫闵汶水的老人竟把惠山泉水运往南京去煮茶。有的书上说，宋代大文豪欧阳修请书法家蔡君谟写字，特意以惠山泉水作礼物送至汴京，足见其推崇之至。

可是，我们坐定之后，喝了两碗惠山泉水泡的茶，觉得实在平平，甚至不如鼋头渚戊辰楼上的毫茶有味道。当时，顺口诌了几句诗：

空言螭唾与龙津，浪得虚名到而今。

纸上难分真共假，从来万事贵躬亲。

回来后与一位朋友论及此事，他见我流露出失望的神色，便劝慰说："你这是只知其一，不知其二。可不要小看这一杯惠山泉水，里面却反映着官声、人品哩！"接着，他讲了两个与惠泉有关的故事：

最早推崇惠山泉水的，是唐朝宰相李德裕。他素喜以惠泉烹茶，地方官员为他运送泉水到长安，常常置驿传递，不远数千里。对这种做法，早在宋代就有人大不以为然。唐庚在《斗茶记》一文中说："吾闻茶不问团胯，要之贵新；水不问江井，要之贵活。千里致水，真伪固不可知，就令识真，已非活水。"问题的要害，当然并不止此。试想，这位李相爷为了逞一己之私欲，摆偌大的排谱，要耗费几多时间，动用几多民力、几多资财！比起历代那些权臣奸相来，李德裕当然还不能归入荒淫无耻一流，但其为人、为政，可议之处也所在多有，《旧唐书》上说他"才则才矣，语道则难"，可见是颇有微词的。单就上举以权谋私，扰民乱政一事，应该说也是十分典型的。

说到惠泉水，人们会想到另一位著名的官员——清代康熙年间的江苏巡抚张伯行。一到江苏任所，他便通令告知所属府县官员，严禁馈送礼品。他说："一丝一粒，我之名节；一厘一毫，民之脂膏。宽一分，民受赐不止一分；取一文，我为人不值一文。虽云交际之常，廉耻实伤；倘非不义之财，此物何来？"但在旧时官场，夤缘求进，馈遗往还，已成通例，哪里禁止得了！无锡县令素闻张伯行的脾气，不敢直接赠送钱财，便变换一个方式用以讨好，他只是给巡抚送过去一罐惠泉水。张伯行以为，惠泉就在无锡，当是县令自己汲取的，便坦然收了下来。过了几天，听人说这罐水是派遣民夫特意汲取，然后征调民船运送过来，这才感到问题并不简单，遂将原物退回。

在同一泉水面前，两位高官的操守竟是截然相反，一贪一廉，一直一曲，泾渭分明。

走笔至此，我想起了古代"贪泉"的故事。广州石门有水名贪泉，相传饮了此水，即使是廉士也要变成贪官。晋代吴隐之居官清廉，任广州刺史，路经石门泉所，酌而饮之，并赋诗一首：

古人云此水，一歃怀千金。

试使夷齐饮，终当不易心。

他认为，为贪为廉，关键全在于人，并不关乎泉水。素以廉洁见称，非义不取的古之名士伯夷、叔齐，即使是饮了贪泉的水，相信他们也不会变易其操守的。实践证明，这番话确是真理性的认识。

区区一杯泉水，竟有这么多文章，给予人们如此深刻的教益。看来，惠泉之行还是值得的。

功过古今谈

那年秋天，我从广州乘汽车到珠海去。这里地处珠江三角洲，物阜民康，交通便利，经济发达。由于往来车辆过多，公路显得有些狭窄。可是走着走着，突然有较长一段路变得宽阔起来。从两旁高大的路树看，已是"盖有年矣"。一位熟悉情况的同志告诉我，这段路是三十年前修的。当时，这里的区委书记预见到经济建设的发展必然带来交通事业的繁荣，公路过窄适应不了形势发展的需要，修路时，便把他负责的这一段加以拓宽。谁知，为此竟受到降职处分，错误是：劳民伤财，好大喜功。

"现在不那么看了吧？"我插问一句。

"当然，现在都赞扬他有胆识，有远见。县委已经纠正了对他的错误处分。"

听了这些，我有很深的感触。

多年来，似乎形成了一条原则，无过即有功。有所作为、有所创新的，总要冒一定的风险，免不了出漏子，犯错误。而不求进取，但求保官，不求有功，但求无过，平平庸庸混日子，到头来却太平无事，落得个好下场、好名声。有些事情，由于当时客观条件和人们认识能力的限制，以及保守思想和狭窄眼界的束缚，原本是正确的，却被看成是错误的。至于受错误路线的影响，将黑作白，以是为非，就更是屡见不鲜了。

报载：二十世纪七十年代中期，河北省隆化县县委书记克服重重困难，带领全县人民栽植几百万棵红果树，"一年上马，二年入园，三年成树，四年见钱"，闯出了开发山区，广辟财源，脱贫致富的一条新路。这本是一件好事，谁料却被指责为"不务正业，干扰了学大寨"而遭到批判。

设想，如果这两位书记当时谨遵上级的部署，修窄路，单抓粮食，或者明哲保身，什么也不干，大概不仅不会受到处分，而且可能得到表扬。这里的"机锋"，他们当然都懂得，但是，事业心和责任感，驱使他们要为人民干一番事业，对历史负责，而把个人的利害得失置之度外。为着开创革命宏基，造福子孙万代，无数英雄儿女"欲挽颠危甘尽瘁""拼将热血洒神州"，死都不怕，更何惧乎降职、批判！这是与混世哲学大相径庭的另一种得失观。

作为一名领导干部，如果在一个地方工作多年，毫无建树，乏善可陈，不曾也不想切切实实为群众干几件值得忆念的好事，实在有负于"人民公仆"这一称号。早年四川蓬溪县有个县令，曾在县衙署门上自题一副对联：

> 扪心自惭兴利少，
> 极目唯觉旷官多。

实际做得如何，尚待考察，但这两句话还是可取的。大诗人白居易在任职期间，也曾发出过"不才空饱满，无惠及饥民"的慨叹。今天，我们作为人民的勤务员，承受着历史的重托，肩负着人民的厚望，清夜无眠，更该扪心自问："我究竟为广大群众兴了什么利？办了几件值得永远纪念的好事？"每思及此，我是深感汗颜的。

宋代著名史学家、政治家司马光在一篇策励谏官的散文里提出，把谏官的名字一一刻著于石：

> 后之人将历指其名而议之曰：某也忠，某也诈，某也直，某也曲。呜呼，可不惧哉！

其实，何止谏官一职，哪一个当政者身后没有人评议呢！他们的政绩如何，群众的心里是有一本账的。这将比直书的史笔、传世的刻石还要分明，还要厉害。

有一年我到号称"五省通衢"、自古兵家必争之地的徐州去参观学习。公余之暇，围绕着这座历史名城转游一番，意在访求一些汉兴以来"虎斗龙争"的故迹，重温"九里山前作战场，牧童拾得旧刀枪"那首古代山歌的遗韵。谁知听到的却是与武战毫无关联的大文豪苏轼率领群众抗洪治河的业绩。真是出人意外！

当地父老传闻，宋神宗年间，苏轼出任徐州太守，莅任三个月就赶上黄河泛滥，全城面临着淹没的危险。苏轼下令紧闭四门，并亲自登城指挥抗洪抢险，奋战七十昼夜，终于筑起一道阻水长堤，使徐州城安然脱险。为了纪念这场抗洪斗争的胜利，根据各界群众的要求，太守苏轼主持在城内建起了一座黄楼，由胞弟苏辙撰文，他自己挥毫书写，找来名匠刻石，立碑于黄楼之中。后来到了徽宗年间，奸相蔡京下令查禁苏轼等人的诗文，黄楼碑也在砸毁之列。可是，一夜工夫，石碑竟不翼而飞，杳无踪影。原来，当地父老出于对太守的感激和怀念，事先把它沉入护城河中保护起来。九百年过去了，至今长堤遗址与石碑尚在，它们无言而雄辩地向过往行人昭示着当年这位贤宰的政绩。

从这件简单的史实中，我悟出一条深刻的道理：人民群众是最富有感情的。只要是为民兴利，哪怕是区区小事，都会家弦户诵，历久不忘。"李唐赵宋风吹浪。"什么凌烟阁、纪功碑，都将随着岁序的迁流而荡然无存，唯有刻在人民群众心头上的丰碑，将历久不磨，巍然永在！

说起为民兴利，当然也看到，某些时候也会碰到截然相反的意见和反映。这就应该从国家、民族的长远利益出发，而不能迁就个别的时议，单纯着眼于眼前的细微得失。元朝末年，黄河暴溢，平地水深两丈，民不聊生。都漕运使贾鲁督率十几万民工，采取疏塞并举的方针，奋战七个月，引河复归故道，"民百世受其益"。但在当时，怨言是很多的，讥评其"过疾刻深"，督责过急者有之；弹劾他"劳民伤众"，招致民怨者亦有之。如果贾鲁当时缺乏应有的胆识，迁就一时浮议，就无法完成这项利国利民的大业。有人在贾鲁故宅的墙上写了这样一首诗：

> 贾鲁治黄河，恩多怨亦多。
> 百年千载后，恩在怨销磨。

公道，站在时间老人的门口。为功为过，为是为非，在历史的检验面前，显现得一清二楚。广东的那段公路，不是经过三十年的检验，终于是非澄清、功过分明了吗！

私　谒

　　祖国语言的精确，着实令人叹服。比如，公署、公廨、公堂、办公室，顾名思义，都是处理公务的场所。反之，如果因私事而有所求、请托，就要悄悄地溜进达官显宦的私邸去"走门子"，现代语言叫"走后门"，古时则称为"私谒"。

　　战国时期，孟尝君奉齐湣王之命行聘于秦，开始时受到了秦昭王高规格的接待，还要任命他为丞相。这样一来，遭到了朝廷里权臣的妒忌，因而向昭王进了谗言，结果被囚禁起来，准备一杀了之。孟尝君见形势急转直下，赶忙托人到昭王的爱妾燕姬那里"走门子"，请她给调解、说情。燕姬听说孟尝君有一件天下无双的狐白裘，便提出以此为交换条件。无奈，这件宝物已经作为见面礼献给了秦王，只好由随行人员中一个"善为狗盗"者设法将它盗回，再转献给燕姬。

　　燕姬见了，喜上眉梢，当即进言于秦王曰："我听说孟尝君乃天下之大贤，现在来此，本为秦国的幸事。置而不用，也就罢了，怎么还要杀掉呢？真是没有道理。君王如负此杀戮贤才之恶名，我恐天下之贤士皆将裹足而避秦矣！"昭王甚以为是，马上下令：给孟尝君备车马，发驿券，放他出关还齐。看来，"走门子"这种社会存在，由来已久了；而且，效力还是蛮大的。

　　私谒，核心是个"私"字，得趣在一个"便"字上。私谒者一般都避开旁人的耳目，悄没声地进行活动。明末，写过《燕子笺》《春灯谜》等传奇的阮大铖，颇负才名；但他奸诈猾贼，嗜权罔利，时人称之为"小人中之小人"。他脚踏两只船，先是厕身于东林党人间，后又投靠大宦官魏忠贤，私拜为"干祖爹"，经常夜半私谒，外表却佯装与魏阉疏远。他每次离开魏府时，都要花大价钱把递送的名片从接待人手里买回来，以掩饰其奔走权门的痕迹。这是"私"字。

那么"便"字呢？夤缘求进，可以开门见山；馈遗往还。无须半推半就。有时，"灶王爷爷"不开面，遇上了窒碍，还可以通过私谒，请求"灶王奶奶"代为转圜，打通门径。秦昭王的爱妾燕姬扮演的正是这类角色。

明代文学家宗臣在《报刘一丈书》这篇著名散文里，用漫画式的艺术手法，淋漓尽致地刻画了干谒求进者的丑态和权门的赫赫气焰：私谒者日夕策马候于权者之门，守门人不放入，则甘言媚语求情，并袖金以私之。而权者又不即出见，只好立于厩中仆马之间，忍受着恶臭的气味与饥渴、毒热的熬煎，耐心地静候着。到了晚上，里面才传出话语："相公已倦，谢绝客人，明天再来。"明日又不敢不来，照旧立于厩中仆马之间。经过这样几度腾挪、辗转，始得一见。出门后，却招摇过市，虚言"相公厚我"，借以骄人——这真是一幅绝妙的讽刺画。

古往今来，一切私谒者走的都是热门。哪个人位高权重，那他的私邸便宾客盈门，肩摩踵接。本来素昧平生，也要通过曲折的关系附凤攀龙。而一当罢黜遭贬，就立刻"门庭冷落车马稀"了。唐代李适之为宰相时，每值退朝，宾客云集，道是"朱门长不闭，亲友恣相过"。可是，一当他被李林甫谗毁、罢相之后，立刻就变得冷冷清清，门可罗雀。他在一首诗中感慨无限地写道：

> 避贤初罢相，乐圣且衔杯。
> 为问门前客，今朝几个来？

"走门子"这种社会弊端，原是私有制的产物。在贪贿风行的封建时代，有其深厚的滋生土壤，可谓天下滔滔，俯拾皆是。但也有少数清官廉吏，为了一己的清名也好，为着统治阶级的长远利益也好，能够克己奉公，正身黜恶。"任公平而塞私谒。"这在史书上时有记载。诸如，汉代的申屠嘉，史称"为人廉直，不受私谒"。三国时期，东吴的诸葛瑾出使蜀汉，通好刘备，"与弟（诸葛）亮公会相见，退无私面"。唐代杨绾为吏部侍郎，"典选公平，清贞自守，未尝私谒"，等等，就都是千古传颂的显例。

有些人更进一步，不仅贞洁不染，严以律己，为了对付私谒，还采取了一些有效的处置办法。闲翻古籍，记下了几则颇有教益的逸闻佳话——

宋司马光任宰相，亲书一榜悬于家中会客室墙上。榜文曰："凡于身计，并请一面进状，光得与朝省众官公议施行。若在私第垂访，不请语及。"明确宣布，不要到家里来谈个人的"身计"，有事应该呈进状纸，由众官在公署合议施行，公事公办。

乾隆时，刘统勋居相位。尝有人怀揣银两昏夜叩门求见，刘公断然予以拒绝。第二天早晨，来到政事堂，把那个深夜求见的人招呼来，说："昏夜叩门，贤者不为。汝有何禀告，可众前言之。"其人嗫嚅而退。私谒意在徇情营私，干的是见不得人、摆不到桌面上的勾当。"众前言之"，自然有口难开，只好"嗫嚅而退"了。

康熙时，礼部尚书张伯行任苏闽巡抚，一住下来，地方官吏便竞相私谒，送来许多名贵特产。张伯行一向深恶此风，便亲笔写下一道檄文，晓谕各级官员：

> 一丝一粒，我之名节；一厘一毫，民之脂膏。宽一分，民受赐不止一分；取一文，我为人不值一文。虽云交际之常，廉耻实伤；倘非不义之财，此物何来？

公开声讨，以正视听，这也是一种整治"走门子"的验方。

清太祖努尔哈赤行伍出身，对付"私谒"的态度更加决绝，索性发布一圣训："国人有事，诉于公所，勿得诉于诸王臣之家。其有私诉者，付以鞭索，俾执而责之。"读到这里，谁人不感到痛快呢？

现在，对于干谒求进的歪风，多数当政者不胜其烦，觉得讨嫌，但也有一定数量的人爱吃这口食儿，结果免不了贪饵吞钩。古语说"受恩多则立朝难。"既承私惠，必谋酬报。结果，赤裸裸的交换活动代替了党性的尊严，人民赋予的神圣权力变成了谋求一己私利的工具。"虽云交际之常，廉耻实伤"，这确实是值得深加惕戒的。

南郭先生与"大锅饭"

战国时的齐宣王爱听吹竽，每次都要组织三百人的器乐大合奏。有个南郭先生，并不会吹竽，但他看这里有空子可钻，便到齐宣王那里自荐，说他很善于吹竽，愿意为大王效劳。宣王听了自是喜欢不尽，便把他安置在大乐队里，并发给他同其他人一样的薪俸。这样，南郭先生就混在乐队里面跟着凑数。后来宣王死了，他的儿子继位，是为齐湣王。他也爱听吹竽，但与乃父大异其趣，偏偏喜欢听独奏。他把乐队找到眼前，一个一个试吹。这样一来，南郭先生就再也混不下去了，只好"溜之乎也"。

宋代文学家、大诗人苏轼有一首题为《寄刘孝叔》的诗，便借用了这个故事：

> 平生学问止流俗，众里笙竽谁比数。
> 忽令独奏《凤将雏》，仓卒欲吹那得谱！

自从《韩非子》记载了这个"滥竽充数"的故事，两千多年来，南郭先生便一直成为人们嘲笑、揶揄的对象。虽说有点令人难堪，但细究起来倒也怪罪不得他人，确是咎由自取。立身天地之间，总需学一点真实本领。一无所长，整天跟着人家混饭吃，终究不是办法。不会、不懂也罢，有个"知之为知之，不知为不知"的实事求是态度也好，偏偏他又不懂装懂，假充内行。这就逃脱不了最后"抱竽出逃"的狼狈下场。

这场闹剧的出现，南郭先生自己当然要负主要责任。可是，如果我们动脑筋想一想，进而追问一下：一个本来不会吹竽的人，为什么竟能轻而易举地混入了宫廷乐队，而且可以装模作样地吹了许多年呢？

一个尸位素餐的混饭吃的人，又为什么能够和乐队的其他乐手一样领取薪俸呢？这么一追究，作为组织领导者的齐宣王，就难以辞其咎了。看来，齐宣王好讲排场，但并不真正懂得音乐，无非是逢场作戏、附庸风雅而已。自身不学无术，也就谈不上什么知人之明。由此可以得到启示，要准确地识拔英才，汰除庸才，首先领导者必须是英才，而不是庸才。

南郭先生之所以能够混迹于宫廷乐坛，除了当政者齐宣王昏庸这样一个因素以外，也和当时"大帮轰""大锅饭"的吹竽体制、演奏方式有直接关系。唯其数百人"拉大帮"合奏，才有可能给滥竽充数的人以可乘之机。如果像齐湣王那样"单兵教练""分灶吃饭"，无论是南郭先生、北郭先生，十个有十个要露馅的，最后都得陷入"忽令独奏《凤将雏》，仓卒欲吹那得谱"的尴尬境地。正如唐人黄滔诗中所讲的：

齐竽今历试，真假不难知。
欲使声声别，须令个个吹。

有一部电视剧《南郭后传》，说是南郭先生露丑以后，逃回家乡，狼狈不堪，连小孩子都嘲弄他。可贵的是，他并不气馁，而且知过必改，认真吸取了失败教训，再次投到百里老师门下，从头学起，刻苦钻研，经过几年的勤学苦练，终于熟练地掌握了吹竽本领。哪里跌倒哪里爬起来。最后重返齐宫，当了一名出色的乐师。这从另一个角度说明了，要多出人才，出好人才，必须彻底打破"大锅饭"的体制，不给那些"阿混"们提供各种"滥竽充数"的遁逃薮。我常想，如果齐宣王当政时就能采用"齐竽历试"的办法，也许南郭先生早就发愤成才了。

陆放翁为海棠鸣不平

海棠是很美丽的。在四百多个品种中，西府海棠更擅胜场。未开花时，它的蓓蕾像胭脂般鲜红；开放后，花姿妩媚，艳冠群芳，朵朵向上，三五朵合成一簇，经雨之后尤为绚美。"秾丽最宜新着雨，娇娆全在欲开时。"这句咏赞海棠的著名唐诗，可说是抓住了它的神韵。前人尊奉海棠为"花中神仙"，形容它："其花甚丰，其叶甚茂，其枝甚柔，望之绰约如处女。"宋代诗人苏东坡风流倜傥，更是俨乎其然，说是："只恐夜深花睡去，故烧高烛照红妆。"

当然，也有人讥弹它空有姿色而无香气。对于这种过苛的要求，南宋诗人陆放翁十分愤慨，特意写了一首诗，为海棠鸣不平：

> 蜀地名花擅古今，一枝气可压千林。
> 讥弹更到无香处，常恨人言太刻深。

按理说，鲜花是应有香气的。花而不香，指出这点不足之处，未为不可。但是，不应采取讥弹、挑剔的态度。令人奇怪的倒是，花太香了，也要遭到人们的指责。说来近乎荒唐，可是历史上却实有其事。

明末一个很有名气的史学家朱国桢，在《涌幢小品》一书中就写过这样的话：

> 我亦有五恨：一恨河豚有毒，二恨建兰难栽，三恨樱桃性热，四恨茉莉香浓，五恨三谢、李、杜诸公多不能文。

他认为，河豚鱼味虽鲜美而有毒性，建兰花虽有幽香却难以栽培，樱桃好吃而其性偏热，茉莉花香失之过浓，谢灵运、谢惠连、谢朓、李白、杜甫只能写诗而不长于写文章——凡此种种，都应引为恨事。责备求全，刻意挑剔，到了这种程度，真是有点"岂有此理"了。

亏得那位陆老诗翁在四百年前早就作了"稽山土"。不然，如果他得见这段"五恨"的奇文，还不得气炸了肚皮！

当然，假若闲来无事，只是随便地品评花鸟虫鱼，见仁见智，议论一番，倒也无关宏旨。但是，如果度事量人，辨才取士，同样采用这种绝对化的思想方法，就非同小可了。

唐代宰相陆贽说过：

> 人之才行，自昔罕全。苟有所长，必有所短。若录长补短，则天下无不用之人；责短舍长，则天下无不弃之士。

汉代的王充从认识论的角度分析长与短的问题，他说："非劣也，志意不为也；非拙也，精诚不加也。"一个人的精力、时间有限，有所为必有所不为，有所专必有所偏。这不是提倡偏，也不是不愿意做到两全，而是客观规律、客观条件不允许。"非不为也，是不能也。"

人言刻深，求全责备的情况，是很复杂的。多数属于思想方法问题，有些执政者出于不切实际的善良愿望，总想找到那种"面面称心"的完人，实际上是把人才理想化、神秘化了。在他们看来，人才不是奔驰在地上的千里马，而是四蹄凌空、腾云驾雾的天马、神骏。也有一些人基于嫉贤妒能的阴暗心理，他们唯恐才胜于己者得到合理的使用，使自己相形见绌，因而不择手段地贬损他人。貌似严格要求，实际是对人才的排挤与压抑。

不管属于哪种情况，都是十分有害的。因为按照求全责备者流的逻辑，人必完人而后可用，那么可用之人还能有吗？古往今来，这种"求全之毁"，不知葬送了几多人才，演出了多少埋没英杰的悲剧！对此，陆老诗翁是寄慨遥深的，他何尝只是为海棠鸣不平呢！

换个角度看问题

日本畅销书《怎样进行创造性思维》中记叙这样一则故事：

一家儿童玩具店购进许多新奇玩具，很讲究地摆放在柜台里。可是，出乎意料，儿童们来到商店却全然不顾，而是去附近其他玩具店买那些大路货。店老板请来一位中小企业咨询员帮助分析原因。这位咨询员四周巡视一番，便坐在地板上把视线降低到小孩子所能看到的高度，这回发现了问题：原来，大人容易看到的地方，对于小孩子来说，却是一个死角。于是，他同店老板一面用膝盖在地板上行走、观测，一面按照小孩子的视线高度，把玩具重新摆放一遍。尔后，这家儿童玩具店的生意便空前兴隆起来。

由此可见，观察事物的角度，确是一个十分重要的课题。同是这座庐山，"横看成岭侧成峰，远近高低各不同"（苏轼诗）；一部《红楼梦》，"单是命意，就因读者的眼光而有种种：经学家看见《易》，道学家看见淫，才子看见缠绵，革命家看见排满，流言家看见宫闱秘事……"（鲁迅语）。

《绣珠轩诗抄》载，晚清女诗人郭六芳写过一首《舟还长沙》的七言绝句：

> 侬家家住雨湖东，十二珠帘夕照红。
> 今日忽从江上望，始知家在画图中。

家在自己眼中，朝夕晤对，原也平淡无奇；可是，当换个角度从江上去望，却发现它宛在画图之中，融在自然的一片美的形象里。

事物本来是复杂的，多向的，因此，应该从多种角度去考察。解决问题的途径也是多种多样的，我们应该从多方面去探索。主体考察、审视思维客体时，只有从多角度、多侧面进行多向思考，才有可能获得全面、正确的认识。可是，在日常实践中，我们却经常看到，有些同志坚持直线式思维，考虑问题往往局限在一个点、一条线、一个面上，一条道跑到黑，钻牛角尖，闯死胡同，而不愿多想几种可能性，多开辟几条解决问题的途径。

比如，以前发生过的为了发展粮食生产而毁林开荒、拦海造田的失误，就同这种直线式思维有关系。有些同志坚持习惯性思维，头脑僵化，习惯于用过去的教条解释现实，在已知的旧路上徘徊。凡是过去存在过的，或曾被证实过的东西，就认为绝对正确，万无一失，而对现实中与传统相抵触的新事物，则往往不予承认。

再比如，一谈到防治害虫，人们便习惯地想到种类繁多、浓度不断加大的化学农药。实际上，这是囿于一种旧框框。如果换个角度考虑问题，就会发现治虫是可以不用农药的。有些植物本身具有毒杀作用，而且为某些害虫所爱吃；有些植物的根、茎、叶、花含有挥发油、生物碱等化学物质，害虫对它们避而远之。如果我们在农作物区选择适当的农业生态体系，利用某些植物的毒杀、忌避作用，不施农药，同样可以防治害虫。

作战有正攻、反攻和绕到敌人后面或侧面进攻的迂回战术；思维科学中也有反向思考、侧面思考、多向思考等形式。在中国古代，孙膑以减灶擒庞涓，而虞诩却以增灶破羌兵，因时因地制宜，变换战略战术，这是克敌制胜之道。思维活动也是如此，一个方向受阻了，不妨换个角度作逆向思考。《丝路花雨》中英娘反弹琵琶的舞姿，日常生活中"推推不成拉拉看"的俗话，对我们进行多种形式的思考，都有直接的启示。

早年清除灰尘，不是用现在这种根据真空负压原理制成的吸尘器，而是用吹的办法。1901 年，在伦敦一个火车站举行新式除尘器公开表演，就是用吹的办法把灰尘赶跑。可是，当把它实际应用于火车车厢除尘时，就立刻显现出了弊端，这么一吹，使扬起的烟尘呛得整个车厢的人透不过气来。当时，一位叫作赫伯布斯的人心想：吹尘不行，那么，反过来吸尘行不行呢？回家后，他就用手帕蒙住鼻子和嘴，趴在地上猛力吸气，结果，灰尘都被吸附到手帕上了。于是，带有灰尘过滤装置的负压吸尘器问世了。

　　运用逆向思维进行发明创造的事例，还有很多。诸如，削铅笔由动刀不动笔，转化为动笔不动刀，因此，诞生了卷笔刀；由声音引起振动，反过来把振动还原成声音，于是，发明了留声机；等等。

　　当人们陷入某种盲目性之后，往往像陆逊进入诸葛亮的"八阵图"一样，怎么也走不出来。反之，动动脑筋，换换角度，或者经人指点，变单向思维为多向思维，则会产生新的思路，进入新的境界。听说，巴黎有一家旅馆，住客乘电梯上下，抱怨速度太慢。老板发愁了，若是重新设计、安装，这要花一大笔钱。一位心理学家给他出了一个主意：在电梯室里装上几面镜子。老板依此行事，果然奏效——批评电梯太慢之声遂息。原来，住客走进电梯室之后，都要对镜整装、梳理一番，这样，不但不嫌速度慢，反面觉得电梯太快了。

　　从相反的事物有同一性、既对立又统一这个前提出发，明确思维的多向性，这是开阔思路，克服直线式、习惯性思维方式的有效途径。

为"好好先生"题照

唐代诗僧寒山写过这样一首诗：

世有一般人，不恶又不善。
不识主人翁，随客处处转。
因循过时光，浑是痴肉脔。

看得出这是为"好好先生"题照的。

关于"好好先生"行为特征的出现，可说是"久矣夫，非一日也"。但"好好先生"一词正式见诸文字，却是始于明人笔记。东汉末年，司马徽由河南迁到湖北的荆州隐居避祸，绝口不谈是非。本来他是以善于品鉴人物、具有知人之明著称的；可是，到了荆州之后，出于种种考虑，却是无论提到谁，他"美恶皆言好"。明人冯梦龙在《古今谭概》中指出："今人称好好先生，本此。"

早在春秋、战国时期，人们称这种人为"乡愿"或"乡原"。一天，孟轲和他的弟子万章在一起闲谈。万章问起了"乡原"是怎样的一种人，孟轲没有直接答复，而是讲了一些情况。他说："乡原批评狂放之士说：你为什么志行高远呢？又批评狷介之士说：你为什么落落寡合呢？乡原的主张是，生在这个世界上，为人、做事，只求过得去便行了。"

孟轲的结论是：乡原就是八面玲珑、四下讨好的人。这种人，要指责他，却又举不出大的错误；要责骂他，似乎也没有什么可以责骂的，他只是同流合污。为人好像忠厚老实，行为好像方正廉洁，容易给人留下好的印象，他也自以为一贯正确。

看来，"乡原"或"好好先生"，并不是为非作歹的坏人，但也不

380

是真正合乎标准的好人。"不恶又不善"，这五个字概括得可算绝妙。

从前面的一些例证和论述来分析，这种人的特点大体有二：一曰圆滑，浑和圆通；二曰因循，得过且过。有个顺口溜形容他们："头戴安全帽，脚踩西瓜皮，专说模棱话，遇事和稀泥。"对照起来，倒也十分相像。

清人潘德舆在《养一斋札记》中绘过一幅《乡原图》，粗粗看去，只是两个圆圈，细细考究一番，确是大有文章：外面的圆圈是光滑的；内里是一个不规则的浓墨圆圈。作者注明：此乃"昏墨曲屈，以媚俗为肝肺者也"。运用简单的两个圆圈，把"好好先生"的内涵与外表刻画得淋漓尽致。

道光年间，有人填《一剪梅》词：

> 仕途钻刺要精工，京信常通，炭敬常丰。莫谈时事逞英雄，一味圆融，一味谦恭。大臣经济在从容，莫显奇功，莫说精忠。万般人事要朦胧，驳也无庸，议也无庸。

> 八方无事岁年丰，国运方隆，官运方通。大家襄赞要和衷，好也弥缝，歹也弥缝。无灾无难到三公，妻受荣封，子荫郎中。流芳身后更无穷，不谥文忠，便谥文恭。

此画此词，都可说是穷形毕态，入木三分。

据李伯元《南亭笔记》记载：一日，荣禄在朝廷与人争论一事，相持不下。西太后问相国王文韶意见如何，王只是莞尔而笑。西太后再三垂问，王仍痴笑不止。西太后说："你怕得罪人？真是个琉璃蛋！"王笑如前。《清史稿》上也说，"文韶更事久，明于趋避"。这位王老大人亲历咸丰、同治、光绪三朝，在地方当过按察使、布政使、巡抚、总督，在中央做过尚书、大学士、军机大臣，可谓官运亨通。他这个不倒翁的唯一诀窍，就是圆滑模棱，明哲保身。

"乡原"或"好好先生"，从他们出现的那一天起，名声就不怎么好。记得有一首《恶圆》诗，代表了古人痛恶圆滑的态度：

宁方为皂，不圆为卿；

宁方为污辱，不圆为显荣。

　　如果说，由于遭逢乱世，当时的社会环境不允许人们讲直言、说真话，司马徽者流只好硬着头皮去当那个"好好先生"；那么，生当坚持实事求是思想路线的今日，若是还那样做，就实在没有道理了。我们提倡讲真理不讲面子，坚持原则，明辨是非，一贯反对做"老好人"。因为多方讨好，到处逢迎，作为一种处世哲学，具有明显的腐蚀性、破坏性；反映在实际工作中，"老好人"行时之地，必然正气不张，邪风大炽。"乡愿，德之贼也！"孔丘在两千四百多年前讲的这句话，今天读来，仍有教益。

　　当然，我们反对"好好先生"的浑和圆通，是说不要在原则问题上敷衍、迁就，不要拿原则做交易；绝不是提倡"为斗争而斗争"，机械地、横暴地对待同志的缺点、错误，也不是主张锱铢必较，睚眦必报。属于原则问题，应该真正负责地、诚恳地进行批评和自我批评；而一些非原则问题，包括一些生活细节，则不必过分严苛，吹毛求疵，尽可以宽容、通融一些。叶剑英在《怀董老》的七律中，有这样两句诗"日常生活称老好，原则从未许通融"，应该成为我们的座右铭。

爱才尤贵无名时

"诗家清景在新春，绿柳才黄半未匀。若待上林花似锦，出门俱是看花人。"对唐代诗人杨巨源这首传诵千古的《城东早春》，人们习惯于从"诗家三昧"角度去解释，认为说的是诗人必须感觉敏锐，独具慧眼，善于捕捉新鲜事物，这样才能写出新的意蕴，开辟新的境界。也有人说，没有那么复杂，无非是写诗人对早春景色的热爱与赞美。这些理解，当然是不错的。可是，我却觉得，诗的蕴涵大概不止于此，我们能不能把它引申一步，看作是诗人运用生动、形象的比喻手法来论述发现、识别、选拔人才的道理呢?

我们可以从中悟出，如同诗家应该抓住早春时节，及时描写那些清丽、新鲜的景色——这个时候，柳枝刚刚发出淡黄的嫩叶，绿色尚未均匀地铺开，但已显露出发展的前景；人才也是一样，在开始显露头角时，可能还不够成熟，不够完善，如果我们求全责备，等到他们像上林之花灿若云锦时再去赏识、拔擢，那就错过了时机，为时晚矣。

爱惜人才，已成为今古共识；但是，世人的习惯，往往是只注重"显人才"，只承认成功，赞赏成名，而很少关注那些虽有才能但暂时还处于卑微地位，尚未显露头角、被人发现的"潜人才"。对于这类人来说，在成功到来之前，这个阶段是难熬的。不要说按门阀取士、凭年资选官、靠恩荫供职的封建时代，即便是在今天，由于传统偏见和习惯势力作怪，在人才成长过程中，挑剔者、苛求者居多，而主动予以支持、鼓励与帮助者很少。

人才专家指出，人才从潜到显的成长过程中，亟须警惕与克服"马太效应"。

熟悉《圣经》的朋友知道，《新约·马太福音》中有这样一则寓言：主人要出外旅行，找来三个仆人，按其才干给他们分发金币：仆甲得了五千锱，仆乙得了两千锱，仆丙得了一千锱。主人走后，他们分头去运作，仆甲用五千块金币作本钱，搞生意，又赚回了五千块锱；仆乙也赚了两千块锱；唯有仆丙怕失掉主人给的一千块金币，将它埋藏在地下保存起来。主人回来后，跟他们结账。首先，赞扬了仆甲一番，说："好，我要把许多事派你管理，可以让你享受主人的快乐。"也表扬了仆乙，夸他能干、会理财。却把仆丙骂了一顿，并把那一千块金币收回，给了那个拥有一万块金币的仆甲。他的准则是：那已经有的，要给他更多，让他丰富有余；而那没有的，连他所有的一点点也要夺走。

这使人联想到中国哲学经典《老子》中的那段话："天之道，其犹张弓与？高者抑之，下者举之；有余者损之，不足者补之。天之道，损有余而补不足。人之道，则不然，损不足以奉有余。"大意是，自然的规律，岂不就像拉弓一样吗？弦位高了，就把它压低，弦位低了，就把它抬高；有余的，给予减少，不足的，加以补充。自然的规律，减少有余，用来补充不足。而人世的行为法则，却不是这样，它要剥夺不足，而用来供奉有余的人。

到了 1968 年，美国科学史研究者罗伯特·默顿根据《圣经》中那则寓言，提出"马太效应"这一术语，用以概括这样一种社会心理现象："相对于那些不知名的研究者，声名显赫的科学家通常得到更多的声望，即使他们的成就是相似的，同样地，在同一个项目上，声誉通常给予那些已经出名的研究者。"

要成事，必先成名，这在中外古今是一体皆然的。有了名，一切事都好办，"名人效应"随处可见；与此相对应，"无名小卒"则窒碍重重，所谓"最难名世白衣诗"，说的正是这种情况。清代文人、"扬州八怪"之一郑板桥，年轻时节，虽然在诗书画方面都有很深的造诣，但是，因为没有名气，地位不高，作品无人问津；十年后，中了进士，声名大振，时人竞相索求，门庭若市。他在感慨之余，刻了一方朱文印章，印文是"二十年前旧板桥"，用以讥讽世情，针砭时弊。

这种情况，今天也还存在。当人才没有崭露头角时，常常无人注意；而一旦取得了某些成果，在社会上出了名，又会来个一百八十度的大转弯，采访、录相、发请柬、下聘书，包括一些庸俗捧场、借光炫耀，以及商业性的炒作，弄得应接不暇，无法摆脱，产生了所谓"名人之累"。《聊斋志异》中有个胡四娘，最初，这个弱女子受尽了家人、亲友的冷遇和奚落；可是，一朝发迹，便声名鹊起，简直闹得沸反盈天："申贺者，捉坐者，寒暄者，喧杂满屋。耳有听，听四娘；目有视，视四娘；口有道，道四娘也。"

当然绝不是说，对声名显赫的人才不该宣扬与关心。在这方面，还有大量工作要做。本文只是想提醒一下，爱才尤贵无名时。与其热衷于在人才荣显之后揄扬备至，优礼有加，干些"锦上添花"的事，何不"雪里送炭"，于幼芽掀石破土之际，多给一些实际的帮助呢！

镜子何罪之有

　　远古时代就有镜子了，根据考古发现，在我国至少已有四千多年的历史。我们的祖先，起先是用一个铜盆（古称"鉴"）盛水照容，后来发展为以铜、以铁为镜，迨至明清时代才有了玻璃镜子。由于它与现实生活紧密相关，一直以来，镜子都是人们的热门话题之一，这样，关于它也就有了说不尽的文章。

　　小时候，读《笑林》，那里有这样一则笑话：丈夫买了一面镜子回来，妻子拿起来一照，不禁大惊失色，慌忙地对婆母说："你儿子又领回来一个媳妇。"婆母拿起镜子一照，说："连亲家母也领来了。"下文如何，书里没说，估计很可能婆媳商量商量，索性一摔了之，让镜子里的那对母女就去滚蛋。

　　当然，这不过是笑话，现实中不可能发生；但在社会生活中，憎镜如仇或者视镜如宝的现象，在某些神经脆弱的人心里，却屡屡出现。

　　唐代文学家刘禹锡有一首诗，叫《昏镜词》：

> 昏镜非美金，漠然丧其晶。
> 陋容多自欺，谓若他镜明。
> 瑕疵既不见，妍态随意生。
> 一日四五照，自言美倾城。
> 锦带以纹绣，装匣以琼瑛。
> 秦宫岂不重，非适乃为轻。

　　诗的前面有个小引，说磨镜工人摆出十面铜镜来，放在妆奁里出售。打开一看，只有一面镜子清晰、明澈，其余九面都是漠漠然、雾蒙蒙的。为什么会是这样呢？镜工解释说，并非他的制镜手艺低劣，乃是为了适应世人的心理需要而有意这样做的——凡是前来买镜子的，必定要仔细鉴照一番，面容姣好的人自然喜欢明镜了，但这样的人是很少的，仅占十分之一吧；而丑陋、衰老的人却不愿在镜中看到自己的陋貌衰颜，因而他们都喜欢"漠然丧其晶"的昏镜。

诗人说的是实情，丑陋的人确实厌弃镜子，不喜欢镜子的显而无隐、直而无私——它的功能，就是忠实地反映事物的本来面貌，不以人的好恶、喜怒而有所曲顺或更改。但明眼人一看便知，在这里，诗人是以镜设喻，箭靶子却是那类文过饰非、讳疾忌医之人。由于品德修养和识见上的差异，人们对待如实地反映客观情况的人，态度迥然有别。有些人隐恶扬善，自欺欺人，喜欢听奉承话、唱喜歌，而对敢于说真话、犯颜直谏、指摘阙失的人不抱好感，甚至视同眼刺肉钉，必欲除之而后快。

出于本性，这类人自然以昏镜为宝，看不清真实容貌以后，就可以把自己随意想象成百般妍美，一天照上四五次，自诩有倾城之貌。于是，对昏镜饰以绮绣，宝若琼瑛，什袭珍藏起来。传说中的可以照见人的肝胆的秦宫明镜，并不是不贵重，只是因为不适合陋貌衰容者的心意，便被看成一钱不值了。为此，唐代诗人郑谷诗云：

> 举世何人肯自知？须逢精鉴定妍媸。
> 若教嫫母临明镜，也道不劳红粉施。

诗中说明：举世有自知之明的人很少。要想分辨出是非、善恶、贤愚、美丑，得靠明镜这个客观的工具予以帮助。即使面丑心善的黄帝妃子嫫母，走到明镜前面，镜子也会如实地告诉她，你用不着打扮了。

现代著名诗人艾青，也写过一首以《镜子》为题的诗：

> 仅只是一个平面
> 却又是深不可测
> 它最为真实
> 决不隐瞒缺点

它忠于寻找它的人
谁都能从它发现自己
或是醉后酡颜
或是鬓如霜雪
有人喜欢它
因为自己美
有人躲避它
因为它直率
甚至会有人
恨不得把它打碎

镜子是客观的、正直的。所以，古人用镜子来比喻直谏的忠臣、谔谔的诤友，把它看作是自我认识、自我完善的有益工具。唐太宗李世民曾对大臣说过："人以铜为镜，可以正衣冠；以古为镜，可以见兴替；以人为镜，可以知得失。魏征死后，我丢失了一面镜子。"

老子说："知人者智，自知者明。"那些讳疾忌医的人，如果执一方之政，事情当然难以办好；以之律己，也是肯定不能有所成就的。

李煜和爱因斯坦

乍看起来，这两个人，一为中国古代著名词人、南唐国主，一为大洋彼岸名震寰宇的现代大科学家，他们生活的时代差不多相隔了一千年，似乎无论从哪个角度讲，都是互不搭界的。但是，事物之间既有差异又有联系，有时看似风马牛不相及的事，却可以用来阐明同一问题，这也所在多有。

先说李煜。这是一个才分很高的人，善诗词，工书画，尤长于音律。他写的词，在生活感受的浓度和艺术表现的力度上，都达到了很高的成就。由于他在题材与意境上突破了晚唐、五代词以写艳情为主的窠臼，扩展和提升了词的表现生活、抒发情愫的能力，因而在文学史上具有不容忽视的地位和作用。可是，作为一个国主，却弄得一塌糊涂，"马尾串豆腐——提不起来"了。他"生于深宫之中，长于妇人之手"，对军国大事无所用心，也毫无兴趣。当大臣们在他面前议论经邦治国的政事时，他竟掩耳不听，嗤之以鼻。他特别信奉佛教，在都城金陵养了上万的僧人，一退朝就换上缁衣，诵经念佛。宋朝大将曹彬挥师破城之日，他还在静居寺里听经，最后落得个肉袒出降，辱身亡国的下场。

关于这位南唐国主，宋太祖赵匡胤有个十分恰当的评价："好个翰林学士，可惜无才作人主耳！"清代诗人郭频伽也咏叹他："作个才人真绝代，可怜薄命作君王！"

本来不是君王的材料，却偏偏被拥上"九五之尊"；结果，既逃脱不了亡国罪责，留下千秋的愧憾，又要"终日以泪水洗面"，断送残生，而且祸殃妻孥，真是所为何来？实在是一场天大的历史误会。

现在，再说爱因斯坦。1952年，他的老朋友、以色列首任总统魏茨曼逝世了。一天晚上，一位著名记者电话问他："亲爱的教授，外面传言，以色列共和国将邀请您出任总统。如果真是这样，您会接受吗？"这位正在美国某大学执教的大科学家，断然答复："不，我当不了总统。"

过了一会儿，以色列驻美大使，又从华盛顿打来电话，说是奉本国总理之命，向他问询：提名他为总统候选人，是否愿意接受？爱因斯坦斩钉截铁地说："不，我干不了。"

对方又说："以色列共和国的总统，不管具体事务，只是国家的象征。您是世界上最伟大的犹太人，由您出任总统，作为这个民族、这个国家的象征，真是再理想不过了。"爱因斯坦的答复仍然是："大使先生，我再重复一句，我干不了。"接着，他又做了解释："关于自然，我多多少少还能了解一点；关于人，关于社会，我真的是一无所知。一个对社会一无所知的人，怎么能够担任国家元首呢？"

几天过后，大使又登门送呈以色列总理正式提请爱因斯坦为以色列总统候选人的亲笔信。一看事已至此，说服无效，爱因斯坦只好在报纸上公开发表声明，表示正式谢绝。

这个多少人为之钻营奔竞、拼力争夺，甚至不惜断头流血的国家元首宝座，现在，居然不费吹灰之力跑到了屁股底下，周围的人都艳羡不已，纷纷祝贺、劝进，可是，爱因斯坦却一而再再而三地断然加以回绝。有些人觉得，这个倔老头儿的心态，实在难以理解。

其实，这恰恰表现了他的超人智慧，也可以说是常人难以企及的自知之明。不难想象，如果爱因斯坦当时放下科学研究而去改行从政，其结果，恐怕同逼着林肯去研究相对论一样，既会遭遇到绝大的困难，以致跋前疐后，自讨苦吃，又必然造成科研事业与行政管理的两厢损失。单就辞聘这一点来说，我们也要深深敬服这位哲人的高明。

实际上，道理十分简单。世上并无全才，各人既有所长，必有所短。心理学家认为，人的智力特点各不相同，在某些特定的方面会具有良好的天赋和素质，而在其他方面的能力则往往很差。所谓人才，不过是以自己的一种或几种见长的才能为社会所承认而已。《水浒传》里的张顺，在岸上角斗，远非李逵的对手，可是下到水里，却可以纵横如意，把"黑旋风"李逵弄得叫苦不迭，直翻白眼。这就叫作：人各有其长，才各有所用。

如果颠倒一下位置，说句极端的话，许多有用之才甚或可能成为一种"有才能的废物"；有的即使仍然可以发挥作用，也肯定要大大减损其应有的价值。有的人才专家研究证明，一个人如果在与其专业不对口的岗位上工作，其才智将有百分之二三十甚至一多半被无形磨损。这种无形的人才浪费，其后果要比有形的物质财富浪费严重得多。

　　还说爱因斯坦。本来美国制造原子弹是他出头建议的，他又是当时世界上最有名的科学家和学者。由他来担任"曼哈顿工程"的技术领导人，似乎是天经地义。但是，当时美国政府却偏偏选中奥本·海默这个二流的物理学家，来担任这个要职。原因在于，奥本·海默具有知识面广、善于团结人、组织能力强等特点——这是这项巨大工程的组织领导者所必须具备的素质。几年后，原子弹成功地爆炸了，证明这个人选非常合适。这一切，都说明知人善任、因材器使是何等重要！

　　当然，就个人来说，还有个认识自我、选择自我的问题。正确地设计自己，选准主攻方向，是取得成功的关键环节之一。李煜生当封建时代，虽然他对自己有所认识，像他呈给宋太祖的奏表中所说的："实愧非才，心疏利禄，俾司国事，惧弗克堪"，但他并没有断然弃绝功名禄位的胆识和勇气，即使有见及此，他也未必能够摆脱控制，如愿以偿，最后只能俯首帖耳地接受"悲剧的命运"。爱因斯坦则不然，他既能够认识自己，具备进行自我设计的远见卓识，也拥有拒绝"命运"摆布的地位与条件。这是他的优势所在，也是他获得成功的秘辛。

刻意求新

明代诗人谢榛写了一首咏牡丹的诗：

> 花神默默殿春残，京洛名家识面难。
> 国色从来有人妒，莫教红袖倚阑干。

牡丹向有国色天香之誉。这里，诗人用拟人化手法以倾城国色来形容牡丹。说是咏赞名花，实则别有寓意，原是深情慨叹人才难得而易遭谗妒。借题发挥，寄怀深远，堪称一首出色的诗篇。

但是，后来，作者发现早在数百年前唐代诗人羊士谔即有"莫教长袖倚阑干"之句，认为与之雷同，便把自己的牡丹诗从诗集中删除了。

羊士谔的诗也是一首七绝：

> 红衣落尽暗香残，叶上秋光白露寒。
> 越女含情已无限，莫教长袖倚阑干。

两首诗，看似相似，实则有很大的差异。前者写的是春末牡丹，后者写的是秋日荷花；前者是从国色易遭人妒的角度来讲"莫倚阑干"的，后者则是说，红销翠减的景象容易触动越女情怀，令她感伤无限，因此，还是"莫倚阑干"为妙。境界有别，立意各异，原无蹈袭之嫌。

但是，前人把独创看作是艺术的生命力，他们奉行这样的准则："须教自我胸中出，切忌随人脚后行。"（宋人戴复古句）有虑及此，所以，谢榛还是断然割爱，把自己这首七绝从集子里删除了。

类似情况，历代所在多有。据南宋徐度写的《却扫编》记载，一天，刘贡父去拜访王安石，正赶上主人在饭厅进膳，便由小吏安排到书房坐候。贡父见砚池下压着一份草稿，顺手翻看，原来是一篇谈论兵法的文章。贡父记忆力极强，读罢，又把它放回原处。

他考虑到，自己是以下属身份求见的，径入书房，又偷看了人家未曾公开的文稿，未免有失礼仪，便退到厅堂旁的厢房里等候。待王安石吃完饭走下厅来，才又跟随着主人到书房里，重新就座。

两人交谈了很久，安石忽然问起："你近来可曾写些文章？"

贡父狡黠地眨了眨眼睛，有意开个玩笑，便说："写了一篇《兵论》，刚刚打个草稿，尚未最后完成。"

安石原本是随意问了一句，没想到贡父也在研索用兵之道，便非常感兴趣地请他谈谈《兵论》中涉及的主要内容。事已至此，贡父只好"就坡上驴"，一路敷衍下去，就把刚才看过的安石原稿中的观点作为自己的见解加以回答。

安石听了，感到有些沮丧。送走了客人之后，回到书房，取出原稿，看了一遍，便把它撕个粉碎。原来，王安石平时制作文字，发表议论，为了出人意表，总要提出一些新的见解，体现自己的独创精神。所以，当他发现自己的作品竟与他人的暗合，便认为没有存留的价值了。

看过《三国演义》的，当会记得第六十回的这样一段描写：

修曰："公居边隅，安知丞相大才乎？吾试令公观之。"呼左右于箧中取书一卷，以示张松。松观其题曰：《孟德新书》。从头至尾，看了一遍，共一十三篇，皆用兵之要法。松看毕，问曰："公以此为何书耶？"修曰："此是丞相酌古准今，仿《孙子十三篇》而作。公欺丞相无才，此堪以传后世否？"松大笑曰："此书吾蜀中三尺小童，亦能暗诵，何为'新书'？此是战国时无名氏所作，曹丞相盗窃以为己能，止好瞒足下耳！"修曰："丞相私藏之书，虽已成帙，未传于世。公言蜀中小儿暗诵如流，何相欺乎？"松曰："公如不信，吾试诵之。"遂将《孟德新书》从头至尾朗诵一遍，并无一字差错。

杨修把上述情况禀告曹操，曹操说："莫非古人与我暗合否？"令扯碎其书烧之。清人毛宗岗在其"夹评"中写道："不是曹操蹈袭他人文，却是曹操之文被张松蹈袭去了。"

　　现在分析，孟德烧书一节未必实有其事，很大可能是《三国演义》作者罗贯中看了宋人《却扫编》中关于王安石撕毁文稿的记载，从中受到启发，把它移植到曹操身上的。

　　不管实际情况如何，但这些记述都足以说明古人耻于依傍，刻意求新的文风与学风。

　　古今中外，人们都把艺术的独创性看得至关重要。晋代文学家陆机在《文赋》中说："虽杼轴于予怀，怵他人之我先。""谢朝华于已披，启夕秀于未振。"英国诗人雪莱也说过："我不敢妄图与我们当代最伟大的诗人比高下。可是，我也不愿追随任何前人的足迹。凡是他人独创性的语言风格或诗歌手法，我一概避免摹仿，因为我认为我自己的作品纵使一文不值，毕竟是我自己的作品。"

　　模仿、蹈袭，当然比独创要容易得多。但模仿、蹈袭绝不是艺术，它只能使人倒胃口。德国的大哲学家康德讲述过这样一个故事：某客店主人为了使在客店中歇夏的旅客高兴，暗中叫一个人藏在丛林里摹仿夜莺歌唱，非常逼真，赢得了大家的普遍赞誉。但是，当人们得知这美妙的歌声竟是由人摹仿的，马上对原以为美的声音感到讨厌了。

　　艺术如此，科学也不例外。创造是科学发展的需要。一部科学技术史，就是一部发明创造史。如果停止了创造，科学就会停止了发展，社会也就停止了进步。世界上没有一个人因为摹仿他人而成为伟大的科学家、艺术家的。俄国著名思想家别林斯基有句名言："独创性不是为天才可有可无的东西，而是天才必要的属性，是区别天才和单纯的才能或才赋的界限。"他还说过："人才，永远是精神的创造力量的化身，生活的新的报知者。"所以，培养创新意识是促进人才成长的重要标志。要想成才，必须进行创造性的劳动，勇于走别人没有走过的路，解决别人没有解决的问题。舍此绝无他途。

　　当然，我们强调独创，绝不是否定师承与借鉴的作用。社会与历史，科学与艺术，都是有继承性的。即使前面谈到的那个谢榛，他在提倡独创性的同时，也特别强调：学诗者须"取李杜十四家最胜者，熟读之以会神气，歌咏之以求声调，玩味之以衷精华"。因为任何独创都须奠基于坚实的基础，植根于肥腴的土壤。

师承百家与发展个性，是相辅相成的。只有广泛地学习与借鉴，重视人才的师承作用与互补效应，才能博采众长，融会贯通，克服"习惯性思维"，不落窠臼。这是发展艺术、科学的正途，也是人才成长的必由之路。

莫教苍蝇惑曙鸡

一

唐代诗人李商隐写过一首七绝：

李杜操持事略齐，三才万象共端倪。
集仙殿与金銮殿，可是苍蝇惑曙鸡。

诗中说，李白、杜甫的才情、学养各有千秋，不相上下。他们都能通过一支生花妙笔，使包括自然与社会的大千世界的万般景象，在诗中原原本本地毕现，一览无遗。他们也曾分别在金銮殿与集仙殿受到唐玄宗的接见，一度颇受赏识；但是，由于佞人的谗毁，混淆了事情的本来面目，迷惑了玄宗皇帝，终于未获重用，不得充分施展奇才。在这里，诗人以苍蝇比喻皇帝左右的谗佞之辈，用曙鸡形容李杜的万丈光焰。

在古代文人骚客的笔下，苍蝇一直是令人憎恶的丑恶形象，而且总是被借喻为谗佞之徒。明人谢肇淛写过一篇斥骂苍蝇的精悍、犀利的讽刺小品。他说，京城一带苍蝇多，齐、晋一带蝎子多，三吴一带蚊子多，闽、广一带毒蛇多。蛇、蝎、蚊子都是害人的东西，但是，苍蝇更为恶劣。它虽然没有毒牙利喙，可是搅闹起人来格外厉害。它能变香为臭，变白为黑，驱之倏忽又至，死了还会滋生，简直到了无处可避、无物可除的地步。最后作者说："比之谗人，不亦宜乎！"

宋人张咏也写过一篇《骂青蝇文》，说：青蝇之所以这样坏，我怀疑是奸人之魂，佞人之魄，郁结不散，托蝇寄迹成形的。欧阳修在

《憎苍蝇赋》中极尽形容之能事，可谓生动、形象，揭皮见骨："引类呼朋，摇头鼓翼，聚散倏忽，往来络绎；……逐气寻香，无处不到；顷刻而集，谁相告报？其在物也极微，其为害也至要，……宜乎以尔刺谗人之乱国，诚可嫉而可憎。"

古代诗文引述典故、论说事理，都讲究来历、出处，李、欧、张、谢的诗文亦然，可以上溯到《诗经·小雅·青蝇》篇，诗共三章：

营营青蝇，止于樊。岂弟君子，无信谗言。
营营青蝇，止于棘。谗人罔极，交乱四国。
营营青蝇，止于榛。谗人罔极，构我二人。

第一章以脏秽可憎的苍蝇比喻谗人，劝谏统治者切勿听信谗言；第二章申说谗人为害至烈：肆意挑起祸端、制造混乱，使四方国家迄无宁日；第三章讲到作者自身，由于谗人诽谤构陷，以致深受其害。

二

"言语之恶，莫大于造诬。"无数史实证明，谗言是非常厉害的。唐代诗人陆龟蒙有一首《感事》诗，讲述到谗言能够杀人灭族，毒害极大："将军被鲛函，只惧金矢镞；岂知谗利箭，一中成赤族。"锐利的金属箭头可以射穿鲨鱼皮制作的铠甲；但谗言这支毒箭还要厉害百倍，一经中的，就会阖家遭斩，赤族灭门。这绝不是危言耸听，而是史有明证的。

《史记·魏其武安侯列传》记载：武安侯田蚡与魏其侯窦婴，在汉武帝面前互相攻讦，各不相让。最后，田蚡胜利了，因为他使用了"流言杀人"的杀手锏，说了一番耸人听闻的话：天下幸而安乐无事，我得以成为朝廷肺腑之臣，平生所爱好的不过音乐、狗马、田宅而已；不像魏其、灌夫那样，日夜招聚豪杰壮士相互议论，不是仰观天象，便是俯首划策，窥伺于太后与皇上之间，希冀天下变乱，从而成就他们的谋国雄图。言外之意是，我这个人胸无大志，平生所追求的无非是声色狗马；而他们则是野心勃勃，眼睛时刻盯着皇帝的御座。你这做皇帝的可要权衡利害，多多当心啊！"岂知谗利箭，一中成赤族"。结果，汉武帝听信了田蚡的谗言，将与魏其侯窦婴深相结纳的将军灌夫及其家属全部正法，窦婴本人也在渭城被处决了。而田蚡却因为"举奸"有功，安安稳稳地做着他的丞相。

鉴于谗言可以杀身灭族，乱国亡家，宋人罗大经写过一首《听谗诗》，以高度概括的语言，将听信谗言导致骨肉析离、君臣猜忌、兄弟残杀的危害——列出，不啻一篇讨谗的檄文："谗言谨莫听，听之祸殃结。君听臣遭诛，父听子当诀，夫妻听之离，兄弟听之别，朋友听之疏，骨肉听之绝。堂堂八尺躯，莫听三寸舌。舌上有龙泉，杀人不见血！"

三

那么，怎么应对呢？在旧时代，限于当时的社会条件、体制机制，缺乏应有的法律、法规，就只能徒唤奈何了。宋代诗人曾几有一首《蚊蝇扰甚戏作》的七言古诗："黑衣小儿雨打窗，斑衣小儿雷殷床。良宵永昼作底用，只与二子更飞扬。……挥之使去定无策，葛帐十幅眠空堂。朝喧暮哄姑听汝，坐待九月飞严霜。"蚊蝇作祟，驱除无策，只好寄厚望于九秋的严霜了。

清代进士甘汝来也写了一首《杂诗》："青蝇何营营，呼群污我衣。我衣新且洁，蠢尔无是非。驱之薨薨起，穴隙更乘机。蠲蠲靡所避，终日掩荆扉。叹息尔微物，终安所凭依。西风动地来，秋霜下严威。看尔翩翩者，能再几时飞。"同样是期待着风霜助阵，布下严威。

今天不同了，法治社会有明确的法律、法规，肆意造谣诬陷、谗毁无辜者，一律绳之以法。作为个人，对付谗言也有许多有效办法——

首先，要头脑清醒，掌握规律，辨识伪装，认清真相。谗人得势，往往由于其擅长遮掩罪恶本质，而予人以忠诚、顺从的假象。如果只看其貌似忠厚、谦恭的外表，而忽略探求本质，就很容易上当受骗。而对于诤言与谗言的区分，同样也应透过现象，认清实质。早在两千多年前，荀子就有过十分透辟的忠告：结党营私之徒相互吹捧，君子不能听取；陷害好人的坏话，君子不能相信；嫉妒、压抑人才的人，君子不能亲近；凡流言蜚语、无根之谈，不是经过公开途径而传播的，君子一定要慎重对待。

其次，对于造谣生事、倾陷他人的恶行，不能听之任之。必须追索谣源，一抓到底，对构成诽谤罪、诬陷罪的，要依据法律严加查处，不予宽贷。使人们认识到，凡蓄意谗毁、中伤他人者，绝不会有好下场，从而知所戒惧。

第三，"是非来入耳，不听自然无。"作为被谗毁者本人，对那些'流言、流说、流事、流谋、流誉"（《荀子·致士》），应以一副不屑一顾的气概，完全不去理会它。用鲁迅先生的话说，就是连眼珠子都不转过去。或者像东坡居士所吟咏的："莫听穿林打叶声，何妨吟啸且徐行。竹杖芒鞋轻胜马，谁怕？一蓑烟雨任平生。"

皮格玛利翁效应

希腊神话里有一个雕刻家，名叫皮格玛利翁。他钟情于自己雕刻的女神，把她当成有生命的姑娘，日夜向她倾诉着爱慕之情和祈求她获得生命的期望。在雕刻家虔诚的守护下，后来，这个雕像竟真的变成了活人，并做了他的妻子。心理学家借用这个神话故事，把对别人寄予深切的期望，使之成为对方的内在动力，从而收到变期望为现实的神奇效果，称作"皮格玛利翁效应"。

这种"效应"实践结果如何，我没有做过考察，不敢妄加评论。但我以为，一个人如能经常对自己寄予深切期望（它可以表现为理想、追求、自信力、进取心），并肯为之付出扎实、艰苦的劳动，这对于个人成才，肯定会有巨大的推动作用。

高尔基说过，一个人所追求的目标越高，那么，他所取得的成就也就越大。实践表明，一个不明白自己的理想横竿应该放在什么高度的运动员，是永远跳不到理想的高度的。这是因为，符合实际的理想、追求、抱负，往往能够构成一种内在动力和外设压力，它会激发、逼迫你把这种追求变成一种社会存在，唯有奋力实现之一途，而没有逃避、退缩的余地。

事实上，人的内在潜力是很大的。而且，它的发挥程度往往同内在动力和外设压力成正比。如果我们立下坚定的志向，肯于向自己挑战，就有可能使内在的潜力变为现实的能力；反之，如果失去自信力，听任惰性去发展，那么，内在潜力也就无由展现，自消自灭了。"自暴自弃，这是一条永远腐蚀和啃啮着心灵的毒蛇，它吸取着心灵的血液，并在其中注入厌世和绝望的毒液。"

唐代诗人聂夷中在一首诗中阐述过这样的观点：

出处全在人，路亦无通塞。

门前两条辙，何处去不得。

"门前两条辙"，就看走不走。为者常成，行者常至。行则塞者亦通，为则难者亦易。俄国寓言大师克雷洛夫有一句名言："现实是此岸，理想是彼岸，中间隔着湍急的河流，行动则是架在河流上的桥梁。"不付诸行动，再好的期望也只能成为幻想。所谓"路亦无通塞"，我们应该从这个意义上去理解。

当然，如果把它看成社会环境和成才的条件，路还是有通塞之别，境还是有顺逆之分的。关键在于人们如何去利用它、改造它。

人是脱不开环境的影响的。一个人生在这样而不是那样的时代和环境中，带有很大的偶然性，对于自己来说，是无法选择的。但是，环境只能起到一种制约和影响的作用，而不是决定成才与否的唯一因素。环境对于人才的影响，取决于个人如何对待它。对于献身事业、自强不息的人来说，再艰险的环境，再恶劣的条件，也阻挡不了他去开拓闪光的人生之路。而且，"艰难困苦，玉汝于成"。逆境成才，恰是中外人才史上一种带有规律性的现象。

宋人方子通有一首《滟滪堆》诗，是这样写的：

湍流怪石碍通津，一一操舟若有神。

自是世间无好手，古来何事不由人。

诗人通过咏赞长江上的船工穿越激流险礁，稳驾轻舟的娴熟技术，阐明人定胜天、事在人为的思想。古今无数事实说明，人在任何情况下，都不是无能为力、无所作为的。一部人类发展史，就是发挥人的主观能动性，发现和利用自然规律、社会规律，不断地改造客观世界，从必然王国向自由王国飞跃的历史。善于发现和利用条件，使之为自己的目标服务，这种有目的地能动地改造外部环境的能力，是区别于动物，而为人类所独有的。

对这番道理，一些聪明的古人也在实践之中领悟到了。宋代诗人孔武仲写过这样一首诗：

推倒西墙半日功，暑天饶作一窗风。

人间岂有炎凉隔，只在施为向背中。

　　他从官舍中开辟西窗这件小事中看到，凿窗之前，屋里燠热难当；辟了西窗，立刻有凉风飒然而至，从而得出"人间岂有炎凉隔，只在施为向背中"的规律性认识。

　　实际正是这样，你若希望获得优越的条件、顺利的环境，就应首先立足于不利的条件和艰苦的环境去奋力争取，等是等不来的。

图书在版编目（CIP）数据

春宽梦窄 / 王充闾著. -- 武汉：长江文艺出版社，
2023.9
（鲁迅文学奖获奖散文典藏书系）
ISBN 978-7-5702-2602-3

Ⅰ. ①春… Ⅱ. ①王… Ⅲ. ①散文集－中国－当代
Ⅳ. ①I267

中国版本图书馆 CIP 数据核字（2022）第 049569 号

春宽梦窄
CHUNKUAN MENGZHAI

责任编辑：周　聪　　　　　　　责任校对：毛季慧
封面设计：胡冰倩　　　　　　　责任印制：邱　莉　王光兴

出版：长江出版传媒 | 长江文艺出版社
地址：武汉市雄楚大街 268 号　　　邮编：430070
发行：长江文艺出版社
http://www.cjlap.com
印刷：长沙鸿发印务实业有限公司

开本：640 毫米×970 毫米　　1/16　　印张：25.75
版次：2023 年 9 月第 1 版　　　2023 年 9 月第 1 次印刷
字数：382 千字

定价：58.00 元